W0031533

ullstein

DONIA
BIJAN

ALS DIE TAGE NACH ZIMT SCHMECKTEN

Roman

Aus dem Amerikanischen von
Susanne Goga-Klinkenberg

Ullstein

Besuchen Sie uns im Internet:
www.ullstein-buchverlage.de

Deutsche Erstausgabe im Ullstein Taschenbuch
1. Auflage Juli 2018
4. Auflage 2018

Titel der amerikanischen Originalausgabe:
The Last Days of Café Leila (Algonquin Books, USA)
Umschlaggestaltung: bürosüd° GmbH, München
Titelabbildung: © Mohamad Itani/Arcangel Images (Mädchen);
© www.buerosued.de (Gebäude und Landschaft)
Satz: LVD GmbH, Berlin
Gesetzt aus der Minion
Druck und Bindearbeiten: CPI books GmbH, Leck
ISBN 978-3-548-29039-3

Wir lassen niemals vom Entdecken
Und am Ende allen Entdeckens
Langen wir, wo wir losliefen, an
Und kennen den Ort zum ersten Mal.

– T. S. Eliot, »Little Gidding«

Prolog

Teheran, April 2014

Zod hielt inne, wenn der Postbote kam, gewöhnlich um vier, spätestens um Viertel nach, außer freitags, da kam er gar nicht. Der Freitag war der Tag der Ruhe, an dem Zod mit jeder starren, vorübertickenden Minute ruheloser wurde. Wenn er samstags auf die Post wartete, verbrachte er die letzte Stunde damit, die Uhr zu beobachten, und um halb vier trat er mit den Händen in den Hosentaschen ans Fenster und sah hinaus. Ein Gestöber aus Glyzinien wehte in den Hof. Die Bäume hatten neue Blätter bekommen. Kaum zu glauben, wie leblos sie noch vor wenigen Wochen gewesen waren, die ausladenden Äste kahl und grüblerisch. Nun im April, dem wahren Frühling, in dem es mit jedem Tag wärmer wurde, hatte sich jede Knospe in eine rüschenbesetzte Blüte verwandelt. Er beobachtete eine Finkenfamilie, die in der Dachtraufe nistete. Die Vögel stießen herab, um ein passendes Zweiglein aufzuheben, und schossen lebhaft und geschäftig wieder davon.

Bis auf diese Pause am Nachmittag blieb Zod wenig Zeit, um die Welt zu betrachten. Naneh Goli, die Wäsche aufgehängt hatte, trat neben ihn und stieß ihn gespielt vorwurfsvoll an – »Worauf wartest du schon wieder?« –, als stünde er nicht jeden Nachmittag da und wartete auf das schwache Knattern des Postrollers und die Staubwolken, die in der

Gasse aufstiegen. Er stieß sich von der Fensterbank ab und ging durch den Flur nach draußen, wobei er die Jacke am Haken und die alte Frau, vom Fenster eingerahmt, zurückließ.

Er fühlte sich schon leichtfüßig, die Gelenke schmerzten weniger, als er den ersten Schritt tat, und er überlegte, ob er auf den Gehstock verzichten sollte, doch Naneh Goli beobachtete ihn, und Zod wollte ihre berechtigten Warnungen gar nicht erst hören. Manchmal dehnte er den kurzen Weg zum Gartentor absichtlich aus, untersuchte eine angeschlagene Fliese oder steckte die Ranken des Jasmins zurück, die sich von der Ziegelmauer kräuselten. Wie weit war der Postbote noch entfernt? Hatte er schon den Kreisverkehr erreicht? Am besten, Zod erreichte das Tor gleichzeitig mit dem Postboten, dann wirkte er nicht übereifrig.

Briefe aus Amerika brauchten bisweilen zwei oder drei Wochen, und im vergangenen Monat hatte er gar keine Post bekommen. Noor schrieb ihrem Vater noch immer, er hatte ihre Briefe zu einem säuberlichen Bündel in seiner Kommodenschublade verschnürt. Briefe, die in letzter Zeit fast nur noch über häusliche Angelegenheiten berichteten, aber es war weniger der Inhalt als die Verbindung, die ihn beruhigte, ihn in ihr Leben hineinzog. Ein so langes Schweigen war ungewöhnlich, und er fürchtete, es könnte etwas passiert sein. Kinder gingen heutzutage nicht einmal mehr ans Telefon, und Zod konnte es nicht ertragen, in den hohlen Raum zu sprechen, nachdem die aufgezeichnete Begrüßung erklungen war. Er bevorzugte noch immer das geschriebene Wort. *Heute muss es sein, bitte lass es heute sein.*

Zod begrüßte den Postboten stets mit einem warmen Lächeln, ob nun ein Brief dabei war oder nicht. Und als der

Postbote heute sagte »Ich habe etwas für dich«, nahm Zod ihm den Umschlag aus der Hand, faltete ihn und steckte ihn beiläufig in die Tasche, bevor er weiter Nettigkeiten austauschte, als könnte er den Mann tatsächlich glauben machen, der Brief aus Amerika käme nicht von seiner Tochter, als wäre er nur irgendeine Strom- oder Gasrechnung, als zuckte sein ruheloser Daumen nicht schon am Klebstoff. Sogleich verwandelte sich das Warten in Freude. Der Brief in seiner Hand erwachte zum Leben, versetzte ihn in zwei Welten zugleich: auf die Schwelle des Café Leila, wo er jeden Tag auf das herannahende Motorgeräusch lauschte, und in die andere Welt in seiner Tasche, die seiner Kinder, in der er den Impuls, einfach loszulaufen, zu schreien, das Papier hervorzuholen und hin und her zu schwenken, zügeln musste.

1. TEIL

1. Kapitel

Noor stand mit aufgerollten Ärmeln an der Spüle, schälte Kartoffeln und warf sie ins Wasser. Die lange Messerklinge, die ohne einen Kratzer geschärft war, glänzte auf dem Schneidebrett. Ihr Vater glaubte, alles schmecke besser, wenn man es mit dem Messer schnitt, statt es in einer Küchenmaschine zu zerhäckseln, weshalb es in ihrer modernen Küche in San Francisco auch keine gab und sie mit ihren Messern äußerst sorgsam umging. Zwiebeln briet sie gern in der schwarzen gusseisernen Pfanne, würzte sie mit zerdrücktem Salbei von einem der getrockneten Sträußchen über dem Herd und fügte die in Scheiben geschnittenen Kartoffeln hinzu, sobald die Zwiebeln weich waren. Schon wehte ihr süßer Duft durchs Haus und setzte sich in der Wäsche fest. Da sie wusste, dass ihre Tochter den kräftigen Geruch nicht mochte, schloss sie die Schlafzimmertür und öffnete die hohen Fenster, durch die kühle Morgenluft und das ferne Geräusch eines Rasenmähers hereindrangen.

Die meisten Rezepte stammten von ihrem Vater, doch den üppigen Kartoffelkuchen hatte Noor von Nelsons Mutter übernommen. Sie hatte neben ihrer Schwiegermutter gestanden, die ihr das Rezept ins Ohr flüsterte, angeblich das einzig authentische, das schon Nelsons Urgroßmutter zubereitet hatte. Die spanische Tortilla ist auf ihre ganz eigene, bescheidene Weise ein Omelett aus wahrer Liebe, bei dem jeder Bissen mit duftendem Olivenöl getränkt sein muss – hierbei kann es nicht zu viel des Guten geben. Obwohl Noor eine Amateurin war und die Kartoffeln manchmal roh blieben, sagte Nelson immer: »Oh, mein Gott! Das war die beste Tortilla meines ganzen Lebens!«, was natürlich nicht stimmte, aber er wusste die Mühe zu schätzen, die das Schälen und Schneiden gewaltiger Kartoffelmengen kostete.

Am spanischen Essen gefiel Noor vor allem die lustvolle Einfachheit, die so ganz anders war als die gastronomischen Purzelbäume der französischen Küche oder die Komplexität der persischen Gerichte, mit denen sie aufgewachsen war. In ihrer Kindheit hatte sie ganze Pyramiden von Safranreis und gehaltvollen Fleischeintöpfen essen können, doch nun verband sie die Farben und Düfte der heimischen Küche ihres Mannes mit seiner Brautwerbung, mit Paddelbooten und Flitterwochen und Champagner in Silberkübeln, Flamenco und Kerzenlicht und kleinen, in Meersalz gebratenen Sardinen, die sie am Wasser aßen. Ihre Postkarten waren Speisekarten, verschmiert und weinfleckig, von Mahlzeiten gerettet, an sie selbst adressiert und sorgfältig studiert wie Leitfäden für eine Romanze.

Da ihr nur zwei Stunden blieben, um das Picknick vorzubereiten, würde sie es vor der Arbeit nicht mehr zur Maniküre schaffen. Es war lohnender, die Stunde damit zu verbringen, geräucherte schwarze Oliven und gegrillte rote Paprika aufeinanderzuschichten. Sie musste noch Gurken und Radieschen schneiden und Erdbeeren waschen. Sie stellte sich Nelson vor, der wie ein übermütiges Kind auf jede Schüssel zeigte und aufgeregt mutmaßte, wie der Inhalt schmecken würde, und er würde es hundertmal mehr genießen als bemalte Fingernägel. Wann wären sie wieder so begierig darauf zu feiern wie heute, an ihrem sechzehnten Hochzeitstag, auf einer Fähre, die sie in der Dämmerung nach Angel Island trug? Sie hatten einander in letzter Zeit so selten gesehen, und Noors Herz hing an der jährlichen Tradition, die immer mit dem Frühlingsanfang zusammenfiel und bei der sie sich von der Arbeit losrissen und ihre Patienten den Kollegen überließen, um zum Hafen zu entfliehen.

»Das hätten wir«, sagte sie bei sich. »Nur noch die Zitrone.« Sie achtelte eine Zitrone und legte sie mit Korianderblättchen in eine blaue Butterschale, die sie zur Hochzeit bekommen hatten. Sie spülte das Messer unter heißem Wasser ab, trocknete es mit einem Geschirrtuch und legte es in die Schublade. Sie holte den Picknickkorb aus dem Schrank und stellte ihn auf die Kücheninsel, bevor sie sorgfältig das Silberbesteck, zwei Porzellanteller und kristallene Champagnergläser zusammensuchte und einzeln in die mit Leinen ausgekleideten Fächer legte. So hungrig sie auch sein mochten, packten sie den Korb doch immer langsam aus, entfalteten die Servietten, ließen den Champagnerkorken knallen, dehnten den Nachmittag aus, damit sie einander Geschichten erzählen konnten, die sie bis jetzt für sich behalten hatten. Es schien, als hätte sie vor Nelson im Dunkeln gegessen und als wären alle Mahlzeiten mit ihm gut und gesellig, so als grillte man Würstchen und Paprika über einem offenen Feuer unter den Sternen.

Auf der Arbeitsplatte lag eine Nachricht für ihre Tochter, dass sie spät nach Hause kommen würden und wie Lily nach dem Volleyballtraining die Gemüselasagne aufwärmen sollte. Ihre Tochter war neuerdings eine wählerische Esserin und hatte geschworen, nichts mehr zu schlucken, das gehen, fliegen oder schwimmen konnte. Daher schien Pasta eine sichere Wahl. Bevor sie ins Krankenhaus fuhr, musste Noor nur noch schwarzen Kaffee kochen und in eine Thermoskanne füllen und die Tortilla aus der Form holen. Sie summte wie eine ekstatische Motte durch die Küche und erhaschte in der gläsernen Backofentür einen Blick auf ihr gerötetes Gesicht und die glühenden Wangen.

* * *

Der Pausenraum im Krankenhaus war klein und karg, mit Mikrowelle und Kühlschrank eingerichtet, ein Aquarell der einzige Wandschmuck. Die Schwestern genossen Partyservietten, zuckergussverzierten Kuchen und den Inhalt ihrer Butterbrotdosen, die alles von gegrilltem Hähnchen bis hin zu Möhrensalat mit Rosinen enthalten konnten, solange es dem trostlosen Dekor und den langen Schichten ein wenig Fröhlichkeit verlieh. Wenn Blumen von Freunden und Ehemännern geliefert wurden, brachen alle in wilden Jubel aus.

Der Blumenstrauß für Noor traf ein, als sie zum Dienst kam, und die Schwestern hielten in ihrem Pausengeplauder inne, um sie gutmütig zu necken. Noor trug die Blumen ans Waschbecken, um die Stängel zu beschneiden. Sie spülte eine Vase aus, füllte sie mit kaltem Wasser und knipste mit einer Chirurgenschere die dicken Enden von zwei Dutzend roter Rosen ab.

Als sie die beigefügte Nachricht laut vorlas, wallte Mitgefühl empor – *Mi vida, können wir unser Picknick verschieben? Es tut mir so leid, ich muss heute Nachmittag operieren.*

Das war noch nie passiert. Sie sagte nichts und setzte sich einfach hin, die Arme um den Körper geschlungen. Es war gut, dass die Enttäuschung alles verlangsamte, dass sie sich einfach mit ihrem Kaffee auf dem Stuhl zurücklehnen, den Blumenstrauß betrachten und das Geplapper an sich vorbeilaufen lassen konnte. Amy ergriff ihre Hand und drückte sie, als dächten sie das Gleiche, doch Noor dachte an den Korb, der unter einer blau-weiß karierten Tischdecke im Kofferraum stand. Was sollte mit dem ganzen Essen werden, dachte sie, es hatte doch keinen Sinn, die Tortilla zu verschwenden, er musste etwas essen. Sie würde sie ihm nach der Arbeit vorbeibringen. Mit diesem Gedanken begab sie sich zu ihren Patienten, die sie freundlich und erleichtert anschauten, als wäre sie wochenlang nicht da gewesen.

Nelson war ein gefragter Herzchirurg, aber er verpasste nur selten Familienfeiern und schaffte es sogar, Lilys Fußballmannschaft zu trainieren. Noor wäre in die Kardiologie gegangen, doch da sie sich am anderen Ende des Geländes befand, war es einfacher, mit dem Auto hinzufahren. Sie schaute sich gerade nach einem Parkplatz um, als ihr Blick auf eine wohlbekannte Gestalt fiel, die neben einem unbekannten Auto stand. Nelson in hellblauer OP-Kleidung, auf Armeslänge vor einer Krankenschwester, die Noor von einer Weihnachtsfeier kannte. Er beugte sich vor, schob ihr eine Haarsträhne hinters Ohr, und sie lächelte zu ihm auf. Noor hatte gerade eingeparkt und musste nicht mehr sehen oder gar hören, um zu begreifen, wie viel Zuneigung in dieser kleinen Geste lag. Ein Blick verriet ihr, was verloren und nicht heilbar war. Sie stieß ein überraschtes Keuchen aus.

Dann fuhr sie sofort nach Hause und packte das Picknick aus, als hätte es einfach nur geregnet. Sie warf Oliven und Paprika weg, kippte die Tortilla in den Mülleimer und schüttete den Champagner in den Ausguss, spülte die Tupperdosen, streifte ihren Ehering vom seifigen Finger und ließ ihn neben dem Spülbecken liegen. Als sie den Schulbus auf der anderen Straßenseite bemerkte, rannte sie nach draußen und überraschte Lily mit einer Umarmung.

* * *

Die Trennung ging schnell vonstatten. Nelson hatte sich nicht widersetzt, da Untreue ein genetisches Klischee war, das er nicht abstreiten konnte. Seine Eltern waren seit über vierzig Jahren glücklich verheiratet, doch »Frauen fanden Papa immer unwiderstehlich«, gähnte er. »Wie Samt.« Es habe noch andere gegeben, gestand er lässig – eine Haltung, die ihm zugutekam, wenn er einem Patienten ein gebrochenes Herz entfernte und ein neues in die Brust einsetzte. Noor war wie betäubt und fand keinen Sinn darin, ihn schlechtzumachen. Sie ersparte Nelson die Verachtung seiner Tochter, statt sich Lilys Mitgefühl zu erkaufen. Nun aber war Lily wütend auf sie und gab ihr die Schuld an allem. Noor glaubte, die Chance auf eine gute Ehe wie die ihrer Eltern sei ohnehin gering, und sie dürfe sich nicht beklagen, dass ihre gescheitert sei.

Es gab keine Schlachten vor Gericht – sie hätte es nicht ertragen, und Nelson gab sich damit zufrieden, Lily an Wochenenden und abwechselnd in den Ferien zu haben. Sie hatten selbst über Schiedsrichterentscheidungen beim Fußball leidenschaftlicher diskutiert. Während des Trennungsprozesses duckten sie sich in die Ecken des Schlafzimmers, sprachen vernünftig miteinander, brüllten nicht und entschuldigten sich sogar, dass sie einander im Stich gelassen hatten, kurzum, sie führten derart herzliche Gespräche, dass Lily sich fragte, ob ihre Liebe je real gewesen war. Sie machten sie glauben, dass ihre Märchenhochzeit – Nelsons Werbung um Prinzessin Noors Hand, die Hochzeit auf einem Boot, die siebenstöckige Rumtorte, die Flitterwochen in einer Burg bei Barcelona – nur eine spektakuläre Gutenachtgeschichte gewesen war.

Noor war wütend, aber auch beschämt, weil sie es nicht gemerkt hatte. Weil es sie unvorbereitet getroffen hatte. Sie hatte gedacht, dies sei etwas, das anderen passierte – nicht in ihrem Leben, nicht in ihrer Ehe. Also tat sie, was sie tun musste. Sie nahm Lily und verließ Nelson. Sie mietete eine Wohnung, doch als sie mit ihrer Tochter vor der Tür stand, ging sie nicht hinein; sie stand draußen und schaute sich nach Nelson um, damit er ihr mit den Koffern half. Er war natürlich nicht da.

Ihr Vater, Zod, war in Rufweite des Familiencafés geboren worden und verließ nur selten sein Zuhause, doch hatte er Noor und ihren Bruder so weit wie möglich weggeschickt, als sie gerade achtzehn gewesen war. Sie hatte monatelang damit gerechnet, er werde sie abholen, hatte draußen gestanden und auf ihn gewartet. Sie hatte ihm geschrieben und ihn angefleht, sie heimkommen zu lassen, doch seine Antwort war immer die gleiche gewesen: Dies ist kein Land für ein Kind, Noor. Schließlich hatte sie aufgegeben, so wie sie auch aufgeben würde, auf Nelson zu warten.

In ihrer Kindheit hatte ihr Vater ihr wieder und wieder erzählt, wie er und ihre Mutter ihren Namen ausgewählt hatten. Sie hatten wochenlang fast jeden Abend überlegt, verschiedene Jungen- und Mädchennamen ausprobiert, sich für einen entschieden und ihn am Morgen wieder geändert. An dem Abend, an dem Noor geboren wurde, gab es einen Stromausfall im Café Leila, der erst endete, als sie ihre neugeborene Tochter nach Hause brachten. Als das Licht wieder anging, schoss Zod ein Name durch den Kopf. Er sagte, sie habe ihre Welt mit Licht erfüllt. Jahrelang stellte Noor sich vor, das Haus würde dämmrig, sobald sie es verließ. *Wie eitel von mir!*, dachte sie jetzt. Mit über vierzig noch zu glauben, man selbst erhelle die Räume, weil nichts einen auf die Wahrheit vorbereitet hatte: wie klein und unbedeutend der eigene sogenannte Glanz war, wie leicht er ausgelöscht und ganz und gar verdunkelt werden konnte.

2. Kapitel

In einer Sackgasse am Ende der Nasrin-Straße, in der es immer still war bis auf die Zeit, wenn die Vorschüler der Firouzeh-Grundschule nach draußen stürmten, stand für sich allein ein verblichenes gelbes Backsteingebäude. Unter dem Schild, das in die Hauswand eingelassen war, befand sich das Café Leila, dessen Eingang von tief hängenden Glyzinien umrahmt wurde, die nun, Ende April, in voller Blüte standen. Als der Postbote endlich Noors Brief ablieferte, wischte sich Zod mit dem Umschlag die taubenblauen Blütenblätter vom Revers und bestand aus lauter Dankbarkeit darauf, dass der Postbote eine Tasse Tee bei ihm trank. Dann sah er dem Roller nach, der in der Gasse verschwand, machte sich im Garten zu schaffen und schnitt Rosen für die Tische im Speisesaal. Nachdem er wochenlang gewartet hatte, war er noch nicht bereit, den Brief aufzureißen. Er musste sich auf die erste Zeile vorbereiten, die ihn stets zu Tränen rührte: *Mein Liebster, mein Baba.*

Da die Mittagessenszeit näher rückte, würde Zod noch länger warten müssen. Sein Lehrling Karim fächelte schon mit einem Besen das Kohlefeuer im Hof an, bereit, die Namen der Stammgäste zu verkünden, sobald sie eintrafen, als wären sie Schauspieler auf einer Bühne – eine ungeduldige Besetzung aus Ärzten, Büroangestellten, Ladenbesitzern,

Ingenieuren und Studenten, die bald geduckt durchs Tor treten würden. Der Junge war erst dreizehn, besaß aber eine männliche Art und hatte von Zod gelernt, die Gäste mit der reinsten Wertschätzung zu erkennen und zu begrüßen. Es kam kaum einer, den er nicht kannte.

Von den ursprünglichen Angestellten des Café Leila waren noch zwei Kellner übrig. Hedayat und Aladdin (Silberfüchse, die Zods verstorbener Vater in den Sechzigerjahren eingestellt hatte) trugen verwaschene, marineblaue Jacken mit goldbesetzten Epauletten, in denen sie wie pensionierte Generäle aussahen. Bevor seine Frau gestorben war, hatte Aladdin Aftershave benutzt und jeden Tag eine weiße Nelke im Knopfloch getragen, doch das hatte er nun aufgegeben und musste ermahnt werden, seinen Schnurrbart zu stutzen und lose Knöpfe anzunähen. Hedi, Alas stämmiger jüngerer Bruder, war in seiner Jugend Ringer gewesen und stemmte im Hof noch immer jeden Morgen seine Hanteln. Mit vierundsechzig verrichtete er die ganze schwere Arbeit im Restaurant. Ihr Cousin Soli arbeitete in der Küche. Er war nach dem Krieg aufgetaucht, weil er Arbeit suchte, und Zod hatte sie für ihn gefunden. Bald hatte er sich als zuverlässig erwiesen und war Lehrling geworden. Naneh Goli, Zods früheres Kindermädchen, trug das volle Gewicht ihrer fünfundachtzig Jahre in den Garten, wo sie, eine Hand in die Hüfte gestützt, Kartoffeln und Radieschen ausgrub. Der gebeugte Rücken zeigte die Spuren der Zeit. Sie waren wie eine Familie, so vertraut miteinander und ihren Aufgaben, dass sie kaum sprachen. Wer früh kam, konnte hören, wie Hedi knurrend die Tische umräumte, Ala bei jeder gefalteten Serviette tief seufzte, Soli seinen Neffen Karim anwies, die Kohlen zu entzünden, und Zod jeden Befehl mit

Kosenamen verbrämte – er war unfähig, Naneh Goli um eine Tomate zu bitten, ohne sie mit Lob zu überschütten.

Es blieb jetzt länger hell, doch an den kurzen Wintertagen kamen die Gäste früher, weil das Licht in der Küche sie von den düsteren Straßen lockte. Wie Kinder, die von einer Rauchsäule oder einer Hand, die über die Dächer winkt, zum Essen gerufen werden, kamen sie nacheinander, allein oder zu zweit, die Gesichter rot von der kalten Luft. Im Hof vermischte sich der üppige Duft von Zwiebeln und Grillfleisch. Sie stolperten wie betrunkene Matrosen durch die halb offene Tür und rempelten einander an, um einen Tisch zu ergattern. Tauchte ein Stammgast nicht auf, wurde Karim losgeschickt, um nach ihm zu sehen.

Für Zod war das Café Leila eine nie endende Oper, bei der er Einblicke in das geheime Leben der Männer gewann, die ihre Hemdknöpfe öffneten und die Ärmel aufrollten, um in diesem Theater ihre Rolle zu spielen. Er bedauerte, dass immer weniger Frauen kamen, weil sie den Hidschab erdrückend und die wachsamen Augen der Polizisten, die auf den Straßen herumlungerten und nur nach einem Vorwand suchten, um sich mit ihnen anzulegen, unerträglich fanden. Manchmal kamen noch Familien mit Ehefrauen und Großmüttern, Töchtern und Schwestern. Dann leuchteten seine Augen wie Laternen, und er klatschte in die hoch erhobenen Hände, als wäre eine Hochzeitsgesellschaft eingetroffen.

Die Welt um das Café Leila veränderte sich, doch das Leben, das sich dort seit den 1930er-Jahren abspielte, ging weiter. Links und rechts, wo verlassene Gebäude einander ausdruckslos anstarrten, hatte es früher Geschäfte gegeben. Verstaubte Fassaden mit den Überresten ihrer Waren – ein

Tennisschuh, alte Filmdosen, ein Fahrradreifen – kündeten von einem Leben, das weitergezogen war. Geblieben waren der alte Arzt in dem zweistöckigen Haus (seine Familie war längst im Ausland), der Lebensmittelhändler, der Ala Tee und Zigaretten verkaufte, die Vorschüler, die mittags nach Hause gingen, und Zod in seinem sauberen Café mit dem Marmorboden und den Stühlen mit den Leiterlehnen, dem Café, das sein Vater Yanik Yadegar, ein russischer Einwanderer, der in der Küche des St. Petersburger Hotels Astoria ausgebildet worden war, vor beinahe achtzig Jahren eröffnet hatte.

In den 1930er-Jahren hatte Yanik die erste Konditorei mit Gartencafé eröffnet und Blini und Apfelcharlotte, Bœuf Stroganoff und *Kulitsch* nach Teheran gebracht. Er kam mit seiner Frau Nina, die mit Zimt gewürztes Hackfleisch und Zwiebeln in zarte Piroggen löffelte und die persische Küche durch praktisches Herumprobieren erlernte, die Familie und Gäste mit ihrem großzügigen Geist nährte, sich einfühlsam mit den Nachbarn bekannt machte und Farsi lernte. Um den Sprung über die Grenze einfacher zu gestalten, änderte Yanik seinen Nachnamen von Yedemsky in Yadegar und pflanzte einen kleinen Obstgarten, in dem Granatäpfel, Mandeln und Maulbeeren wuchsen, die den Gartentischen Schatten spendeten. Sie blühten jedes Jahr wieder und erfüllten trotz politischer Unruhen und Straßenkämpfe die Luft mit ihrem süßen Duft.

Bevor ein zweites Stockwerk errichtet und nebenan ein Hotel hinzugefügt und die Kinder geboren wurden, schliefen Yanik und Nina wie zwei blinde Passagiere im Lagerraum, kuschelten sich zwischen Einmachgläser und Jutesäcke mit Reis und Pintobohnen, die wenigen Habseligkeiten fein säuberlich in einem Pappkarton gefaltet, der als Schrank diente. Es gab kein Bad, weshalb sie zweimal in der Woche mit einer *Doroshke*, der Pferdekutsche, in den nächsten Hamam fuhren, wo Yanik im Männerbereich die *Qalyān* genannte Wasserpfeife rauchte und Nina mit den Frauen Tee trank, nachdem sie rosig aus der Schwitzstube gekommen und von einer mürrischen Wärterin rau abgerubbelt worden war.

Auf den Holzbänken der öffentlichen Bäder gewann das Paar die Zuneigung der Einheimischen; der gesellige Yanik ließ sich einen gewaltigen Schnauzbart wachsen und sang russische Balladen für Väter und Söhne, die ihn mit warm raunendem Applaus willkommen hießen, und Nina brachte Teekuchen für Großmütter, Tanten und junge Mädchen, die von der hellhäutigen Schönheit verzaubert waren. Von ihnen lernte sie das Feilschen, wie man Joghurt machte und wann man Auberginen, Gurken und Knoblauch einlegen musste, die von den Dorfbewohnern auf Eseln in die Stadt gebracht wurden. Als es im Dezember schneite und ihre Straße keinen Strom mehr hatte, hörten sie von *Yalda*, dem persischen Fest der Wintersonnenwende. Sie beleuchteten das Café mit Kerzen, füllten Keramikschalen mit Granatäpfeln, Trockenobst und Nüssen und kochten in gewaltigen Töpfen herzhafte *Ash-reshteh*, eine dicke, mit Molke versetzte Nudelsuppe. Es war ein fröhlicher und denkwürdiger Abend, an dem erzählt und geschlemmt wurde, sodass es in der Nachbarschaft für viele Jahre Tradition wurde, sich zur Wintersonnenwende im Café Leila zu versammeln.

Schließlich wurde Ziegel für Ziegel ein Wohnbereich hinzugefügt, ein Porzellanwaschbecken und eine Badewanne mit Krallenfüßen wurden installiert, doch Yanik und Nina besuchten weiterhin den Hamam und schlichen in den Lagerraum, um einander zu betasten und sich rasch zu lieben, behaglich im ursprünglichen Nest, das sich immer kühl und dämmrig um die Hitze zwischen ihnen schloss. Zod hätte sich nicht gewundert, wenn er auf einem Bett aus Linsen gezeugt worden wäre. Seine Eltern hatten von einem besseren Leben geträumt, und der Iran nahm sie auf und bot ihnen eine Zuflucht, in der sie ihre drei Söhne aufziehen und in Würde arbeiten und leben konnten.

In den alten Tagen, als Städte wie Teheran und Kabul sich ihrer Kinos und Tennisklubs rühmten, war das Café eine Heimstatt für Intellektuelle gewesen. Die Fünfziger- und Sechzigerjahre waren voller Möglichkeiten, und Yanik empfing Studenten der Universität, Schriftsteller, Musiker, Dichter und Journalisten, ganze Gästegruppen, die sich jeden Nachmittag versammelten und bis spät in den Abend blieben. Wenn er, was er für sein Leben gern tat, in dem verglasten Kämmerchen saß, das ihm als Büro diente, und seine Gäste beobachtete, die sich mit Messer und Gabel über die Baklava seiner Frau hermachten, fühlte er sich in die eleganten Cafés versetzt, die er in Budapest und Wien gesehen hatte. Er besorgte sich die Bücher seiner Gäste, stellte sie in den Regalen aus und bat um Autogramme, und wenn jemand ein Gericht besonders gerne mochte, benannte er es nach ihm, worauf es Nimas Suppe oder Foroughs gefüllter Kohl oder Sohrabs Windbeutel hieß. Die Stammgäste sicherten seinen Unterhalt – er wollte mehr als nur ein Restaurant führen und erschuf ein kulturelles Zentrum, in dem seine Söhne mit den Gästen Schach und Backgammon spielten und unter Ninas Blicken lernten, wie man servierte und kehrte, wie man Filo-Teig rollte und Blini mit Rosenblütenmarmelade briet.

Von den drei Kindern war es Zod, der Mittlere, der an der Küchen-Alchemie der Mutter Gefallen fand, die sich alles selbst beigebracht hatte und auf ihre Intuition vertraute, wenn sie die Zutaten mischte und bestmöglich zur Geltung kommen ließ. Während Yanik auf seiner formalen Ausbildung beharrte wie ein Akrobat, der Applaus für seine Fähigkeiten erwartete, improvisierte Nina und lachte über ihre Fehler, die oftmals auch Triumphe waren. Als sie einmal vergaß, die Kartoffeln zu den Koteletts zu stampfen, wickelte sie sie einfach in einen dünnen Pfannkuchenteig und bereitete einen flachen Kartoffelkuchen zu, den sie mit Schnittlauch und frischer Sahne servierte. Da alles neu war, blieben Yanik und Nina offen und zielgerichtet und hörten niemals auf zu lernen. Sie boten ihren Kindern ein gutes Leben in einem Land, in dem sie nicht aufgewachsen waren und das sie nie verlassen würden, doch ihren Enkeln sollte diese friedliche Existenz einmal verwehrt bleiben.

* * *

Endlich saß Zod in seinem Schlafzimmer am Fenster, hatte die Tür hinter sich geschlossen und Noors Brief auf dem Schoß. Die Sonne versank hinter den Bäumen, und eine eiskalte Hand umklammerte sein Herz. Irgendwo jenseits der Stadtgrenzen, jenseits des Kontinents und eines Ozeans, an einem Ort, den sein Herz nicht erreichen konnte, saß seine Tochter mit einem gebrochenen Herzen in der Dunkelheit. Früher hatte es ihn mit Sorge erfüllt, wenn er an seine Kinder als Fremde in einem fremden Land dachte, doch wann immer sie heimkommen wollten, hatte er ihnen geduldig erklärt, dass er sich eine bessere Zukunft für sie wünsche, bis sie schließlich nicht mehr fragten.

Zod hatte stets geglaubt, dass etwas mit einem geschah, wenn man zum ersten Mal Vater wurde, dass man plötzlich sah und hörte wie ein Neugeborenes. Im ersten Lebensjahr seiner Tochter betrachtete er die Welt durch ihre Augen und lebte in ihr, als hätte er sie vorher nicht gekannt, als wären sie beide Geschöpfe mit weit geöffneten Augen und zitternden Gliedmaßen und als wäre jeder Schritt für ihn so neu wie für sie, vom langsamen Greifen nach der Rassel bis hin zu einem leisen Niesen. Wenn sie schrie, schrie auch er. Wenn sie Schluckauf hatte, bekam er ihn auch, und so war sie nie allein mit ihren neuen Geräuschen. Wie hatte er sie jemals aus den Augen lassen können?

3. Kapitel

Noor war froh, als Lily eine Schulfreundin mit nach Hause brachte. Sie wohnten seit sechs Wochen in der Mietwohnung in Pacific Heights. Lilys Zimmer war viel kleiner als das alte, und Noor befürchtete, dass sie deshalb niemanden einladen mochte. Nun aber erklang Mädchenlachen aus dem Zimmer, und Noor lächelte, als sie Obst und Rührkuchen auf ein Tablett stellte.

Ermutigt durch Lauras strahlendes, offenes Gesicht und den begehrlichen Blick, mit dem sie auf das Tablett schaute, verweilte Noor im Zimmer, bückte sich und drückte Lily einen Kuss auf den Kopf. Lily schaute rasch über die Schulter und klimperte gequält mit den dunklen Wimpern. Noor ließ sich jedoch nicht beirren und fragte Laura, wie es in der Schule laufe.

»Mom! Es reicht!«, sagte Lily genervt. Noor war sprachlos. Sie lächelte gezwungen, murmelte, es sei nett gewesen, Laura wiederzusehen, und verzog sich.

Sie hatte erwartet, sie würden einander näherkommen, stattdessen entfernten sie sich voneinander. Erst gestern war Noors beste Freundin Nassim – praktisch Lilys Patentante – von weit her zu Besuch gekommen, und ihre Tochter hatte sie völlig ignoriert. Wann immer Noor einen Mutter-Tochter-Ausflug unternehmen oder ihr eine besondere Freude machen wollte, stieß Lily sie zurück. Sie musste eine Woche lang zusehen, wie ihre Tochter den Inhalt der Butterbrotdose in den Mülleimer kippte.

»Mach mir kein Essen mehr!«, schrie sie. »Du machst es immer so übertrieben … ich hasse diese kleinen Becher mit Obst, das wird alles braun und matschig. Ich bin doch keine drei mehr!«

Wutanfälle waren bei Teenagern nicht ungewöhnlich, vor allem wenn die Familie auf den Kopf gestellt worden war, und Noor bemühte sich, ruhig und gelassen und immer ansprechbar zu bleiben, doch Lilys Feindseligkeit machte es ihr nicht leicht.

Als Laura endlich nach Hause gegangen war, bat Noor ihre Tochter in die Küche.

»Was sollte das? Was spricht dagegen, dass ich Laura ein paar Fragen stelle? Ich habe sie vermisst.«

»Weil mir deine ganzen Fragen peinlich sind!« Lily riss so abrupt die Hand hoch, dass sie ein Glas mit Cranberrysaft umstieß und sich nicht einmal bemühte, die rote Pfütze auf der Arbeitsplatte aufzuwischen.

Noor griff nach einem Geschirrtuch.

»Es sollte kein Problem sein, dass ich mit deinen Freundinnen rede.«

»Na schön. Aber du musst ihnen keine zehn Millionen Fragen stellen … kann ich jetzt bitte gehen?«

»Noch nicht. Kannst du mir verraten, warum du gestern so unhöflich zu Tante Nassim warst? Du hast nicht mal Hallo gesagt. Wie kannst du sie einfach ignorieren? Sie hat dir ein schönes Geschenk mitgebracht«, sagte Noor sanft.

»Ich will die kitschige Tasche nicht, und sie kann ich auch nicht ausstehen.«

»Warum? Woher kommt das auf einmal?«

»Sie ist total unecht, darum, mit den aufgeplusterten Haaren und den falschen Titten.«

Was war nur passiert, dachte Noor. Lily hatte ihre glamouröse Tante stets vergöttert.

»Sie ist meine Freundin. Und deine. Ich weiß, du bist schüchtern, das war ich früher auch –«

Lily fiel ihr ins Wort. »ICH BIN NICHT SCHÜCHTERN! HÖR AUF! Ich mag sie einfach nicht, verstanden? Was willst du eigentlich von mir?«

»Ich will, dass du andere Leute höflich begrüßt! Und hör bitte auf, zu brüllen.«

Jeder Tag war schwer. Dieser besonders. Noor fühlte sich derart ausgehöhlt und müde, dass sie am liebsten den Kopf auf die Arbeitsplatte gelegt und nie wieder hochgenommen hätte.

»Manchmal mag ich deine Freundinnen auch nicht, aber ich fahre sie trotzdem durch die Gegend und kaufe ihnen Geburtstagsgeschenke und koche ihnen Mittagessen, oder? Ich bin trotzdem höflich zu ihnen.«

Lily kehrte ihr den Rücken, drehte sich aber noch einmal um. »Du bist genauso unecht wie Tante Nassim … du tust, als würdest du Leute mögen, die du gar nicht ausstehen kannst.« Plötzlich wirkte sie entspannt, als wäre sie etwas losgeworden, das ihr in der Kehle gesessen hatte.

»Das reicht, Lily. Du hast genug gesagt.« Noor umklammerte das feuchte, rosa gefleckte Geschirrtuch, weil sie lieber etwas geworfen hätte, und Lily schlurfte davon.

* * *

Sie wohnten seit zwei Monaten in der Wohnung, die immer noch spärlich möbliert war. Noor hatte sich nach der Scheidung eine Eigentumswohnung suchen wollen, obwohl Nelson angeboten hatte, ihnen das Haus zu überlassen. Nassim hatte vorgeschlagen, wenigstens ein paar schöne Möbel mitzunehmen, doch Noor wollte die kleinen Zimmer nicht mit den Überresten ihres alten Lebens zumüllen.

Einmal, als Nelson bei der Arbeit war, zog sie mit ein paar Kartons los, um Geschirr, Töpfe und Pfannen zu holen. Sie stand in der Küche, das helle Licht eines Maimorgens auf dem alten Herd, in der Nase den Duft von tausend Mahlzeiten, die sie hier für ihre Familie zubereitet hatte, und plötzlich drangen so viele Erinnerungen auf sie ein, dass sie eine Schublade öffnete und nach einem Messer griff, um ihr Herz herauszuschneiden und Nelson, dem Herzdoktor, auf der Arbeitsplatte zu hinterlassen.

Stattdessen ließ sie die leeren Kartons wie Särge auf den sauberen Fliesen des Friedhofs zurück, der einmal ihre Küche gewesen war und mit dem sie nichts mehr zu tun haben wollte. Sie machte eine Bestandsaufnahme dessen, was ihr so viel bedeutet hatte, und beschloss, alles zurückzulassen. Alles bis auf einen mottenzerfressenen dunkelblauen Pullover, der Nelson gehört hatte.

An diesem Abend hatte Lily gefragt: »Trägst du etwa Dads Pullover?« Sarkasmus war ihr immer noch lieber, als wenn ihre Tochter schmollte und schwieg. Sie wollte nichts aus jenem Leben behalten, doch der Pullover erinnerte sie an Nelsons Wärme. Sie war nicht stolz darauf, na und? Es war nur ein Pullover, und ihr war immer kalt. »Er ist viel zu groß, aber er steht dir«, sagte Lily.

Die Strafe für eine verlassene Ehefrau war happig. Noor

war eine gute Krankenschwester, ruhig und akkurat, doch seit sie sich getrennt hatte, herrschte eine schweigsame Spannung, die sie auch in den Augen der Kolleginnen, der Patienten und sogar der Besucher las. Sie konnte sie spüren und sehen – die Demütigung, die Pause, in der die Leute blinzelten und wegschauten – und musste nun auch ihre Stelle als Verlust verbuchen. Es war undenkbar, weiter im selben Krankenhaus zu arbeiten wie Nelson.

Also ging sie eines Tages nach dem Mittagessen in den Umkleideraum und sammelte ihre Ersatzschuhe, ihre saubere Schwesternkleidung, einzelne Ohrringe und Haarnadeln, Teebeutel und einen Kaffeebecher, Fotos von Patienten mit ihren Katzen und Hunden ein und begab sich in den Pausenraum, um sich zu verabschieden.

Als die Kolleginnen sie in der Tür entdeckten, die Arme voller kläglicher Habseligkeiten, umringten sie Noor, und einen Moment lang spürten alle, wie demütigend diese Situation war. Noor konnte ihnen nicht in die Augen schauen. Zwanzig Jahre Arbeit als Krankenschwester passten in einen einzigen Karton.

Zu Hause rief sie Nassim an. »Was soll ich jetzt machen?« Noor und ihre beste Freundin waren beide ohne Mutter aufgewachsen und hatten einander sozusagen adoptiert. Sie hatten sich in der Schwesternausbildung am Mills College kennengelernt. Nassim war ein Jahr jünger und kam mit einem wilden Blick, den Noor sofort erkannte. Sie war dunkel und zierlich, blieb der Cafeteria fern und schoss durch die Flure, als wäre sie spät dran, während sie ständig auf die Uhr sah. Eines Tages lud Noor sie zum Essen ein und wurde sofort ihre Beschützerin und Dolmetscherin. Sie standen die schwierigen Jahre nach der Geiselnahme von Teheran gemeinsam durch, indem sie sich als Französinnen ausgaben und lernten, das R zu rollen. Sie erlebten viele Premieren miteinander – die ersten Tacos, das erste Thanksgiving und die erste Fahrstunde. Doch während Noor sich langsam vorwärts tastete, verwandelte sich Nassim, gab die Krankenpflege auf, gewöhnte sich den starken Akzent ab und wurde Fernsehmoderatorin in Phoenix, wo sie mit ihrem Mann Charlie und den Zwillingen wohnte. Ihr iranisches Wesen vertrocknete wie eine ausgerissene Distel, es blieben nur die verführerischen Augen.

»Sie standen alle um mich rum und haben mich bemitleidet«, sagte Noor. »Alle haben gesagt, wie gut ich aussehe, so als wäre ich krank gewesen.«

Nassim schien erleichtert, dass Noor ihren Job aufgegeben hatte. »Gott sei Dank! Warum solltest du auch arbeiten? Nimm dir einen guten Anwalt, der dafür sorgt, dass der Hurensohn *bezahlt.*« Sie nannte Noor einige Anwälte, die angeblich »echte Kanonen« waren. »Schieb es nicht zu lange auf.« Sie schien enttäuscht, dass ihre Freundin Nelson nicht die Hölle heißmachen wollte.

Noor brach die Stimme, als sie versuchte, sich zu verteidigen. »Ich weiß nicht … ich habe gar nicht so weit gedacht.« Doch tief in ihrem Abgrund lauerte noch etwas, das sich nicht heilen ließ – weder mit Geld noch mit Rache.

An einem Samstagnachmittag kam sie vom Einkaufen und entdeckte einen Brief, der ihr Herz schneller schlagen ließ. Sie setzte sich auf die unterste Treppenstufe und riss ihn auf. Auf dieses Wunder war sie nicht gefasst.

Noorecheshmam (Licht meiner Augen),
Du wirst es nicht glauben, aber vertrau bitte mir
und dem Licht, das in Dir steckt.
Pack eine Tasche für Dich und Lily, und komm Deinen
alten Vater besuchen.
Bis ich Dich im Arm halte … eintausend Küsse,
Dein Baba Zod

* * *

Noor blieb nichts mehr zu tun, als Tee zu kochen und sich damit auf die Feuertreppe zu setzen, von der sie auf den Jachthafen blickte. Die Aussicht, die sie einst nach San Francisco gelockt hatte, wurde von dem Gedanken verdrängt, dass sie ihren Vater bald wiedersehen würde. Noor liebte die Stadt; hier hatte sie zum ersten Mal die Zukunft gespürt, doch das ganze Glück war aus ihr herausgesickert, und nachdem sie den Brief ihres Vaters erhalten hatte, hatte sie die Reise für Lilys Sommerferien geplant.

Nun, da sie die Stadt verlassen würde, verzogen sich der Nebel und die abgestandene Luft, die ihr in den vergangenen Monaten das Atmen schwer gemacht hatten. Sie wusste, wenn sie nach San Francisco zurückkehrten, wäre es, als hätten sie nie hier gelebt und könnten einen neuen Anfang wagen. Bis vor Kurzem hatte sie als ehrenamtliche Reiseführerin in den hügeligen Wohnvierteln gearbeitet, kam sich in den letzten Wochen aber wie eine Touristin vor, machte Schnappschüsse von der Golden Gate Bridge und kaufte Geschenke und Souvenirs für ihren Vater und alle, die das Café Leila in Gang hielten.

Noor hatte die Briefe ihres Vaters, die bis 1984 zurückreichten, wieder gelesen, um die Kluft zwischen ihnen zu überbrücken. Trotz Zods mangelnder Schreibkunst genoss sie die witzigen Anekdoten über Nachbarn, Gäste, Köche und Lebensmittelhändler, missratene Eintöpfe und Rezepte.

Licht meiner Augen, begann er, *ich habe Soli gerade beigebracht, wie man Borschtsch kocht! Gestern habe ich Rote Bete mit großen, glänzenden Blättern gekauft, an denen noch nasse Erde klebte. Naneh musste sie in der Wanne waschen, bis ihre Arthritis sich meldete, aber sie hat versprochen, aus den Blättern Dolma zu machen. Als wir geschlossen hatten, hat Soli die Bete unter die Kohlen gelegt und die ganze Nacht gegart. Als ich aufwachte, roch ich Karamell und Winter und Rauch. Davon wurde ich so hungrig, dass ich eine heiße, schlüpfrige Bete fürs Frühstück geschält und mir die Asche und die verkohlten Säfte von den verbrannten Fingerspitzen geleckt habe.*

Noor, vom Verrat verletzt, erinnerte sich an Borschtsch, wie sie saure Sahne in die Brühe gerührt und mit der Löffelspitze rosa Paisley-Muster in die Flüssigkeit gezeichnet hatte, deren erster, scharfer Geschmack sie immer überraschte, weil sie etwas Süßes erwartet hatte. Ihre Mutter hatte Borschtsch als Suppe für gebrochene Herzen bezeichnet.

Sie staunte, wie sehr sich ihr Vater für Borschtsch begeistern konnte, wo doch seit dreißig Jahren jeder Tag ein Kampf für ihn gewesen war. Ein anderer Mann hätte längst die Schürze abgelegt und das Land verlassen, um anderswo ein angenehmeres Leben zu beginnen, nicht aber Zod. Er würde seinen Innenhof mit dem türkisen Brunnen und den rosafarbenen Tischen, die im Schatten riesiger Maulbeerbäume standen, nicht aufgeben und ebenso wenig den mit Jasmin überwucherten Pavillon, in dem einst ein Orchester gespielt und seine Frau in die Sommernächte hinaus gesungen hatte.

Seine Kinder hatte er nacheinander ins Ausland geschickt, wo sie sicher und bequemer leben konnten, doch Zod war daheimgeblieben, um für seine Gäste da zu sein, die immer noch Woche für Woche an den einen verbliebenen Ort kamen, wo die Schwelle gefegt, die Küche offen gehalten, Suppe gekocht und eine Zuflucht vor den hoffnungslosen Straßen geboten wurde. Schon an der Tür des Cafés, in dem man sie so freundlich behandelte, empfing sie der süße Hauch siedender Zwiebeln. Manchmal konnten sie nicht bezahlen, oft war das Geschirr angeschlagen und die Wartezeit lang, doch die Suppe war immer heiß, und wenn es nicht genügend Löffel gab, wischten sie die gebrauchten am Hemd ab, spülten sie in der heißen Brühe und teilten sie miteinander.

Jenseits der Mauern des Café Leila tobten Aufstände, Märsche, brutale Verhaftungen, lähmende Inflation, doch Zod öffnete trotz aller Verzweiflung, durchkämmte die Vorratskammer nach der letzten Zwiebel, grub den Garten um, pflanzte Tomaten und legte sich Hühner zu, und wenn die Straßen abends zu gefährlich waren, verwandelte er sein Café in ein improvisiertes Hotel, in dem er seine Gäste drängte, sich auf Kissen und Decken im Speisesaal niederzulassen, während er wie ein Krankenpfleger durch Gänge voller schlafender Männer ging und ihnen Tee und Hustenbonbons gegen das Pfefferspray anbot, das in der Kehle brannte und den Mund austrocknete. In seinem Schatten schliefen sie bis zur Morgendämmerung, wenn Zod den Samowar anzündete, um Tee zu kochen, und sie vor dem Frühlicht nach Hause schickte.

Noor schwankte zwischen zwei Welten, war einerseits aufgeregt, weil sie ihren Vater wiedersehen würde, sorgte sich aber auch, weil sie nicht als Kind, sondern als alleinerziehende Mutter zurückkehrte. Doch der Gedanke, hierzubleiben, sich eine neue Stelle zu suchen und ihrer Tochter Sauberkeit und Bequemlichkeit zu bieten, hatte seinen Glanz verloren. Lily nutzte die Trennung als Druckmittel, um sich Mitgefühl, Rache, eine Autofahrt, ein neues Handy oder eine Entschuldigung für eine schlechte Klassenarbeit zu sichern. Sie spielte ihre Eltern wie Schachfiguren gegeneinander aus. Wann immer Noor versuchte, gegen die fortschreitende Laxheit anzugehen – »Heute ist es ein Nasenpiercing. Und morgen? Tattoos? Zigaretten?« –, zwinkerte Nelson Lily verschwörerisch zu und nahm sie in Schutz. »Jetzt sei doch keine Spaßbremse, Noor.« – »Keine was?« Sie hatte das Wort nachschlagen müssen.

Wenn die Sorgen sie wach hielten, wanderte Noor durch den Flur in Lilys Zimmer und betrachtete ihr weiches Mondgesicht, das zwischen Bergen von Teddybären ruhte. Der Vorhang hatte sich über ihre theatralisch verdrehten Augen gesenkt. Sie sehnte sich danach, ihre Tochter zu kitzeln und ihre Nase in den weichen Bauch zu drücken, den sie früher mit Talkumpuder besprenkelt hatte. Manchmal legte sie sich ganz vorsichtig aufs Bett, rückte näher, um an Lilys Scheitel zu riechen, der noch feucht vom Baden war, und fand ihre Tochter wieder – *Da bist du ja, Baby. Da bist du ja.* Dann, als hörte sie die Gedanken ihrer Mutter, regte sich Lily und knurrte leise, worauf Noor traurig in ihr kaltes Bett zurückschlurfte. Wie sollte sie ihr beibringen, dass sie in den Iran reisen würden?

* * *

Noors Vater, Zod, hatte seine Tochter allen Widrigkeiten zum Trotz nach Amerika geschickt. Mit achtzehn hatte sie weder den Wunsch noch das Bedürfnis verspürt, ihren verwitweten Vater, ihre Freunde und die vertraute Umgebung zu verlassen. Doch sie war jung und fügsam gewesen und hatte sich auf Zods Plan eingelassen. Sie wollte es ihm recht machen und brachte es nicht über sich, sich zu weigern, weil sie zu gehorsam war, um auch nur auf den Gedanken zu kommen, dass ihr Leben ihre eigene Angelegenheit sei. Ein Verwandter hatte sie und ihren Bruder bis nach New York begleitet und ihnen geholfen, eine Fahrt nach Los Angeles zu buchen, wo ihr Onkel sie in Empfang nahm und in ihrem College in Oakland ablieferte. Von da an war sie auf sich gestellt gewesen, hatte einen Platz für sich finden müssen, die englische Sprache entwirren und ihre verborgenen Bedeutungen verstehen, sich selbst als Person erschaffen müssen.

Des vertrauten Kontexts von Straße, Haus, Sprache und Familie beraubt, hatte sie monatelang einen Stadtplan, rote Filzstifte und einen Kalender im Rucksack getragen, um sich daran zu erinnern, wo sie war, wie lange sie schon hier war und wohin sie als Nächstes musste. Sie hatte gelernt, ihre Sehnsucht zu betäuben, bis ein Brief von zu Hause das Heimweh wieder aufrührte und sie daran erinnerte, dass sie unter Menschen, die einander alle kannten, auffallen mochte, hier aber ein Niemand war. Wenn sie nicht zum Unterricht ging, würde niemand nach ihr suchen. Es war ein neues Gefühl, jemand zu sein, auf den niemand wartete.

Ihr Vater hatte seine Kinder wie Samenkörner zerstreut – ihr Bruder Mehrdad lebte in Los Angeles, Noor in Oakland –, weil er hoffte, dass etwas Immergrünes sprießen und auf amerikanischem Boden beschnitten und geformt würde. Das Wagnis hatte sich anscheinend gelohnt, denn sein Sohn hatte als Bester seines Ingenieurjahrgangs abgeschnitten, eine hübsche Anwältin geheiratet und eine erfolgreiche Firma für Solarkollektoren gegründet. Er war stolz auf seine Unabhängigkeit. Sie lebten in einem eleganten Haus mit Arbeitsplatten aus italienischem Marmor, an denen ihre beiden Kinder auf Titanhockern Bio-Müsli aßen.

Als der Duft von Eukalyptus und der Atem des Ozeans Noor nach einer schwierigen Abschlussprüfung nach draußen gelockt hatten und sie auf einer Bank ihr Sandwich aß, fragte eine vorbeikommende Kommilitonin lächelnd nach ihrem Namen. Da erkannte Noor, dass ein Mensch sich unbewusst assimiliert. *Ich heiße Noor. Das bedeutet Licht.* Bis dahin war Kalifornien ein Traum gewesen, in den sie hineingestolpert war, doch nun wachte sie auf und stellte fest, dass die Straße, in der die Kinder Fangen spielten und Mehrdad einen Jungen verprügelte, der ihr unters Kleid geschaut hatte, dass ihr Schulhof und die Einzelheiten ihres Kinderzimmers nun ganz verschwommen waren und ein neues Leben sich vor ihr auftat.

Krankenpflege mochte nicht ihre Berufung sein, doch die Wachsamkeit lag ihr, und sie fand schnell hinein, die Arbeit war zielgerichtet und unkompliziert. Sie machte Überstunden und Feiertagsdienste, übernahm Extraschichten von Kolleginnen und kehrte in eine dunkle Wohnung heim, in der sie Pepperidge Farm Chessmen aß und bei Wiederholungen von *The Golden Girls* einschlief.

Dann, im Krisenalter von einunddreißig, in dem sie nach persischen Maßstäben nicht mehr als Braut infrage kam, ergab sich die Ehe aus einer zufälligen Krankenhausromanze.

Nachdem sie sich mit Nelson verlobt hatte, konnten ihre Verwandten endlich aufhören, die Hände zu ringen. Und als Lily geboren wurde, konnte sie ihrem Kind eine Welt aus den schimmernden Miniaturen ihrer eigenen Kindheit zimmern – die schlichte Glückseligkeit einer Schaukel, die im Schatten zweier Granatapfelbäume hing, die groß wurden, rote Früchte trugen und in einer neuen Nachbarschaft Wurzeln schlugen. Doch selbst nach dreißig Jahren war sie nicht mehr als ein zarter Schössling, dessen flache Ranken sich mühelos ausrupfen ließen.

Nun aber fühlte sich Noor nur noch frei. Das Wissen, dass nichts mehr sein würde wie zuvor, dass sie ohne Nelson entscheiden konnte, auch wenn sie seine Zustimmung brauchte, wenn sie mit Lily ins Ausland wollte, war seltsam befreiend. Als sie Nelson gefragt hatte, hatte er an ihr vorbei in den langen Krankenhausflur geschaut.

»Ah«, hatte er geseufzt, »ein Besuch zu Hause?«

»Ja, bei meinem Vater.« Noor folgte seinem Blick, weil sie erwartete, die Freundin zu sehen.

»Du hast immer gesagt, es sei eine Schande, dass Lily ihn nicht kennt.«

Er erwiderte mit einem kleinen Achselzucken: »Ja, es könnte sie ablenken. Aber du bist vorsichtig, ja?«

»Natürlich.« Noor sah ihn herausfordernd an. Er würde sie nicht daran hindern, mit Lily den Großvater zu besuchen.

Für ihre Freundin Nassim war die Reise nichts als eine verzweifelte Flucht, mit der Noor ihr gebrochenes Herz kitten wollte. »Du kehrst in die Stadt deiner Fantasie zurück, nicht in das echte Teheran. Versteh doch. Dieser Ort existiert nur in deinem Kopf. Du bist eine Fremde mit einer schönen Tochter, die kein Wort Persisch spricht. Sei ehrlich, Noor, du rennst doch nur weg!«

Oh nein, dachte sie, ich renne *zu etwas hin.*

Doch sie fand nicht die richtigen Worte, um Lily von der Reise zu erzählen. Als sie ihre Tochter zu sich ins Schlafzimmer rief, wurde ihre Kehle eng, sie war geradezu gelähmt. Als Kind hatte Lily jeden Ausflug als Abenteuer betrachtet, war gehorsam in ihren Autositz geklettert – eine glückliche Zuschauerin im Leben ihrer Eltern, süß wie Vanillesauce. Doch nun, mit fünfzehn, musste Noor tagelang flehen, damit Lily sie irgendwohin begleitete.

Lily sah den offenen Koffer auf dem Bett und fragte: »Warum packst du?«

»Na ja«, sagte Noor kleinlaut. »Dein Opa hat mir geschrieben, und ich möchte ihn gerne besuchen.«

»Dann gehe ich solange zu Dad?«

Noor trat mit Kleiderbügeln vor den Schrank und wich dem Blick ihrer Tochter aus. »Nein, Liebes … du kommst mit. Er möchte dich kennenlernen.«

Lily starrte sie an. »Wann sind wir wieder da?«

»In zwei oder drei Wochen.«

»Und was ist mit dem Ferienlager? Was ist mit meinen Freundinnen?« Lily kamen schon die Tränen.

Noor schüttelte den Kopf. »Keine Sorge! Du kannst ins Ferienlager, wenn wir zurück sind. Stattdessen bekommst du jetzt die Gelegenheit, ein bisschen Persisch zu lernen und zu sehen, woher deine andere Hälfte stammt.«

Lily setzte sich. »Aber ich will nicht dahin. Ich bin *von hier.* Ich will kein Persisch lernen.« Sie versuchte, die Tränen zu unterdrücken, aber sie liefen ihr einfach übers Gesicht.

»Oh, Lily.« Noor lehnte die Stirn an die ihrer Tochter und wischte mit kühlen Daumen über deren Gesicht. »Ich muss zu meinem Vater. Ich möchte dir den Ort zeigen, an dem ich aufgewachsen bin. Ich verspreche dir, es wird ein Abenteuer.« Es war zu viel – das falsche Versprechen, dass sie tat, als würde alles gut.

Lily stürmte aus dem Zimmer, noch bevor Noor ihr sagen konnte, dass sie erst in einer Woche fuhren. Sie setzte sich müde neben den Koffer, erleichtert und reuevoll zugleich. Hätte sie es besser machen können? Vermutlich schon. Doch Noor war unfähig, die ganze Palette der Gefühle – Bestürzung, Demütigung und Kummer – auszudrücken, die sie zu ersticken drohten. Nur das lebhafte Bild ihres Vaters, der auf sie wartete und *Wie geht es dir?* fragte, hielt sie noch aufrecht.

4. Kapitel

Am Abend, an dem seine Tochter und seine Enkelin eintreffen sollten, war Zod mit Soli schon zeitig zum Flughafen gefahren, doch die Maschine hatte Verspätung, und die Leute wurden allmählich unruhig. Auf einem Monitor stand »Verspätet«; wie lange, wussten sie jedoch nicht. Um ein Uhr morgens war der Flughafen von Teheran von gespannter Erwartung erfüllt, das Café hatte noch geöffnet und bot Nescafé und Biskuitkuchen an, eine Gruppe Männer stöberte rauchend am Zeitungsstand.

Im Wartebereich saßen Familien auf Reihen von Plastikstühlen, aufgeregte Kinder entwanden sich den Armen ihrer Mütter, wirbelten umher und spielten Fangen, während die Väter eingenickt waren. Es roch stechend nach verschwitzten Socken und Liliensträußen, die neben abgestreiften Schuhen auf dem Boden lagen. Zwei Jungen kickten einen Turnschuh hin und her und erzielten mühelos Tore zwischen Einkaufstüten. Zod, vogelknochig und zerbrechlich, hatte keinen Platz gefunden, wechselte den Gehstock von einer Hand in die andere und lehnte sich an den breit gebauten Soli, während sie in den Fluren auf und ab gingen und müde blickende Nachtportiers und einen einsamen Hausmeister mit seinem feuchten Mopp umschifften.

Dann eine kaum hörbare Durchsage, und auf dem Monitor blinkte »Gelandet« auf. Die Leute verstummten, sammelten ihre Sachen ein und drängten zu dem Ausgang, durch den die Passagiere kommen würden. Zod hielt sich an Solis Arm fest, als sie sich voranschoben, und sein Herz schlug laut in seiner Brust. Er erinnerte sich daran, wie seine verstorbene Frau Pari von einem Konzert in Wien zurückgekommen war und er sie mit der sechsjährigen Noor auf den Schultern vom Flughafen abgeholt hatte. Um sich die Zeit zu vertreiben, war er mit ihr durch den Terminal galoppiert, wobei Noor fröhlich kreischend an seiner Mähne zog, damit er bloß nicht langsamer wurde. Er blinzelte, um das Bild ihrer weißen, gerippten Strumpfhose zu vertreiben, die an den Knöcheln kleine Falten warf, und der Riemchenschuhe aus Lack, die gegen seine Brust hämmerten.

Vor zwei Wochen war Soli heraufgekommen, um ihm eine Nachricht zu überbringen. »Deine Tochter hat angerufen, während du geschlafen hast. ›Sag Baba, ich komme nach Hause.‹« Wenn seine Mutter noch leben würde, hätte sie genau gewusst, was sie für eine Tochter kochen musste, die nach dreißig Jahren heimkehrte und eine Enkelin mitbrachte, die sie noch nie gesehen hatte. Natürlich erinnerte sich Zod an Noors Lieblingsgerichte, die murmelkleinen Fleischbällchen, die Granatapfelsuppe, den sauren Reis mit Kirschen, aber was war mit der Kleinen? Sie war in Amerika aufgewachsen, was wusste sie von seinem Essen? Er musste Naneh Goli ermahnen, keinen Weihrauch zu verbrennen. Sie würde es trotzdem tun, um den bösen Blick zu bannen, aber das Kind könnte sich fürchten und Naneh für eine Hexe halten.

Nacheinander kamen die Passagiere mit unsicherem

Gang durch die Tür, blickten verloren wie alle Reisenden nach einem langen Flug, schoben Wagen mit überdimensionalem Gepäck und suchten in der Menge nach vertrauten Gesichtern, bevor sie von großen Empfangskomitees verschluckt wurden. Zod reckte den Hals und stellte sich auf Zehenspitzen, um einen ersten Blick auf die Enkelin zu erhaschen, der er noch nie begegnet war. Das Warten war unerträglich. Wenn die beiden gar nicht in der Maschine gewesen waren? Wenn er sich im Tag geirrt hatte? Er vergaß neuerdings so viel.

Dann teilte sich die Menge, eine Frau fiel ihm in die Arme und rief: »Hier, Baba! Baba, ich bin hier.« Zods Rippen waren wie Reisig unter ihren Händen. Einige Leute beobachteten, wie sie sich die Tränen abwischten. Lily stand daneben, braune Strähnen rutschten aus ihrem losen Kopftuch und ängstliche Augen wanderten von ihrer Mutter zu ihrem Großvater, bis man sie in die Umarmung hineinzog. Als sie sich schließlich voneinander lösten, stand Noor zwischen ihnen und hielt ihre Hände – die mit papierener Haut überzogene Hand ihres Vaters, die vor lauter Aufregung bebte, und die Hand Lilys, die zuckte wie ein Spatz. Zod betrachtete Lily, deren Gesicht ihm so vertraut war. Es waren Paris Augen, die ihn vorwurfsvoll anschauten. Armes Hühnchen, dachte er, man hat dich aus deinem Stall gerissen.

* * *

Noor sprach über die Wohnkosten in San Francisco. Zod saß dicht bei ihr. Lily schlief oben in Noors altem Kinderzimmer, das Naneh Goli mit einem elektrischen Ventilator und einer Daunendecke ausgestattet hatte.

Im Licht der Lampe, die auf dem Beistelltisch stand, saß das bezaubernde Mädchen mit den Mandelaugen, seine Tochter, nun endlich bei ihm, in einem Raum, der mit Gedanken und Gebeten für sie gefüllt war. Sie überreichte Zod ein Geschenk in rosa Seidenpapier.

»Schau mal, Baba, das habe ich in Japantown für dich gefunden.«

Er wickelte einen dunkelblauen Kimono aus, der mit weißen Schmetterlingen bestickt war, und zog die Seidenschärpe über seine Wange. Er war erschöpft von dem emotionalen Wiedersehen am Flughafen, konnte sich aber noch nicht von Noor lösen – er konnte nicht glauben, dass sie vor ihm stand, und gab dem Schluchzen nach, das in seiner Kehle steckte, vergrub das Gesicht in dem neuen Gewand. Noor sank auf die Knie und legte die Wange auf seinen Schoß, während er die grauen Ansätze an ihrer Schläfe streichelte. War sie nicht das Mädchen, das einst auf seinen Schoß gesprungen war und die Hände in seinen dichten schwarzen Haaren vergraben hatte, um die einzelnen weißen Strähnen zu zählen?

»Erzähl mir von dir.« Er wollte etwas über ihre Ehe wissen und wie sie zerstört worden war. Zod war Nelson begegnet, als er zur Hochzeit nach Amerika gereist war, ausgestattet mit einem altmodischen Lederkoffer, der kaum mehr enthielt als einen Anzug, polierte Schuhe und eine Ladung Samen von den Granatapfelbäumen, die Yanik vor Jahren gepflanzt hatte. Er wusste nur, dass der Bräutigam ein Herzchirurg mit einem schönen Auto war, dass seine Eltern aus Spanien kamen und rasend schnelles Katalanisch sprachen, von dem er kein Wort verstand. Seine Tochter strahlte glücklich, und Zod wusste Glück zu schätzen. Aber das

Leben, das er sich für sein Kind erträumt hatte, war zerbrochen.

Noor wusste nicht, wo sie anfangen sollte. Sie gab sich noch immer die Schuld an Nelsons Untreue, hatte Wärme und Bequemlichkeit für Leidenschaft gehalten. Sie hatte nicht damit gerechnet, gleich am ersten Abend mit ihrem Vater über den Zerfall ihres Lebens mit Nelson und die schwierige Beziehung zu Lily zu sprechen, doch er bestand darauf, und sie konnte endlich sie selbst sein. Die Gefühle, die sie im Haus ihrer Kindheit überwältigten, waren beruhigend und sanft. Er wollte alles wissen, und sie wollte ihm so viel erzählen, wollte schreien, schluchzen, aus dem Käfig ausbrechen, in den sie ihren Zorn gesperrt hatte, wollte ihn sich austoben lassen, bis sie wieder atmen konnte.

Doch was wusste Behzod Yadegar schon von Frauen? Schmerz und Tod und Kummer, das alles verstand er. Er war fünfundsiebzig, seine Kräfte ließen nach, und er war seit seinen Zwanzigern mehr oder weniger an sein Haus gefesselt gewesen. Als sein Vater ihn aus Paris in den Iran zurückgerufen hatte, um das Café zu übernehmen, hatte er noch nicht gewusst, dass er die Verlobte seines Bruders heiraten und nie mehr weggehen würde.

Sein drei Jahre älterer Bruder Davoud hatte das Familiengeschäft übernehmen und neben dem Café ein Hotel errichten sollen. Als er auf einer tückischen Bergstraße bei einem Autounfall starb, war er mit Parvaneh Parsa verlobt gewesen, einer achtzehnjährigen Sopranistin, die am Konservatorium Oper studierte. Pari, die zarte Knochen, runde rote Wangen und haselnussbraune Augen hatte und wegen einer Hüftverletzung schief ging, war der Familie bereits versprochen gewesen, und da sie keine anderen Aussichten hatte, sollte Zod an die Stelle seines Bruders treten.

Keiner von ihnen hätte damals geahnt, dass aus dem lästigen Ehrenkodex eine so leidenschaftliche Liebe erwachsen könnte. Zod liebte Pari zärtlich und dankbar. Er vergrößerte den Garten, baute Vogeltränken und einen erhöhten Pavillon, in dem ein Orchester spielen und Pari an Sommerabenden begleiten konnte. Wenn sie nach Paris und Wien eingeladen wurde, packte Zod ihren Koffer und verbarg Liebesbriefe in den Falten ihrer seidenen Unterröcke. Er verabschiedete sie und wartete auf sie, und sie brachte Geschichten mit von allem, was sie gesehen hatte, und es war, als wäre er mit ihr gereist. Sie brachte ihm Andenken und Pralinen mit, elegante Krawatten und weiche Lederschuhe, Detektivromane, Bücher über Architektur und Speisekarten aus dem Café de la Paix und La Coupole und einmal sogar eine Linzer Torte. Seine Pari hatte sie in der berühmten Wiener Konditorei Demel gekauft und in ihrer Handtasche nach Hause transportiert. Die Torte befand sich in einer wunderschönen Blechdose, in der Pari später ihre Knöpfe aufbewahrte. Sie probierten sie beim Tee mit den Kindern, und sie war so köstlich, dass Zod sie für die Konditorei nachkreierte, wobei er Sauerkirschmarmelade statt Johannisbeergelee verwendete. *Wie schade, dass wir keine Kuchen mehr backen,* dachte er, *aber Butter und Zucker sind so teuer.*

Obgleich man ihnen die Brautwerbung verwehrt und sie geradewegs in die Ehe gejagt hatte, zeigten sich Zod und Pari immer nur von ihrer besten Seite. Nun war Pari seit zweiunddreißig Jahren tot, doch Zods Hände mit den spröden Knochen brannten noch immer, wenn er an ihre Haut dachte, tasteten noch immer über die Matratze mit der Kuhle, in der sie einst gelegen hatte. Er kannte nur eine Frau, bedachte sie aber mit Dutzenden von Kosenamen: Parvaneh, Parichehr, Parinaz, Pariroo, Parisa, Parinoor, Parastoo, Parishan, Golpari, und sie hörte auf alle. Man konnte es Noor, die ihre Liebe tagtäglich miterlebte, kaum verdenken, dass sie sich von der Treue ihrer Eltern wie gefesselt fühlte. Wer sollte ihnen darin je gleichkommen?

5. Kapitel

Lily wurde von einem Hahn und dem Gebetsruf geweckt, der gleichzeitig von einem nahe gelegenen Minarett erklang – ein volltönendes, klagendes Heulen, das ganz anders war als das frühmorgendliche Stöhnen des Nebelhorns über der Bucht von San Francisco. Dies war immer der schlimmste Augenblick für Lily, die ersten Minuten, in denen sie nicht genau wusste, wo sie sich befand, und sich dann daran erinnerte, wie weit entfernt sie von daheim war.

Sie stand auf und öffnete ein schmales hölzernes Fenster, durch das man auf eine kleine Terrasse und den Garten blickte. Sie trug noch ihr Flanellnachthemd und zog sich rasch zurück, als sie einen kräftig gebauten, behaarten Mann im Unterhemd sah, der unter ihrem Fenster Hanteln stemmte und dabei knurrte wie ein Bär. *Hier sind alle verrückt*, dachte sie.

Noor hatte Lilys Anziehsachen in den Schrank gehängt, wo noch ihre muffigen dunkelgrünen Schuluniformen und ihre Partykleider mit Puffärmeln hingen, Überbleibseln jenes Selbst, das sie hier wiederfinden wollte.

Lily fand die alten Sachen abstoßend und schob sie in die hinterste Schrankecke, bevor sie an ihren Sweatshirts und Jeans schnüffelte, die noch nach dem Waschpulver von zu Hause rochen. Sie wollte nicht, dass sie gewaschen wurden, und hatte darum seit drei Tagen Hoodie und Jeans nicht gewechselt. Auch die langen Haare ließ sie ungekämmt über den Rücken fallen. Es war egal, sie ging ja sowieso nirgendwo hin.

Sie hatte, seit sie vor vier Tagen angekommen waren, das Zimmer nicht verlassen und auch kein Wort mit ihrem Großvater gesprochen.

Noor bestand nicht darauf – noch nicht –, brachte ihr das Essen auf einem Tablett und setzte sich still in den Sessel.

Das Ächzen drang weiter durch das halb offene Fenster, dann hörte Lily die Stimme ihres Großvaters. Sie hatte keine Ahnung, was er sagte, doch er klang streng, und als sie noch einmal nach draußen spähte, war Hedi verschwunden. Dann kam Naneh Goli in den Garten, die vor sich hin murmelte und etwas in der Hand drehte, das wie Aladins Wunderlampe aussah und einen beißenden, seltsam riechenden Rauch durch die Tülle ausstieß.

Lily war Naneh Goli schon am ersten Abend begegnet. Die alte Frau war klein und ihr Rücken so gebeugt, als wollte sie in der Erde Wurzeln schlagen. Sie hatte Lily in eine knochige Umarmung gezogen – die geliebte Enkelin des Jungen, den sie aufgezogen hatte, den sie saugen und sabbern gesehen hatte – und sie damit rasch für sich beansprucht. Nun hörte Lily, wie Zods Gehstock auf den Fliesen klackte. Er rief Naneh Goli ungeduldig etwas zu, und bald war auch sie verschwunden.

Als Lily das nächste Mal aus dem Fenster sah, stand ihr Großvater da, eine rauchende Pfeife im Mundwinkel, und schaute nach oben. Er hob den Stock, um ihr zu winken, und erschreckte damit die Finken an der Vogeltränke. Von hier oben wirkte er winzig und verletzlich, doch seine Augen unter den buschigen Brauen funkelten, und er lächelte breit und bedeutete ihr, herunterzukommen. Sie wandte sich ab.

Lily hörte, wie Füße über den Treppenabsatz tappten, dann stieß ihre Mutter mit dem Frühstückstablett die Tür auf, ohne vorher anzuklopfen. Es gab Brot und Marmelade, ein Glas Granatapfelsaft, eine Kanne Tee. Gestern hatte Lily die Milch nicht trinken können. Sie war warm gewesen und hatte zu sehr nach Kuh geschmeckt, und das Eigelb war leuchtend orange gewesen, weshalb sie nur das Naanbrot gegessen hatte. Solches Fladenbrot kannte sie gar nicht – auf heißen Steinen gebacken, knusprig, mit kleinen Vertiefungen; es schmeckte säuerlich und erdig und so köstlich, dass sie ein ganzes Brot hätte verschlingen können. Ihre Mutter erzählte, Soli habe in der Morgendämmerung lange dafür angestanden und werde kurz vor Mittag neues kaufen. Lily betrachtete mit knurrendem Magen das Frühstückstablett, wollte aber warten, bis ihre Mutter das Zimmer verlassen hatte.

Doch Noor hatte es nicht eilig, sie zog einen Stuhl heran und stellte ihre Teetasse auf den Nachttisch. »Ich habe gute Nachrichten.« Ihre Mundwinkel hoben sich hoffnungsvoll.

»Schickst du mich nach Hause?« Lily zog sarkastisch die Augenbrauen hoch.

»Nein, aber das WLAN funktioniert. Es ist allerdings langsam, du musst runtergehen, damit es klappt. Du kannst jetzt deinem Vater schreiben. Ich habe ihm schon gesagt, dass wir gut angekommen sind, aber er möchte sicher etwas von dir hören.«

»Ich verlasse dieses Zimmer nur, um zum Flughafen zu fahren«, knurrte Lily.

»Wie du willst«, sagte Noor und wandte sich seufzend ab.

Sowie sich die Tür hinter ihrer Mutter geschlossen hatte, griff Lily nach einem Stück Brot, bestrich es dick mit Marmelade und stopfte es in den Mund. Vielleicht konnte sie weglaufen … daran dachte sie immer wieder. Die Mauer um den Garten war etwa zweieinhalb Meter hoch, die musste sie natürlich überwinden. Die schmale Gasse dahinter hatte sie bei der Ankunft gesehen, aber da war es dunkel gewesen. Doch selbst wenn sie es bis auf die unbekannte Straße schaffte, konnte sie nicht einmal ein Taxi rufen. Und wohin sollte sie ohne Geld und Ausweis fahren? Noor hatte sie gewarnt, dass unbegleitete junge Frauen ein Fall für die Moralpolizei und selbst alltägliche soziale Aktivitäten verboten waren; und man konnte jederzeit auf der Straße angehalten und angewiesen werden, das Kopftuch zu richten.

Ihr fiel ein, wie alle Frauen Kopftücher aus der Handtasche geholt hatten, als im Flugzeug die Durchsage »Meine Damen und Herren, willkommen in Teheran« erklungen war. *Ich trage auf keinen Fall einen Turban*, hatte sie gedacht, weil ihr die plötzliche, aufgesetzte Zurschaustellung von Frömmigkeit zuwider gewesen war. Dass man so etwas aus Respekt oder Notwendigkeit tat, war Lily unbegreiflich.

Als ihre Mutter sich zu ihr gebeugt hatte, um ihr zu zeigen, wie man das Kopftuch wickelte, hatte Lily sie ignoriert. Doch Noor war beharrlich gewesen, wollte es unbedingt für sie binden, und Lily hatte sie vor dem ganzen Flugzeug angeschrien: »Lass mich in Ruhe! Ich hasse dich!«

»Bitte, Lily«, hatte Noor sanft gesagt und die anderen Passagiere entschuldigend angesehen, die sie mitleidig betrachteten und ihre Habseligkeiten zusammensuchten. Lily hatte sich umgedreht und das Gesicht an die Scheibe gedrückt, hatte sich vorgestellt, hinauszustürzen, den Lichtern dort unten entgegen. Sie hatte sich ausgemalt, wie leid es ihrer Mutter tun würde und welchen Kummer sie erdulden müsste, und danach hatte sie sich besser gefühlt.

Lily schaute seufzend aus dem Schlafzimmerfenster. Sie hatte einmal eine Lehrerin sagen hören: »Die Kinder von heute würden keinen Tag in der Wildnis überleben.« Damals hatte sie sich gefragt, was das heißen sollte, welche Wildnis gemeint war. Inzwischen hatte sie eine ziemlich genaue Vorstellung davon. Jenseits der Mauern des Café Leila lag eine ungezähmte Landschaft, in der sie sich nie allein zurechtfinden würde. Sie konnte sich entweder mit den Leuten da unten gut stellen und einen Fluchthelfer finden oder sich umbringen.

Noor hatte die Willenskraft ihrer Tochter unterschätzt. Zum ersten Mal seit Langem hätte sie gern mit Nelson gesprochen. Er war praktisch veranlagt und ging keiner Konfrontation aus dem Weg. Noor musste Lily aus ihrem Zimmer locken, hatte aber keine Ahnung, wie sie das anstellten sollte. Sie ging an ihrem eigenen Schlafzimmer vorbei, warf einen Blick auf das ungemachte Bett und die Kleider, die auf dem Boden verstreut lagen – wie schnell sie in ihre Mädchenzeit verfallen war. Unten wartete Naneh Goli, die das Frühstückstablett inspizieren wollte, das Noor mitgenommen hatte. Sie log, um der alten Frau nicht wehzutun, und sagte, Lily fühle sich nicht wohl, doch die Entschuldigung überzeugte nicht mehr.

Schließlich wählte sie Nelsons Nummer und hinterließ eine Nachricht. »Ruf mich bitte an. Ich brauche deine

Hilfe.« Wenige Minuten später rief er sie zurück. Anders als sie rechnete er nie mit dem Schlimmsten. Hätte Noor eine solche Nachricht erhalten, wäre sie automatisch von einer Verletzung oder einem Todesfall ausgegangen. Doch Nelson klang ruhig, als hätte man ihn gebeten, einen Krug Sangria zu mischen.

»*¿Qué te pasa, Noor?*« Sie zuckte zusammen, weil er ein wenig herablassend klang, und versuchte, sich kurz zu fassen, doch die ausweglose Situation mit Lily war nicht so leicht zu erklären.

»Würdest du bitte mit ihr reden? Bei dir verhält sie sich ganz anders.«

Sie rannte die Treppe hinauf. »Dein Vater ist am Telefon.«

Lily funkelte sie an. »*Lass das.* Nenn ihn nicht ›dein Vater‹, als hättest du nichts mit ihm zu tun. Er ist Dad!« Sie griff nach dem Telefon, und Noor wollte schon gehen, doch ihre Tochter war bereits in Tränen ausgebrochen und heulte ihrem Vater etwas vor. »Daddy! Oh, Daddy, wie konntest du nur zulassen, dass sie mich hierherbringt?«

Als Noor sah, wie Lily die Fassung verlor, ließ sie sich aufs Fußende des Betts sinken und faltete die Hände zum Gebet. Natürlich hatte Lily recht mit ihrem Vorwurf; Noor hatte sich aus der Gleichung – ihrer zerbrochenen Familie – weggekürzt. Solange ein Kind sie verband, käme sie niemals ganz von Nelson los, selbst wenn Kontinente und Ozeane sie trennten. Es war schwer zu verstehen, was Nelson sagte, doch Lilys Schluchzen wurde allmählich zu einem leisen Wimmern. Sie ließ den Kopf hängen, die Faust an die Nase gedrückt, widersetzte sich aber nicht, als Noor schüchtern nach ihren Füßen griff und sie wie junge Vögel streichelte. Die Fußnägel waren glänzend blau lackiert.

Als Lily sich von Nelson verabschiedete, wurden ihre Worte von einem Schluckauf unterbrochen. Noor holte ihr ein Glas Wasser und setzte sich auf das zerwühlte Bett. »Was hat Dad gesagt, Liebes?«

Als sie Lily in die Augen sah, war es, als hätten sich die Regenwolken verzogen – vorerst jedenfalls. Noor war nicht so naiv zu glauben, dass ein Anruf alles gerichtet hatte, aber es war ein großer Schritt für sie gewesen, Nelson um Hilfe zu bitten und zuzugeben, dass sie Lily ohne ihn nicht würde umstimmen können. Wenn sie nicht aufpasste, würde ihr Stolz sie alle zerstören.

Noor schaltete die Lampe ein und betrachtete ihre Tochter. Lilys Haut schimmerte, und sie hatte ihre Rundlichkeit verloren, was ihre hohen Wangenknochen betonte. Sie stand auf, um sich das Gesicht zu waschen, und ließ sich sogar von Noor einen dicken Zopf flechten – das Kämmen und Teilen war für Noor eine schlichte Freude, die sie beinahe vergessen hatte. Als sie ihrer Tochter das Gesicht geschrubbt und das Haar zurückgebunden hatte, war der mürrische Teenager der vergangenen eineinhalb Jahre verschwunden und einem kleinen, strahlenden Mädchen gewichen.

Noor wagte sich vor und sagte leise, als wäre ihre Tochter ein scheues Tier, das man nicht verschrecken durfte: »Baba würde gern eine Tasse Tee mit dir trinken.« Sie hielt inne. »Komm nach unten, wenn dir danach ist.« Sie ließ die Tür offen und machte sich auf die Suche nach ihrem Vater.

* * *

Zod machte sich noch immer in der Küche zu schaffen. Oft kochte er Granatapfelsuppe und aß, so viel er konnte, aber die meisten Gerichte vertrug er nicht mehr. Seine Brust war eingefallen, die Kleidung weit geworden, den Gürtel hatte er ins letzte Loch gezurrt. Wer genau hinsah, durchschaute seine Galanterie, die Sorgfalt, mit der er sich kleidete, einen begrüßte und sich nach dem Befinden erkundigte.

Noor war so von Lily abgelenkt gewesen, hatte so gestaunt, das Café Leila unverändert vorzufinden, dass sie erst in dieser Stunde, da sich das Licht ins Wohnzimmer ergoss, bemerkte, wie zerbrechlich ihr Vater geworden war.

Nun sah sie, wie er sich an die Möbel klammerte, wenn er das Zimmer durchquerte, wie verschattet seine Augen blickten. Vielleicht hatte ihre Ankunft ihn erschöpft. Vielleicht hatte er Fieber. Sie goss ihm Wasser aus einem silbernen Krug ein, der immer auf dem Beistelltisch stand, und setzte sich neben ihn aufs Sofa. Besorgt streckte sie die Hand aus und fühlte an seiner Stirn.

»Hallo, Baba. Möchtest du dich hinlegen?« Sie sprach lauter als gewöhnlich.

Zod neigte den Kopf, als hätte er sie erst jetzt bemerkt. »Nein, nein, nein, ich möchte hier mit dir sitzen. Und mit Lily.«

»Geht es dir gut, Baba? Wann warst du zuletzt beim Arzt?« Zod blickte belustigt auf, da er ihre strenge Krankenschwesternstimme nicht gewohnt war.

Er nahm seit Monaten ab, hatte den Appetit verloren, die verfluchten Rückenschmerzen hielten ihn nachts wach. Er hatte Dr. Nasseri, einen seiner Freitagsstammgäste, gebeten, ihm ein Schmerzmittel zu verschreiben, doch der Arzt hatte darauf bestanden, ihn zu untersuchen und Blut abzunehmen. Kurz darauf waren Dr. Nasseri und sein Kollege Dr. Mehran ins Café gekommen, um Zod die Diagnose mitzuteilen, doch er wollte sie erst hören, wenn er sie mit Essen versorgt hatte. Erst danach setzte er sich zu seinen alten Freunden, die ihm beklommen die Nachricht überbrachten, er habe Bauchspeicheldrüsenkrebs. Die beiden Ärzte weinten hemmungslos in ihre Stoffservietten und wurden von ihrem Patienten getröstet. Er fragte nur, wie lange ihm noch blieb.

Der Haushalt wurde zur Geheimhaltung verpflichtet. Zod wollte seine Kinder nicht beunruhigen, die auf der anderen Seite der Welt lebten. Sie würden sich verpflichtet fühlen, ihn zu besuchen, würden ihre Familien, ihre Arbeit, ihr Leben zurücklassen. Und wofür? Um zu sehen, wie er selbst einfachste Aufgaben nicht mehr erledigen konnte? Um ihn zu einer Behandlung zu drängen, die er bereits abgelehnt hatte? Oder, schlimmer noch, um ihn zu zwingen, den Iran zu verlassen und woanders bessere Pflege zu erhalten? Niemals. Dies war seine Heimat, jeder Zentimeter, jede schiefe Wand, hier würde er sterben.

Und nun saß sein verletztes Mädchen neben ihm und wusste nichts von seiner Krankheit.

»Mein Arzt sagt, es ginge mir blendend.«

»Hmm. Ich würde gern mit ihm sprechen.«

Lily tauchte in der Tür auf, steif und mit gesenktem Kopf. Staubpartikel schwebten im Nachmittagslicht durchs Wohnzimmer, das allmählich seine Eigenheiten enthüllte – den verblichenen Perserteppich mit dem rosa und blauen Paisleymuster, den Heizkörper, das Klavier voller Fotografien, die Anrichte, auf der sich Zeitungen stapelten, die kristallenen Bonbonschalen, die auf Spitzendeckchen auf dem teefleckigen Couchtisch standen, und in der Ecke saß Zod mit Noor, eine Decke auf dem Schoß, und verschmolz förmlich mit dem gemusterten Sofa und dem Teppich unter seinen Füßen. Er erhob sich mühsam, die Hand auf Noors Kopf, neigte das Kinn und streckte Lily die Hand entgegen.

Lily machte zwei unsichere Schritte wie ein Kleinkind, das laufen lernt, dann noch zwei. Sie brachte ein schwaches Lächeln zustande und legte ihre Hand vertrauensvoll in die ihres Großvaters. Er führte sie zum Klavier und deutete auf die gerahmten Fotos. »Unsere Familie«, sagte er mit zitternder Stimme.

Noor war richtig schwindlig vor Erleichterung und ging in die Küche, um nach dem Tee zu sehen, wobei sie mit Karim zusammenstieß, der gerade zur Tür hinausrannte.

»Warum so eilig?«

Karim hüpfte von einem Fuß auf den anderen. Er trug die neuen Nike-Turnschuhe, die Noor ihm mitgebracht hatte, und zeigte ein lückenhaftes Grinsen.

»M-m-muss Eis h-h-holen«, stotterte er, und Noor schämte sich, weil sie ihn zum Sprechen gezwungen hatte, doch sein breites Grinsen schien alles zu vergeben.

Mit dreizehn Jahren trug Karim eine Verantwortung, die sich Noor bei ihrer Tochter überhaupt nicht vorstellen konnte. Nach der Schule half er in der Küche, erledigte Besorgungen, hütete das Feuer, schleppte einen Putzeimer, der gegen seine mageren Beine schlug, von einem Zimmer ins nächste und bügelte gelegentlich.

Die Nachricht, dass Lily heruntergekommen war, verbreitete sich rasch im Haushalt. Menschen, die eng beieinander lebten und arbeiteten, bemerkten natürlich den leichtesten Schritt auf der Treppe, das leiseste Knarren des

Geländers. Naneh Goli murmelte am Samowar vor sich hin und bereitete das Teetablett vor. »Meine Gebete wurden erhört.« Ihre Augen glänzten vor lauter Freude, weil sie gewusst, nein, daran *geglaubt* hatte, dass Weihrauch und ihre gedämpften Bitten an Gott Lily in den Schoß der Familie holen würden. »Geliebte Tochter meines geliebten Sohnes, nimm das Tablett, und ich bringe jedem von euch eine Schüssel Eis, sobald Karim zurück ist«, bat sie Noor.

Wie wunderbar es ist, solche Freundlichkeit zu erleben, dachte Noor.

Naneh Goli setzte sich an den Tisch, wo Lauch bereitlag, der für das Abendessen geschnitten werden musste, und wischte sich die Stirn mit dem Ärmel ab. Dann ein kleines Gähnen, sie war müde.

Bevor Noor und Lily gekommen waren, hatte sie tagelang über den Haushalt gewacht, während Staub gewischt, poliert und geschrubbt und das Badezimmer oben gescheuert wurde, während die Schlafzimmer gefegt und aufgefrischt und die Fenster mit Essig gereinigt wurden, bis Hedi ihr den Spitznamen »Oberst« verliehen hatte. Alle im Haushalt verstanden, dass Naneh in diesen Aufgaben aufging, so wie sie auch ihre Inspektionen akzeptierten. *Noor soll alles so vorfinden, wie sie es verlassen hat.*

Naneh hatte sich das Recht verdient, die Heimkehr zu genießen. Das Warten war vorüber. Endlich konnte sie Noors Wangen küssen und wieder Kinderstimmen im Haus hören.

Es gab viele Dinge, die Zod nun hätte sagen können: Er hätte Lily nach ihrer Abwesenheit fragen oder sich über ihr Verhalten wundern können, schien es aber als selbstverständlich zu betrachten, dass das Mädchen seines Mädchens wie die angenehme Brise, die spät am Tag aufkam, ins Zimmer geweht war. Wenn man so lange gelebt hatte wie er, wusste man nur zu gut, dass es müßig war, jemandem die Schuld zu geben; man wusste, dass man nicht zurückzuschauen und Erklärungen zu verlangen brauchte.

Der Nachmittag war heller geworden. Zod erbat nicht viel; er lud Lily einfach in ein Zimmer ein, in dem er sein Leben lang gewohnt hatte. Dutzende Familienfotos, von der Sonne verblichen, drängten sich auf dem Klavier: ein hochgewachsener Vater mit Brille und eine junge Mutter, die ein Bündel hielt und von zwei kleinen Jungen flankiert wurde, standen vor einem Brunnen; eine Frau saß an ebendiesem Klavier und schaute über die Schulter; drei Jungen mit nass zurückgekämmten Haaren; Noor und Nassim in ihren Collegepullovern auf der Golden Gate Bridge; ein junger Mann in Talar und Barett; ein Hochzeitsfoto von Noor und Nelson, ähnlich dem, das Lily bei sich trug.

Zod blies den Staub von einem ovalen Rahmen und reichte ihn Lily. Das Bild zeigte Pari in einem Glockenhut, und sie lächelte dem Fotografen, den sie offenbar sehr gerngehabt hatte, zwanglos entgegen. Ihr Gesicht zu betrachten war, als schaute man nach einem Haarschnitt in den Spiegel – das Mädchen, das Lily entgegenblickte, war ihr sehr ähnlich und doch anders. Dass diese Frau ihre Großmutter sein sollte, beunruhigte Lily – wie konnte sie mit all diesen Menschen verwandt sein? Der Gedanke, dass sie das nicht rückgängig machen und der Mensch sein konnte, der sie vor einer Woche gewesen war, ängstigte sie. Sie war froh, als alle sich hinsetzten, und dankbar für den Tee, den man ihr reichte.

* * *

An diesem Abend aßen Zod, Noor und Lily an einem Ecktisch im Café. Noor hatte Kopftücher besorgt, und sie saßen mit dem Rücken zu den Gästen. Natürlich hatten Noor und ihr Vater abends meist zusammen gegessen, doch dass Lily nun dabei war, versetzte den ganzen Raum in Schwingung, und die Leute konnten kaum die Augen von ihr wenden.

Zod ging langsam zu den Stammgästen hinüber, tauschte die üblichen Grüße, nahm ihre Zuneigung entgegen, erkundigte sich nach ihren Familien und verbreitete Fürsorglichkeit im ganzen Raum. Rasch kam wieder die übliche Geräuschkulisse auf, und die Männer aßen gierig, kauten gewaltige Bissen. Ala stellte eine Vase mit Seidenblumen, die auf der Frisierkommode seiner verstorbenen Frau gestanden hatte, vor Lily auf den Tisch und zündete eine Kerze aus der Schublade an, in der man einen Vorrat für Stromausfälle aufbewahrte. Soli bereitete ein *Kuku* (persisches Kräuteromelett) mit Lauch und Kartoffeln zu, das brutzelnd heiß aus der Pfanne kam und mit hausgemachtem Joghurt und frischem Estragon von Hedi serviert wurde.

Lily erschrak ein bisschen, als sie den bärenstarken Hedi aus der Nähe sah. Sie traute sich nicht, ihn anzuschauen, nachdem sie ihn nur halb bekleidet und grunzend im Garten erlebt hatte. Das Restaurant war nicht so prächtig, wie ihre Mutter es beschrieben hatte, aber fröhlich und voller Gespräche und Menschen, die kamen und gingen.

Als Zod wieder am Kopfende des Tischs Platz genommen hatte, trank er Brühe aus einer Teetasse und ließ den Blick durch den Raum zu seinen Gästen, seiner Tochter und seiner Enkelin schweifen. *Bitte, nur noch ein bisschen länger*, dachte er dabei.

* * *

Als Lily nach dem Abendessen auf ihr Zimmer ging, bemerkte sie, dass die Kleider, die sie seit der Ankunft getragen und am Nachmittag endlich ausgezogen hatte, gewaschen und säuberlich gefaltet waren. Ihre Jeans und sogar ihr Nachthemd waren gebügelt. Das Bett war frisch bezogen. Sie deckte sich bis zum Kinn zu, hielt die Nase an die kühle Decke und atmete tief ein – Naneh Goli benutzte beim Bügeln eine Sprühflasche mit Rosenwasser und hatte sogar eine Flasche neben dem Spülbecken stehen, aus der sie es sich wie eine frischgebackene Braut hinter die Ohren tupfte.

Nachdem das Licht ausgeschaltet war, dauerte es eine Weile, bis es im Haus ruhig geworden war. Nur das Tappen von Zods Gehstock auf dem steinernen Weg und der leichte Kirschholzduft seines Pfeifentabaks drangen in Lilys Schlafzimmer. Sie konnte nicht sofort einschlafen und wiederholte ein Gedicht, das sie von ihrem Vater gelernt hatte.

Había una vez un barquita chiquitito,	Es war einmal ein kleines Boot,
Había una vez un barquito chiquitito,	Es war einmal ein kleines Boot,
Que no podía, que no podía,	Das nicht, das nicht,
Que no podía navegar.	Das nicht segeln konnte.
Pasaron una, dos, tres, cuatro,	Ein, zwei, drei, vier,
cinco, seis semanas;	fünf, sechs Wochen vergingen;
Pasaron una, dos, tres, cuatro,	Ein, zwei, drei, vier,
cinco, seis semanas;	fünf, sechs Wochen vergingen;
Y aquel barquito, y aquel barquito,	Und das Bötchen, und das Bötchen,
Y aquel barquito navegó.	und das Bötchen segelte davon.

Als sie mit ihrem Vater telefoniert hatte, hatte sie so sehr geweint, dass sie kaum Luft bekam. »Lily«, hatte er gegurrt,

»*mi hija, no llores* (weine nicht, meine Tochter). Ich verspreche, wenn du Mom auf halbem Weg entgegenkommst, gewinnst du ihr Vertrauen und zeigst ihr, dass du dich bemühst.« Nelson hatte schon immer gewusst, wie er seine Tochter beruhigen konnte. Er verstand sich darauf, sparte nicht mit Trost, sprach Probleme sofort an. Die wenigen Worte hatten Lily besänftigt und dazu gebracht, seinen Rat zu befolgen. Sie würde sich bemühen.

Da ihr ein bisschen kalt war, griff sie nach ihrem frisch gewaschenen Sweatshirt und drückte das Gesicht hinein. Schon bei der Berührung hätte sie am liebsten geweint. Es roch süß und gut, war aber nicht mehr ihres. Sie war hundemüde und doch ruhelos, trat die Decke beiseite und horchte an der Tür. Alles still. Es war spät, nach Mitternacht.

Sie trat barfuß auf die knarrende Treppe, ging an der Garderobe im Flur vorbei und folgte winzigen Lichtpunkten in die Küche, wo ihr Großvater bei einer Tasse Tee saß und in die Ferne schaute. Sein Gesicht leuchtete auf, als hätte er auf sie gewartet, und er schien gar nicht überrascht, sie in der Tür zu sehen. Der Kessel hinter ihm brodelte über einer blauen Flamme. Der Tisch war fürs Frühstück gedeckt: weiße Teller, silberne Buttermesser, Glasschalen mit Würfelzucker und Marmelade, Teelöffel und gefaltete Servietten. Das alles wirkte nicht steif, sondern gemütlich und zwanglos, in Erwartung der nächsten Mahlzeit.

»Komm«, sagte Zod sanft und deutete auf einen Stuhl.

Lily setzte sich zu ihm und zog die nackten Beine unter das Nachthemd. Zod schenkte ihnen Tee ein. Seine Hände zitterten, aber er schaffte es, die Tülle über ihre Tasse zu halten, ohne dass etwas danebenging. Er bot ihr Zucker an, hob einen Finger.

»*Yek?* (Eins?)« Dann zwei Finger: »*Do?*« Ihre erste Lektion in Sachen Zahlen.

»*Yek*«, antwortete sie schüchtern, ließ einen Zuckerwürfel in den Tee fallen und rührte mit dem puppenkleinen Löffel.

Lily neigte sich zu ihrem Großvater. Sie saßen am äußersten Ende der Küche, wo sie den steten Chor der Zikaden durch die Hintertür hören konnten, und die Stimme in ihr, die weglaufen, in die dunkle Straße hinunterspringen und verschwinden wollte, wurde leise und schläfrig.

6. Kapitel

Noor fand sich ohne Licht zurecht, weil ihr das Haus vertraut war. Anders als die Bäume draußen, deren Äste mittlerweile so gewachsen waren, dass sie sich wie ein dichtes Netz verflochten hatten. Noor wusste, wo sie einen Löffel, eine Schachtel Streichhölzer oder einen Waschlappen finden konnte, lauter Dinge, die seit dreißig Jahren an ihrem angestammten Platz aufbewahrt wurden.

Bald würden alle aufstehen und ihre Aufgaben im Haushalt wieder aufnehmen – Zod und Naneh Goli würden ein Wettrennen veranstalten, um den Herd anzuzünden, Soli würde zum Bäcker eilen und sich in die lange Schlange stellen.

Noor zog eine alte Jacke über, weil der Morgen kühl war, und wagte sich nach draußen in den verwilderten Garten. Die Vögel in den Bäumen erwachten gerade, noch vor dem schwachen Licht der Dämmerung. Sie war froh, dass ihr diese halbe Stunde blieb, um Mut zu sammeln, denn jeder Tag kam ihr vor wie frisch ausgebrütet und sie sich wie ein Küken. Sie setzte sich auf die moosbedeckte Schaukel, an deren Pfosten die Wäscheleine befestigt war.

Heute würde sie mit ihrem Vater zum Arzt gehen, obwohl er tausend Einwände gehabt hatte. Doch nach dem Abendessen mit ihm und Lily hatte sie ihn im Badezimmer würgen hören, und als sie geklopft hatte, hatte er sie weggeschickt. Er hatte fast nichts gegessen, und Noor bemerkte, wie steif er am Tisch saß, als hätte er Schmerzen, und wie wächsern Gesicht und Hände wirkten. Also hatte sie am nächsten Morgen einen Termin bei Dr. Mehran vereinbart, der erleichtert schien, von ihr zu hören, ihr am Telefon aber nichts Näheres sagen wollte. »Es ist besser, wenn Sie vorbeikommen«, hatte er gesagt.

Im ersten Morgenlicht stolperte sie über ihr verrostetes Dreirad, das unter den Kletterpflanzen lag, die sich wild in den Garten ergossen. Warum hatte Zod es aufbewahrt? Er hatte sogar Azaleen in ein altes Kinderkörbchen gepflanzt. Dieser Garten enthielt ihre Geschichte, alle wichtigen Dinge waren hier geschehen.

Als Kind war der Garten Noors ganze Welt gewesen, eine Oase, in der sie an heißen Sommernachmittagen unter dem Baldachin der Bäume eisgekühlte Minzbrause tranken und bei Sonnenuntergang von meterlangen Spießen saftigen Kebab aßen. Im Laufe des Abends zündeten sie dann Laternen an, und der Garten wirkte auf einmal dreidimensional wie eine Bühne. Die Kellner schoben einen dreirädrigen Wagen umher, auf dem Kompott, *Baba au rhum*, *Crème Caramel* und *Charlotte russe* und darunter Likörflaschen und Digestifs standen. Bald darauf begann die Musik. Noor saß auf dem Schoß ihrer Großmutter und schaufelte sich mit Vanillewaffeln Pistazieneis in den Mund, während Pari für sie sang. Ihr Bruder Mehrdad saß auf dem Ast des Maulbeerbaums und ließ die Beine baumeln, fing Motten, die um die Laternen flatterten, und machte sich über die erwachsenen Männer lustig, denen bei Paris Liedern die Tränen kamen –

die Stimme seiner Mutter, die erste Musik, die er je gekannt und von der er geglaubt hatte, sie gehöre nur ihm.

Hier machte Noor die ersten Schritte, hielt sich an Zods Händen fest, während er rückwärts ging. Sie spielte mit ihm Verstecken, duckte sich hinter frisch gewaschene Bettlaken und Handtücher, die nebeneinander auf der Leine trockneten. Das rote Dreirad gehörte zuerst Mehrdad, dann ihr, und da sie es nicht aufgeben wollte, hatte sie erst mit knapp acht Jahren Radfahren gelernt. Sie fuhr immer im Kreis, die Knie an der Brust, band allen möglichen Kram an die Achse und veranstaltete einen derartigen Höllenlärm, dass Yanik aus seiner Nachmittagssiesta aufschreckte und mit nacktem Oberkörper aus dem Schlafzimmerfenster »RUHE!« brüllte.

Nach dem Mittagessen sollten alle das obligatorische Schläfchen machen, aber die kleine Noor hielt es nicht länger als eine Viertelstunde in ihrem Zimmer. Sobald Pari und Zod gegangen waren, zog sie ihre stinkenden Gummisandalen an und rannte nach draußen. Sie hatte ihre Puppe Niloufar auf den Rücken gebunden und drehte in einer geschäftigen Fantasiewelt ihre Runden. Einmal überfuhr sie einen Frosch, den das Vorderrad in der Mitte zerschnitt, und stieß einen so schrillen Entsetzensschrei aus, dass der ganze Haushalt herbeirannte. Männer in Boxershorts und Frauen in schief zugeknöpften Baumwollkitteln stürzten in den Hof, weil sie glaubten, Noor habe sich den Schädel gebrochen, entdeckten aber nur die zwei zuckenden Hälften eines Frosches. Yanik hob sie auf und warf sie wie einen Obstkern ins Gebüsch, dann brüllte er Zod entgegen: »Schaff deinen Wurm ins Haus!« Er stampfte zurück ins Bett, und alle außer Pari folgten ihm. Pari kniete sich hin, um ihre Tochter mit Vogelgesang zu trösten – sie ahmte das Zirpen nach und verschönerte die Noten so überzeugend, dass die Vögel erst schwiegen und dann trillerten: *Wer bist du? Wo ist dein Ast?* Sie wusch Noor das Gesicht mit kaltem Wasser aus einem steinernen Becken und ging mit ihr ins Haus.

Selbst wenn sie nur den Nachmittagstee zubereitete, bestand Pari nach dem Mittagsschlaf auf einem frischen Kleid. Es waren gut geschnittene Baumwollkleider in Cremeweiß und Pastelltönen, die sie auf einer Singer-Nähmaschine aus Stoffen fertigte, die sie auf ihren Reisen gekauft hatte. Oft summte die Maschine wie ein Bienenstock im Schlafzimmer, nur unterbrochen von einem gelegentlichen Fluch, wenn sie sich in den Daumen stach.

Pari hatte das Nähen kurz nach der Hochzeit von ihrer Schwiegermutter gelernt: Nina hatte eine kleine rote Schleife um die Nadel der Nähmaschine gebunden und auf den Stuhl neben ihrem geklopft. Wochenlang hatten sie sich in Schnittmuster vertieft und alles von Kleidern bis hin zu Taschentüchern in Violett- und Rosatönen gefertigt. Obwohl Nina noch immer um ihren verlorenen Sohn trauerte, weigerte sie sich, nach der Hochzeit Schwarz zu tragen. »Wir haben genug verloren, meine Perle. Wir werden nicht auch noch unsere Farbe verlieren«, verkündete sie. Lediglich die Männer durften einen schwarzen Trauerflor am Ärmel tragen. Mit Pari war Nina immer großzügig und rief »Du Licht meiner Augen! Du verdienst es, im Mittelpunkt unseres großen, lärmenden Haushalts zu stehen«, wann immer ihre Schwiegertochter zögerte, einen Ballen cremefarbener Seide, einen goldenen Fingerhut oder ein Nadelkissen aus rotem Samt als Geschenk anzunehmen.

Da sie Paris stille Gesellschaft schätzte, stickte Nina ihre Reise mit Yanik, die sie von Samara in den Iran geführt hatte, mit Worten auf säuberlich vermessene Stoffbahnen. »Wir sind nachts mit einem Koffer aufgebrochen, ich trug Nikis Mantel. Wir hatten unsere ganze Kleidung am Leib, benutzten unsere wollenen Socken als Handschuhe und stopften unsere Stiefel mit Zeitungspapier aus, damit unsere Füße trocken blieben. Ich habe das Innenfutter des Mantels aufgerissen und es mit den Rezepten seiner Mutter gefüllt, doch das habe ich ihm erst gesagt, als wir hier waren, sonst hätte er mich wegen meiner Dummheit angeschrien. Heute ist er mir natürlich dankbar. Ich mache noch immer ihren *Kulitsch* (russisches Osterbrot) und die *Nazuki* (Gewürzbrot).«

»Wo sind die Rezepte jetzt?«, fragte Pari.

»Ich habe sie lange im Mantel aufbewahrt. Dann hat er das Café gekauft. Er wollte, dass ich helfe, aber ich konnte nicht kochen. Also habe ich das Innenfutter aufgerissen und ihm die Seiten aus dem Notizbuch seiner Mutter gezeigt – bedeckt mit ihrer winzigen, kargen Handschrift. Er weinte lange, er hatte so viel zurückgelassen. Meine Augen blieben trocken. Ich war froh, von seiner Familie weg zu sein. Seine Mutter hatte ein Händchen fürs Kochen und eine Zunge wie ein Schwert. Sie war eine grobe Frau, dick und plump, konnte aber Steckrüben zu Gold spinnen. Aus einer staubigen Wurzel, die in ihrem Keller gelegen hatte, machte sie Suppe und Sauerkonserven und Aufläufe. Alle hungerten, doch Lena konnte einen wurmstichigen Apfel auf fünfzig verschiedene Arten zubereiten.«

»Hast du ihre Rezepte nachgekocht?« Pari versuchte der Geschichte zu folgen.

»Pah! Ihre Anweisungen waren barsch, als hätte sie mit einem Stock hinter mir am Herd gestanden und *Nein! Nein! Doch nicht so! Zu viel Pfeffer! Was für eine Bescherung!* gerufen. Ich war erst achtzehn. So alt wie du, Herrgott noch mal! Also habe ich die Rezepte zuerst gelesen und auswendig gelernt. Dann habe ich sie in einer Schublade verschlossen und bin in die Küche gegangen. Aber ich hörte noch immer ihre schrille Stimme. Was immer ich berührte, schmeckte sauer. *Zu viel Essig. Deine Mutter hat dich wohl in einem Einmachfass aufgezogen!* Eines Tages besorgte ich Stoff, um Sitzkissen für die Stühle zu nähen, die Yanik für das Café gekauft hatte – einen wunderschönen roten Brokat. Ich nahm Lenas Rezepte und nähte sie in die Polster ein.«

»Du meinst, in den Stühlen sind Rezepte?«, fragte Pari überrascht.

»Perle, unter jedem Arsch liegt ein Rezept!«

Sie lachten sich schief, und Yanik, der gerade vorbeikam, hörte verwundert zu und atmete ihre Freude durch den Türschlitz ein. Nina trauerte an jenen langen grauen Nachmittagen um ihren Erstgeborenen, indem sie sich dem liebenswerten Mädchen zuwandte, das Davoud erwählt und für seinen kleinen Bruder dagelassen hatte. Die Höhlungen unter ihren Wangenknochen wurden tiefer, ihre Stirn wurde runzliger, doch Nina wurde niemals hart. »Du bist meine Melone«, flüsterte Yanik, wenn er sich nachts an ihren Rücken klammerte, »von außen hart, von innen süß und weich.«

Pari hatte Noor oft eingeladen, sich Schnittmuster mit ihr anzusehen, doch Noor hatte kein Interesse am Nähen und half ihrem Vater lieber im Café. Sie fand es wichtiger, Salzstreuer nachzufüllen und Servietten zu falten, und deckte den Tisch für ihre Puppen, wobei sie winzige silberne Aschenbecher als Teller benutzte. Dennoch liebte sie die Kleidungsstücke, die Pari für sie und Niloufar nähte, über alles.

Nach dem Zwischenfall mit dem Frosch lief Noor wochenlang ängstlich durch den Garten und suchte nach den Überresten des zermalmten Geschöpfs, um es anständig zu begraben. Sie konnte nicht ahnen, dass sie durch diese unappetitliche Sektion des Froschkadavers in Mehrdads Achtung gestiegen war. Er hatte Spaß daran, ihr seine Sammlung von Streichholzschachteln zu zeigen, in denen er Käfer, Grashüpfer, Bremsen und Kakerlaken mit beschnittenen Flügeln hielt. Noors Versuche, sie mit Klebstoff zu heilen und freizulassen, brachten Mehrdad auf die Palme, worauf er ihr die Tiere heimlich in den Schuh steckte oder sie hilflos auf Noors Kopfkissen liegen ließ wie ein verschmähtes Stück Schokolade. Er zog sie damit auf, dass er die Froschteile gegessen habe, und sie stellte sich vor, dass ihm schleimige Füße mit Schwimmhäuten in der Kehle steckten, und sie rannte schreiend zu Pari.

Mehrdad war zwei Jahre älter und der perfekte große Bruder, wann immer ein Flegel aus der Nachbarschaft sie quälte, doch ansonsten hielt er sich von seiner eigensinnigen Schwester fern. Als Noor ihn angerufen und ihm von ihrer Reise in den Iran erzählt hatte, hatte sie ihn nicht um Rat gebeten, und er hatte sich gehütet, ihr einen zu erteilen.

* * *

Als der Morgen anbrach und Soli in den Garten schlenderte, um sein Motorrad zu holen, bemerkte er Noor, die auf der Schaukel saß und gedankenverloren ins Blätterwerk der Bäume hinaufschaute. Er fragte, ob er sie zum Arzt begleiten solle, doch Noor sagte Nein, er solle sich lieber um das Mittagessen kümmern. Dann stand sie zögernd auf und ging ins Haus, wo Zod im Lampenschein schweigend am Küchentisch saß und seinen Tee trank, während Naneh Goli in ihrem geblümten Tschador neben ihm stand, als wäre er spät dran für die Schule.

Noor war erleichtert, dass ihre Gegenwart den Tagesrhythmus nicht störte. Sie trat hinter den Stuhl ihres Vaters und schaute sich in der düsteren, aber ordentlichen Küche um: Das Geschirr und die geschwärzten Bratpfannen waren in frei stehenden Regalen verstaut, und in einer Ecke summte ein gewaltiger Kühlschrank, der das kleinere Gerät von früher ersetzt hatte. Ein angeschlagenes Porzellanspülbecken, der Raum darunter von einem Vorhang verdeckt, ein ovaler Spiegel mit kleiner Ablage, auf der Naneh Goli ihren Kamm und ein Töpfchen mit rissigem Rouge aufbewahrte, der eckige Emailleherd vor einer Wand voller roter und brauner Spritzer – wie Graffiti aller Köche, die die Familie je ernährt hatten. Die Küche war wie auf links gedreht, ihr Inhalt hing an Haken und Nägeln, Schöpflöffel und Siebe waren mühelos zu erreichen – eine Offenheit, die in starkem Kontrast stand zu den diskreten Schränken ihrer amerikanischen Küche mit ihren lautlosen Schubladen und verborgenen Mülleimern.

Zod tätschelte Noors Hand, die auf seiner Schulter lag, und lächelte zu ihr auf. Seine Haut war gelblich, doch sein weißhaariger Kopf und der Duft seines Eau de Cologne wirkten sehr distinguiert. Für seinen Stadtbesuch hatte er sich in eine dunkelgraue Hose und eine schwarze Strickweste gekleidet. Er schob den Stuhl zurück und sagte: »Lasst uns den Tag beginnen.« Noor wusste, dass er sich wegen ihr so ruhig gab. »*Noore cheshmam* (Licht meiner Augen), iss dein Frühstück, und dann rufen wir ein Taxi.«

Sie hatte sich bemerkenswert schnell wieder an Tee gewöhnt, nachdem sie lange nur mit einer starken Tasse Kaffee in den Tag hatte starten können. Sechzehn Jahre lang hatte Nelson ihr einen großen Café con leche ans Bett gebracht, und sie hatte seine Zuneigung mit Leidenschaft verwechselt. Naneh Goli bedeutete ihr, sich hinzusetzen, und nahm ein weich gekochtes Ei aus dem Topf, der auf dem Herd brodelte. Wie tröstlich war dieses Morgenritual, das warme Brot, der sonnengelbe Dotter, der gurgelnde Samowar und der Salzstreuer, ein Souvenir von einer längst vergangenen Reise. Alles hatte seinen Platz, die Möbel standen dort, wo sie immer gewesen waren, und der Flur füllte sich schon mit dem Duft gebratener Zwiebeln für den Eintopf.

Wie schaffte Naneh Goli es nur, die Kälte draußen zu halten, die Hühner zu versorgen, Gemüse zu ziehen? Wie schafften es alle hier, diesen Haushalt Tag um Tag zu führen, während sie selbst nicht einmal sicher war, wie sie die nächste Stunde leben, wie sie ihre Tochter wecken, wie sie sich kleiden sollte, wenn sie das Haus verließ, wie sie mit den normalen Leuten auf der Straße reden sollte?

Lily war wach und schickte sich an, dem Gedränge unten gegenüberzutreten. Alle im Haus waren sich bewusst, dass sie da war – ähnlich wie jemand, der sich im Theater in der allerletzten Reihe nahe beim Ausgang herumdrückt –, gingen aber weiter unbeirrt ihren Aufgaben nach und horchten auf Bewegungen von oben.

Leider rauschte die Toilettenspülung lautstark, wenn man an der Kette zog. Lily duschte in der Wanne mit der Handbrause, die sie nervig gefunden hatte, bis sie lernte, sich hinzuknien und den Strahl im richtigen Winkel zu halten, sodass sie sich die Haare waschen konnte.

Sie nahm widerwillig ein frisches Sweatshirt und eine Jeans aus dem Schrank, die noch nach amerikanischem Waschmittel rochen. Dann trug sie Lipgloss mit Melonenaroma auf und zog ihre hohen schwarzen Converse-Sneaker an. Unten schauten alle hoch, als sich ihre Zimmertür knarrend öffnete. Sie hatte den iPod in der Tasche und die Kopfhörer um den Hals – eine Vorsichtsmaßnahme, sollte Noor über ihre Gefühle sprechen oder darüber referieren wollen, dass es ganz in Ordnung sei, traurig oder wütend zu sein, und wie viel es ihr bedeutete, dass Lily sich auf ihr »Abenteuer« eingelassen hatte.

Sie in der Küchentür zu sehen war zu viel für Naneh Goli – sie konnte einfach nicht anders und überschüttete Lily mit einer Flut von Koseworten. Diese umspannten Lily wie ein Netz und sie fürchtete sich ein wenig vor der alten, buckligen, aufdringlichen Frau, die besessen zu sein schien. Die anderen standen da und starrten sie an, als hätte sich der Vorhang endlich gesenkt, und sie käme hinter die Bühne, um mit ihnen zu feiern.

Zod erteilte einen leisen Befehl, um den Bann zu brechen. Sofort kamen alle in Bewegung, Soli schnitt das Brot, Naneh Goli schenkte Lily Tee ein, Karim zog einen Stuhl heran, und Noor schickte sich an, Orangen zu schälen. Lily, die im Mittelpunkt der ganzen Aufmerksamkeit stand, sah sich gezwungen, das einzige persische Wort zu sagen, das sie kannte. Vor ihrer Abreise hatte Noor den halbherzigen Versuch unternommen, ihr einige Wörter beizubringen, die sie mit Bildern versehen an die Kühlschranktür geheftet hatte. »*Merci.*« Das war leicht. Sie waren beeindruckt.

Karim starrte sie unwillkürlich an – so exotisch war dieses Geschöpf mit den honigfarbenen Augen und den Lippen, die wie ein Bonbon glänzten, das man ihr vom Gesicht lecken konnte. Es war, als hätte sich eine Tür aufgetan, und er wäre hindurchgegangen. Hinter ihm war alles in einen tiefen Abgrund gestürzt, und er konnte nie mehr zurück zu jenem Jungen mit den ungezähmten Haaren und den aufgeschürften Knien, dem Jungen mit dem feinen Flaum auf der Oberlippe, der alles trat, was ihm vor die Füße kam, der mit bloßen Händen Kakerlaken und Mäuse fing und manchmal wie ein nasses Schaf roch. Wie einsam er gelebt hatte. Seine Welt wurde weit, als Lily in die Küche trat, und alles sah auf einmal neu aus. Dann bemerkte er seine schmutzigen Nägel und die hässliche Hose und er versteckte sich beschämt hinter Soli. Sein Herz hämmerte heftig.

Karim würde an diesem Tag durch die Luft zur Schule schweben wie ein Löwenzahn im Wind. Was für ein Glück, dass es die letzten Tage vor den Sommerferien waren. Sein Lehrer würde ihm mit einem Lineal auf die Finger schlagen, und er wäre dankbar für die scharfe Stimme, die ihn an sein Pult fesselte. Freunde würden seine Schuhe bewundern, ihn um Zigaretten anbetteln, die er Ala gestohlen hatte, doch Karim wäre ganz in die Aufgabe vertieft, seine Fingernägel mit einem Zahnstocher zu reinigen – dieser Junge aus Mazandaran am Kaspischen Meer, den man seinem Onkel übergeben hatte, nachdem sein Dorf in Trümmer gefallen war und eine Mutter, einen Vater und einen kleinen Bruder verschluckt hatte; ein Junge, der das Erdbeben überlebt hatte, weil er zum Angeln gegangen war. Erst jetzt verstand Karim, weshalb er an jenem Morgen vor drei Jahren, als ihn das Quengeln seines kleinen Bruders in den frühen Morgenstunden geweckt und zum Fluss getrieben hatte, verschont geblieben war.

Es war 8.15 Uhr. Er wollte unbedingt noch einmal hören, wie Lily *merci* sagte, doch Naneh Goli faltete ein Stück Naanbrot um ein gekochtes Ei, steckte es in seinen Rucksack und schob ihn mit einer langen Liste von Anweisungen, die er gar nicht mitbekam, zur Tür hinaus. Er konnte nur eines denken: *Am Morgen des 9. Juni um 8.15 Uhr habe ich mich verliebt.*

Am späten Nachmittag trieb er sich in der Küche herum und stand im Weg, bis Naneh Goli ihn in die Vorratskammer schickte, um Marmelade zu holen. Der Keller, der von einer Glühbirne an einem Kabel beleuchtet wurde, sah aus wie eine Apotheke: Regale voller Rosenwasser, Orangenblütenwasser, Quittensirup, Limettensirup, Essig und Einmachgläser mit Gemüse, die alle von *Agha* (Herrn) Zods zittriger Hand sorgfältig beschriftet waren. Karim hielt inne, um die Etiketten zu lesen, fand aber nichts, mit dem er das Hämmern in seiner Brust beschwichtigen konnte. Also nahm er das letzte Glas eingemachte Feigen für Lily mit. Seine *jan* (liebe) Lily, Lily-Rose, seine *shirin* (süße) Lily, Lily-Morgen, Lily-Mond, Lily-*merci*.

7. Kapitel

Jeder kennt die Regeln. Nie Vorfahrt gewähren. Nie auf der eigenen Spur bleiben. Nie vor einer gelben Ampel langsamer werden. Wenn man die Ausfahrt versäumt, legt man einfach den Rückwärtsgang ein. Man kann die Richtung einer Einbahnstraße ändern. Wütend und hemmungslos hupen.

Noor kauerte auf dem Rücksitz und umklammerte eine Thermosflasche mit starkem schwarzen Tee. Sie biss die Zähne zusammen, als der Taxifahrer auf die Bremse trat und den Wagen ruckartig durch den Verkehr steuerte. Lily trug Kopfhörer und schaute neugierig auf das technische Relikt, das Zod auf dem Schoß hielt, einen Sony Walkman. Beide wirkten ungerührt, obwohl ein Unfall kaum vermeidlich schien.

Lily kam sich vor wie in einem Computerspiel, und der Fahrer schien sich in der Tat zu amüsieren, als er im wilden Gehupe durch die Welt glitt, die sich jenseits ihrer Wohnanlage entfaltete. Sie fuhren über einen breiten Boulevard, der wie viele Straßen im Zuge der Revolution nach einem Imam oder Märtyrer benannt worden war. Doch wie Kindheitsfreunde, die auf ihren Spitznamen bestehen, benutzten die Autofahrer in dreister Verachtung der Kleriker die alten Straßennamen, und so wie Taxifahrer überall auf der Welt beobachtete auch ihrer seine drei Fahrgäste und wusste genau, wie weit er gehen konnte.

Noor musste gar nichts sagen, sie verriet ihre Fremdheit schon durch den bestürzten Blick, das ungeschickt geknotete Kopftuch, das schüchterne Lächeln – die Jahre in Amerika hatten sie gelehrt, alle Leute anzulächeln und sich häufig zu entschuldigen. Der Fahrer schob eine Kassette in die Anlage, und Noor entspannte sich, als die ersten Akkorde von Cat Stevens' »Moonshadow« erklangen. Ihre Augen trafen sich im Rückspiegel. Noor und der Fahrer waren etwa gleichaltrig. Sie schaute sich im Innenraum des Taxis um, betrachtete die abgewetzten Kanten der Polster, und ihr kam der Gedanke, dass er das Lied für sie spielte – um ihr zu versichern, dass sie in dieser verbeulten Metallkiste sicher waren. Eine unter dem Vordersitz verstaute Sammlung von Raubkopien, die von den Bee Gees über Madonna bis hin zu Predigten reichte, sorgte für gutes Trinkgeld. Dennoch weigerte er sich, Geld anzunehmen, als sie vor dem Krankenhaus hielten – ein ebenso schmeichlerisches wie obligatorisches Ritual unter Geschäftsleuten. Zod drückte ihm einen Geldschein in die Hand und bat ihn, sie in einer Stunde wieder abzuholen.

Dr. Mehran, ein untersetzter Mann mit dichten grau melierten Locken, empfing sie in der Eingangshalle und eilte mit ihnen an einem voll besetzten Wartezimmer vorbei in ein kleines Büro, das nur mit einem Tisch und zusammengewürfelten Stühlen eingerichtet war.

»Sie hätten nicht Ihren eigenen Tee mitbringen müssen. Wir mögen in diesem Land nicht viel besitzen, aber Tee für unsere Gäste haben wir immer.« Noor wurde rot und schob die Thermosflasche in ihre gewaltige Handtasche. *Dumme*

Kuh, schalt sie sich. Dass sie die uralten Höflichkeitsregeln ihrer Heimat vergessen hatte, bewies, wie weit sie sich von wesentlichen Bestandteilen ihrer Kultur entfernt hatte. Dies war nicht das Kaiser Hospital mit seinen Verkaufsautomaten, die Spülwasser-Kaffee und künstliche Sahne in Styroporbechern ausspuckten. Wenige Minuten später klopfte ein Angestellter und kam mit einem Tablett herein. Er servierte jedem ein Glas Tee und stellte einen Teller mit Butterplätzchen und eine Schale Würfelzucker auf den Tisch.

Zod saß behaglich zwischen Noor und Lily, als wären sie zu einem Freundschaftsbesuch gekommen. Die müden Augen des Arztes strahlten Wärme aus. Er und Zod kannten einander nur aus dem Café Leila, doch ihre Freundschaft war tief. Jahr um Jahr saß er mit den anderen Männern da, die alle ihre eigenen Probleme hatten, aber an Zods Tisch eine gemeinsame Mahlzeit einnahmen. Alle hatten ihre Last zu tragen, wurden aber sofort heiterer, als hätten sie einander lange nicht gesehen, obwohl es erst Tage her war, und waren einfach froh, ein oder zwei Stunden über einem Teller Eintopf zu plaudern. Im Persischen bezeichnet das Wort *del* sowohl das Herz als auch den Bauch. Wenn man bedachte, dass Zod sozusagen im Bauch der Menschen lebte, wäre er als Mechaniker oder Buchhalter wohl kaum so beliebt gewesen.

Als sie fünfzehn Minuten geplaudert hatten, verspürte Noor allmählich den Drang, die beiden Männer zu unterbrechen. Sie hatte so viele Fragen und fürchtete, die ihnen zugewiesene Zeit – der Arzt hatte sicher noch andere Patienten – zu überschreiten, doch der Arzt hatte es nicht eilig, seinem Freund Unbehagen zu bereiten.

»Jede Generation hat weniger Geduld als die davor«,

sagte er, nahm ein Plätzchen und rezitierte einen Vers aus einem Gedicht, in dem es um die Jugend ging. Er entstammte einer Generation von Iranern, die Gedichte rezitierten, als schwebten sie über ihnen in der Luft und müssten nur wie Äpfel gepflückt werden. Noor trank höflich von ihrem Tee, während Lily anmutig in das dritte Plätzchen biss. Nassims Worte klangen ihr noch in den Ohren – was hatte sie bei dieser Tee-Runde zu suchen, wenn sie im Stanford Hospital hätten sein können?

In den Tagen vor dem Termin hatte Noor Dr. Mehran noch einmal am Telefon angefleht, ihr zu sagen, was er wusste, und der Arzt hatte schließlich sein Versprechen gebrochen. Doch Zod war nicht bereit, sich einer Chemotherapie zu unterziehen. Er war nur mitgekommen, um seiner Tochter eine Freude zu machen. Als Kind hatte er mehrfach unter schweren Lebensmittelvergiftungen gelitten und fürchtete die Übelkeit mehr als die Krankheit selbst. Er wollte nicht in einem Krankenhausbett liegen, den Körper voller Schläuche. Er wollte sein Leben weiterleben, das wenige, das davon übrig war, und dem Tod ungestört zu Hause entgegenblicken.

»Herr Doktor, meinen Sie nicht, dass mein Vater sich behandeln lassen sollte?«, platzte Noor heraus, um das Gespräch auf Zods Gesundheit zu lenken.

»*Sollte* er?«, fragte Dr. Mehran mit hochgezogenen Augenbrauen.

»Sollte er es nicht wenigstens versuchen? Es muss doch eine Möglichkeit geben, um den Krankheitsverlauf zu verlangsamen. Hätte er in Amerika bessere Chancen? Sie können doch nicht einfach aufgeben!«, drängte Noor. Dr. Mehran stand unvermittelt auf.

»Aufgeben? *Aufgeben?*« Ihm brach die Stimme. Die Adern an seinen Schläfen traten vor, drohten schier zu platzen, und er räusperte sich, bevor er eine Litanei über Statistiken anstimmte und Noor anbot, ihr die CT-Aufnahmen des metastasierenden Tumors zu zeigen. Zod und Lily tranken ihren Tee aus und sahen stirnrunzelnd in die leeren Tassen, während Noor sich die Querschnitte der väterlichen Organe anschaute, auf denen die Bauchspeicheldrüse wie eine von Höckern überzogene Muschel unter dem Magen hervorragte. Sie schlug die Hand vor den Mund, um ein Schluchzen zu ersticken. Dr. Mehran drehte sich zu ihr, seine weit auseinanderstehenden Augen blickten wieder sanft.

»Meine Liebe, Sie sind Krankenschwester, also muss ich Ihnen nicht sagen, dass wir Ihrem Vater in diesem Stadium Palliativpflege anbieten und es ihm so angenehm wie möglich machen können, damit er Ihre Gesellschaft genießen kann. Hätten wir es früher festgestellt, ja, dann hätten Sie mit ihm zur Behandlung ins Ausland fahren können. Ich gebe zu, wir haben womöglich nicht die richtigen Medikamente zur Verfügung, aber das liegt an den *Sanktionen* und nicht an unserem mangelnden Wissen.«

Noor war angemessen beschämt und betrachtete Zods eingesunkene Gestalt mit den langen, knochigen Fingern, und die schmerzliche, nicht länger vertrauliche Erkenntnis schob sich zwischen sie. Dr. Mehran sackte in sich zusammen, sein Können war erschöpft, er wirkte ähnlich angeschlagen wie sein Patient. Ein Arzt verlässt sich auf seine klinische Intuition, und er machte sich wohl Vorwürfe, weil er die Symptome nicht früher erkannt hatte.

Lily, der aufgrund der Sprachbarriere einiges erspart geblieben war, spürte die düstere Stimmung und forschte im

Gesicht ihrer Mutter nach Hinweisen. Lily hatte sie so lange nicht ohne kalte Verachtung angesehen, dass Noor ganz nervös wurde. Könnte sie nur hinauslaufen, wäre sie nur nie weggegangen, wäre sie früher zurückgekommen. *Ich komme immer zu spät*, dachte sie und fühlte sich wie ein Zugvogel, der von seinem Schwarm getrennt wurde.

Dr. Mehran erhob sich, um seinen Freund zu umarmen, küsste ihn auf die linke und auf die rechte Wange, verbeugte sich vor Lily und Noor und zog sich hinter den Schreibtisch zurück. Draußen gingen sie vorbei an müden Müttern und Babys mit Koliken und mürrischen Ehemännern, durch überfüllte Stationen, in denen der Lärm der Handygespräche durch das Scheppern von Essenstabletts und plauderndes Personal verstärkt wurde, vorbei an Besuchern, die Tüten mit frischem Obst brachten, und einem einsamen Wachmann, der sich eine Zigarette anzündete und das Streichholz in einen offenen Mülleimer schnippte. Vor dem Haupteingang war die Luft heiß und trocken. Männer standen rauchend herum und ließen sie durch, wobei sie Lily mit Seitenblicken bedachten.

Das Taxi wartete am Bordstein, und Noor fing den Blick des Fahrers auf, wohl wissend, dass er mit ihr geplaudert hätte, wäre Zod nicht dabei gewesen. Sie hätte gern mit jemandem geredet, der sie nicht kannte und nicht verurteilte. In Filmen schütteten verstörte Menschen ständig Taxifahrern ihr Herz aus, während sie ziellos durch die dunklen Straßen fuhren. Doch Zod saß zwischen ihnen, beugte sich vor und wies den Taxifahrer leise an, sie nach Darband zu bringen. Noor wollte widersprechen, doch die Hand auf ihrem Schoß ließ sie schweigen.

»Scht, wir gehen mittagessen. Bevor sie nach Amerika

heimkehrt, will ich mit meiner Enkelin in die Hügel fahren, wo es frische Luft und leckeres Kebab gibt.« Dann sank er zurück und streckte Noor und Lily jeweils eine gelbliche Handfläche entgegen.

Was er sich wirklich wünschte, war das schlichte Vergnügen, ihnen gegenüberzusitzen, Lily in die Augen zu schauen und die Hand seiner Tochter zu halten. Es gab so vieles, das sie wissen mussten, und ihm blieb so wenig Zeit, um Noor zu sagen, sie solle Herrgott noch mal endlich ihrem Namen gerecht werden. Geblendet von ihren Problemen, unfähig, den Kopf zu heben und sich anzustrengen, klammerte sie sich an übertriebene Jugenderinnerungen. Wann war das Mädchen, das sich ihnen als Kind widersetzt hatte und nie schnell genug seinen Willen bekam, so schüchtern und genügsam geworden, so aufreizend passiv angesichts der Demütigung? Warum glaubte sie, sie hätte keine Liebe verdient, warum ertrug sie das Leben wie einen Stein im Schuh und wich den Fehlern anderer aus, warum redete sie, als wäre *sie* schuld an Nelsons Untreue – ihre Wachsamkeit hatte sich nach innen gekehrt, und sie begegnete sogar ihrem eigenen Kind mit Argwohn. Lily war wie eine lose Ranke, die sich ungebunden in die Welt reckte, weil die Eltern ihr keine Richtung vorgaben. Sie mochte wie achtzehn aussehen, doch unter der rachsüchtigen Schweigsamkeit verbarg sich immer noch ein kleines, verunsichertes Mädchen. Welche Lektion wollte Noor ihr erteilen, indem sie sie hergebracht hatte?

Wenn sie früher bei besonderen Anlässen ins Restaurant in Darband gegangen waren, hatte Pari den Kindern festliche Kleider angezogen, eine Seidenkrawatte für Zod ausgewählt und war in einem ihrer hübschen Kleider nach unten gekommen, umweht von Diorissimo, das an Maiglöckchen erinnerte. Sie zwängten sich in den Peugeot und fuhren durch die schmalen Straßen in die Berge, die Teheran umarmten.

Vor allem Zod hatte die Ausflüge genossen, die ihm eine Welt jenseits des Café Leila eröffneten, ihm den Geschmack einer anderen Hand boten. Oft war er seine eigene vorhersagbare Küche leid, und sein Magen knurrte freudig beim Gedanken, den Reis eines anderen zum Mund zu führen. Wie selten sie nur zu viert waren, eine Familie, die nur ihm gehörte. Selbst jetzt, trotz der Schmerzen im Bauch, verspürte er ein Kribbeln bei dem Gedanken, seine Mädchen dorthin auszuführen.

Die Straße ging kurvenreich bergauf, doch der Fahrer hupte kein einziges Mal und wurde vor den scharfen Biegungen nicht langsamer, und so ging es nach oben und immer rundherum. Noor wurde flau im Magen, und sie öffnete das Fenster einen Spaltbreit, um sich den Wind ins Gesicht wehen zu lassen. Einerseits war sie neugierig darauf, das hübsche Dorf tief in den Bergen wiederzusehen. Als Kind war Darband ein besonderer Ort gewesen; dort glitzerte das Wasser in den Bächen, und wenn sie am Wochenende wanderten, konnte sie die Füße ins eisige Wasser tauchen, während sie im Schatten der Bäume saß, doch bisher war weder Baum noch Busch zu sehen. Hohe Gebäude ragten beiderseits der schmalen Straße auf, die nackten grauen Fassaden flimmerten im Vorbeifahren, und Noor suchte nach Zwischenräumen, durch die sie einen Blick auf die kahlen Berggrate erhaschen konnte, doch ihr wurde schwindlig dabei. Wenn es so weiterging, müssten sie am Straßenrand halten.

Dann endlich eine letzte Kurve, und sie hielten am Fuß eines Hügels. Zod tippte dem Fahrer auf die Schulter und bat ihn zu warten, während Noor und Lily ausstiegen. Noor atmete die kühle Luft ein und schaute zu den Terrassen des Cafés hinüber, die sich fächerförmig über den Hang breiteten und mit bunten Lichtern geschmückt waren. Sie gingen den steilen Weg hinauf, folgten dem Duft von heißem Brot und dem Scheppern der Töpfe und Pfannen.

Lily ließ sich zurückfallen; sie betrachtete die modernen Wohnhäuser, die auf den Hügeln saßen, den Konvoi aus Maultieren, die Körbe mit Granatäpfeln und Auberginen trugen, und lauschte dem mittäglichen Gebetsruf. Das also war die Welt jenseits des Hauses: Beton, Autos, offene Straßengräben, glotzende Männer und diese Zwischen-Landschaft, die nicht ländlich und nicht städtisch war, die von Teheran bedrängt wurde und mit dem Berg Armdrücken spielte.

Sie setzten sich unter einen Walnussbaum auf Holzbänke, die mit Kelimteppichen bedeckt waren, und bald füllte sich der Tisch mit kleinen Schüsseln: Joghurt, in Engelwurz eingelegte Oliven, Auberginen und Molke, die zu einer seidigen Paste verkocht waren, Häufchen von Basilikum, Koriander und Estragon und ein Krug mit *Dugh*, dem mit Minze gewürzten Joghurtgetränk, das ein fröhlicher Kellner in eng sitzendem Frack in Stielgläser goss, während er angeregt mit Zod plauderte.

»Sie können uns gar nicht so vermissen, wie wir Sie vermissen«, neckte er ihn und verneigte sich, als Zod ihn bat, dem Taxifahrer, der am Fuß des Hügels wartete, etwas zu essen zu bringen. Lily schaute zu, wie der Kellner die schmale Treppe zum Parkplatz hinunterstieg und dabei einen Teller Kebab mit Reis und eine Cola in die Höhe hielt.

Noor fragte sich, wie ihr Vater es ertragen konnte, die ganzen Gerichte vor sich zu sehen, sie zu riechen, sich an den Geschmack zu erinnern und nichts davon zu essen. Doch Zod hatte sich an ganzen Gärten von Oliven satt gegessen, an Auberginen, die auf tausend und eine Art gefüllt waren, an Büscheln von Minze und Estragon, an Bergen von Naanbrot und Fässern voller *Dugh* – er sah das alles vor sich wie ein Wandgemälde, Schicht um Schicht, lauter Formen, die er gekostet und genossen hatte. Wie viel muss ein Mann in einem Leben essen? Er hätte gern gesehen, wie Noor warmes Brot um Schafskäse mit Walnüssen und Basilikum wickelte, ein Päckchen für Lily daraus machte und ihr Kind damit fütterte, so wie er und Pari es getan hatten. Musste er ihr wirklich zeigen, wie es ging? Vielleicht schon, denn Noor saß vor ihm wie ein Stein, die Augen undurchdringlich, während seine Enkelin mit verhaltener Neugier die Gerichte betrachtete.

Entnervt faltete Zod ein leckeres Päckchen und fütterte Lily damit. »Sie kann das selbst, Baba«, murmelte Noor. »Nein, kann sie nicht«, erwiderte er gereizt. »Du musst es für sie machen.« Und als die ovalen Platten mit Reis und Safranhähnchen am Spieß aufgetragen wurden, trat er Noor unter dem Tisch und drängte sie, Lily zuerst zu bedienen, ihr ein Eigelb in den dampfenden Reis zu geben und es mit Sumach zu bestreuen.

Seit der Stippvisite seiner Schwägerin im letzten Jahr war Zod nicht mehr in Darband gewesen; er kam sich wieder vor wie ein Junge vom Land und betrachtete den Ort als Insel, die sich aus dem Vorgebirge erhob bis hinauf zu den schneebedeckten Gipfeln. Er war mit seinen Brüdern und später mit Pari über diese Wege gewandert. Sie waren früh aufgebrochen und hatten in einem der vielen Teehäuser, die sich an die Bergrücken schmiegten, gefrühstückt, hatten Honig aus der Wabe mit frisch gebackenem Brot aufgewischt und mit heißem Tee hinuntergespült.

An den Hängen standen mehr Häuser als in seiner Erinnerung, und in den trüben braunen Bächen schwamm Abfall, eine deutliche Mahnung, dass die Hand der Stadt bis hierher reichte, doch es war durchaus immer noch ein Ort, an dem man unter dem grauen Himmel wandern und ein Glas Tee entgegennehmen konnte, wenn man auf einem kalten Felsen rastete. Er würde gern mit Lily über diese Wege gehen, den Ausflug verlängern – dass sie dabei schweigen würden, machte nichts, denn sie hatte auch so deutlich gezeigt, dass sie froh war, wenn Zod die Aufmerksamkeit der Mutter von ihr ablenkte.

Noor bei sich zu haben war Prüfung und Trost zugleich; sie war präsent, aber nicht richtig da, aufmerksam und doch zerstreut, sie umkreiste ihn von Sonnenaufgang bis Sonnenuntergang. Wenn er einen Moment die Augen schloss, fragte sie sofort, ob er sich hinlegen wolle. Legte er sich hin, drängte sie ihn, im Garten frische Luft zu schnappen. Unternahm er einen Spaziergang, folgte sie ihm auf Schritt und Tritt. Ging er schneller, um seine Ausdauer zu prüfen, zupfte sie ihn am Ärmel, damit er langsamer wurde. Briet Naneh Goli ihm ein Ei, tupfte sie wie besessen das köstliche Fett mit einer Serviette ab, bis das Ei kalt war und er es nicht mehr essen mochte. Sie suchte einen Mixer heraus, in dem sie gesunde Shakes aus Löwenzahn und Möhren zubereitete, und schaute zu, wie er höflich diesen schlammigen Inhalt eines Flussbetts trank, den er sofort danach wieder erbrach. Löste er zu lange Kreuzworträtsel auf der Toilette, stand sie draußen und klopfte zwanghaft an die Tür – »Baba? Baba? Baba?« –, bis er schließlich antwortete: »Ein Fluss in Nordfrankreich?« Dann murmelte sie etwas und schlich davon. *Was hatten sie ihr nur in der Krankenpflegeschule beigebracht?*, fragte er sich.

* * *

Nach dem Mittagessen brachte der Taxifahrer sie sicher nach Hause. Zod döste, erschöpft vom Ausflug, auf dem Sofa ein und schnarchte unter einer alten Decke vor sich hin. Noor betrachtete ihn. Sie begriff, dass ihr Vater sein Ende selbst schreiben wollte. Sie hatte Menschen leiden sehen. Sie hatte geholfen, sie am Leben zu erhalten. Man weiß, wie es endet, tut aber, als wüsste man es nicht. Der Besuch bei Dr. Mehran hatte ihrem Vater sichtlich gutgetan, er wirkte sogar glücklich, als müsste er nicht mehr gegen die Krankheit kämpfen, nachdem man seiner Tochter klar und deutlich von dem Krebs erzählt hatte.

Die Jahre waren an ihr vorbeigeflogen wie abgerissene Kalenderseiten, doch diese eine bittersüße Woche sah sie in erstaunlichen Details. Die aufregende Heimkehr. Der erste Tag, an dem sie im winzigen Zimmer ihres Bruders ganz oben im Haus geschlafen hatte, Lily ihr gegenüber in ihrem alten Zimmer, die vertrauten Gerüche des Hauses, in dem sie aufgewachsen war, Lily, die nach unten ging und sich still zu Zod setzte, und schließlich die dunkelste Stunde im Zimmer des Arztes – Noor erinnerte sich an jeden einzelnen Augenblick.

Naneh Goli nahm sie an der Hand und führte sie zum Küchentisch, bevor sie weiter den türkischen Kaffee rührte, der in einem Kupfertopf mit langem Griff auf dem Herd stand. Sie stellte zwei Mokkatassen hin, beide tranken schweigend. Danach kippte Noor die Tasse vorsichtig in die Untertasse, und Naneh Goli drehte sie in ihren schwieligen Händen, um die Muster und Symbole zu deuten, die das Kaffeemehl in der Tasse hinterlassen hatte.

»Siehst du diesen Baum, Parinoor? Schau, es ist spät im Herbst, und er hat alle Blätter bis auf eines verloren – ein hartnäckiges Blatt, das noch am Ast schaukelt und den Baum nicht schlafen lässt. Sieh her, sieh dir diese Gestalt an, die auf einem Stein sitzt und zum Horizont schaut. Sie glaubt, sie sei allein, aber rechts von ihr steht jemand am Bug eines Schiffes.«

Noor lauschte ihrer beruhigenden Stimme und erinnerte sich, wie sie aus der Schule nach Hause gekommen und fünf oder sechs Frauen, darunter ihre Mutter, vorgefunden hatte, die sich um Naneh Goli drängten und sich von ihr die Zukunft voraussagen ließen. Immer, immer hatte eine Gestalt an einem Anleger gesessen und auf ein Schiff gewartet, ein Schiff, das einen Prinzen oder einen Sack Goldmünzen oder einen Ausweg brachte. Auf diese Weise sagte Naneh Goli: *Noor, ich sehe weiter als du. Bleib nicht zu lange, sieh nicht zu, wie dein Vater schwächer wird. Kehr zurück in dein richtiges Leben.*

Noor aber deutete Naneh Golis Weissagung anders. Sie interessierte sich nicht für Boot, Bewerber oder Gold. Es gab keine Schlupflöcher. Sie würde sich an ihren Vater klammern wie das Blatt an den Baum, würde bei ihm bleiben und sich um ihn kümmern.

2. TEIL

8. Kapitel

An dem Abend, an dem Zod alle seine Habseligkeiten in den Koffer packte, klingelte Madame Chabloz früh zum Essen. Sie wollte sich mit ihrer Tochter den neuen Truffaut-Film ansehen und vorher ihre Pensionsgäste versorgen. Vor eineinhalb Jahren war er als Einundzwanzigjähriger nach Paris gekommen, um an der École des Beaux-Arts zu studieren, und hatte das feuchte Zimmer in der kleinen Pension in der Rue Mouffetard gemietet – kaum größer als ein Schrank mit einem Metallbett, einem Schreibtisch und einem Stuhl. Es war das Jahr 1961. Er war zum ersten Mal von seiner Familie getrennt, und ohne die hohen, schmalen Fenster, durch die man auf die geschäftige Straße blickte, hätte ihn die Einsamkeit verschluckt.

In jenen ersten Wochen hatte er mit der Stirn an der kühlen Scheibe gelehnt und auf die neue Welt hinuntergeschaut: Ein Mann, der den Gehweg fegte, kleine Hunde an Leinen, Frauen, die zu einem Markt eilten, der sich wie eine bunte Patchworkdecke von einem Ende der Straße bis zum anderen erstreckte, Kellner in langen schwarzen Schürzen, die geschmeidig zwischen Cafétischen hindurchglitten, und manchmal spiegelte er sich selbst in der Scheibe: blass, mit einem neuen Schnurrbart, er erkannte sich kaum. *Wer bin ich jetzt? Was tue ich hier?*

Als er schließlich den Mut fand, das Zimmer zu verlassen, wanderte er stundenlang durch die Straßen, verirrte sich, stolperte lange nach dem Abendessen herein und fand einen Zettel von Madame, den sie ihm unter der Tür hindurchgeschoben hatte: *Dies ist kein Restaurant, und so weiter und so fort* (er konnte nicht alle ihre Beschwerden verstehen), *müssen Sie es mich wissen lassen, wenn Sie bei einer Mahlzeit nicht zugegen sind.* Am nächsten Morgen entschuldigte er sich und sagte, er habe sich verirrt, worauf Monsieur Simon, Geschichtslehrer am Lycée Henry-IV, ihm eine Karte auf die Rückseite seines Skizzenblocks zeichnete – ein wunderschönes Gittermuster, das von der geschwungenen Seine durchschnitten wurde und auf dem die kleine Pension als freche, zinnenbewehrte Burg markiert war.

»*Voici* (hier ist) das Château Chabloz.« Er zwinkerte Zod zu, wobei seine Hände wie Tauben über die Seite flatterten und sich auf den Monumenten niederließen. »*Notre-Dame, la Tour Eiffel, l'Arc de Triomphe, la Bastille, l'Opéra, regard* (schauen Sie nur)!«

Und so nahm Monsieur Simon mit den roten Wangen Zod begeistert unter seine Fittiche. Als Zod eines Abends aus dem kalten Regen hereinkam, wartete Simon schon in der zugigen Diele auf ihn. Er trug seinen schmal geschnittenen schwarzen Mantel, hatte eine Tweedkappe in der Hand und einen Regenschirm unter dem Arm.

»*Cher petit prince! Allons-y à l'opéra!* (Lieber kleiner Prinz! Gehen wir in die Oper!)«

Bevor Zod widersprechen oder eine Ausrede erfinden konnte, wurde er durch den Wolkenbruch zur Métro gescheucht. Wenige Haltestellen später tauchte er aus den unterirdischen Tunneln auf und fand sich vor dem Palais

Garnier wieder, einem so prachtvollen Gebäude, dass er keuchend zurückwich und dabei mit aufgebrachten Pendlern zusammenstieß. Einen Moment lang stand er nur da und starrte an dem Bauwerk empor; es war fast acht, und die Stadt hinter ihm wurde immer dunkler, während er mit Simon zu den blendenden Lichtern hinübereilte.

Die Luft auf den Stehplätzen war feucht und dunstig, als würde allein der weiße Zigarettenrauch sie über der kleinen, hell erleuchteten Bühne schweben lassen, von der große Töne aus winzigen Instrumenten stiegen, als sich die Musiker einspielten. Dann ertönte das Donnern des Orchesters. Zod wusste nicht, wie lange die Vorstellung dauerte, doch als er so an der Wand lehnte, vergaß er seine durchweichte Hose, das Geschubse und die nickenden Köpfe um sich herum. Jemand reichte ihm einen Flachmann, Cognac sammelte sich in seinem Bauch, und er schwankte warm und glücklich hin und her.

Danach eilten sie in ein von Kerzen erleuchtetes Bistro, und es kam ihm vor, als wären sie immer noch im Theater, denn sie saßen Ellbogen an Ellbogen mit Schauspielern und Musikern in dem dunkel getäfelten Raum mit den roten Samtbänken und den vergoldeten Spiegeln. Die ledergebundene Speisekarte wog schwer in seiner Hand, und er klappte sie auf wie eine Brieftasche. Sie pries Gerichte in goldener Schrift an: *Tourte de Faisan aux Truffes, Blanquette de Veau, Barbue au Huîtres, Tripes à la mode de Caen.* Simon beschrieb so liebevoll, wie jedes dieser Gerichte zubereitet wurde, dass es Zod schon gereicht hätte, ihm einfach nur zuzuhören, wie er den getrüffelten Fasan im Teigmantel, den cremigen Kalbseintopf mit Perlzwiebeln und Champignons, den pochierten Glattbutt mit Austern in brauner

Butter, die gebackenen Kutteln mit Calvados und die Weinsorten übersetzte, die sie dazu bestellen mussten. Er überlegte genau, welche Gerichte sie auswählen und in welcher Reihenfolge sie vorgehen sollten.

»*Mais êtes-vous tout à fait certain, cher Simon, que nous avons assez d'argent?* (Sind Sie sicher, lieber Simon, dass wir genügend Geld haben?)«, erkundigte sich Zod besorgt, worauf sein Freund aus voller Kehle lachte und ihm versicherte, er habe genügend Geld, um das Essen zu bezahlen. Man schaue sich *Tosca* besser von den Dachsparren an und spare die Francs fürs Abendessen, »*n'est-ce pas, mon fils?* (nicht wahr, mein Sohn?)«.

Als sie fertig gegessen hatten, war der Tisch mit Gläsern, Flaschen und Tellern voller sauber abgenagter Knochen bedeckt. Simon hatte sich völlig verausgabt. Er wollte Zod so viel beibringen, dass er manchmal außer Atem geriet. Er legte ihm die Hand auf die Schulter und keuchte: »Wir werden uns alles ansehen, was Paris zu bieten hat, vom Jeu de Paume bis zum Höllentor im Musée Rodin, wir werden Bootsrennen in den Fontaines du Luxembourg fahren und im Bois de Boulogne auf Pferde wetten. Und ja, im Winter kommen wir wieder her und bestellen den Eintopf mit Hammel und Nieren. *Je te ferais voir, mon fils.* (Das alles will ich dir zeigen, mein Sohn.)«

Als er in die Nacht hinaustrat, hatte es aufgehört zu regnen, und das nasse Kopfsteinpflaster schimmerte im Licht der Straßenlaternen, während sie schweigend in die Pension zurückkehrten, die Hände tief in den Manteltaschen und den Wind vom Fluss im Gesicht.

Zod ließ Rasierer, Rasierschale und Pinsel sowie ein Stückchen Seife neben dem kleinen Waschbecken liegen und schnappte seine Jacke, die an einem Haken hinter der Tür hing. Die Mahlzeit war in der Miete enthalten, und er fühlte sich verpflichtet, sie zu essen, da Madame Chabloz nicht die Absicht hatte, auch nur einen Centime der Summe, die er pünktlich an jedem Monatsersten bezahlte, zu erstatten. Er hatte keinen Appetit, setzte sich aber trotzdem ins Esszimmer gegenüber von Pierre und Claude, zwei bretonischen Kommilitonen, und Monsieur Simon, der aufstand und ihm die Hand schüttelte. Er genoss ihre Gesellschaft, lernte nützliche Redewendungen und akzeptierte die freundlichen Korrekturen.

Sonntags, wenn Madame sich den Morgen freinahm, kochte Zod für sich und seine drei Mitbewohner, bereitete Ninas Hähnchen in Sahnesauce mit Estragon und Lauch zu, pochierte Feigen für Kompott und briet Entenlebern, die er mit dicken Scheiben Brioche auftrug. Sie aßen in geselliger Runde, reichten Platten mit Rinderzunge und Petersilienkartoffeln weiter, füllten einander die Gläser mit billigem Beaujolais und fragten sich, wo der magere Junge aus dem Iran kochen gelernt hat.

»*Chez ma mère*«, sagte er.

Danach gingen sie ins Café, um Kaffee zu trinken, oder spielten im frostigen Wohnzimmer Backgammon, wobei sie in Hüten, Schals und Handschuhen würfelten, und an diesen Nachmittagen war Zods Heimweh nicht ganz so hartnäckig. Er vermisste seine Familie ganz schrecklich, doch er war jung und lebte in Paris, lernte zeichnen und betrat Gebäude, die Männer auf Papier entworfen und dann Stein für Stein zum Leben erweckt hatten. Er war schwindelerregend glücklich und spürte einen so wilden Hunger in sich, dass er sich beherrschen musste, um zu seinen Seminaren nicht zu rennen.

In die Briefe, die er nach Hause schrieb, legte er Zeichnungen eines neu gestalteten Café Leila mit einem Innenhof und blau gefliesten Springbrunnen, mit Nischen unter wuchernden Glyzinien, mit Zimmern, deren schmiedeeiserne Balkons in den Garten blickten … das Hotel, von dem sein Vater geträumt hatte. Er bat seine Mutter, ihm Rezepte zu schicken, stöberte auf den Märkten nach Zutaten und goss seine Sehnsucht nach ihrer Küche in die Sonntagsmahlzeiten – eingelegte Rote Bete mit Crème fraîche, Klößchen aus Holzäpfeln und Kohl, mit Pflaumen gefüllte Teigtaschen – und entwarf Fantasiemenüs für Nina. *Maman, wir müssen Crêpe soufflée in unsere Nachtischkarte aufnehmen. Du bröckelst Baiser in Deine Vanillecreme, löffelst sie auf die Pfannkuchen, faltest sie in der Mitte, bestreust sie mit Zucker und backst sie. Sie gehen zu goldenen Kissen auf!*

Dreitausend Meilen entfernt lächelte seine erschöpfte Mutter, weil er so überschwänglich war. Sie konnte ihr Glück nicht für sich behalten, und Yanik gab ihr einen Stups auf die Nase und fragte: »Was? Was hat er geschrieben, Ninotschka?« Wenn sie ihm die Briefe laut vorlas, meckerte er: »Wird er nun Architekt oder Koch? Warum gebe ich so viel Geld aus, um ihn ins Ausland zu schicken, wenn er bei uns kochen lernen kann?«

Den einen Brief, für den Zod weder den Mut noch die richtigen Worte fand, schrieb Claude für ihn. Darin erklärte er seinen Professoren, weshalb er sein Studium mitten im Semester abbrechen musste. Vor wenigen Tagen hatte Madame Chabloz ihm ein Telegramm von Yanik gebracht und an der Tür gewartet, während er es las. Sie sah, wie sein Gesicht in sich zusammenfiel, und blieb in der Nähe, weil sie darauf hoffte, die Neuigkeiten zu erfahren. *Davoud schlimmer Unfall. Komm nach Hause.* Sechs Wörter.

»*Mon frère. Mauvais accident.* (Mein Bruder. Schlimmer Unfall.)« Das war alles, was er murmeln konnte, bevor er ihr die Tür vor der verkniffenen Nase zuschlug.

Nachdem er das Telegramm auf den Schreibtisch gelegt hatte, saß er lange reglos auf dem Stuhl und hörte die Uhr ticken. Er dachte an seine Eltern und dass sie es nicht über sich gebracht hatten, den Ausgang des Unfalls zu erwähnen, denn das hätten sie natürlich getan, wenn Davoud ihn überlebt hätte.

Zod erinnerte sich an Davouds Hände. Als sie noch Jungen gewesen waren, hatten seine großen Hände ihn wie ein Kätzchen hochgehoben, und er hatte es genossen, eines der Haustierchen seines älteren Bruders zu sein – Davoud hielt so viele kleine Tiere in Kartons und fütterte sogar die Vögel, die sich regelmäßig auf seiner Fensterbank niederließen. Sie waren drei Jahre auseinander und schliefen in einem Zimmer über dem Café, gegenüber von ihren Eltern. Wenn Zod Albträume hatte, durfte er zu Davoud ins Bett kriechen und an seinem starken Rücken schlafen. Als Zod zwei war, stellte seine Mutter ihm einen Nachttopf unters Bett (er hatte Angst, nachts allein auf die Toilette zu gehen). Eines Morgens wachte er auf und kackte in den Topf. Er war so stolz. Endlich hatte er etwas vorzuweisen. Er rannte in die Küche, holte Schale und Löffel und weckte seinen großen Bruder, um es ihm zu servieren. Davoud rief nur »Maman!«, drehte sich zur Wand und drückte sich ein Kissen auf den Kopf.

Wenn Zod weinte, trocknete ihm Davoud die Wangen

mit dem Ärmel, gab ihm einen Teelöffel Marmelade und wirbelte seinen kleinen Bruder an den Beinen im Kreis herum, um die Traurigkeit aus ihm herauszuschütteln. Wenn Davoud eine Tüte grüne Pflaumen hatte, gab er Zod die Hälfte ab. Auch nachdem Morad geboren war, blieb Zod immer sein kleiner Bruder.

Morad rollte wie eine große, saftige Wassermelone an einem Augustnachmittag in ihr Leben. Ihre Mutter trug ihn durch den langen, trockenen Sommer, und ihre Vogelbeine wankten unter seinem Gewicht. Als er ein Jahr alt war, wurden ihm Zods Schlafanzüge schon zu klein, und mit zwei Jahren lief Zod seinen Brüdern nur noch hinterher. Sie spielten Krieg, bauten Festungen und bastelten sich Schleudern, mit denen sie Steine auf feindliche Tauben schossen. Davoud war zu großzügig, um Zod außen vor zu lassen, hob ihn unter den Achseln hoch und verkroch sich mit ihm in ihrem Bunker, wo sie sich warm zusammendrängten, wenn ihre Mutter nach ihnen rief.

Eine Woche nachdem er das Telegramm erhalten hatte, ging Zod frisch rasiert mit dem Koffer nach unten ins Wohnzimmer, wo seine drei Freunde warteten, um sich zu verabschieden. Madame Chabloz servierte Kaffee und klopfte ihm mit untypischer Zärtlichkeit auf den Rücken, und als er zum letzten Mal in einen hellen Pariser Morgen hinaustrat, um den Bus zu nehmen, standen sie auf den Stufen vor der Tür, um ihm Lebewohl zu sagen. Zod setzte sich ans Fenster, starrte auf die Gebäude und Brücken, dachte nichts Besonderes und ahnte nicht, dass er unterwegs zu einem Begräbnis und einer Hochzeit war und der Rest seines Lebens nunmehr beginnen würde.

Zod erinnerte sich an seine Kindheit wie an eine Geschichte mit glücklichen und traurigen Passagen. Pari zog ihn auf und sagte, er erinnere sich nur an die glücklichen Teile, doch die traurigen hatte er auf einem Dachboden verstaut, auf dem er gelegentlich herumstöberte. Die Geschichte von Yanik und Nina hatte begonnen, als sie Russland verließen, und Zod hatte nie darüber nachgedacht, wie sie gelebt hatten, bevor er geboren wurde. Nach der Auswanderung hatte es für sie nur harte Arbeit und die Möglichkeiten gegeben, die sie sich erträumten. Die Kinder folgten ihren Entscheidungen wie Arbeitsbienen in einem Stock, waren sogar beim Spiel noch fleißig und wussten instinktiv, was man von ihnen erwartete.

Zod war erst drei, als Nina ihn mit in die Küche nahm und auf die Jutesäcke mit Reis in der Ecke setzte. Sie gab ihm einen Löffel und einen Topf, mit denen er Krach schlagen durfte. Die bedruckte Schürze spannte schon über ihrem Bauch, in dem Morad heranwuchs, und sie blieb bei der Arbeit gelegentlich stehen und tätschelte Zod geistesabwesend den Kopf, während er imaginäre Zutaten in seinem Topf rührte. Er folgte ihr mit dem Blick, wenn sie sich geschickt zwischen Herd und Vorratskammer bewegte, mit gerunzelter Stirn den Deckel von etwas hob, das auf dem Herd köchelte, oder einen Löffel zum Mund führte, um es zu probieren, wenn sie ihren kleinen Fuß an der Wade abstützte, während sie Teig knetete, und er roch den Vanillekuchen an ihrer Wange, wenn sie sich vorbeugte, um ihn zu küssen oder ihm einen gesalzenen Tomatenspalt in den Mund zu stecken.

Zod lernte nicht bewusst lesen oder zählen, doch nachdem er lange genug die Ölfässer und Gemüsekisten betrachtet hatte, wurden die Buchstaben zu Wörtern, und irgendwie begriff er Gewichte und Zahlen, die Uhrzeit und Chemie geradezu von selbst. In diesem Raum wurde die Welt allmählich für ihn verständlich. Yanik, der um neun hereinkam und um zwölf hinausging und der Nina den Po tätschelte. Yanik, der einen Messerschleifer mit dem Fleischklopfer verfolgte, weil er Nina anglotzte, der einem trödelnden Eishändler einen Tritt versetzte (bevor sie einen Kühlschrank bekamen, wurden die riesigen Eisblöcke mit einer Kutsche aus den Bergen gebracht). Davoud, der nach der Schule hereinrannte und mit drei Äpfeln wieder hinaus, einen im Mund, zwei in den Taschen. Davoud, der stehen blieb und ein Stückchen Obst abbiss, um es mit Zod zu teilen. *Hast du Hunger, kleiner Bruder? Ja?* Davoud, der die Katze Toofan jagte, die eine Maus witterte und die Flucht ergriff.

Zod blieb als stete Silhouette in der Küche, und sie hätten sein Wachstum in jenen frühen Jahren an den Spuren nachverfolgen können, die er auf der Tapete hinterließ, wenn er Dinge untersuchte, in den Mund steckte oder über den Kopf nach hinten warf. Er rieb Furchen ins Holz – mit drei, mit vier, mit fünf Jahren. War es möglich, dass er sich an all das erinnerte, dass es der Anfang seiner Ausbildung gewesen war?

Goli fing mit sechzehn Jahren bei ihnen an, sie hatte gerade einen Maurer aus ihrem Dorf geheiratet. Sie kam in der Morgendämmerung, um Nina zu helfen, und sobald die Kinder in der Schule waren, wusch und bügelte und fegte sie das Haus, bis Nina sie zum Kochunterricht in die Küche beorderte.

Bevor sie abends nach Hause ging, füllte Goli die Badewanne mit dampfend heißem Wasser und schrubbte die

Jungen, bis sie rosig und sauber waren. Und während Yanik und Nina unten arbeiteten, erzählte sie ihnen Märchen und sang ihnen vor, bis sie auf ihrem weichen Schoß zusammensackten. Sie war eher große Schwester als Kindermädchen, doch sie nannten sie Naneh, worüber sie lachen musste, weil sie doch einfach nur ein Mädchen war, das auf den Fingernägeln kaute und rüschenbesetzte Sachen mochte.

Als Golis Mann von einem Gerüst fiel und starb, schickte man einen Jungen, um Yanik die Nachricht zu überbringen, der sie Nina zuflüsterte, die wiederum Goli stundenlang in den Armen wiegte und sie daran hinderte, sich die Haare büschelweise auszureißen. Als die Jungen am nächsten Tag aus der Schule kamen, stellten sie fest, dass Nina ihr Nähzimmer ausgeräumt und mit Bett und Schrank eingerichtet hatte. Sie freuten sich sehr, dass Naneh Goli nun bei ihnen wohnen würde.

Noch Wochen später hörte Zod sie nachts weinen. Er wagte sich ins dunkle Treppenhaus, schlich in ihr Zimmer, kniete sich neben die Matratze, sang ihr vor und erzählte ihr die Geschichten, die er von ihr gelernt hatte, bis sie endlich einschlief.

Es war einmal ein Prinz, der mit seinen beiden kleinen Brüdern in einem Schloss wohnte. Eines Tages ritten die Brüder in den Wald, und der Prinz galoppierte so schnell, dass er vom Pferd fiel und sich beide Arme brach. Eine Eule sah ihn auf dem Waldboden liegen und stieß hinunter, um ihn aufzuheben. Sie brachte ihn in ihre Höhle, die sich im Stamm einer Eiche befand. Als der Junge aufwachte, hatte ihm seine Eulenmutter Flügel angenäht, wo seine Arme gewesen waren. »Kann ich jetzt fliegen?«, fragte der Prinz. »Natürlich«, sagte die Eule, »aber denk dran, du darfst nie tagsüber fliegen, sonst fangen dich die Menschen und sperren dich in einen Käfig.« So lernte der Junge im hellen Mondlicht fliegen und wurde ein verstohlener Jäger. Wenn die Sonne aufging, kroch er in die Höhle und schaute auf die Bäume und war traurig, weil er seine Familie vermisste.

Eines Tages hatte seine Eulenmutter den Kopf unter die Federn gesteckt und war eingeschlafen, da hörte er Pferdehufe und sah seine Brüder unter sich entlangreiten. Er flog bis zu einer Lichtung, landete auf einem Baumstumpf und rief sie. »Bist du das? Bist du das wirklich?«, antworteten seine Brüder, und der Prinz nahm sie unter seine enormen Schwingen und erzählte ihnen, was geschehen war. »Wir bringen dich zum König, er wird wissen, was zu tun ist.« Doch als sie das Schloss erreichten, schämte sich der König, dass er eine Eule zum Sohn hatte, und befahl den Wachen, ihn einzusperren. *Wuhu, wuhu*, rief der Eulenprinz jede Nacht. *Wuhu, wuhu.* Tief im Wald hörte ihn die Muttereule und weinte.

Die Brüder lauerten in ihren Zimmern und warteten auf den richtigen Zeitpunkt. Eines Nachts, als die Wachen schliefen, schlichen sie los, stahlen den Schlüssel zum Käfig und ließen ihn frei. Der Eulenprinz dankte ihnen und versprach, sie nicht zu vergessen. Als er in die Dunkelheit flog, leuchteten ihm die Augen der Muttereule aus dem Baumhaus wie ein helles Fenster entgegen und hießen ihn willkommen, und so lebten sie glücklich bis in alle Ewigkeit. Von da an schauten die Jungen immer nach oben und suchten den Himmel ab, und wann immer sie Flügelschlag hörten, wünschten sie sich, eines Tages mit ihrem Eulenbruder zu fliegen.

Zod weinte, wann immer er die Geschichte hörte. Sooft Naneh Goli auch sein Gesicht umfasste und ihn auf die Stirn küsste – *es ist nur eine Geschichte, Butterblume* –, überlief ihn doch ein Schauer, wenn der Mond durchs Fenster schien. Er betete um ein anderes Ende, um eine unerwartet zahme Auflösung wie bei »Die alte Frau, die im Wald lebte«. Doch seine Brüder liebten »Der Eulenprinz« und bettelten jeden Abend darum, lagen da, die Augen zum Himmel gerichtet, und lauschten gespannt, als würden sie das Ende noch nicht kennen. Sie malten sich ein Jagdspiel aus, die Pferde, die durch den Wald galoppierten, die Krallen der Eule, die sich ausstreckten und ein ahnungsloses Nagetier betäubten, die Freiheit des Fliegens, bei der man einen weiten Blick auf die Welt genoss. Zod lehnte sich an Naneh, und sie flüsterte: »Scht, nicht weinen.« Dennoch rannen ihm Tränen über die Wangen, und er hielt sich die Ohren zu, damit er das Ende nicht hören musste. An kalten Abenden schob sie ihm eine Wärmeflasche unter die Decke, während seine Brüder gegenüber herumzappelten – ein kleiner Trost gegen die zitternde Angst, den er wie einen Schutzschild an die Brust drückte, bevor er einschlief.

* * *

In den Stunden, in denen Zod über den Wolken von Paris nach Hause flog, erinnerte er sich an die alten Geschichten, bis sie ineinanderflossen. Die Furchtlosigkeit seiner Brüder rührte ihn, ihre Ehrfurcht vor der Welt und dass sie ihr jenseits der Sicherheit der eigenen Straße, des Gartens und der Menschen, die wie sie aussahen und sprachen, vertrauten – und dass sie so geduldig auf das Ende gewartet hatten.

Dennoch flog Zod, das Kind, das traurig gewesen war, weil sich der Eulenjunge von seiner Familie entfernt hatte, als Erstes von zu Hause weg. *Er* hatte das Ende verändert. Wann immer Furcht oder Traurigkeit ihn bremsten, hatte Davoud die Hände zusammengelegt, Wasser aus dem Brunnen geschöpft und Zod angewiesen, es ihm nachzutun. Er hatte ihn davon überzeugt, dass das Wasser Zauberkräfte besaß und Männer tapfer machte. Jahrelang blieb Zod am Brunnen stehen und holte sich eine Dosis Mut. Sich die Welt ohne seinen Bruder vorzustellen dörrte ihn geradezu aus.

Es hieß, Davoud sei sofort tot gewesen, er habe keine Schmerzen gelitten, doch Zod glaubte nicht daran. Er konnte sich nicht vorstellen, dass es schnell oder schmerzlos war, wenn man durch eine Windschutzscheibe geschleudert wurde und mit abgerissenen Gliedmaßen auf dem Gehweg landete. Und vor allem konnte er es nicht ertragen, dass sein Bruder gelitten, dass er allein dort gelegen hatte, sein Blut auf dem Asphalt, während Zod im Jardin du Luxembourg einen verdammten Springbrunnen zeichnete. Er konnte es nicht fassen, dass die Trauer einem die eigenen Fehler und Schwächen so vor Augen führte.

9. Kapitel

Als die Kellner nach dem Mittagessen eine Pause einlegten und unter dem Dachvorsprung rauchten, sagte Yanik: »Jetzt ist nicht die Zeit, um Witze zu erzählen.« Sie drückten nacheinander die Zigaretten an der Wand aus, dass Funken stoben, und schlichen davon. Die Vögel wollten einfach nicht schweigen. Es war seltsam, sie dort zu sehen, in den Bäumen, unberührt von aller Trauer. *Wo ist die Schleuder, dass ich ihnen die Schnäbel brechen kann?*, dachte Zod, als er ins grelle Licht blinzelte, das durch die Äste schien. Und seine Mutter. Seine Mutter. Kein Laut, wenn er das Ohr an ihre Tür legte, kein Licht, wenn er hineinschaute, nur Ninas Gesicht, das wie ein weißer Mond vor den dunklen Vorhängen schimmerte.

Naneh Goli klopfte unablässig an Zods Zimmertür. Schließlich platzte sie herein und schleppte ihn nach unten in die Küche, wo fröhliches Licht durch die Hintertür drängte. Gemeinsam bräunten sie Mehl und bereiteten ein Blech *Halva* nach dem anderen zu, rührten abwechselnd Rosenwasser und Safransirup unters Mehl, wälzten die dicke Masse – Zorn, Kummer, Zorn, Kummer – und kräuselten die Oberfläche mit einem Löffelrücken.

Das Haus war voller Menschen, aber still; man hörte nur die Uhren, die Yanik jeden Morgen aufzog, wenn er verloren durch die Zimmer bis in die Küche wanderte. Dort leuchtete vor der Dämmerung ein einzelnes gelbes Licht. Naneh Goli schlurfte vom Spülbecken zum Herd. Sie machte Frühstück. Sie machte Mittagessen. Sie zog die Betten ab. Sie machte die Betten. Dann, eines Tages, ließ Naneh Goli Wasser in die Wanne ein und trug Nina ins Badezimmer. Sie schälte sie aus ihrem Nachthemd und wusch den grauen Film des Kummers von ihrer Haut, bis am Wannenrand ein dicker Ring aus schmutzigem Seifenschaum zurückblieb. Als Nina sauber geschrubbt und mit Rosenwasser betupft war, setzte sie sich vor den Spiegel, ließ sich von Golis sanften Händen die Haare kämmen und mit einem blauen Band nach hinten binden – ihre erste Farbe seit Monaten.

Bei Tisch saßen alle schweigend da, bis Naneh Goli ihnen eine klare, salzige Hühnersuppe mit winzigen Klößchen servierte. Zuvor hatte sie kiloweise Hühnerflügel und -hälse mit Lauch und Möhren köcheln lassen, die Brühe aufgehoben und die Flügel und das übrige Hühnerklein auf einem Tablett abkühlen lassen. Zod hatte bei ihr in der Küche gesessen und das warme Fleisch von den Knochen gezupft, das ihre geschickten Finger rasch zu Klößchen verarbeiteten.

Nina brach das Schweigen, zuerst ganz leise, und lobte die Brühe, die ihr allmählich die Stimmbänder wärmte. Dann sang Yanik auf Russisch, völlig aufgelöst vor lauter Dankbarkeit, sie endlich wieder zu sehen und zu hören, wobei seine Stimme in die Höhe stieg und brach, als wäre er ein heranwachsender Junge. Zod und Morad schauten einander an und stimmten ein, zuerst heiser, dann drängend, bevor der Augenblick verflog.

Damals trafen wir uns in dieser Kneipe
auf ein, zwei Drinks.
Wisst ihr noch, wie wir lachten und die Stunden vergingen.
Und wir uns großartige Dinge ausmalten, die wir irgendwann tun würden.

Das waren noch Zeiten, meine Freunde.
Wir dachten, sie würden nie zu Ende gehen.
Und wir sangen und tanzten für die Ewigkeit und in den Tag hinein.
Wir lebten das Leben, wie wir es wollten.
Wir kämpften ohne zu verlieren.
Wir waren jung und sicher, unseren Weg gefunden zu haben.

Am selben Abend gingen sie zu Paris Haus. Sie spielte im Wohnzimmer ihrer Eltern Klavier, als sie anklopften. Zod kannte das Stück nicht, er kannte das Mädchen nicht, spürte aber die ganze Wucht der Entscheidung, die seine Eltern für ihn getroffen hatten – er sollte um Paris Hand anhalten. *Was hältst du davon?* Was er davon hielt? Es war eigentlich überflüssig, ihn nach seiner Meinung zu fragen, wenn der Prolog und der Epilog der Verlobung bereits geschrieben waren. Bis jetzt war ihm der Antrag abstrakt erschienen, doch als er nun auf der Schwelle stand und zu dem beleuchteten Fenster hinaufschaute, hinter dem er ihre Silhouette sehen konnte, wankte er förmlich unter der Last und wünschte sich einen Schluck aus dem Zauberbrunnen.

Nina streckte die Hand aus und drückte seinen Arm, und dann gingen sie gemeinsam durch den Innenhof die

Treppe hinauf. Sie gelangten in einen Wohnraum mit dickem Perserteppich und verzierten Stühlen, in dem Pari auf dem Klavierhocker saß, den schwarzen Rock um sich ausgebreitet, die Hände auf den Tasten. Sie schaute über die Schulter und begrüßte sie mit einem scheuen *Salaam*. Sie hatte Grübchen in den Wangen. Sein Herz, das einen solchen Ruck gar nicht gewohnt war, hämmerte in seiner Brust.

Yanik hatte ihm vor langer Zeit erzählt, er habe sofort um Ninas Hand angehalten, nachdem er ihre Mutter gesehen hatte. »Bevor du ein Mädchen heiratest«, hatte er Zod geraten, »schau dir zuerst die Mutter an.« Frau Parsa trug eine Schale mit grüner Melone herein und stellte sie ab, um ihre Gäste zu begrüßen. Zod brachte es nicht über sich, sie anzuschauen, und starrte stattdessen auf die Ölgemälde in den leuchtend bunten Rahmen.

Draußen brummte der Verkehr, verlässliche Straßengeräusche, die Zod lockten, der am liebsten hinuntergelaufen wäre und ein Taxi gerufen hätte. Er wandte sich verzweifelt zur Tür, doch dann ergriff Frau Parsa seine Hand; ihre Handfläche war noch kühl von der geeisten Melonenschüssel, und seine Augen strichen über ihr hübsches Gesicht, und er las darin ein Mitgefühl, wie er es noch nie erlebt hatte. Ihre Augen füllten sich mit Tränen, sie blinzelte sie weg. Er ließ sich auf einem Stuhl nieder und sah zu, wie sein Vater Paris Gesicht in die Hände nahm und sie auf die Stirn küsste. Davouds Tod hatte etwas in ihnen geöffnet, und alle bis auf Zod, der dachte, er müsse gleich ohnmächtig werden, bewegten sich mit zärtlicher Vertrautheit aufeinander zu und glaubten aneinander, damit sie ohne Sohn durchs Leben gehen konnten.

Dann geschah etwas, das die letzte Spur von Förmlichkeit vertrieb. Pari spielte für sie Klavier und sang mit ihrer lieblichen Stimme. Es war wie ein Geschenk, ein Volkslied, dass der Frühling später käme und man noch auf die ersten Blüten warten müsse.

Als es vorbei war, stand sie auf und strich ihren Rock glatt, und einen Moment lang glaubte Zod, sie wolle sich verbeugen, doch Pari hob das Kinn und schaute ihm in die Augen.

Wusste er überhaupt noch, wie man sprach? Sollten doch die Erwachsenen reden. Er wollte einfach nur in der Hitze dieses Blicks dastehen. Zur Hölle mit der Architektur! Er bemühte sich sehr, nicht eifersüchtig zu sein auf all die Dinge, die sie jemals angesehen hatte, auf Menschen, auf Blumen und Bäume und Klaviertasten und Partituren. Paris Augen waren Spiegel, die seine Zukunft reflektierten, und er erhaschte einen Blick auf ein Leben an ihrer Seite.

Er war begierig, dieses Leben zu beginnen, und drängte seine Eltern, auf die aufwendige Hochzeit, die sie für Davoud geplant hatten, zu verzichten. Es sei nicht richtig, wenn er seinen verlorenen Bruder so offenkundig ersetze. Zod bestand darauf, sich allein mit Pari zu treffen und ihr seine Hingabe zu erklären, die ganz frisch sei und sie zu nichts verpflichte. Es war noch nie da gewesen, dass ein Junge und ein Mädchen sich ohne Aufsicht trafen. »Ihr seid doch bald verheiratet«, wandte Nina ein, aber Zod setzte sich durch.

Er war entflammt und lud Pari mit neu gewonnenem Mut ein, mit ihm in Darband zu wandern. Sein Vater war einverstanden, vorausgesetzt, Paris Bruder folgte ihnen in einigen Metern Entfernung. Sie trug eine Caban-Jacke und eine schmale dunkelblaue Hose und war sehr anziehend mit ihrem wiegenden Gang und dem glatten schwarzen Pferdeschwanz, der von einer Spange gehalten wurde wie bei einem Schulmädchen.

Zod sehnte sich danach, ihre kleine Hand zu ergreifen, wahrte aber keusche Distanz, obwohl sein Arm bei jeder zufälligen Berührung geradezu aufloderte. Zwischen ihnen war nichts als Luft, nichts hielt ihn davon ab, nach ihr zu greifen, nichts außer Davouds Augen. Er spürte seinen Bruder überall, war sich sicher, dass die schlaksige Gestalt, die ihnen folgte, Davoud war und nicht Paris kleiner Bruder. Zod hoffte geradezu schmerzhaft, dass es wahr wäre, dass Davoud ihn boxte und ihm Steinchen, die er vom Weg auflas, an den Kopf warf.

Er war geradezu atemlos vor Liebe, als er schließlich sagte: »Pari, ich bin nicht mein Bruder. Ich werde ihn nie ersetzen. Ich komme zu dir als ein Mann, der das Herz im Gesicht und ein leeres Notizbuch bei sich trägt, um unsere Geschichte zu schreiben.« Er atmete tief durch, denn er hatte noch nie so viele Worte an eine Frau gerichtet, und sie wandte sich ab, um ein Lächeln zu verbergen.

Dann zog sie eine kleine Papiertüte aus der Jackentasche und holte eine Handvoll Sonnenblumensamen heraus. Ihr Blick wanderte von Zod zu den Vögeln, die zwischen ihnen über den Kies hüpften, und sie hielt ihm die Tüte hin. Sie fütterten die Vögel und gingen wortlos weiter, als wären sie schon immer so gegangen. In der einen Hand hielt Zod sein ängstliches, zurückhaltendes und vorhersagbares Selbst, und in der anderen die Samen, die leicht waren wie Goldstaub.

* * *

Ihre Eltern waren mit einer stillen Hochzeit im Juli einverstanden, ziemlich genau sechs Monate nach Davouds Tod. Sie begriffen, dass für diese beiden jeder Tag, an dem sie getrennt waren, wie ein ganzes Leben ohne einander war. Beflügelt von der Trauer, richtete Yanik eine Wohnung im zweiten Stock her, und Nina nähte Vorhänge, Kissenbezüge und eine mit Schmetterlingen bestickte Satindecke, und mit jedem Stich, jedem Balken, jeder Farbschicht arbeiteten sie daran, den Riss in ihren Herzen zu kitten und auf die helle Zukunft eines anderen Kindes zu vertrauen.

Die Sorgfalt, mit der sie dieses Nest errichteten, machte sie ganz atemlos, und sie bauten sogar einen Speiseaufzug ein, damit die Frischvermählten oben essen konnten, wenn ihnen danach war. Naneh Goli strahlte vor Freude, als sie sich ausmalte, wie das Frühstück sie aus ihren Träumen wecken würde, wie sie das schwarze Loch mit rosa Rosen und Jasmin, mit Pfirsichmarmelade und Schalen voller violetter Feigen, mit warmem Brot, Milchkrügen, Tellern mit süßer Butter, Bechern mit Granatapfelsaft und Liedern füllen würde. Ja, sie würde singen und ihre Stimme emporsteigen lassen.

Zod und Pari verbrachten die Flitterwochen am Ufer des Kaspischen Meeres, wo sie mit den Zehen im kalten Sand wackelten und einander zum ersten Mal die nackten Füße zeigten. Paris Zehen sahen aus wie winzige Elfenbeinpüppchen mit durchscheinenden Gesichtern. Sie vergrub sie, noch schamhaft, doch die Flut eilte heran und legte sie immer wieder frei. Selbst ein Kuss auf die Lippen war weniger intim als die Bekanntschaft mit ihrer Haut. Worte blieben ihnen noch in der Kehle stecken, und Zod und Pari ließen es sich gern gefallen, dass die allgegenwärtigen Wellen über das Schweigen zwischen ihnen wachten. Ihre Schüchternheit kam und ging; sie nahmen sich Zeit, um einander alles über ihre Vergangenheit zu erzählen, doch selbst das schien unnötig, denn Zod kam es so vor, als hätte Pari ihn schon gekannt und er sie auch. Bald wäre ihre Stimme sein Zuhause.

Sie gewöhnten sich an, jeden Morgen zum Meer hinunterzugehen, wo Zod seine Jacke am Rand des Wassers ausbreitete und sie Brot und Käse frühstückten, und zuletzt schälte Pari eine Apfelsine. Die Schale, die sich säuberlich in ihrer Handfläche kringelte, kündete für Zod von dem ordentlichen Heim, das sie sich schaffen würden. Solange sie ihr gemeinsames Leben in Händen hielt, würde Zod sich nie wieder fürchten.

Am dritten Tag legten Zod und Pari ihre Kleidung ab und gingen ins Wasser, schwammen seitlich, damit sie einander ansehen konnten. Pari schwamm besser, ihre zarten Arme glitten mühelos durchs Wasser. Zod zappelte und strampelte, um mitzuhalten, und war zu atemlos, um zu reden.

»Behzod!«, rief sie. »Behzod, du darfst nicht aufs Wasser schlagen! Ausholen und ziehen. Siehst du?«

»*Shoma* (ihr) seid eine ausgezeichnete Schwimmerin«, keuchte und prustete Zod.

Sie sprachen einander noch mit *shoma* an, dem Plural der zweiten Person, ähnlich dem französischen *vous* (als wäre der Singular nicht genug), aber es klang nicht steif wie bei Lehrern und Älteren und auch nicht wie bei Zods Mutter, wenn sie wütend war, sondern verströmte die Güte eines Mannes und einer Frau, die einander strahlend liebten. Selbst als sie danach in ihr Zimmer gingen und Zod das Salz auf Paris Brüsten schmeckte, selbst als er in ihr war, selbst als sie nackt dalagen und einander unter dem surrenden Deckenventilator anschauten, sagte er: »Parvaneh, *shoma* (ihr) habt das schönste Gesicht, das ich je gesehen habe.« Sie errötete wie eine Aprikose. Zod hätte sie am liebsten gegessen.

* * *

An einem heißen Augustnachmittag stand ein Klavier unter einer Decke im Innenhof des Café Leila. Der Hocker wartete noch draußen auf der Straße. Yanik unterwies die beiden bulligen Träger, die an seiner Neuerwerbung lehnten, wie sie diese in den *Salon* – so nannte er das Wohnzimmer gerne – zu tragen hätten. Zod und Pari würden bald heimkommen, und Nina wollte, dass vorher alles an Ort und Stelle war. Sie war glücklich, und ihr Glück verbreitete sich im ganzen Haus. Das Klavier war ein wichtiger Teil der Fröhlichkeit, das Vorspiel zu dem neuen Leben, das sich hier entfalten sollte. Sie schob die Hände unter die grobe Decke, um das lackierte Holz zu betasten, hob den Deckel, um die Tasten auszuprobieren, obwohl sie selbst nicht spielte. Es waren siebenunddreißig Grad und die Hemden der Männer schweißgetränkt, doch Nina servierte ihnen Gläser mit eiskalter Kirschlimonade, die sie wieder auf Trab brachte.

Zuvor hatten sie mit einem Handwagen auf dem samstäglichen Markt eingekauft. Sie wollten ein Festmahl für die Frischvermählten vorbereiten und hatten Kisten voller Melonen, Auberginen, Tomaten, Basilikum, Aprikosen und Feigen im Schatten aufgestapelt. Naneh Goli saß draußen vor der Küche an einem Tisch und putzte grüne Bohnen, die sie mit Hackfleisch in einer leuchtenden Tomatensauce kochen würde – *lubia polo*, ein Lieblingsgericht aus Zods Kindheit. Vierzig Junghühner lagen in safrangelber Joghurtmarinade, die morgen über einem offenen Feuer gebraten und mit Bergen von Juwelenreis serviert würden.

Yanik hatte den ganzen Morgen Lammköfte geformt, mit Piment und Thymian gewürzt, in kleinen Portionen gebräunt und dabei Ninas Kochplatten mit Beschlag belegt, die sie eigentlich beanspruchte, um Maulbeeren für das Parfait einzukochen.

»Mein Gott!«, rief er, um Nina daran zu hindern, ihr Kompott herzustellen. »Die Beeren sind viel zu sauer, um damit den Topf zu beschmutzen.«

Kein Fleckchen Platz blieb auf dem Herd; aus den zahlreichen Behältnissen waberte Dampf durchs Haus und zwang Naneh Goli, einen Tisch nach draußen zu schleppen, an dem sie ihre Arbeit verrichten konnte. Ein üppiger Duft drang aus der Küche, und Naneh Goli konnte durchs offene Eingangstor beobachten, wie Passanten innehielten, um die aufeinanderprallenden Gerüche aufzunehmen. Manche blieben stehen, um zu plaudern, andere beschrieben einen Bogen ums Klavier, kamen herein und fragten: »Was um Himmels willen geht hier vor?«

An diesem Abend legten sie, erschöpft von den Vorbereitungen und der hartnäckigen Hitze, ihre Matratzen aufs Dach und schliefen tief und fest unter den Moskitonetzen. Yanik stand vor der Morgendämmerung auf und spritzte den Gehweg mit einem Schlauch ab. Er hätte auch die ganze Stadt gewaschen, wenn Zeit dafür gewesen wäre, doch die Gartentische mussten aufgestellt und Rosengirlanden aufgehängt und Kohlen entzündet und Dolma gewickelt und

Berge von Kresse und Frühlingszwiebeln fürs *Kuku* gehackt werden.

Nina entzündete den Samowar, und Naneh Goli eilte zum Bäcker.

»Möchtest du die Tische wie beim Bankett im letzten Sommer decken?«, erkundigte sich Yanik.

»Nein, Niki«, zirpte Nina. »Ich habe hübschere Tischdecken und bestickte Servietten. Dies hier wird noch besser.«

Sie hatten die Feier seit Tagen geplant, waren durch den Garten gegangen, hatten sich die Festlichkeiten wieder und wieder ausgemalt, ganz fiebrig vor lauter Vorfreude.

Nur Morad hielt sich am Rande des Zaubers, angewidert von seinen Eltern, denen es genehm schien, das Andenken seines Bruders stummzuschalten. Er war schlecht gelaunt und boshaft, doch seine Drohungen, das Festmahl zu verderben, stießen auf taube Ohren.

Zod und Morad waren einander nie nahe gewesen. Morad betrachtete Zod als Hindernis, das zwischen ihm und Davoud stand, das stets im Weg war, vor Schreck stolperte und sich duckte wie ein Mädchen. Die engste, heiligste Freundschaft seines Lebens war zerbrochen, man hatte das Gesicht des Bruders aus einem Hochzeitsporträt herausgeschnitten und durch einen geistlosen Esel ersetzt. Ein unverzeihlicher Betrug. Morad knirschte vor Wut mit den Zähnen, lief mit geballten Fäusten durch die Straßen, spuckte beim Gedanken an Zod und Pari aus und schob den Stuhl vom Tisch, sobald das Gespräch auf die Heimkehr kam. Er konnte nicht begreifen, wie erschüttert seine Eltern waren, dass die Vorbereitungen ihre Trauer leichter machten und all die Arbeit im Namen ihres Erstgeborenen geschah.

Er zählte die Stunden, bis er nach Amerika reisen konnte, wo er die Universität besuchen sollte, und freute sich darauf, die Familie, der er bereits abgeschworen hatte, hinter sich zu lassen. Mit neunzehn kürzte Morad sich aus der familiären Gleichung heraus, und keine Überredungskunst der Welt würde ihn zurückbringen, sodass Yanik und Nina zwei Söhne in einem Jahr verloren. Es hätte ein düsterer Beginn für diese Ehe sein können, doch Liebe bedeutet auch Verheißung, und jene, die blieben, drängten sich unter ihren Schirm und umklammerten einander, damit die überwältigende Flut des Kummers sie nicht verschlang.

* * *

Es war wie ein Traum, an jenem Abend in den Garten zu treten. Tische, gedeckt mit schneeweißem Damast, schimmerten unter Dutzenden von Gaslaternen, die an den Ästen hingen. Rosa Rosenknospen trieben im Brunnen, und Pyramiden aus Safranreis glitzerten von Berberitzen, Pistazien und dünnen Streifen von Orangenschale.

Yanik trug einen weißen Smoking und befehligte wie ein Admiral die Kellner, die eifrig Silber und Glas polierten. Selbst die Goldknöpfe an ihren Revers funkelten, als sie Schulter an Schulter dastanden, die Gäste durch ein Labyrinth kerzenerleuchteter Wege geleiteten und Tabletts mit Likör herumtrugen. Nina hatte endlich ihre Schürze abgelegt, trug nun grünen Chiffon und schien ein Stück über dem Boden zu schweben. Selbst Naneh Goli hatte für diesen Anlass ihr Hochzeitsgold hervorgeholt.

Pari saß bei ihren Eltern und suchte in der Menge nach Zod, bis sie ihn in die äußerste Ecke des Gartens gehen sah, wo sein jüngerer Bruder lauerte. Sie konnte nicht sehen, was geschah, und würde nie erfahren, was die Männer dort im Dunkeln taten. Morad trug düsteres Schwarz, ergriff Zods ausgestreckte Hand und hielt sie wie in einer Schraubzwinge, wobei er ihn streng ansah.

»Du hast nichts davon verdient, du Heuchler.«

Niemand außer Zod hörte, wie sein Zeigefinger in Morads kräftiger Hand knackend brach. Er taumelte zurück und verzog das Gesicht, bevor er sich bei Morad bedankte, wohl wissend, dass er seinen Bruder weder genügend geliebt noch betrauert hatte – allzu rasch hatte er sich von der Sorge seiner Eltern umhüllen und zu Pari führen lassen, sodass ein gebrochener Zeigefinger nicht mehr als ein Papierschnitt war.

»Brich mir den Arm, Bruder«, flehte er.

Er hatte oft gesehen, wie Morad ein anderes Kind in den Schwitzkasten nahm und drohte, ihm den Hals zu brechen oder einen Augapfel herauszudrücken, wie er ihm die Finger nach hinten bog, bis sich das Kind heulend für irgendein Vergehen entschuldigte. Er hatte die brutale Kraft seines Bruders nie beruhigend gefunden und sich mehr als einmal beim Zusehen in die Hose gemacht, da dies alles eine Vorübung für den Tag war, an dem er selbst Morads Folter anheimfallen würde. Morad konnte Zods Angst riechen und ließ keine Gelegenheit aus, um ihn in einen schlammigen Graben zu schubsen oder ihm ein Bein zu stellen. Dann trat er zurück und wischte sich den Schaum des Vergnügens aus den Mundwinkeln.

Sein breiter Oberkörper überragte Zods drahtige Gestalt, und er höhnte: »Ha! Deinen *Arm*? Du meinst wohl deinen Hühnerflügel, du Scheißer! Ich würde dir nacheinander alle

Knochen brechen, wenn meine Mutter heute nicht so viel Vergnügen hätte.« Dann ließ er los, als schnippte er eine Kippe weg, und stolzierte davon. Zod war betroffen und auch erleichtert, denn unter dem Schmerz lauerte der Friede. Sie würden einander nie mehr so nahekommen wie vorhin. Und als er einen Hauch von Morads Aftershave an seiner feuchten Handfläche roch, musste er lachen – sein Bruder hatte für die Abrechnung sogar Eau de Cologne aufgelegt.

Zod kehrte mit tief sitzendem Hunger an den Tisch zurück, aß nach der langen Wache ungeheure Mengen und lockerte den Gürtel, um mit Pari zu tanzen, wie betäubt von der Dosis Freude, die ihm über die nächsten Stunden helfen würde. Erst als die letzten Gäste im Morgengrauen heimwärts taumelten und das Haus sich knarrend zur Ruhe begab, schlich er in die Küche und bastelte eine Schiene aus einem Holzlöffel. Später erinnerte ihn der krumme Finger daran, dass es kein Traum gewesen war.

10. Kapitel

Morad flog mit Pan Am davon. Sie schauten ihm nach. Zod hatte nicht vor, ein Leben lang zu büßen. Morad hatte ihn beschämen, ihn fürs Leben strafen wollen, aber er hatte sich zu rasch abgewandt, um zu erkennen, dass sein brutaler Händedruck Zod lediglich von der erzwungenen Treue zu einem groben Bruder befreit hatte, der ihn nicht liebte.

Morgens um sieben stand Zod nun neben Nina, statt auf Jutesäcken zu sitzen und auf dem Boden in einem leeren Topf zu rühren. Im Laufe der Jahre hatte er jede Bewegung seiner Mutter auswendig gelernt wie eine Schachpartie, und wenn sie nach einem Sieb griff, einen Backpinsel schwang, eine Pirogge faltete, brauchte er ihr nicht mehr zu folgen, weil er schon dort war, weil ihr Muskelgedächtnis ihn durchdrungen hatte. Und wenn man durchs Küchenfenster beobachtet hätte, wie sich ihre Arme unter den geblähten Ärmeln bewegten, hätte es ausgesehen wie ein gut geprobtes Ballett, choreografiert bis zu dem Augenblick, in dem Nina mit bloßen Händen ein Kotelett aus dem heißen Öl hob und Zod aufschrie, weil er sich die beiden obersten Hautschichten versengt hatte. Nina winkte mit der schwieligen Hand, die längst taub war von zahllosen Töpfen, die sie mit bloßen Händen von einem Feuer aufs nächste geschoben hatte, herablassend in Richtung Eiskiste, und er tauchte sein purpurrotes Fleisch in ihre eisigen Tiefen.

Dann stand er wieder neben ihr, und sie rollten Hefeteig zu transparenten Blättern, die mit Kohl, Hackfleisch und Zwiebeln gefüllt wurden. Sie war meist still, dünner denn je, ihr breiter Hintern eingeschrumpft unter einem der bunt bedruckten Kittel mit den tiefen Taschen, in denen sie Stifte und Taschentücher und Listen aufbewahrte. Ihre rauen Hände waren mit uralten Narben gesprenkelt, doch ihre Oberarme waren immer noch cremeweiß und wackelten im Rhythmus des Nudelholzes hin und her.

Zod schaute aus dem Augenwinkel zu, hatte Angst, ins Hintertreffen zu geraten, fantasierte geradezu vor lauter Hunger, hütete sich aber, sich einen Bissen in den Mund zu stecken, denn dann hätte seine Mutter ihm auf die Hand geschlagen. Wann immer sie einen Topf mit pochiertem Geflügel auf der Arbeitsplatte stehen ließ, hätte er sich am liebsten ein Flügelchen gestohlen oder an den warmen Knochen geknabbert, von denen sie das Fleisch geschnitten hatten. Die Wahrheit ist, dass Köche hungern, um andere zu ernähren. Nina knabberte niemals bei der Arbeit. »Wir decken den Tisch. Dann essen wir. Nicht jetzt. Jetzt arbeiten wir.«

In den dreißig Jahren, seit Yanik Nina eine Schürze umgebunden und ihr gezeigt hatte, wie man Eier trennte, hatte sie zahllose Rezepte ausprobiert, die Feinheiten der persischen Küche erforscht, ihre uralte Alchemie von süß und sauer, heiß und kalt, ihre Hochachtung vor Pflanzen und Kräutern, und Naneh Golis Gaumen als Gradmesser für die Feinabstimmung genutzt. Welch ein Triumph, wenn sie einen Topf Reis mit goldenem Kartoffel-*Tadig* servierte – der magischen Kruste, die sich unter dem gedämpften Reis bildete. Das praktische Herumprobieren lehrte sie, welche Regeln nützlich und welche verzichtbar waren.

»Ich mag Zitrone, aber im Rezept wird immer zu viel oder zu wenig vorgeschrieben«, erklärte sie. »Denk an die Leute, für die du kochst. Lerne ihre Leidenschaften kennen, und passe das Rezept an, ohne dich zu weit von den Grundregeln zu entfernen. Dein Vater hat immer die Hand am Salzstreuer. Goli isst ganze eingelegte Zitronen, als wären es Gummibonbons. Drücke eine Zitrone über den Salat, füge ein bisschen Salz hinzu, aber nicht so, dass du den Salat damit tötest.«

Zod merkte gar nicht, dass er allmählich lernte, auf Augen, Ohren und Nase zu vertrauen, die ihm sagten, wann er den Deckel von einem vor sich hin köchelnden Eintopf mit Tauben und Granatäpfeln heben und Melasse hinzufügen musste, sich die Aromen wie Farbschichten vorzustellen und zu erkennen, wie sie aufeinander reagierten, bevor er sie auf die Palette drückte.

Alles in der Küche des Café Leila hatte Sinn und Zweck. Sie war ein Raum voller Wissen, das Nina mit unerbittlicher Hingabe erworben und in die Wände geschnitzt hatte. Von den Haken über dem Herd bis zum Schleifstein für die Messer und dem Schrank, in dem die Gewürze nach Schärfe und Feinheit geordnet waren, bildete alles ein effizientes Muster, das nie nur einer Laune oder purer Dekoration gehorchte.

Im Laufe der Jahre hatte Nina sich ein kleines Zenith-Radio gestattet, das auf der Fensterbank stand und Seifenopern sendete, und einen gerahmten Spiegel an der Wand, unter dem sie Kamm und Lippenstift aufbewahrte, falls sie ins Café gehen musste. Zwischen den Töpfen und Kasserollen umherzugehen war wie ein Spaziergang durch ein Labor. Sauber und schmal, mit einer Tür, die in den Innenhof führte, und einer anderen, die Tageslicht hereinließ und einen angenehmen Durchzug erlaubte.

»Du hast es gut gemeint, mein Sohn«, pflegte Nina zu sagen und wie eine Krabbe hinter Zod umherzuzucken. »Und jetzt bitte noch mal.« Sie vertraute ihm die Katastrophen an, die sie erlebt hatte und die die glücklichen Zufälle überwogen, und drängte ihn inständig, seinen Arbeitsplatz sauber zu halten. »Niemand will etwas essen, das im Chaos gekocht wurde.«

Es waren nicht länger die gemächlichen kleinen Sonntagsessen, die er in Madame Chabloz' Küche für drei oder vier Junggesellen gekocht hatte, die ihm seine Fehler verziehen: die zerkochte Lammkeule, die geronnene Vanillesauce und das gesellige Durcheinander. Dort war er ein ernsthafter Junge gewesen, der in einer Werkstatt arbeitete, ein köstliches Durcheinander an Geschmäckern erzeugte und auf bedingungslose Begeisterung stieß. Hier kochten sie für viel zu viele Menschen, um sich exotische Experimente zu leisten, doch Zods Eifer war unerschöpflich. Wie alle jungen Köche litt er unter dem geradezu krankhaften Drang, Dinge zu ändern und zu bearbeiten – Ego und Neugier zwangen ihn, Rezepte abzuwandeln, was zu gemischten Ergebnissen führte.

Nur am Donnerstagmorgen wich Zod von Ninas Seite und ging mit Naneh Goli auf den Markt. Dafür kleidete er sich auch anders, verzichtete auf die übliche graue Flanellhose und die aufgerollten Hemdsärmel und wählte – und zwar bei jedem Wetter – einen Zweireiher mit Krawatte, polierten Schuhen und Filzhut. Wenn er frisch rasiert und proper nach unten kam, zog Nina ihn auf, er wolle wohl auf einen Ball gehen. Yanik hatte ihn zum Basar geführt und allen Verkäufern vorgestellt, und Zod wollte ihnen mit seiner Kleidung Respekt erweisen.

Sobald sich das Tor hinter ihnen geschlossen hatte, überkam Naneh Goli eine geradezu jungenhafte Begeisterung, und sie probierten das Essen von den kleinen Ständen, an denen sie unterwegs vorbeikamen. Dampf stieg von gigantischen gerösteten Zuckerrüben auf, die glühend heiß und in Zeitungspapier gewickelt angeboten wurden. Ein Junge saß auf einer Holzkiste hinter seinem improvisierten Saftstand, schnitt Granatäpfel, die ebenso rot waren wie seine Wangen, mit einem Fleischerbeil auf und drückte den Saft in kleine Plastikbecher. Männer saßen hinter Kohlebecken, drehten Maiskolben und fächerten Kebabspieße mit Leber auf, die sie brutzelnd und mit einer Mischung aus Koriander und Minze in *Lavasch*-Brot füllten. Zwischen Markisen waren ledrige Streifen von Aprikosen, Pflaumen, Tamarinden und Kirschen aufgereiht wie Wäsche auf der Leine. Die beiden Einkäufer gingen im Zickzack von einem Stand zum nächsten. Zod wirbelte essend zwischen den Ständen umher, sodass Naneh Goli ihn als verrückten Derwisch bezeichnete und ihm nur mühsam folgen konnte.

Auf dem Markt übernahm sie jedoch die Führung, plauderte rasch mit Mostafa, dem Obstverkäufer, der sie sehnsüchtig aus tief liegenden Augen ansah und den Lärm der anderen Frauen ignorierte. Hier zeigte man auf das, was man haben wollte, und Mostafa suchte einem das Beste aus. Nur Goli durfte das Obst betasten, alle anderen, die es wagten, seine Pfirsiche zu berühren, wurden angeschrien. Er füllte ihnen die Taschen mit fetten gelben Birnen und rubinroten Trauben, während er versuchte, Golis Hand zu berühren und einen Blick auf ihr kleines Ohrläppchen zu erhaschen, wenn der Schleier zurückrutschte.

Doch Naneh Goli spürte seinen Hunger und blieb hart, neckte ihn, musterte die Orangen-Pyramiden mit gespieltem Abscheu und machte sie den Einkäufern, die hinter ihr warteten, madig. Ihre Grausamkeit überraschte Mostafa, und sein Schnurrbart sank herab, doch er konnte nur ernst in Zods Richtung nicken, bevor sich Goli sittsam abwandte und zum Metzger weiterging.

Zod konnte sich seine Naneh nicht in einer Romanze vorstellen, denn sie erschien ihm alt und stur, obwohl sie erst in den Dreißigern und eigentlich recht hübsch war. Mostafa hatte Yanik mehr als einmal aufgesucht und um ihre Hand gebeten, und vor ihm hatte es schon eine ganze Reihe von Bewerbern gegeben: Hamid, den Schneider, Kaveh, den Friseur, Najib, einen Elektriker, die alle ihre Mütter ins Café Leila geschickt hatten, wo sie sich im Salon niederließen und Small Talk machten, bis der Tee serviert wurde. Dann kamen sie gleich zur Sache, priesen atemlos die Intelligenz und den Unternehmergeist ihrer Söhne und den Reichtum und das Ansehen der Familie. Naneh Goli hörte die Unterhaltungen und flüsterte Nina ungläubig zu: »Warum? Warum sollte ich den alten Knacker heiraten?«

Einmal, wenige Jahre nach dem plötzlichen Tod ihres jungen Ehemannes, hatte sie sich bereit erklärt, einen achtzehn Jahre älteren Ladenbesitzer zu heiraten, der über ein gutes Einkommen und zwei Haushälterinnen verfügte. Alles wurde förmlich und frei von Zuneigung arrangiert. Nina nähte ihr ein Kleid, im Café wurde ein Empfang gegeben, und ein Fahrer brachte Goli einen Kleiderschrank und zwei Teppiche in ihr neues Heim. Zod erschauerte, als er an jenem ersten Abend in ihr früheres Zimmer schaute und es leer vorfand, kahl bis auf die Vorhänge und den Duft von Rosenwasser. Sie stellten wochenlang keine Möbel hinein, obwohl Yanik mehr als einmal anbot, Ninas Nähmaschine dort hineinzutragen.

Zuerst kam Naneh Goli an ein oder zwei Nachmittagen in der Woche zu Besuch, blieb aber jedes Mal länger und kam immer häufiger, bis ihr Ehemann sie wissen ließ, dass er ihre Aufmerksamkeit wünsche. Goli war einsam in dem großen Haus, sehnte sich nach Nina und den Jungen, war eifersüchtig beim Gedanken, ein anderes Mädchen könnte ihre Stelle einnehmen. Sie war es nicht gewohnt, eine Köchin und eine Dienstbotin zu haben, die ihrer Einmischung nicht bedurften, und einen Ehemann, der von ihr erwartete, dass sie sein Bett teilte. Als sie sich trotzig weigerte, kam es zu einem erbitterten Streit, und sie entfloh zu Nina, die immer noch hoffte, dass er sich irgendwann Golis Zuneigung verdienen und eine Familie mit ihr gründen würde.

Nina verbrachte lange Nachmittage damit, Nougat und Zuckermandeln anzurühren und ihre junge Schutzbefohlene mit neu kreierten Leckereien nach Hause zu schicken, um ihr die Ehe zu versüßen. Doch die Kluft zwischen dem Paar wurde nur noch größer, als er anfing, Goli mit dem Stock zu schlagen, und schließlich warf er sie ganz hinaus. Naneh Goli kehrte glücklich zurück, ohne ihre *mahr* (eine Mitgift, die zu zahlen der Ehemann bei der Hochzeit gelobt hatte), dafür aber mit dem Kleiderschrank und den beiden Teppichen. Sie befand, dass die Ehe keinen Nutzen für sie besaß.

Die wöchentlichen Ausflüge auf den Markt verliehen Zod neue Energie. Er zog die hochbeladenen Einkaufswagen in den Hof und verteilte die Pakete wie Trophäen an die Kellner, die ihm beim Ausladen halfen. »Die ersten Feigen!«, donnerte er, als müssten sie die Ankunft jeder neuen Frucht, jedes blattreichen Gemüses und jeder Wurzel feiern. Damals gab es noch ein jahreszeitliches Angebot, und im Dezember fand man keine Tomaten.

Seine Mutter war müde, und wenn sie oben nähte, nutzte er ihre Erschöpfung und gelegentliche Zerstreutheit, um Rezepte abzuändern. Wenn nachmittags der Boden gefegt war, baute er in der Stunde, bevor Pari vom Konservatorium heimkam, ein aufwendiges Minarett aus kalten Sandwiches oder löffelte eingemachten Rhabarber über Joghurt oder bereitete einen Pudding, indem er Kakifrüchte und grob gemahlenen Mandelkrokant aufeinanderschichtete.

Er behielt das Eingangstor im Auge und deckte einen Gartentisch mit weißer Decke, Silberbesteck und Porzellan, während er darauf wartete, dass Pari mit ihren Musikbüchern hereinkam. Sie wurde seine Laborratte, roch glücklich an den gedünsteten Birnen mit Pfefferkörnern und Kardamom, bevor sie sich in das Labyrinth erlesen angerichteter Snacks wagte und Zod wie ein Fohlen von der Küche zum Tisch rannte und mehr und mehr Gerichte herbeischleppte. Seine Lieblingsstunden des Tages waren zwischen Mittag- und Abendessen, wenn die Zeit für sie beide stillstand und er ihren Bauch und ihr Herz umwerben konnte, nur waren sie ja schon verheiratet.

Pari bot immer an, das Geschirr zu spülen, doch Zod wollte nichts davon hören und scheuchte sie in Ninas Zimmer, von wo ihre sanften Stimmen durchs offene Schlafzimmerfenster drangen. Er umkreiste allein den Tisch, um zu sehen, was sie aufgegessen und was sie zurückgelassen hatte, denn er vertraute ihrem Gaumen mehr als allem anderen. Nur Krümel, die Stiele halbierter Birnen, ein Radieschen oder eine halbe Spinatpastete blieben übrig.

Doch wie sollte er diese Liebe wieder und wieder übersetzen, jedes Gericht neu erscheinen lassen wie die erste Schwärmerei? Gewiss, er freute sich darauf, sie seinen Gästen, die an den Tischen von Yanik und Nina groß geworden waren, zu servieren und diese allmählich mit den Aromen vertraut zu machen, so wie er Pari mit Rock-'n'-Roll-Schallplatten vertraut gemacht hatte. Aber er musste seinen Hang zur Angeberei beherrschen. Nie vergaß er Ninas Erfindungsreichtum, ihre schlichten Suppen und Ausbackteige, die das Rückgrat seines Repertoires bildeten. Ohne sie wäre er ein unbeholfener, nur von seinem Ego getriebener Amateur geblieben. Zods Mutter sagte, für ihn bestünde Hoffnung, weil er seine Grenzen kenne. Er wusste, dass er ihren Regeln folgen musste, bevor er sie brach, dass er sich an das erinnern musste, was sie bereits entdeckt hatte, denn anders als Nina war er nicht mit diesem Wissen geboren.

Zod fand immer noch Freude daran, in Kräutern und Blumen und Wurzeln zu stöbern, mit denen er Suppen und Essig würzte, Kräutersträußchen in die Bauchhöhlen ganzer Weißfische und Tauben zu stopfen und Baumabschnitte und Apfelblüten für Lammbraten aufzuheben, ja, sogar Piroggenteig aus einem Sauerteig-Ansatz herzustellen, den er mit Quellwasser vermischte. All das begann als Experiment, doch er hielt sich immer an die Grundregeln.

Um fünf Uhr nachmittags erwachte Yanik meist aus seinem Schläfchen und schaute auf eine Tasse Tee herein.

Dann fand er Zod allein am Spülbecken vor. Er blieb auf der Schwelle stehen und beobachtete ihn, fragte sich, wie es dazu gekommen war. Wie hatte Zod die Kluft zwischen dem geschlossen, was er wollte und was er bekommen hatte? Er hatte sich nicht einfach nur in einen Plan gefügt, den seine Eltern vorgeschlagen hatten, sondern hatte ihn übergestreift wie einen guten, bequemen Schuh. Yanik erlaubte sich den Gedanken an Enkelkinder – vier oder fünf winzige Versionen von Zod und Pari, die durch den Garten liefen, auf Bäume kletterten, sich die Knie aufschlugen und von Nina verhätschelt wurden –, bevor er das Bild mit einer Handbewegung verscheuchte. Nach dem Verlust hatte er sich dem Aberglauben ergeben, wie es auch seine Eltern und Großeltern nach Tragödien getan hatten. Es war am besten, sich nicht die Zukunft auszumalen; für Prophezeiungen waren Geistliche zuständig. Die Zutaten für ein gutes Leben waren da, solange Yanik das Schicksal nicht herausforderte und das Haus mit seinen Gedanken zum Einsturz brachte.

Zod trug ein Tablett nach draußen. Sie tranken Tee durch einen Zuckerwürfel, den sie vorsichtig zwischen die Schneidezähne klemmten. Yanik wiederholte, was er schon auf so vielerlei Weisen gesagt hatte: »Mein Sohn, es braucht Mut, um dieses Leben zu führen.«

»Ja, ich weiß, Baba *jan*«, pflegte Zod zu antworten. »Ich wäre nirgendwo anders lieber.« Und danach hörte man nur noch das Klappern der Würfel auf dem Backgammon-Brett, bis die Sonne tiefer sank und sie wieder zur Arbeit trieb.

11. Kapitel

Die Gäste, die sagten, das Schönste am Hotel Leila seien die Julia-Balkone, buchten im Sommer, wenn das Orchester abends im Garten spielte, oft ein Zimmer für ein oder zwei Wochen. Nach dem Abendessen zogen sie sich mit einem Drink in ihre Zimmer zurück und öffneten geräuschvoll die Fensterläden. Zod schaute auf und sah Männer mit aufgerollten Hemdsärmeln, die sich im Zigarettennebel über die schmiedeeisernen Balkons beugten. Auch die Frauen lehnten sich mit Strickjacken um die nackten Schultern in die Nacht hinaus, um Pari zu hören, und bewegten die Lippen zu den Texten, die sie kannten. Niemand schlief viel, aber keiner beschwerte sich.

Yanik und Zod hatten das Hotel in sechs Jahren gebaut, nachdem Yanik sich bereit erklärt hatte, sich auf zwölf Zimmer zu beschränken, vier auf jeder Etage. Er wollte eigentlich ein Grandhotel, ein Ritz mit marmorner Eingangshalle und Liftboy. Sie hatten gestritten und gebrüllt, weil sie sich ganz unterschiedliche Etablissements vorstellten – Zod bevorzugte ein kleines, niedliches Hotel, während sein Vater auf einem Herrenhaus bestand, in dem internationale Stars und Staatsoberhäupter residieren würden.

»Die brauchen die zwölf Zimmer allein schon für ihren Hofstaat«, hatte Zod behauptet, und Nina war ihrem Sohn beigesprungen. »Wirklich wichtige Leute wissen einen Ort zu schätzen, an dem sie gut versorgt und ansonsten in Ruhe gelassen werden.«

Sie hatte natürlich recht gehabt. Zimmer acht wurde zur Zweitwohnung eines gewissen Diplomaten, und Zimmer elf wurde von einem berühmten Schauspieler gemietet, wenn er in Teheran arbeitete. Nina bewahrte sogar ihre Pantoffeln und Bademäntel bis zum nächsten Besuch auf und schmückte die Zimmer mit Blumen und Obstkörben.

Doch was die Gäste wirklich immer wieder anlockte, war der Duft. 1968 gehörte das Café Leila zu den besten Restaurants der Stadt, und man liebte Zod für seine fantasievolle Küche. Es herrschte eine Atmosphäre aufrichtiger Jovialität, die Luft war erfüllt von Besteckgeklirr und Geplauder, während die Kellner wie Arabeskentänzer durch den Speisesaal mit der hohen Decke glitten. Das Café war so beliebt, dass die Leute mittags draußen vor der Bäckerei anstanden, wo weiß und gelb gestreifte Schachteln mit Zods speziellen Piroggen gefüllt wurden. Eigentlich waren es nur Hefebrötchen, doch sie lockten so viele Männer, Frauen und Kinder in den Süden Teherans, dass »das Schiff zu kentern drohte«, wie Yanik gerne scherzte.

Natürlich buk Nina ebenso schmackhafte Brötchen, doch Zod, ihr wilder Lehrling, hatte den Teig zu einer federleichten Brioche mit subtilem Aroma verfeinert. Er füllte die Taschen nicht nur mit Hackfleisch und Zwiebeln, sondern auch mit Pfirsichmarmelade, Safran-Reispudding, geräuchertem Stör, Kartoffeln mit Dill, Kohl und Kümmeläpfeln, Enten-Confit und gehackter Orangenschale, und einmal sogar mit einer Perle, die in die Zitronencreme gefallen war, als Ninas Kette riss und die Perlen wie Hagelkörner auf die Theke prasselten. Durch einen glücklichen Zufall verschluckte der Junge, der hineinbiss, die Perle nicht, hatte danach aber einen lockeren Milchzahn, der nur noch an einer Ecke hing, und seine Eltern fanden den Zwischenfall recht erfreulich. Es kam nicht jeden Tag vor, dass man einen kostbaren Stein in einem Brötchen fand, und bald kursierte in Teheran das Gerücht, Piroggen aus dem Café Leila bedeuteten ein gutes Omen, worauf sich die Bestellungen für Feiertage und andere Anlässe vervielfachten.

Nina war glücklich, als ihre Kette wieder aufgefädelt war, und Zod verbrachte schlaflose Nächte, in denen er Reihe um Reihe kleiner, dicker Kissen mit einem in verquirltes Ei getauchten Pinsel formte und abdichtete und bestrich, bis Pari im Nachthemd nach unten trippelte und ihn ins Bett holte. Vor der Dämmerung schlüpfte er jedoch schon wieder zu den Öfen hinunter, und binnen Minuten drang ein herrliches Aroma unter der Küchentür hindurch, die Treppe hinauf und bis in den Garten, erhob sich über die hohen Birken, die die Gasse säumten, und verweilte über den Schläfern auf den Hausdächern, die der Sommerhitze entfliehen wollten, wehte in die Zimmer, in denen sich die Gäste entrollten und nacheinander vom Duft erstklassigen Gebäcks geweckt wurden. Erst dann hatte Zod sich in seinen Augen eine Pause verdient und setzte sich auf eine stille Tasse Tee in die Küche, während das erste Licht durch die Hintertür fiel. Dann weckte er Pari und die Kinder, die zur Schule mussten.

Unten in der Eingangshalle hörte man Aladdin, der mit raschen Schritten vom Zeitungskauf zurückkehrte. Wenn er hereinkam, entzündete er einen bauchigen Samowar und stellte schlanke Teegläser, Untertassen und Teelöffel auf die

Anrichte. Er war Hotelboy, Empfangschef und Butler zugleich, fegte in Schürze um sieben Uhr vor der Drehtür des Hotels (auf der Yanik bestanden hatte) und wartete auf das erste Tablett heißer Piroggen, die aus der Bäckerei kamen. Das Frühstück wurde auf der Veranda serviert, und Aladdin wechselte in seinen Smoking, um den Gästen, die an persischen Serviertischen mit Messingplatte saßen, Teebüchsen und Teller mit warmen Brötchen zu bringen. Das Frühstück war All-you-can-eat, was die Gäste weidlich nutzten und sich Brötchen für später in die Tasche steckten.

Um acht kam Nezam, der Friseur. Yanik, dem man sein Palasthotel verwehrt hatte, bestand darauf, diese Dienstleistung anzubieten. Ein Friseur in der Eingangshalle war der Inbegriff von Luxus, und um seine Gäste zu beruhigen, hatte er den Stuhl diskret in einer Ecke aufstellen lassen, gegenüber eines vergoldeten Spiegels, und sich zunächst selbst hineingesetzt, um die Leute anzulocken. Nach und nach wurde Nezam, ein schweigsamer Türke, zu einer festen Einrichtung, und die Gäste lehnten sich nach hinten, um eine Nassrasur zu genießen, während er gemächlich seine Klinge schwang und Aladdin nach weiteren heißen Handtüchern schickte, bewundernd über eine Wange strich, die er soeben rasiert hatte, und widerspenstige Ohren- und Nasenhaare geschickt mit einem Streichholz absengte – ein erschreckender Anblick für Noor und Mehrdad, die hereinschlichen, um sich am Empfang die Taschen mit Zuckermandeln aus silbernen Bonbonschalen zu füllen, bevor sie zur Schule liefen.

Noor erinnerte sich an den Abend, an dem ihr Vater einen Mann aus dem Krankenhaus mitgebracht hatte. Shoja Yazdan war einer seiner besten Kunden, ein Witwer, der sich von einer Operation erholte, die ihn auf dem rechten Auge blind gemacht hatte. Noor sah, wie er sich auf ihren Vater stützte, den Arm um Zods Schultern gelegt, und unsicher die Stufen zum Hotel hinaufstieg. Ihr Großvater folgte mit einem kleinen Koffer, und sie führten den kranken Mann über die polierten Marmorböden in ein Zimmer im zweiten Stock. Dort wuchsen rosa Geranien vor dem Fenster, und nach drei Wochen in einem kargen Krankenzimmer munterte es den Patienten auf, sie mit seinem gesunden Auge zu sehen. Sie brachten ihm ein Tablett mit Essen, und er saß im Bett und aß gemeinsam mit Zod, der auf einem Feldbett neben dem Mann schlief, falls sein Freund Hilfe brauchen sollte.

»Was habe ich für einen Mann geheiratet«, sagte Pari. »Koch, Ehemann, Vater und jetzt auch noch Arzt!«

In ihrer Stimme lag eine Anspannung, die Noor noch nie gehört hatte. Ihre Eltern hatten wenig Zeit für einander, da sie ein Hotel und ein Café führten, Konzerte gaben und sich um Noor und Mehrdad kümmerten, doch ihre Liebe pochte unablässig von einem Herz zum anderen. Pari liebte Zod, weil er Freunde und Familie und sogar Fremde umsorgte, doch an jenem Abend beneidete sie Herrn Yazdan: »Hotel, Restaurant, Sanatorium!«

Andererseits liebte Pari das Hotel. Von einer Auslandsreise kehrte sie mit einem antiken viktorianischen Vogelhaus für Zod zurück, das er in der Eingangshalle aufstellen konnte. Es war handgefertigt, kanariengelb mit hellblauem Besatz, und stand gegenüber der Empfangstheke. Drinnen sangen zwei Kotilangbülbüls ihre Serenaden, und die beiden Singvögel trugen zum Charme des Hotels bei.

Nach der Schule brachte Noor ihre Freundinnen mit, um

ihnen das Puppenhaus zu zeigen, wie sie es nannte – geräumig, mit winzigen Fenstern und Rundbogentüren –, und Pari ermutigte sie, die Vögel beim Namen zu nennen und mit ihnen zu sprechen. Noor sehnte sich danach, den Käfig mit winzigen Stühlen und Teetassen einzurichten, Sonbol und Bolbol in kleine Bettchen zu stecken und sich mit ihnen an den Schreibtisch zu setzen und Mathematik zu üben. Es schien, als fehlte etwas an diesem Diorama, und als sie eines Tages die Tür öffnete, um das Haus von innen zu verschönern, flog Sonbol an ihr vorbei aus dem Fenster. Wäre Pari nicht eingeschritten, hätte Yanik seine Enkelin versohlt, doch so stürmte er nur nach draußen und fluchte auf Russisch. Drei Tage später fand Zod Bolbol kalt und tot auf dem Boden des Vogelhauses.

»Er vermisst seine Partnerin«, erklärte er der weinenden Pari, doch den Kindern sagten sie, Bolbol sei weggeflogen, um seine Frau zu suchen. Aladdin war erleichtert, weil ihn das Zirpen immer ängstlich und nervös gemacht hatte, als mahnten ihn die Vögel: *Wach auf wach auf wach auf, zu spät zu spät zu spät!* Auch Nina war froh – Vögel im Käfig machten sie traurig. *Und außerdem*, dachte sie bei sich, *wer braucht schon Vögel im Haus, wenn wir Pari haben?*

Jahre später verwechselten Gäste, die sich aus dem Fenster gelehnt hatten, um Pari singen zu hören, gelegentlich die alten mit den neuen Zeiten, murmelten etwas vom Schah und Königin Farah oder der dänischen Bäckerei am Vanak-Platz, als gäbe es sie noch, als könnten sie dort einen Geburtstagskuchen bestellen und gleich morgen abholen, doch wenn man das Hotel Leila erwähnte, glänzten ihre Augen, weinten sie aufrichtige Tränen und seufzten sehnsüchtig: »Oh ja, das waren goldene Zeiten.«

12. Kapitel

Das Erste, was Pari an Teheran auffiel, wenn sie einige Wochen weg gewesen war, war der Geruch. Sie bemerkte ihn, sobald sie aus dem Flugzeug stieg: ein Aroma von Diesel und nassem Asphalt, das Nostalgie in ihr weckte. Im Alltag fiel er nicht weiter auf, doch Pari nahm ihn durchaus wahr – den Geruch von zu Hause, der auf vertraute Weise in ihre Kleider drang.

Zod holte sie gewöhnlich mit einem Blumenstrauß ab, überdeckte Motorengeruch mit Lilien und Aftershave, doch heute Abend würde er nicht hier sein. Pari kam nämlich einen Tag früher als erwartet und wollte mit dem Taxi zum Café Leila fahren. Glück breitete sich in ihrer Brust aus, als sie sich vorstellte, wie Zod überrascht auf sie zueilte, sich zügeln musste, um nicht loszurennen, wie immer, wenn sie getrennt gewesen waren. Sie schmeckte schon die süße Heimkehr. In London hatte sie wegen einer schlimmen Grippe zwei Konzerte absagen müssen und sehnte sich danach, von ihrem Mann gepflegt zu werden. Und sie gierte förmlich nach Naneh Golis Hühnersuppe.

Haarsträhnen rutschten aus ihrem Kopftuch, das Pari nicht weiter störte, da es die Haare sauber hielt. Doch sie hatte sich noch nicht an diese Version ihres Landes gewöhnt, die argwöhnischen Blicke bärtiger Wächter, die schwarz gekleideten Frauen und zahlreichen Kontrollstellen. Es war zwei Jahre nach der Revolution, und die Veränderungen beunruhigten sie noch immer. Nach den letzten Reisen hatte man den Inhalt ihrer Taschen auf den Boden gekippt und durchsucht, ihre Ausgaben von *Elle* sowie Lippenstifte konfisziert, mürrische Wächterinnen hatten sie grob abgetastet.

Ihr Atem stieg in die bitterkalte Nachtluft, als sie den Gürtel ihres Wollmantels enger zog. Sie wollte dringend nach Hause, also schob sie den Gepäckwagen an den Bordstein und stieg in das erstbeste orangefarbene Taxi. Sie fuhren hinaus in die dunkle Nacht, und der Fahrer schaute im Rückspiegel zu Pari, die ihre fiebrige Stirn ans beschlagene Fenster lehnte. Er drückte einen Knopf am Kassettenrekorder, worauf eine klagende Predigt aus den Lautsprechern drang, ein monotoner Klang, den der Fahrer häufig mit einem dröhnenden »*Allahu Akbar!*« unterbrach. Die wogenden arabischen Töne wurden lauter, bedrängten sie, füllten ihre Ohren mit einer Flüssigkeit, die an die Trommelfelle pochte, und obwohl die Heizung heiße Luft ins Taxi blies, zitterte Pari und umfasste ihren pochenden Kopf mit den Händen. Der Fahrer verwechselte ihren Abscheu mit Hingabe und drehte die Predigt noch lauter, worauf Pari brüllte: »Abstellen! Oh, bitte, *stellen Sie das ab!*« Sie war so schrecklich müde.

Pari reiste gern und hatte großen Spaß am Packen. Sie legte alle Gegenstände aufs Bett – Schuhe, Strümpfe, Handtaschen, Schmuck – und prüfte sie auf Optik und Bequemlichkeit, bevor sie passende Outfits zusammenstellte. Dann räumte sie alles in den Koffer und erlaubte Zod, ihn nach unten zu tragen, wo Naneh Goli und die Kinder auf ihre

Abschiedsküsse warteten, jeder mit einem Eimer Wasser, den sie dem abfahrenden Auto hinterherschütteten – ein Abschiedsgruß, der für eine angenehme Reise sorgen sollte. Sie genoss es besonders, für die Heimreise zu packen. Jedes Souvenir, das sie für die Familie ausgesucht hatte, wurde liebkost, in Seidenpapier gewickelt und zur abschließenden Begutachtung noch einmal ausgepackt. Es waren keine kleinen, trivialen Geschenke, die sie aus schlechtem Gewissen kaufte – nein, mit ihnen bewies sie, wie sehr sie ihre Familie vermisste und sich wünschte, sie wären bei ihr. Es waren kleine Stücke eines Ortes, die sie mit nach Hause brachte, und sie sah zu, wie sie fröhlich Schachteln mit exotischen Mustern und Buchstaben auspackten, die etwas versprachen, das nur für sie gedacht war. Mit leeren Händen zurückzukehren war undenkbar, es hätte bedeutet, dass Paris Familie während ihrer Abwesenheit nicht existiert hatte. Auf dieser Reise war sie bei eisigem Regen einkaufen gegangen und hatte sich dabei die schlimme Erkältung zugezogen.

Am Morgen ihrer Abreise erwachte Pari früh und trank eine Kanne starken schwarzen Tee. Als sie die Kleider anzog, die sie für die Reise bereitgelegt hatte, gönnte sie sich einen letzten Blick auf ihre *soghatis* (Reisemitbringsel), bevor sie den hellbraunen Koffer schloss. Ein Paar weiße Handschuhe von Selfridges für Noor, um die trostlose Schuluniform ein bisschen aufzuhübschen. Für Mehrdad hatte sie ein Album von den Talking Heads gekauft, ein riskantes Geschenk. Westliche Popmusik war unter dem neuen Regime verboten, und Pari hatte die Schallplatte vorsichtshalber in die Hülle von Beethovens Klaviersonate Nr. 15 geschoben. Außerdem hatte sie für die Kinder Mars und Cadbury Flakes gekauft. Naneh Goli, die glitzernde Dinge begehrte wie eine Elster, bekam eine mit Strasssteinen besetzte Haarspange. Ihrer Mutter, die immer fror, hatte sie sechs weiße Wollmieder von Marks & Spencer gekauft und Vollkornkekse von McVitie's. Dazu einen himmelblauen Regenschirm für Nina und Lavendelseife von Yardley. Und für Zod einen Doppeldeckerbus aus Schokolade mit Scheinwerfern aus Marzipan und eine blaue Seidenkrawatte aus der Bond Street (obwohl auch Krawatten ein Symbol westlicher Kleidung und unter der neuen Ordnung nicht gern gesehen waren). Pari hatte sie als Schärpe durch die Gürtelschlaufen ihres Kleides gefädelt.

Die Reifen quietschten, als das Taxi so abrupt am Straßenrand hielt, dass Pari und ihr Koffer durchgeschüttelt wurden. Der Fahrer warf die Zigarette aus dem Fenster, riss die Tür auf, zog Pari an den Haaren auf die Straße, schleuderte sie auf den Beton, und als sie die Hand hob, um sich abzustützen, trat er sie in den Bauch. Sie fiel auf die kalten Steine.

Es war schwer zu sagen, wer lauter schrie, und binnen Minuten sammelte sich eine Masse von Körpern, drängte sich, um sie anzuschauen, aber niemand stoppte ihn, denn mit nur zwei Worten – »Hure« und »Ungläubige« – hatte er sich ihre Unterstützung gesichert. Ihre Stimmen erhoben sich in einem dunklen Summton, schlossen sich enger um Pari. Sie ermunterten ihn, ihr jeden Knochen zu brechen, ihr die Haare auszureißen, und nacheinander zogen sie die Schuhe aus und warfen sie nach ihr – nur eine einzige Frau schritt ein, kniete sich hin, um Pari zu schützen, doch man zog sie an den Füßen weg. *Schwester.* So nannten sie sie. »Geh da weg, Schwester.«

Paris Zähne schwammen im Blut, das aus ihrem Mund schoss, ein Arm war schmerzhaft verdreht, der Knochen drang durchs Fleisch. Jemand schlug ihr mit einem Schuh auf den Kopf, und sie lag da, das Gesicht in den Gehweg gedrückt, die Haare mit Blut verfilzt, blicklose Augen, die Beine unzüchtig gespreizt, sie sah aus wie eine Leiche, die auf den Gehweg blutete, mit frischem Schnee überpudert, während Dutzende nasser schwarzer Spuren mit schrecklichem Getöse um sie kreisten.

Bevor der erste Stein fliegen konnte, schoben Revolutionswächter, die in den Straßen patrouillierten, Pari in ihren Lieferwagen und fuhren sie zur Wache, wo sie als Konterrevolutionärin verhaftet und der Feindschaft gegen Gott bezichtigt wurde.

Sie lag bewusstlos da und wurde schließlich von einem Gefängnisarzt behandelt, der ihre zahlreichen Wunden nähte und den gebrochenen Arm eingipste. Ihre Taschen waren »verloren gegangen«, sodass sie in dieser und der nächsten Nacht namenlos blieb und irgendwann steif und mit schmerzendem Körper in einer kalten Zelle aufwachte. Zweimal vierundzwanzig ist achtundvierzig, doch wie lange war sie hier, wie viele Stunden waren vergangen, seit sie aus London abgereist war? Es hatte einen Streit gegeben, aber wo die Erinnerung sitzen sollte, war nur ein schwarzer Tintenfleck, und sie wusste nicht mehr, was geschehen war und weshalb sie auf einer schmalen Pritsche unter einer rauen Decke in einer schäbigen Zelle lag. Alles tat weh.

Bis zu diesem Abend hatten Pari und Zod fernab der Massenpolitik gelebt. Sie hatten kein Interesse an der Revolution und sehnten sich nicht nach einer anderen Gesellschaftsordnung. Natürlich wussten sie von den Ungerechtigkeiten, der Korruption, der Überwachung durch den Geheimdienst, aber Yanik und Ninas Flucht vor der brutalen bolschewistischen Unterdrückung hatte sie argwöhnisch gegenüber Veränderungen gemacht, die das Alltagsleben störten. Sie waren nicht unbedingt passiv, aber es mangelte ihnen an ideologischem Eifer. Andererseits schweißte das Ziel, den Schah zu stürzen, ihre Gäste zusammen, und Zod fand sich am Rand einer Bewegung wieder, die sich sowohl in seinem Speisesaal als auch in Klassenzimmern, Wohnhäusern und auf dem Basar ausbreitete.

In den Anfangstagen der Revolution waren weltlich denkende Männer und Frauen, Kommunisten, Sozialisten, Intellektuelle und politische Dissidenten gemeinsam mit den religiösen Eiferern marschiert. Sie ergossen sich ins Café Leila, heiser vom Parolengebrüll, um Suppe zu schlürfen und zum ersten Mal im Leben offen zu sprechen, bevor sie sich unterhakten und auf die Straßen zurückkehrten. Doch das Tempo, mit dem die Verbrüderung bröckelte und Zielstrebigkeit in Angst und Gewalt ausartete, war geradezu atemberaubend. Hatten sie wirklich geglaubt, sie könnten bei der Zukunft ihrer Nation mitreden? Revolutionen pflegen uns immer zu enttäuschen, und mit jedem Menschen, der erschlagen wurde oder verschwand, wuchs das Misstrauen, verstärkte sich das Gefühl des Verratenseins.

Unter dem Vorwand, die Tyrannei zu stürzen, führte die neue Ordnung eine totalitäre Theokratie ein, raubte den Menschen die Hoffnung, zwang sie zurück in ihre Schutzlöcher oder ins Exil, *falls* sie denn der Hinrichtung entgingen. Der Zorn des islamischen Regimes verflog nicht – er wuchs noch und löschte alle Schriftsteller und Denker aus, die nie über das Leben nach dem Sturz nachgedacht hatten. Sie hatten die leise Hoffnung gehegt, dass alles, was nach dem Sturz einer Tyrannei käme, besser sein müsse. Was als basisdemokratische Kundgebung begonnen hatte, wurde zu einem von der Regierung inszenierten Theater – ein dunkles Meer zorniger Männer und Frauen, die einstudierte Parolen riefen und danach für ihre Vorstellung eine warme Mahlzeit bekamen.

Das Café Leila blieb während der Unruhen geöffnet, selbst an den dunkelsten Tagen, wenn die Revolutionswächter zu unangekündigten Inspektionen hereinstürmten. Zod war nervös und fügsam und bot ihnen Mittagessen an. Wenn ein Ajatollah und sein Gefolge auftauchten, entzündete er das Kohlefeuer. Der Speiseaufzug erwies sich als nützlich – was Naneh Goli einmal als »verlängerte Flitterwochen« bezeichnet hatte, wurde nun, hinter Tapete getarnt, erst zum Barschrank und später zum Versteck für eine eklektische Bibliothek verehrter Dichter und Schriftsteller, die nach islamischem Gesetz verboten waren, darunter Forugh Farrochzad und Sadeq Hedayat, aber auch Zola, Tolstoi, Nabokov und Solschenizyn in Übersetzungen (bis auf einige Lieder hatten die drei Brüder nie Russisch gelernt, weil Yanik fest entschlossen war, sich zu assimilieren). Es gab auch ledergebundene Romanausgaben von Balzac und Flaubert, die Zod von seinem alten Freund Gérard Simon erhalten hatte, der weiterhin mit ihm korrespondierte, bis seine Briefe geöffnet und gelesen eintrafen, um sicherzustellen, dass er und Zod keinen Staatsstreich planten. Neben den Büchern gab es weitere eklatante Zeugnisse der Dekadenz – Spielkarten, Schallplatten, Kassetten und alte Ausgaben des politischen Satiremagazins *Towfigh*, allesamt verborgen in einer Zeitkapsel zwischen zwei Stockwerken.

Nachdem die Wächter sich den Bauch mit Kebab gefüllt, an rohen Zwiebeln genagt und mit den Gabeln den Dreck unter ihren Fingernägeln herausgekratzt hatten, stellten sie das Café auf den Kopf. Plünderten die Küche, die Schlafzimmer, kippten zahllose Schubladen auf den Boden, und als sie nichts Belastendes fanden, zerfetzten sie mit stumpfen Messern die Polster und entdeckten Elenas auf Kyrillisch verfasste Rezepte, die für diese unwissenden Männer wie Spionagematerial aussahen.

Zod stand entsetzt und mit offenem Mund da (nur Nina und Pari wussten von der Existenz der Rezepte), bis seine Frau auftauchte, zitternd unter einem schwarzen Tschador, den sie für diese Überfälle bereithielt, und erklärte, es handle sich nur um Anweisungen für Klößchen und Salat Olivier (ein Salat mit Huhn und Kartoffeln, gebunden mit Eiern und einem Übermaß an Mayonnaise) und keineswegs um Handbücher für den Sturz des Regimes.

»Mein Mann ist ein *ashpaz* (Koch). Er rührt *abgoosht* (eine herzhafte Suppe aus Rindfleisch und Kichererbsen), statt Aufruhr zu stiften.«

Da sie jedoch nicht erklären konnte, weshalb die Rezepte in die Sitzkissen eingenäht waren, feierten die Männer ihre Entdeckung, brüllten Obszönitäten, zerrissen die Rezepte, drohten mit Verhaftung, stießen Zod gegen die Wand und gingen so plötzlich, wie sie gekommen waren, nachdem sie die beiden ausreichend eingeschüchtert hatten.

Nach diesem Gewaltausbruch kippten Mann und Frau gegeneinander und sackten gemeinsam zu Boden. Naneh Goli, die mit ihren Einkaufstaschen zurückkam, an der

Hand die zwölfjährige Noor, begann zu heulen, als sie die beiden inmitten der Trümmer vorfand. Sie wusste nur, dass sie die beiden wie eigene Kinder liebte, dass ihr dieses Heim ebenso heilig war wie jede Gebetsstätte und dass es nun an ihr war, alles wieder zu richten. Und obgleich sie vor Wut kochte, tröstete sie sich mit Fegen, Schrubben und Flicken. Diese Tätigkeiten wurden Rettungsboote im Sturm, der an den Rändern ihres Lebens leckte und sie zu ertränken drohte.

Nina hatte sich in eine Besinnungslosigkeit geflüchtet, die es ihr ersparte, die lange und vorsätzliche Zerstörung ihres Adoptivlandes mitzuerleben. Auch Yanik blieb verschont, da er mit einundsiebzig an einem Aneurysma gestorben war, was Nina so tief getroffen hatte, dass Pari sich fragte, ob sie die Demenz herbeigewünscht hatte, um ihren Kummer besser zu ertragen. Was nützte einem das Gedächtnis, wenn es einen nur mit Reue erfüllte: *Ich hätte ihn mehr lieben müssen, ich hätte Davoud nicht in das Auto steigen lassen dürfen, warum habe ich mich nicht besser um ihn gekümmert?* Da war es doch besser, alles wegzuklappen und den Verlust zu überlisten.

Dennoch ging Nina noch immer jeden Morgen nach unten in die Küche, wo sie seit fünfzig Jahren täglich zwei Dutzend hart gekochte Eier für den Salat Olivier geschält hatte, den sie mittags servierten. Zod wusste um ihren drängenden Impuls, irgendwohin zu gehen, eine Aufgabe zu erfüllen, und so ließ er jeden Abend einige Eier auf dem Küchentisch liegen, gleich neben dem Stuhl seiner Mutter. Wenn er morgens herunterkam, saß sie ganz still da, ein Ei in der Hand, ein wissendes Grinsen im Gesicht, das wohl bedeutete: *Du bist mir vielleicht ein Schlauer.*

Nach dem Überfall blätterte Zod die zerrissenen Rezepte durch. Die Schrift war für ihn ebenso rätselhaft wie für seine Angreifer und sah aus, als hätte man sie auf das dünne gelbe Papier gestickt. Er zweifelte nicht daran, dass sich unter diesem harten Alphabet etwas Kostbares verbarg, und fragte sich, ob Archäologen sich wohl ähnlich fühlten, wenn sie auf einen Tonsplitter stießen und unbedingt nach dem Rest des Gefäßes graben mussten. Er sammelte alle Fetzen in einem Schuhkarton und brachte ihn mit einer Tasse Tee ins Zimmer seiner Mutter, wo er den Inhalt aufs Bett kippte. Ein Zwinkern trat in Ninas Augen, so wie manchmal, wenn die Jungen Unsinn angestellt hatten.

»Davoud, schau nur, was du mit Elenas Rezepten angestellt hast«, schalt sie ihn (sie wechselte jetzt willkürlich zwischen den Namen ihrer Söhne, so wie sie es getan hatte, als sie noch klein waren und sie »Morad!« gerufen hatte, wenn sie Zod meinte, und »Zod!«, wenn Davoud kommen sollte, so wie es alle Eltern tun). »Warte ab, bis dein Vater das herausfindet.«

»Ja, Maman, das war schrecklich von mir. Könntest du mir bitte helfen, sie wieder zusammenzukleben?«

Wer kann erklären, dass ein Verstand, der so haltlos geworden ist, dass er sich nicht mehr an den Verlust eines Ehemannes oder Sohnes erinnert, dennoch das geheimnisvolle Alphabet seiner Heimat kennt? Aus dem Nicht-Gedächtnis heraus tauchten uralte Anweisungen auf. Zod schaute durch die Schlafzimmertür und sah, dass Nina sich über ihre Aufgabe beugte wie ein Kind, das ein Puzzle zusammensetzt – mit ruhiger Miene und hervorlugender Zungenspitze. Oft fanden sie Nina eingedöst, mit gebeugten Schultern, doch sie machte sich immer wieder an die filigrane Arbeit, während Naneh Goli mit Klebestreifen bereitstand. Spurensuche und Klebearbeit dauerten Wochen: Strudel mit Walnüssen und Kardamom, Aprikosen in Sirup, Hühnerhälse mit Steckrüben und Backpflaumen, *Pontschiki* (frittierte, mit Vanillecreme gefüllte Teigbällchen), Reisbrei, *Watruschka* (herzhafte Torten), *Pelmeni* (gefüllte Teigtaschen) mit Rindfleisch, *Kulitsch* – jedes einzelne Rezept wurde von einem Freund der Familie im Tausch gegen eine Mahlzeit übersetzt. Zods Mutter hatte die Formeln vor den bolschewistischen Barbaren gerettet, verinnerlicht und dann versteckt, bis das Schicksal erneut Fanatiker über ihre Schwelle führte.

Zod redete sich ein, dass die Notizbuchseiten einen Schlüssel zu seiner Familiengeschichte enthielten, und wollte erfahren, welche Mysterien die Küche seiner Großmutter barg. Denn sie war eine wunderbar begabte und disziplinierte, wenngleich auch unterdrückerische und autoritäre Köchin gewesen, deren Küche die Tyrannei widerspiegelte, vor der seine Eltern geflohen waren.

* * *

Nach ihrer Verhaftung verband man Pari die Augen und führte sie zu einer Grube, wo man ihr viele Fragen stellte. Jeden Tag wiederholten sie dieselben Fragen, doch Pari hatte nicht die richtigen Antworten für die gesichtslosen Männer. Zwei Monate lang wurde sie ausgepeitscht, vergewaltigt und mit Hinrichtung bedroht. Niemand nahm Kontakt zu ihrer Familie auf. Tagsüber zwang man sie, falsche Geständnisse über ihre Verbindung zu Westmächten und Dissidentengruppen abzulegen. Wenn sie ihnen sagte, was sie hören wollten, hörten die Schläge auf, und man schickte sie mit Papier und Stift in Einzelhaft, wo sie gefälschte Geständnisse und Briefe an ihre Familie verfassen musste, in denen sie ihre Abwesenheit erklärte und dass sie für ihre Sünden büßte.

In der Einzelhaft verliert man das Zeitgefühl. Ohne den Tag, der in die Nacht übergeht, ohne Sonne, ohne Mond oder Sterne verschwindet ein Mensch. Bleib am Leben. Bleib am Leben. Pari wusste, dass sie für Zod, für Mehrdad und Noor am Leben bleiben und daher plangemäß gehorchen und aushalten, allem einen Sinn verleihen, auf Geräusche horchen musste. Es half, dass die Mahlzeiten immer um dieselbe Zeit serviert wurden. Jeden Morgen humpelte sie hundertmal durch ihre Zelle und wiederholte die Übung am Abend. Sie bedankte sich bei der Wärterin, die ihr das Frühstück aus wässrigem Tee mit Brot zum Eintunken brachte, und probte überschwängliche Dankbezeugungen. Nach dem Frühstück bat sie um die Erlaubnis zum Waschen und schrubbte BH und Unterwäsche in einer Plastikschüssel. Ihr lag viel daran, jeden Tag saubere Unterwäsche zu tragen und ihre verbliebenen Zähne zu pflegen. In den dreißig Minuten der *hava khori*, in denen sie nach draußen gescheucht wurden, rezitierte sie stumm die Texte von Arien und Volksliedern, den Beatles und ABBA, Googoosh und Hayedeh, ging die Genres in einer geradezu zwanghaften chronologischen Ordnung durch.

Die Wärter gewannen sie lieb und brachten ihr Milch oder Extraportionen Joghurt, als wäre sie eine streunende Katze, denn sie wussten, dass man ihr die meisten Zähne ausgeschlagen hatte, aber Pari aß nur wenig und bat stattdessen um Seife, einen Kamm und Papier, um Briefe zu schreiben.

Drei Monate lang wusste Zod nicht, wo sie war. Nahezu wahnsinnig vor Sorge bettelte er jeden Tag auf Polizeiwachen und in Krankenhäusern um Informationen, doch außer der Tatsache, dass sie aus England zurückgekehrt war, gab es keine Spur von Parvaneh Yadegar. Dann, eines Abends, als er gerade Reis und Huhn für Mehrdad und Noor aufwärmte, hörte er Naneh Goli aufschreien und scheuchte die Kinder nach oben. Eine vertraute Stimme kam aus dem Salon, und er rannte hin, ein verrücktes, freudiges Flattern in der Brust. Pari war im Fernsehen und gestand, sie sei Kontaktperson zwischen politischen Dissidenten und dem Westen gewesen. Sie war extrem dünn und blass, ihr schwarzes Haar grau meliert, ihr Blick dumpf, sie schaute immer wieder von der Kamera weg und trug lispelnd eine Liste ihrer angeblichen Verbrechen vor. Sie war eine von vielen, die man zu diesen aufgezeichneten Geständnissen gezwungen hatte, die die Regierung als Warnung für Möchtegern-Aktivisten inszenierte.

Zod weinte Tränen des Zorns und der Erleichterung und wusste später nicht, wie er an jenem Abend zum Evin-Gefängnis gelangt war. Er heulte in der Dunkelheit wie ein verwundeter Hund und warf sich gegen die Betonmauern, doch er war kein einsamer Wolf. Die Wärter waren an Mütter und Väter, Ehemänner und Ehefrauen gewöhnt, die sich die Fingernägel an den Toren blutig kratzten. In der Morgendämmerung fanden sie Zod auf den Knien, den Kopf auf dem Gehweg, als betete er, und bekamen Mitleid mit ihm. Er erhielt eine Nummer und durfte ein Telefonat führen.

»Hast du meine Briefe bekommen?«, schrie Pari, als sie seine Stimme hörte, die ganz heiser war vom nächtlichen Gebrüll.

»Nein, welche Briefe, *janam* (mein Leben)?«, krächzte er. »Ich hatte drei Monate lang keine Ahnung, wo du bist.«

»Diese Schweine!«, schrie sie. »Diese dreckigen Schweine!« Sie schrie lauter und lauter. Dann weinten beide so sehr, dass sie nicht sprechen konnten, und man riss ihr das Telefon weg. Vielleicht hätte man sie nach dem Geständnis freigelassen, wenn sie nur den Mund gehalten hätte.

Noor trug niemals ihre neuen weißen Handschuhe, und Mehrdad hörte nie ein Lied von *Remain in Light*. Naneh Goli riss sich die Haare aus, und Mrs Parsa zitterte in jenem Winter und dem nächsten, bis sie an Lungenentzündung starb. Nina konnte sich nicht mehr erinnern, wozu ein Regenschirm gut war. Und Zod hätte sich wohl mit der Krawatte stranguliert. Der Taxifahrer, jetzt ein Lokalmatador, wurde eingeladen, bei der Hinrichtung den Stuhl unter Paris Füßen wegzutreten.

13. Kapitel

Wie danach weiterleben? Zod fragte sich oft, warum Pari ihn nicht angerufen und Bescheid gesagt hatte, dass sie einen Tag früher heimkäme. Warum hatte sie ihren Flug umgebucht? Welche Worte wurden im Taxi gewechselt? Er wünschte, er könnte sich in die frühen Morgenstunden des Februartags zurückgraben, an dem seine Frau London verlassen hatte. Oder in den Moment, in dem ihr die Idee gekommen war, ihre Familie zu überraschen, und dann würde er diese Entscheidung einfach auslöschen. Wenn er Tage, Wochen, Jahre später den Kleiderschrank öffnete, um ein Hemd vom Bügel zu nehmen, und ihre kleinen Pumps im Schuhregal sah, oder am Pavillon vorbeiging, in dem sie gesungen hatte, oder an dem Klavier, das sein Vater für die Hochzeit gekauft hatte – und das für immer verstummt war –, fragte er sich, warum sie es sich anders überlegt hatte.

Mehrdad hatte ganz aufgehört zu sprechen, doch die fünfzehnjährige Noor fragte immer wieder nach ihrer Mutter. Zod erzählte ihr, wie Pari beschlossen hatte, ihm Schwimmen beizubringen. Dass sie gar nicht aufhören konnten zu lachen und er das halbe Meer verschluckt hatte. Wie Pari mit Salz bestreute Orangen gegessen hatte. Wie vorsichtig sie Reiskörner mit der Gabel aufgenommen hatte. Wie sehr sie weiße Nelken liebte. Zod erzählte alles wie ein

Märchen, als wäre Noor sechs Jahre alt. Doch Noor zupfte ungeduldig an seinem Ärmel und bestand darauf, zu erfahren, weshalb ihre Mutter verschwunden war.

»Hast du versucht, sie zu finden?«

»Ja.«

»Ist sie wirklich tot?«

»Ja.«

»Hast du sie mit eigenen Augen tot gesehen?«

»Nein.«

»Wie kannst du dir dann sicher sein?«

Monatelang ging Zod täglich nach Evin und stand vor dem Gefängnis, wie von Sinnen, flehte, fuchtelte mit den Armen, fürchtete sich davor, nach Hause zu gehen und seinen Kindern gegenüberzutreten. Die Wärter drohten, ihn einzusperren, doch er kam wieder und wieder, bis sie ihn eines Tages hineinließen und ihm ihr Bild zeigten, und am schlimmsten war, dass sie so verängstigt aussah. Sie sagten, sie sei sofort und schmerzlos gestorben, ihr kleines Genick sei gebrochen, sie habe sich selbst erhängt. Doch Zod wusste, dass seine Pari das nie getan, dass sie ihre Familie nicht verlassen, sondern versucht hätte, am Leben zu bleiben. Er wusste auch, dass es nicht schmerzlos gewesen war. Er würde immer wissen, wie sehr sie gelitten hatte. *Parijoon, Parisa, Parinaz, Pariroo, Parshan, wo war ich, als sie dir das angetan haben?*

Zod versuchte, sich in der Küche zu verausgaben. Nina saß auf einem Stuhl, der zu groß für sie war, also schob er ihr ein Kissen hinter den Rücken, während sie weiter Knöpfe sortierte. Ihre Rollen hatten sich umgekehrt – nun war sie diejenige, die in der Ecke saß, während er Zutaten hackte und gewaltige Schüsseln mit gewürfeltem Gemüse und mariniertem Fleisch füllte, um nicht verrückt zu werden. Zwischendurch blickte Nina mit verschleierten Augen auf, und Zod wusste, sie war in der Zeit zurückgewandert, war in das erste oder fünfte oder dritte Jahrzehnt ihres Lebens gesunken, hatte Davoud erneut begraben, die Knöpfe lagen vergessen in der Keksdose, sie weinte und murmelte leise – »Warumwarumwarum?« – und forschte in den Überresten ihres Gedächtnisses.

Zod machte dann eine zweite Tasse Tee, setzte sich ihr gegenüber und fütterte sie mit kleinen Kuchenstücken, bis Bewusstheit in ihre blauen Augen sprang und sie glücklich seinen Namen rief und ihn in die Arme schloss.

* * *

Das Café blieb wochenlang geschlossen, ein schwarzes Tuch war über die Tür drapiert, das Tor verriegelt, aber die Leute kamen dennoch. Sie hinterließen Kränze und Briefe und Kisten mit Orangen und Birnen und Spielzeug für die Kinder, als wären sie noch klein. Naneh Goli wies Hedi an, alles hineinzubringen, sie spülte den Gehweg sauber und kehrte die welken Blumen weg. Die noch frischen Blumen stellte sie in ein halbes Dutzend Zinkeimer und steckte den Kellnern feuchte weiße Nelken ans Revers. Sie öffnete die Tür einen Spaltbreit und fing an, Zwiebeln für Granatapfelsuppe zu braten – bitter, süß, sauer, so würde sie sein. Von da an blieb das Café Leila offen. Ein Leben war es nicht für Zod – doch immerhin eine Existenz.

Geräusche. Gelächter. Blauer Himmel. All das überraschte Zod immer wieder, wenn er sich Hedis Fahrrad lieh, um Noor von der Schule abzuholen. Nicht, dass sie abgeholt werden musste, sie ging schon seit zwei Jahren mit ihren Freundinnen heim, doch Zod wartete am Schulhof und folgte ihnen, bis sie in Sicherheit waren. Es gab Gerüchte über willkürliche Verhaftungen und Auspeitschungen durch die Religionspolizei, weil Frauen den Hidschab nicht korrekt angelegt hatten und lose Kopftücher, Make-up, Nagellack und Sandalen trugen. Es kursierten entsetzliche Geschichten über irrationale Zornausbrüche auf der Straße und Bürgerwehren, die junge Frauen wegen vermeintlich provokanten Verhaltens attackierten.

Alles ist möglich, dachte Zod, *also hole ich sie am besten ab.* Er kam nie mit leeren Händen – kaufte unterwegs immer Windbeutel oder Obst –, und während Noor zuerst genervt tat und ihn überfürsorglich nannte, besserte sich ihre Laune, sobald er die Leckereien verteilte. Als Zugeständnis fuhr Zod ein Stück hinter den Mädchen, damit sie ungestört miteinander kichern konnten. Er betrachtete ihre schweren schwarzen Gewänder, die nur durch eine rote Thermosflasche oder die Spitze eines weißen Turnschuhs aufgelockert wurden, und wünschte sich, er könnte loslaufen und jeder von ihnen einen Strauß rosa und gelbe Tulpen kaufen. Wer wollte in diesem Land schon Kind sein? Es war zu schwer. Zu trübselig.

Wenn sie endlich zu Hause war und die lockigen Haare offen tragen konnte, lenkte sie alle mit ihrer jugendlichen Art ab. Sie blieb dicht bei ihrer Großmutter, beschwatzte und streichelte Nina, wann immer sie sich aufregte. Die alte Frau drückte die Faust an die Brust und wimmerte: »Wie heißt du doch gleich, Liebes?« Wenn die Sonne hereinströmte, schob sie Nina in ein Fleckchen Licht und flocht ihr die schneeweißen Haare zu einem Bauernzopf, der die

Jahre dahinschwinden ließ und die Großmutter in ein junges Mädchen mit Blumen hinter den Ohren verwandelte. Gemeinsam löffelten sie Marmelade aus dem Glas, wohl verborgen vor Naneh Golis missbilligenden Blicken.

Mehrdad verlor den Babyspeck und schoss hoch auf, siebzehn Jahre alt, gut aussehend, breitschultrig, mit kastanienbraunen Haaren und Augen, die von Haselnuss zu Smaragd wechselten, wenn er helle Hemden trug. Er hatte wenig Interesse an Noor, und wenn er sie zur Kenntnis nahm, machte er sich über ihre wirren Haare oder die neue Brille mit dem Metallgestell lustig, bezeichnete sie als *koor* (blind), wenn sie im Flur mit ihm zusammenstieß, oder als *bisavad* (Analphabetin), wenn sie ihn um Hilfe bei den Hausaufgaben bat. Am schlimmsten aber war, dass sie unbewusst Paris Lieder summte – er drohte, ihr die Zunge aus dem Mund zu reißen. Er wechselte ohne Vorwarnung von Feindseligkeit zu Tränen. Sein Gesicht verdüsterte sich, wann immer er seinen Kummer auf die Straße hinaustragen musste, wo er sich zu beherrschen suchte, damit man ihm sein Leid nicht ansah. Nur sein Adamsapfel hüpfte verräterisch auf und ab, weil er schon beim bloßen Anblick einer räudigen Straßenkatze ein Schluchzen hinunterschlucken musste. Mehrdad zog sich von seinen Freunden zurück, und die Leute gewöhnten sich daran, dass er die Straßenseite wechselte, damit er sie nicht grüßen musste.

Niemand ahnte, mit welcher Sorgfalt er ein Taschentuch aufbewahrte, ein kleines weißes Quadrat, in dessen Ecke die Initialen *M. Y.* gestickt waren. Dieser Fetzen Baumwollstoff hielt die Erinnerung an einen längst vergangenen Geburtstag am Leben, an dem er aufgewacht war und Pari eine Melodie hatte summen hören, während der warme, süße Duft von Kardamom zu seinem Zimmer emporwehte. Er war so glücklich gewesen und hatte sich aufs Frühstück gefreut. Er war aufgestanden und hatte sich das Gesicht gewaschen, die Haare gekämmt, ein sauberes Hemd und eine Hose angezogen und war in Pantoffeln nach unten gegangen. Auf dem Frühstückstisch hatte eine Vase mit rosa und weißen Nelken gestanden, an seinem Platz ein Päckchen in braunem Papier mit einer roten Satinschleife gelegen. Seine Familie hatte schon auf ihn gewartet. Pari hatte eine Scheibe Brot mit Butter und Sauerkirschmarmelade bestrichen und ihm auf den Teller gelegt. Sie hatten ihm alles Gute zum Geburtstag gewünscht, und er war um den Tisch gegangen und hatte alle auf beide Wangen geküsst, bevor er sich hingesetzt und Paris handgemachtes Geschenk ausgepackt hatte: sechs weiße, gestärkte Baumwolltaschentücher mit hellblauem Rand und Monogramm. Noch vor einem Jahr hatte er mit Schwertern und Schleudern Krieg gespielt, und nun trug er ein eigenes Taschentuch bei sich. Nur wenige wussten von seinen Träumen und Sehnsüchten, doch an jenem längst vergangenen Morgen hatte Pari den Mann hinter dem Jungen erahnt. »Man weiß nie, wann man eins gebrauchen kann«, hatte sie gesagt. Damals wusste er noch nicht, wie oft er es brauchen würde, um sich damit die Augen zu wischen.

Als er achtzehn wurde, fühlte sich Mehrdad unter Gleichaltrigen unwohl und empfand es als unwürdig, Taschengeld von Zod zu erhalten. Der Wehrdienst stand bevor, was durchaus Vorteile bot: Schmerz durch körperliche Anstrengung, die Grundausbildung, die elenden Stunden, in denen er endlos durch die heiße Sonne marschieren würde. *Die Armee wird meine Hände rau und braun machen*, dachte er.

Die Armee wird einen Mann aus mir machen. Er lief auf und ab, schnitt seinem Spiegelbild über der Kommode ungeduldige Grimassen. *Mach was aus dir, du Weichei! Du trinkst nur Tee, läufst ziellos umher, lässt dich von deinem Kindermädchen und deiner senilen Großmutter, die um dich weint, weil sie dich für ihren toten Sohn hält, küssen und streicheln und waschen.*

Angesichts des anhaltenden Krieges zwischen Iran und Irak wäre Zod lieber gestorben, als Mehrdad zum Wehrdienst zu schicken, spürte aber auch den Zorn, der sich unter dem harten Äußeren seines Sohnes regte – eine verzweifelte Warnung –, und traf in aller Stille Vorkehrungen, um seine Kinder ins Ausland zu schicken. Nur weil *er* immer hiergeblieben war, mussten *sie* das nicht auch tun. Sie sollten nicht mehr das Loch in Gestalt ihrer Mutter anstarren, das Pari hinterlassen hatte.

So wie Tausende anderer desillusionierter Bürger verlegte sich auch Zod auf Bestechung, bettelte um Visa, bat Stammgäste, die Beziehungen hatten, um Gefallen, ließ sich einen buschigen Bart wachsen, würzte seine Sprache mit muslimischen Frömmigkeiten, um an Pässe zu gelangen, und bat Morad in Los Angeles um Hilfe bei der Einschreibung fürs College.

Zuerst wollte Morad ihn mit absurden Warnungen abwimmeln: *In Amerika verlieren sie ihre Manieren* und so weiter. Zod sah sich vorübergehend in seine Kindheit zurückversetzt und hörte ernsthaft zu wie damals, als Morad Geschichten vom Fresssack erzählt hatte, der im Keller lauerte und eingelegten Penis aß, oder von Glasscherben, die durch die Adern schwammen und einem das Herz durchbohrten, oder von Küchenschaben in Coca-Cola-Flaschen.

Doch er ließ sich von Morads ärgerlichem Tonfall nicht beirren. »Verdammt seien die Manieren! Du tust das nicht für mich, Bruder. Du tust es für deine Nichte und deinen Neffen. Meine Kinder sind traumatisiert.« Erst da konnte er wieder durchatmen.

Zuerst überbrachte er Mehrdad die Neuigkeit in einer feierlichen Mann-zu-Mann-Stimme, wobei sein Sohn vor Zorn rot anlief. Zod kannte diese fehlgeleitete Wut nur zu gut. Obwohl niemand Mehrdad die genauen Umstände erklärt hatte, gab er doch Zod, der scheinbar blind für Ungerechtigkeit war, die Schuld am sinnlosen Tod seiner Mutter. Wenn er wegging, wer sollte sie dann rächen? Es machte ihn ganz wild, daran zu denken. Er ballte die Fäuste und knackte mit den Gelenken, um die Qualen auszudrücken, die er litt, während sein Vater das Café führte, die Leute begrüßte, seinen üblichen Geschäften nachging und dabei plante, seinen Sohn zu evakuieren.

»Ich laufe nicht weg!«, brüllte er. Aber es ließ sich nicht mehr ändern.

»Eines Tages wird dieses Leben ganz fern sein und dir nichts nutzen, Sohn.«

Zod wusste, dass seine Kinder ihn für feige hielten. Er erinnerte sich an den Tag, an dem die Polizei gekommen war und ihm gesagt hatte, dass er im Garten keine Mahlzeiten mehr servieren dürfe und Musik nach islamischem Gesetz verboten sei. Pari hatte gefragt, wo genau der Koran den Menschen verbiete, im Freien zu essen, während Zod nur rasch den Kopf gesenkt und versprochen hatte, die Terrasse zu schließen und die Musiker zum Schweigen zu bringen, bevor er der Polizei Erfrischungen anbot. Danach hatte das Paar laut gestritten, und er wusste, dass die Kinder es gehört hatten. Bis dahin hatten sie nie erlebt, dass Zod die Stimme erhob, und nun hatte er ihre Mutter zum Weinen gebracht.

»Ich kann es nicht ertragen«, sagte Pari. »Ich kann es nicht mit ansehen, es ist unerträglich, wie sehr du dich vor ihnen fürchtest.«

»Pari, Liebste, sei doch vernünftig, manche Dinge kann man einfach nicht tun – sie sind es nicht wert, mit Idioten über sie zu streiten. Es ist nutzlos.«

»Du hast dich vor ihnen verbeugt. Du hast ihnen Tee angeboten. Du bist hier der Idiot.«

Pari starrte in den Garten. Fühlten sich die Bestien von der Sinnlichkeit des Gartens beleidigt, dem süß-würzigen Duft des Seidelbasts, den üppigen Blüten und den Schnüren mit den bunten Laternen? Sie ging in ihr Zimmer und schloss die Tür. Zod knöpfte den Mantel zu und ging aus. Niemand sprach ein Wort. Niemand machte ein Geräusch. In dieser Nacht ging die ganze Familie hungrig zu Bett.

Von da an schien die friedliche Ehe von Zod und Pari verstummt, als müssten sie einen neuen Weg finden, um miteinander zu sprechen, als warteten sie ab, dass sie an der Reihe waren, worauf sie sich leise und sorgsam äußerten und das Klirren ihrer Teetassen die Stille füllte, als hätten sie vergessen, wie man lachte oder scherzte oder sang. Wenn Paris Absätze leichtfüßig auf dem Boden klickten, lasen sie darin nicht mehr ihre Ankunft, sondern dass sie wegging. *Eins, zwei, drei, vier,* zählten die Kinder ihre Schritte, wenn sie das Haus verließ.

Dann, eine Woche vor ihrem dreizehnten Geburtstag, machte Noor gerade Hausaufgaben, als ihre Mutter mit einem Bündel hereinkam, das in braunes Papier gewickelt und säuberlich mit einer weißen Kordel verschnürt war.

Sie setzte sich aufs Bett und wickelte einen glatten türkisfarbigen Stoffballen aus.

»Ich werde dir ein wunderhübsches Geburtstagskleid nähen. Du hast Blau doch immer so gern gemocht.«

Zod kam herein und setzte sich neben sie. Einen Sekundenbruchteil kam Noor sich vor, als wären ihre Eltern die Kinder, so klein und einsam wirkten sie, und sie wünschte sich, sie könnte sie beschützen. Das versteinerte Gesicht ihres Vaters schmolz, wurde wieder offen und ängstlich. »Dein Tee wird kalt«, sagte er, und sie gingen in den Garten, wo er den Tisch mit Sandwiches und Rosinenkuchen gedeckt hatte. Pari setzte sich auf ihren Stuhl, redete angeregt und fächelte sich mit einer Zeitschrift Luft zu, und die Röte in ihren Wangen verriet Noor, dass die Wärme wiederhergestellt war und sie nun tatsächlich eine Geburtstagsparty planen konnten. Streit und Stille waren neu in ihrem Haus – gelegentliche Auseinandersetzungen hatten immer in plötzlicher Vergebung geendet. Nie zuvor hatte jemand gereizt auf die Ausbrüche ihrer Mutter reagiert, und Noor lag noch lange abends wach in ihrem schmalen Bett, deutete Geräusche, horchte auf den Tonfall ihrer Eltern, deren Stimmen durch den Türspalt drangen, wartete auf das fröhliche Gelächter ihrer Mutter und dass ihr Vater mit Töpfen und Pfannen schepperte – dass er etwas Köstliches kochte und damit die Rückkehr des Friedens einläutete.

Als Zod Noor eröffnete, dass er sie nach Amerika ins Exil schicken würde, war er krank vor Angst, weil er fürchtete, seine kluge, strahlende Tochter zu verlieren. In den Tagen danach gab es viele Diskussionen, gestammelte Vorwürfe, Tränen und Türenschlagen. Zod klopfte leise an, um seine Kinder an die Tabletts mit Essen zu erinnern, die unberührt weggetragen und durch die nächste Mahlzeit ersetzt wurden. Er hatte nie unwirsch mit ihnen gesprochen und würde es auch jetzt nicht tun, da sie ihn mehr denn je brauchten.

Es tat weh, diese letzten Wochen mit ihnen wie ein Wachposten zu verbringen, statt sie im Arm zu halten, sich ihre Gesichtszüge einzuprägen, ihre wunderschönen Augenbrauen und Münder und die Form ihrer Ohren, ihre Stimmen auf Kassette aufzunehmen und ihre Lieblingsmahlzeiten zu kochen. Als sie noch klein gewesen waren, hatte er sie nach ihren Lieblingsgerichten benannt, und bisweilen rief er Noor noch immer »*Nokhodchi*« (Kichererbsenplätzchen) und Mehrdad »*Koofteh Berenji*« (Fleischbällchen mit Reis).

Er wollte ihnen alles über Kalifornien erzählen, das er wusste, selbst wenn es nur Bruchstücke waren, die er aus synchronisierten Krimiserien zusammengetragen hatte. Er lief in dem schmalen Flur vor ihren Zimmern auf und ab und spürte, wie jede Minute davonglitt und so viele Warnungen unausgesprochen blieben. Und was war mit all den Dingen, die sie lernen würden und die er nicht beherrschte, wie Eislaufen und Bowling? Für ihn waren es Fähigkeiten, die man nur in Amerika erwerben konnte. Er würde verrückt werden, wenn ihre Zimmertüren noch lange geschlossen blieben.

Mehrdads Schweigen schien ewig zu dauern, doch irgendwann kam der Tag, an dem er sein Zimmer verließ und sich mit unrasiertem, verschlossenen Gesicht nach unten wagte, wo er seinen Vater allein im Garten antraf. Er kam von hinten und legte Zod die Hand auf die Schulter. »Baba«, sagte er, worauf Zod zusammenschrak und seinen großen Jungen an die Brust zog, und dann erbebten beide in wildem Schluchzen.

Auch Naneh Goli wurde eines Morgens aufgeschreckt, als Noor die Tür gegen die Matratze drückte, die auf dem Treppenabsatz verkeilt war, und einen vorwurfsvollen Blick auf das improvisierte Lager vor ihrem Zimmer warf. Eine Woche lang hatte Naneh Goli dort wie ein Schäferhund gewacht – *Golabcheh* (ein Spitzname, den sie Noor bei der Geburt gegeben hatte und der eine Kombination aus dem von Yanik übernommenen russischen *golubchik* – »Liebste« – und ihrem Lieblingsduft *golab*, »Rosenwasser«, war). Sie hatte ihr geschmeichelt und durchs Schlüsselloch Geschichten von Orten erzählt, an denen sie nie gewesen war, so als hätte sie die ganze Welt bereist.

Gemeinsam versuchten Zod und Naneh Goli, Mehrdad und Noor aus dem Nest zu stoßen, bestanden darauf, dass sie flogen, und winkten von der Schwelle wild zum Abschied, den hinauszuzögern unerträglich gewesen wäre. *Geht jetzt, bevor ich den Mut verliere*, dachte Zod. *Bitte geht.*

3. TEIL

14. Kapitel

Noor schlug in ihrem Englisch-Persisch-Wörterbuch nach. »Hauchdünn« hatte Professor McCann an den Rand ihres Aufsatzes geschrieben. Sie liebte es, neue Wörter zu lernen und ihr rudimentäres Englisch auszuschmücken, war sich aber nicht sicher, ob hauchdünn als Kompliment gedacht war. Meinte er es im Sinne von filigran oder schwach? Und was waren das für kleine rote Vögelchen, die zwischen den Zeilen tanzten?

Vergangene Woche hatte er seine Studenten an einem wunderschönen Herbsttag auf einen grasbewachsenen Hügel gescheucht, wo sie sich im Kreis aufstellen mussten. Sie sollten sich vorstellen, eine Woche allein an einem unbekannten Ort zu sein, und ihre ersten Eindrücke aufschreiben. Noor brauchte sich nicht viel ausdenken. Sie war so unwissend, was Kalifornien anging, dass sie die Aufgabe als geradezu erleichternd einfach empfand. Es war bizarr, wie ihr Englischprofessor im Schneidersitz auf dem Boden saß, den Kopf in den Nacken gelegt, der Sonne entgegen – Professor McCann im Polohemd und mit zerzausten Haaren, der eher wie ein verirrter Schuljunge als wie ein Lehrer aussah. Was unterschied ihn schon von ihren Kommilitonen, die ähnlich gekleidet waren, keine Socken trugen, die langen Beine entspannt ausstreckten oder sogar die Turnschuhe ausgezogen hatten und mit den Zehen wackelten? Der Freiluftunterricht gehörte ebenso zu ihrer Einweihung in eine Kultur, die frei war von Anstandsregeln, wie das Eisessen im Studentenwohnheim. McCann erzählte den Studenten, er sei in seinen Zwanzigern als Lehrer beim Peace Corps gewesen und habe in Kamerun Kinder im Freien unter Strohdächern unterrichtet. Noor war verblüfft, dass ein solcher Dienst freiwillig gewesen sein sollte. Sie hatte sich die Amerikaner engstirnig vorgestellt und fand stattdessen ruhelose Träumer vor, ernst und darauf bedacht, eine unvollkommene Welt zu formen und zu verändern, während sie mit ihren siebzehn Jahren wenig erwartete und sich nicht vorstellen konnte, jemals etwas so Ehrgeiziges anzugehen.

Fortan trieb Noor sich im Innenhof herum und tat, als würde sie lesen, beobachtete in Wahrheit aber ihre Kommilitonen und sammelte Bruchstücke von Wissen, die andere beiläufig preisgaben, wenn sie klatschten, stritten oder flirteten. Sie mahnte sich, nicht zu glotzen, doch alles war so neu, ihre Kleidung, wie sie sich bewegten, wie sie redeten – und Noor wollte keine nützliche Lektion verpassen. Die Mädchen waren hinreißend in ihren zerknitterten T-Shirts und Shorts, manche liefen Frisbees hinterher, während andere mit perfekten Frisuren und hautengen Stonewashed-Jeans vom Rand aus zuschauten, sexuell aufgeladen und verspielt zugleich. Noor kam sich bisweilen wie eine Voyeurin vor, blieb aber unbemerkt, bis der Nachmittag dunkler wurde und sie ins Wohnheim zurückkehrte.

Sie teilte sich ein schmales Zimmer mit Sue Sullivan. Im Herbst 1984 waren sie binnen weniger Minuten auf dem Campus eingetroffen, Sue mit ihren Eltern und zwei kleinen Brüdern, die Kartons mit Aufschriften wie Sullivan/Bettlaken, Sullivan/Handtücher, Sullivan/Alben trugen, während Noor ihren gewaltigen braunen Koffer allein in den zweiten Stock schleppte. Ihre Mitbewohnerin lächelte freundlich und stellte sich als Sue-Sullivan-aus-San-Diego vor, was Noor für einen außerordentlich langen Namen hielt. Sue war eins siebenundachtzig, sodass Noor sich neben ihr wie ein Zwerg vorkam. Später umfasste Sue behutsam einen von Noors Turnschuhen, als wäre er ein verwundetes Vögelchen, und rief: »Du hast so winzige Füße, Nora! Nur Größe fünfeinhalb.« Sie schien aufrichtig betrübt, dass sie keine Kleider tauschen konnten.

Sue deutete auf das Etagenbett und bot an, unten zu schlafen. Noor sah zu, wie Mrs Sullivan aus einem Karton ein Spannbettlaken mit Regenbogenstreifen und eine dazu passende Decke hervorzauberte. Sofort wirkte das eintönige Zimmer fröhlicher, und Noor war froh, dass ihre einfache weiße Bettwäsche im oberen Bett kaum zu sehen war. Jedes Mädchen hatte eine Kommode mit drei Schubladen, die Sue rasch mit aufgerollten Socken und pastellfarbener Unterwäsche füllte, während Noor den gesamten Inhalt ihres Koffers in eine einzige Schublade räumte und ihren Parka in den gemeinsamen Schrank hängte. Sie beantwortete jede Frage mit »Ja!«, bis Sues Eltern schulterzuckend aufgaben und sich wieder daranmachten, das Zimmer ihrer Tochter mit bunten Kissen, Postern, Lampen, Tassen, einer Stereoanlage und einem kleinen Kühlschrank wohnlich zu gestalten. Sie zögerten die Trennung hinaus, doch der eigentliche Abschied ging sehr schnell – die Brüder rannten schon mit einem Football nach draußen, während Sues Vater die leeren Kartons einsammelte und die Mutter ihrer Tochter nur ein Küsschen auf die Wange gab.

In diesem Moment vermisste Noor ihre Eltern am meisten – Pari hatte sich immer an den Reißverschlüssen und Knöpfen ihres Mantels zu schaffen gemacht, Noor auf die Augenlider und auf die »kleine Rosine« (ein Muttermal auf ihrer linken Wange) geküsst, beide Eltern hatten jeden Morgen am Tor gestanden und ihr zum Abschied gewinkt, bis sie um die Ecke verschwunden war, von wo sie noch einmal zurückrannte, um sich erneut zu verabschieden. Wenn sie nachmittags zurückkehrte, wurde sie aufs Neue umarmt. Oh, was hatten beide sie geliebt.

Zod rief sie häufig zu einer verabredeten Zeit an. Noor wartete schon am Münztelefon im Flur und sagte jedes Mal: »Baba, ich möchte nach Hause kommen. Bitte lass mich nach Hause kommen!« Er wünschte, er könnte sich die Leber herausreißen und an die streunenden Hunde verfüttern. Er war machtlos und konnte nichts tun, als jedes falsche Trostwort zu wiederholen, das er schon tausendmal verwendet hatte. Weiße Knöchel, die den Hörer umklammerten, Nägel, die sich in seine Handfläche bohrten. *Was habe ich nur getan?*, fragte er sich.

Noor war nicht sonderlich entzückt von ihrer Unabhängigkeit. Sie erschien ihr zu gewaltig, wie der Ozean. Sie bevorzugte die Sicherheit ihres Zimmers und vor allem ihres Bettes. Das Fleckchen knapp unter der Zimmerdecke, wo sie in ihre warme Kinderdecke gewickelt lag, in der Naneh Goli beim Packen ein kleines gerahmtes Familienfoto versteckt hatte, war ihr Zuhause. Sie drehte sich auf den Bauch und drückte das Kissen ans Gesicht, streichelte den Vorrat an Keksen und Crackern, den sie aus der Cafeteria mitgenommen hatte. Sie lag schlaflos da und zählte die Tage, seit sie den Iran verlassen hatte, dann die Stunden, dann die

Minuten, las Zods Briefe und fuhr die Linien nach, um sich an den Ort des Trostes zu versetzen, zwischen Mutter und Vater, die Noors Hände hielten und sie über den Gartenweg schwangen – *eins, zwei, drei, und hoch*! –, und sie spürte genau, wie sie mit den Fersen in der Luft strampelte und weich landete, bevor sie wieder hochgehoben wurde. Wie alt war sie da gewesen? Drei? Vier? Sechs?

Nachts war es am allerschlimmsten. Wie sehr sie sich eine Geschichte wünschte. *Hier, Noor, heute Abend habe ich eine nur für dich.* Zod hatte Naneh Golis Märchen für seine Kinder abgeändert, und sie waren abends oft mit dem Geräusch seiner Stimme eingeschlafen, die »Der Kaiser und die Maus«, »Die Wichtelmänner« oder »Das Stachelschwein in Nöten« erzählte – zahme Geschichten, wieder und wieder vorgetragen, in denen Außenseiter sich in der Fremde wiederfanden und Gastfreundschaft erfuhren und die Noor versicherten, dass es da draußen eine Welt voller Mitgefühl gab. Sie war in diesen vorhersagbaren Geschichten aufgewachsen, so wie sie in einem bequemen Haus aufgewachsen war, in dem ihr jeder Winkel vertraut war. Als sie den Aufsatz für Professor McCann schrieb, mühte sie sich mit den Pronomen ab – verirrte sich im Dickicht von *er* und *sie* –, versuchte aber, dem Erzählbogen dieser Gutenachtgeschichten zu folgen.

Ich war siebzehn Jahre alt, als ich in Vereinigten Staaten ankam. Ich wusste nicht viel über Amerika, nur was wir manchmal im Fernsehen sehen. Meine Englischlehrerin war britisch, und er erzählte mir einiges. Er sagt, ich bin jetzt frei, aber sie war nie da, wie soll sie das wissen? Erste Woche verbrachte ich mit meinem Onkel und Tante in Los Angeles. Hatte noch nie Ozean gesehen und so viele Tankstellen. Leider denken sie, dass ich das persische Essen vermisse, und sie gehen nicht mit mir zu berühmtem McDonald's, meine Tante kocht viel iranisches Essen, und einmal gingen wir zum Kebabhaus. Ich war überrascht, weil da alle aussehen wie wir und Farsi sprechen und sich schön anziehen, vor allen Dingen die Frauen tragen viel Schmuck. Mein Cousin war wütend und hatte ein saures Gesicht und sagte zu meinem Onkel »Warum tragen diese Leute so viel Parfum?« Mein Onkel war wütend und sagte auch »Diese Leute? Was glaubst du, wer du bist?« Marjan war sehr still. Sie bringt auch ein Buch mit und spricht mit keinem. Ich denke, alle riechen gut, sehen auch gut aus, aber bisschen traurig. Als Essen vorbei ist, bestellt meine Tante Tee und Baklava, aber Marjan geht zur Tür und nimmt rote und weiße Bonbons aus einer Schale und steckt in den Mund. Vielleicht machen Bonbons sie besser, denn er dreht sich um und lächelt halb. Dann kommt zurück und meine Tante sagt »Warum machst du immer ein Gesicht?« Marjan sagt: »Weil ich das hier satt habe.« Ich denke Kebab etwas trocken, aber nicht so schlimm. Ich wünschte, Marjan würde mir bisschen Englisch beibringen, aber ihr Zimmer immer geschlossen. Sie ist schmerzvoll. Ich zähle fünf Fernseher in Onkels Haus! In der Küche sieht meine Tante, wenn er kocht, ihre Lieblingssendung Donahue. Sie sagt, ich lerne viel Englisch wenn Fernsehen. Schon meine erste Woche in Amerika ich rieche gerne Sachen hier. Ich mag Bettlaken und eine Seife, die meine

Tante in mein Badezimmer legt, und viele leckere Cornflakes und Chips und alle Werbung im Fernsehen, aber ich vermisse meinen Vater sehr.

Eines Nachts schlich Sue herein, als Noor längst das Licht ausgeschaltet hatte, und brachte den Geruch von Zigaretten und Pizza mit. Sie schnappte ihre Toilettensachen und schlich in Flauschpantoffeln ins Badezimmer, ließ aber die Tür offen, sodass Musik und Gespräche aus dem Flur hereindrangen. Schließlich schlurfte sie wieder ins Zimmer, kroch unter ihre Regenbogendecke, und es war endlich still.

Von oben flüsterte Noor: »Gute Nacht, Sue.«

»Bist du wach, Nora?« Noor liebte Sues Pfefferminzgeruch und das weiche »A«, das sie an ihren Namen hängte.

»Ja. Du riechst sehr gut, Sue.«

»Oh, danke! Das ist die Lotion von Avon, die meine Mutter immer kauft. Du kannst dich jederzeit bedienen.«

Diese vertraulichen Gespräche am Ende eines Tages, so kurz sie auch sein mochten, machten Noor glücklich. Sie betrachtete häufig die Gegenstände auf Sues Kommode: ihre Sammlung von Haarbändern und Spangen, die duftenden Cremes und Schminksachen, die Flasche mit Charlie-Parfum. Die Vielfalt machte sie neugierig, sie roch an Tuben und Flaschen, fragte sich laut, wozu das gut sein mochte, bemühte sich, Sues Anordnung nicht durcheinanderzubringen. Sue war so freundlich, sie erfüllte das Zimmer mit Wärme. Kurz bevor Noor einschlief, platzte sie heraus: »Vielen lieben Dank, Sue.« In diesem Augenblick fühlte sie sich ihr verbunden, Sue zog sie mit in den nächsten Tag und den Tag danach.

Samstagvormittags gab es Brunch in der Cafeteria. Diese

Zwischenmahlzeit war für Noor eine ganz neue Entdeckung. Hier konnte sie länger am Tisch verweilen und Gespräche mithören. Außerdem entdeckte sie Frühstücksspeck – konnte gar nicht glauben, dass sie so lange ohne ihn gelebt hatte – und häufte die knusprigen Schweinefleischstreifen neben ihre Pfannkuchen, deren sirupsüße, schwammige Herrlichkeit sie für sich entdeckt hatte.

»Was ist das?«, hatte sie Sue am ersten Wochenende gefragt, als sie sich durch eine Reihe schläfriger Studenten in Pyjamahosen schlängelten.

»Oh, Nora, das sind Blaubeerpfannkuchen!«

An den Wochenenden schliefen sie lange und wachten ausgehungert auf. Noor putzte sich die Zähne und zog Jeans an (undenkbar, im Schlafanzug nach draußen zu gehen), bevor sie in die kühle Morgenluft hinausstürmte, die vom Pfannkuchenduft erfüllt war. Die Sonne schien sanft durch die hohen Fenster auf die langen Tische, auf denen Salz- und Pfefferstreuer standen. Was für eine Verheißung! Kaffee. Ja! Mit Milch und Zucker. Gabel. Messer. Serviette. Guten Morgen, Miss Eleanor. Fünf Pfannkuchen, bitte. Speck? Ja! Zwei Kugeln Butter. Warmen Ahornsirup? Ja! Ja zu allem. Ja zum Brunch. Ja zum Unterricht im Freien. Ja dazu, allein in einer Menge zu sein. Würde dieses frische Morgengefühl, in dem ihr alles machbar erschien, doch nur anhalten. Aber im grellen Licht des Mittags schwand Noors koffeinverstärkter Mut, und die hauchdünnen Zügel entglitten ihren Händen.

* * *

Als Zod ihr erzählt hatte, dass sie nach Oakland reisen würde, hatte Noor keine Ahnung gehabt, wo dieses Oakland liegen sollte, und er hatte den Atlas aufgeschlagen. Doch was wusste Noor schon von diesem Mills College oder den Menschen, die dort lebten? Sahen sie aus wie Mrs Wells, die Englischlehrerin, die ihr Vater im letzten Jahr eingestellt hatte? Noor verbrachte die Stunden auf dem Flug nach Amerika damit, in die Wolken hinauszuschauen und über diesen fernen Ort nachzudenken. Sie hob sich von ihrer Mahlzeit im Flugzeug das Brötchen auf, falls ihr das Essen in Amerika nicht schmecken sollte.

Onkel Morad holte Noor und Mehrdad am Flughafen in Los Angeles ab. Er streckte Mehrdad steif die Hand entgegen und tätschelte Noors Kopf. Normalerweise erdrückten Verwandte sie geradezu mit ihren Umarmungen, sodass die mangelnde Herzlichkeit sie verwirrte. Mehrdad und Noor rutschten auf dem weichen Ledersitz des Mercedes-Benz hin und her, während ihr Onkel einen mit Palmen gesäumten Boulevard entlangfuhr. Noor konnte sich am blauen Band des Pazifiks zu ihrer Linken gar nicht sattsehen.

Onkel Morad lebte in Beverly Hills, einer wohlhabenden Gegend, in der es viele Perser gab. Er besaß eine weiße Villa, deren mit rosa Bougainvilleen bewachsene Terrasse auf die Stadt hinunterblickte. Er sagte, nachts sehe die Stadt dort unten wie ein Lichterteppich aus. Sie hatten seine Frau, Tante Farah, vor Jahren kennengelernt, als sie ihre Eltern im Iran besucht hatte. Farah hatte Noor eine Malibu Barbie mit rotem Badeanzug, passender Sonnenbrille und einem kleinen Frotteetuch mitgebracht. Noor hatte sie aus der Schachtel genommen, ein paar Minuten mit ihr gespielt und sie dann wieder eingepackt. Die Puppe stand noch immer in einem Bücherregal in ihrem Zimmer.

Tante Farah roch nach Flieder, als sie Noor auf beide

Wangen küsste. Ihre Tochter Marjan kam kurz aus ihrem Zimmer, um Hallo zu sagen, ging dann aber gleich wieder hinein und machte die Tür hinter sich zu.

Tante Farah schob Noor und Mehrdad fürsorglich umher und stieß Morad sanft beiseite, als er zu einer Predigt darüber ansetzen wollte, weshalb Zod das Café nicht verkauft und den Iran für immer verlassen hatte. Mehrdad geriet ins Stottern, als sein Onkel ihn prüfend musterte, und Noor krümmte sich innerlich, als er sie aus zusammengekniffenen Augen betrachtete. Später hörten sie Tante und Onkel im Schlafzimmer streiten.

»Du wirst nie begreifen, was es bedeutet, die Mutter zu verlieren, wenn du noch jung bist, zu wissen, dass sie dich nie wieder in den Armen halten wird. Es ist nicht richtig, so über ihren Vater zu reden, es ist nicht richtig, sein Verhalten infrage zu stellen.«

»Ach!«, stieß Onkel Morad angewidert hervor. »Hat mein Bruder mir seine Kinder zum Verhätscheln geschickt?«

»Natürlich nicht!«, widersprach Tante Farah sanft. »Aber lass bitte einmal deinen Groll beiseite. Das ist doch alles vorbei. Sie sind deine Familie, Herrgott noch mal!«

»Hmm.«

Am nächsten Morgen nach dem Frühstück bestand Tante Farah darauf, Noor und Mehrdad mit ihrem Onkel zu fotografieren. Also stellten sie sich neben ihn auf die Terrasse, hinter sich das von Bougainvilleen umrahmte Los Angeles. Tante Farah holte einen Stuhl für Morad und bat Noor und Mehrdad, ein bisschen näher an ihn heranzutreten.

»Ja, jetzt kann ich euch alle sehen.« Sie sagte, sie wolle auch einen Abzug für Zod machen. »Dann hat er immer ein Bild von euch dreien bei sich.«

Auf diese Weise ließ sie Zod wissen, dass alles gut sei und sein Bruder sich um seine Kinder kümmern werde. Onkel Morad rollte seine gewaltigen Schultern, wie Ringer es tun, um die Muskeln zu lockern, und ließ die Knöchel knacken, bevor er für das Porträt in Positur ging. Wochen später schrieb Zod in einem Brief, wie sehr ihn die grauen Haare seines kleinen Bruders überrascht hätten. »Ich stelle mir Morad immer als Jungen vor, der hinter einem Busch kauert und mir auflauert. Wer ist nur der distinguierte alte Mann auf dem Stuhl?«

15. Kapitel

In den Tagen bevor seine Nichte und sein Neffe eintrafen, verspürte Doktor Morad Yadegar einen bitteren Geschmack im Mund, den er nicht loswurde. Er achtete immer peinlich genau auf seine Zahnhygiene, ließ sich die Zähne alle drei statt, wie üblich, alle sechs Monate reinigen und genoss es, wenn der Dentalhygieniker seine makellose Mundflora lobte. Er gurgelte mit starkem Mundwasser und inspizierte häufig vor dem Badezimmerspiegel seine Zunge.

Morad der Schläger, ein kräftiger, penibler Mann, erwies sich als erstaunlich sanfter Arzt, der mit kühler Präzision die heikle Aufgabe der Anästhesie ausführte. Er war kein sonderlich freundlicher oder rücksichtsvoller Ehemann (seine eigenen Bedürfnisse kamen zuerst, da er die Familie ernährte und es für ein ausreichendes Opfer hielt, Bett und Bad zu teilen). Er schlief in taubengrauen Seidenpyjamas von Neiman Marcus, von denen er ein Dutzend im Kleiderschrank hatte, verschränkte die Finger über dem Bauch und wollte beim Einschlafen nicht berührt werden. Er bewahrte Zahnbürste und Zahnpasta in einem separaten Arzneischrank auf, ebenso alle seine Toilettenartikel.

»Ich will nicht wie eine Frau riechen«, erklärte er und bestand darauf, dass Farah freitagabends vor dem Sex heiß duschte. Griff sie montags oder dienstags nach ihm, drehte er sich zur Wand.

Farah begegnete seiner mangelnden Wärme mit Zärtlichkeit. Dass sie überhaupt Freunde hatten und gelegentlich zu einer Party eingeladen wurden oder ein Essen gaben, war nur ihren Bemühungen zu verdanken. Wenn sie Besuch hatten, was selten vorkam, bestand Morad darauf, dass Farah ihn mit »Doktor« ansprach und die Gäste dadurch ermutigte, es ihr nachzutun. Er duldete nicht, dass sie gesalzene Pistazien oder andere Horsd'œuvres servierte, die in irgendeiner Weise Lärm verursachten, da er es nicht ertragen konnte, wenn das menschliche Förderband die Schalen zerknackte und die Kerne zu den Backenzähnen wandern ließ, während die nächste Nuss schon zwischen rechtem und linkem Daumen zerdrückt wurde.

Er ertrug diese Mahlzeiten grollend, hinterfragte Farahs Motive, den Kauf von Filet Mignon und Champagner für »Leute, die ein Filet nicht vom Rumpf eines Esels unterscheiden können«, und rümpfte höhnisch, wie seine Großmutter Nina es bei Speisen getan hatte, die ihr nicht zusagten, die Nase über ihren herrlichen Braten. Bei Morad erkannte man deutlich die Gesichtszüge seiner Vorfahren – wie er die Augen zukniff, als bräuchte er eine Brille, oder verächtlich grinste –, lauter Erbstücke, die er nicht wie einen Pelzmantel im Kleiderschrank verstecken konnte und die er an seine Tochter weitergegeben hatte.

Farah war die jüngste und unscheinbarste von vier Töchtern und hatte als Mädchen im Iran davon geträumt, einen starken, gut aussehenden Mann wie Omar Sharif zu heiraten und in einem Haus wie dem zu wohnen, in dem sie aufgewachsen war. In diesen Träumen kam ihr Ehemann jeden

Abend durch die Tür und umarmte sie leidenschaftlich. Und es gab auch Kinder. Vier oder fünf, wohlerzogen und sauber geschrubbt. Morad passte einigermaßen ins Bild, doch nach Marjans Geburt hatte er verkündet, er wolle keine Kinder mehr und lasse sich sterilisieren. »Du hast ein hübsches gesundes Mädchen. Warum ein unvollkommenes Kind riskieren?« Als sie ihn bittend am Ärmel gezupft hatte, war er zurückgewichen. Farah hatte sich mit gebrochenem Herzen in ihr Schicksal gefügt. Sie schien tatsächlich zu glauben, dass sich unter der harten Schale dieses Mannes ein verletzter kleiner Junge verbarg, der seinen großen Bruder vermisste und ihre bedingungslose Liebe brauchte.

Da Morad sich mit Reden schwertat, hatte er Farah nur eine Kurzversion seiner Familiengeschichte geliefert, die sie weitgehend geglaubt hatte, bis sie in den Iran gereist war und ihren sanftmütigen Schwager Zod und seine liebenswürdige Pari vorgefunden hatte, die sie wie eine Schwester willkommen hießen. Dass ein Mann seine Frau so liebevoll betrachtete, kannte sie nur aus Filmen. Zod war immer aufmerksam, ja, er wachte geradezu unermüdlich über Pari. Er ahnte voraus, wann seine Frau Durst bekommen, frieren, hungrig oder müde werden würde, ohne jemals unterwürfig zu wirken. Es war einfach seine Art, und so ging er auch mit seinen Gästen um – als wäre er nur da, um ihnen zu dienen. Pari behauptete, er könne Gedanken lesen, denn Zod wusste, dass sie sich hinlegen musste, noch *bevor* sie es selbst gemerkt hatte, oder dass sie Pfirsiche am liebsten geschält und Gurken gesalzen aß. Wenn er unter der Last all dieser Informationen ermattete, machte Pari ihm heiße Milch mit Honig, zupfte die runzlige Haut von der Oberfläche und trug sie zu dem Sessel, in dem Zod saß und darauf wartete, dass sie ihm die Schläfen rieb. Wenn sie Insiderwitze machten oder ihre Gäste imitierten, kamen sie Farah eher wie Freunde als wie Mann und Frau vor. Ihre Unbeschwertheit erfüllte sie mit Sehnsucht.

Aus ihren nachmittäglichen Talkshows wusste Farah, dass Leute wegen Traumata, die weit weniger schwer waren als die ihres Mannes, zum Psychiater gingen, doch schien es undenkbar, Morad so etwas vorzuschlagen. Er war so stolz auf seine Vernunft, die ihn von seiner verrückten Familie unterschied. Den schlimmsten Streit in ihrer zwanzigjährigen Ehe hatten sie gehabt, als Morad sich geweigert hatte, zur Beerdigung seines Vaters in den Iran zu fliegen. Farah hatte ihn angefleht, worauf er monatelang nicht mit ihr gesprochen hatte – ein zwischenmenschlicher Kalter Krieg namens *ghaar*, der den Iranern lieb und teuer ist und dessen einzige Strategie darin besteht, wegen einer Bagatelle oder um eine Konfrontation zu vermeiden, die Kommunikation auf unbestimmte Zeit einzustellen. Das Wort *ghaar* ist Verb, Adjektiv und Nomen zugleich: Zod und Pari *ghaarten* selten; Nordkorea ist Amerika gegenüber *ghaar*; der *ghaar* der Zahnärztin mit ihrem Dentalhygieniker bedeutete, dass sie die Zähne ihrer Patienten selbst reinigen musste. Ihre eigene Tante war sechs Jahre lang mit Farahs Mutter *ghaar* gewesen, weil diese ihr eine geliehene Tischdecke mit einem Teefleck zurückgegeben hatte, und dann war Farahs Mutter gestorben, und wer hatte am lautesten geweint – natürlich die sturköpfige Tante.

Morad hatte sich vor Jahren von seiner Familie getrennt, sich durch die halbe Welt katapultiert und, im Gegensatz zu vielen anderen iranischen Exilanten, nie von einer großen Heimkehr geträumt oder auch nur daran gedacht, zurückzukehren. Es machte ihn ganz krank, wie sehr viele Iraner an der Vergangenheit und an immateriellen Werten hingen. Wann immer seine Landsleute sich nach der Heimat sehnten – *Ah, aber was lässt sich schon mit dem majestätischen Gipfel des Damavand vergleichen! Oh, die glücklichen Sommer am Kaspischen Meer!* –, pochte eine blaue Ader auf seiner breiten Stirn, und er erinnerte sich an den abstoßenden Anblick seines Bruders, der sich nach seiner Rückkehr aus Frankreich hingekniet und die Erde geküsst hatte, als wäre der staubige Innenhof des Café Leila das sagenumwobene Shangri-La und er einem Arbeitslager entflohen.

Morad hatte keine Geduld mit den verhätschelten Männern in pastellfarbenen Polohemden, die den Iran nach der Revolution für immer verlassen hatten und reich geworden waren, aber nicht aufhören konnten, in Erinnerungen zu schwelgen und Unsinn zu reden, als hätten sie ein Spielzeug verloren. »Die Sierra und die Pazifikküste sind wohl nicht gut genug für den Persischen Poloclub, was?«, schalt er sie dann angewidert und war überaus zufrieden mit dem sarkastischen Etikett, das er ihnen aufgedrückt hatte – Polohemden und *polo*(Reis)-Esser. »Sind euch zugemüllte Strände lieber?«

Fortan zügelten sie ihre Nostalgie, wenn er dabei war. Früher, als Junge, hätte Morad solches Gejammer brutal aus ihnen herausgeprügelt, doch nun fand er ein Ventil im American Football. Ohne die Krieger der NFL, die seine gewaltsamen Impulse kanalisierten, hätten die unglückseligen Immigranten wohl seinen Jähzorn eines Boxers abbekommen. Morad verbrachte ganze Sonntagnachmittage allein im Fernsehzimmer und schaute sich ihre Spiele an. Er lebte für die unverhohlene Gewalt und genoss die Zeitlupen, denn dies war kein Film mit Stuntmen, hier verkörperten echte Männer seine Vorstellungen von Männlichkeit. Farah schlich nur auf Zehenspitzen herein, um ihm das Essen auf einem Tablett zu bringen, was er kaum zur Kenntnis nahm, und ging ebenso leise wieder hinaus.

Um Marjans willen gab sich die treue Farah mit dieser unvollkommenen Version ihres Kindheitstraums zufrieden. Sie beklagte sich nie und redete sich ein, Menschen müssten sich ständig mit weniger begnügen; doch ihre Augen flossen vor Kummer beinahe über.

Während in Morads Bauch der kalte Zorn anschwoll und der metallische Geschmack im Mund nicht weichen wollte, freute sich Farah ganz offen auf Mehrdad und Noor. Sie lüftete die Gästezimmer und frischte die Bäder mit Duftseife und Grünem-Apfel-Shampoo auf. Sie fuhr mehrfach in den Supermarkt und füllte den Kühlschrank mit Riesenkanistern Vollmilch (die sonst verboten war), Fruchtjoghurt, gezuckerten Frühstücksflocken, Keksen, Kartoffelchips und Bonbons (ebenfalls verboten), lauter Dingen, die man noch nie in dieser Vorratskammer gesehen hatte. Doktor Yadegar hatte eine fettfreie Ernährung über die Familie verhängt – er frühstückte seit ihrer Heirat immer gleich: zwei Scheiben trockenen Weizentoast, säuberlich in kleine Quadrate geschnitten, dazu eine halbe, präzise aufgeteilte Grapefruit, die er schweigend verzehrte. Abends hingegen erwartete er persischen Reis und Eintopf.

Selbst Marjan war aus ihrem Zimmer aufgetaucht, um die Schränke zu inspizieren, und stieß ein müdes »Endlich mal richtiges Essen« aus, bevor sie mit einer Tüte Doritos wieder in ihr Zimmer schlurfte. Farah folgte ihr mit einer Schüssel Dip aus saurer Sahne und Zwiebeln, doch ihre

Tochter roch nur daran und verzog abfällig den Mund. Es war egal, selbst die vertraute Zurückweisung war liebenswert. Endlich würde sich ihr Haus nicht mehr so karg anfühlen. Endlich könnte Farah aus dem gewaltigen Reservoir der Liebe schöpfen, das tief in ihrem Inneren wartete. Sie könnte diese mutterlosen Kinder verwöhnen, denn obwohl sie schon achtzehn oder neunzehn waren, erschienen sie Farah noch wie Babys, und sie würde die beiden eine ganze Woche lang (einen längeren Aufenthalt hatte Morad nicht gestattet) mit iranischer Zuneigung und amerikanischen Snacks überschütten.

Marjan war nicht sonderlich neugierig auf Cousin und Cousine. Die Pubertät war grausam – sie hatte ihre Beine und Unterarme mit dichten schwarzen Haaren überzogen, ihre Augenbrauen zu einem Spalier verflochten, ihre Oberlippe mit dunklem Pelz überschattet. In ihrem Badezimmer drückte sie die Pickel, die keine Reinigungscreme der Welt verhindern konnte, auf der Stirn aus, angewidert und entzückt von dem plötzlich hervorschießenden Eiterstrahl. Wer, fragte sie sich, war in ihren Körper eingedrungen? Wer war die behaarte pockennarbige Kreatur im Spiegel, die sie jeden Morgen mit einer neuen Hautunreinheit begrüßte? Wäre sie nur jemand anders, Tracy Banks oder Ashley Avery mit der blassen Haut und den feinen goldenen Härchen auf den Armen. Könnte sie nur den Dschungel aus ihren Achselhöhlen entfernen. Wären ihre Eltern nur normal.

Farah war ängstlich darauf bedacht, dass Marjan sich in ihren Jahrgang einfügte, und hatte sie ins Schwimmteam gezwungen. *Ausgerechnet*, dachte Marjan. Sie konnte kaum eine Bahn schwimmen, ohne zu japsen, und sich vor der gesamten Schule entblößen zu müssen war für sie eine geisteskranke Idee. In der Grundschule hatte sie Fußball geliebt. Genau wie ihr Vater war sie eine starke, furchtlose Spielerin, die für ihr Team ein Tor nach dem anderen erzielte und die Siege genoss. Farah und Morad waren mit Klappstühlen, einer Thermosflasche Tee und Orangenspalten zu den Spielen gekommen. Marjan hatte ihren Vater ausnahmsweise glücklich erlebt, und er hatte ihr echte Zuneigung bezeugt, indem er ihr den Spitznamen *Panzer* verpasste. »Mäh sie nieder, Panzer!«, rief er vom Spielfeldrand und wurde mehr als einmal vom Schiedsrichter verwarnt, kümmerte sich aber nicht um die mahnenden Blicke der anderen Eltern.

Im Herbst der siebten Klasse verkündete Marjan, sie wolle nicht mehr Fußball spielen, und Morad stürmte aufgebracht aus dem Zimmer, als hätte sie ihn persönlich beleidigt. Das einzig Gute war, dass er von nun an auf den unglückseligen Spitznamen verzichtete. Der *ghaar* dauerte einen ganzen Monat.

»Schwimmen ist das beste Training«, flötete Farah, als sie mit leuchtenden Speedo-Badeanzügen in Marjans Zimmer kam.

»Nicht für einen Gorilla.«

»Wer ist hier ein Gorilla? Du bist schön, und diese Badeanzüge werden dir so gut stehen, mein Herz.« Farah versorgte sie mit rosa Einwegrasierern, warnte aber: »Du bist jetzt weich wie ein Lamm. Wenn du aber anfängst, dir die Arme zu rasieren, *dann* siehst du aus wie ein Gorilla … und fass bloß nicht deine Virginia an!«

Als sie so gut wie möglich geschoren war, ging Marjan zu ihrem ersten Schwimmtraining – und auch zu ihrem letzten, da sie sich von da an in der Bibliothek versteckte und später Haare und Badeanzug nass machte, bevor Farah sie abholte. Das Schwimmen an sich war nicht das eigentliche Problem, sondern das Duschen und Ausziehen in der Umkleidekabine. Sie hätte sich irgendwann daran gewöhnt, nackt dazustehen, während die anderen Mädchen miteinander Schultratsch austauschten und sich dabei nebenbei shampoonierten, doch der Anblick, wie sich Sheila Schaefer das Schamhaar um ihre Vagina rasierte, schockierte sie zutiefst. Warum um Himmels willen sollte jemand sich das antun? Marjan fragte sich, ob ihre Schamhaare nachwachsen würden, wie es ihre Mutter gesagt hatte, also nicht weich wie bei einem Lamm, sondern als schwarze, derbe Stoppeln, die an den Bartschatten ihres Vaters erinnerten. Aber es erschien ihr unvorstellbar, den zarten Spalt nackt zu lassen.

Natürlich war Sheilas Anblick für sie zu erschreckend gewesen, um mit ihrer Mutter darüber zu sprechen, und womöglich rasierten sich ihre wenigen Schulfreundinnen unten auch. Deshalb verbrachte Marjan die Pubertät größtenteils allein und weigerte sich, die von Farah flehentlich vorgeschlagenen Übernachtungspartys zu feiern. Selbst die Ankunft von Cousin und Cousine änderte nichts an diesem Gefühl des Fremdseins – Marjan war lediglich erleichtert, weil ihre Mutter nun abgelenkt war.

In den Wochen bevor Noor und Mehrdad kamen, hatte Farah eine geradezu erschöpfende Fröhlichkeit an den Tag gelegt, als wollte sie so die Gastfreundschaft heraufbeschwören, an der es ihnen mangelte. Wenn Marjan und Morad zur Tür hereinkamen, wurden sie von ihrer Vergnügtheit geradezu überfallen. Morad setzte ein eingefrorenes Lächeln auf und versuchte, ihr mit seltsam torkelnden Bewegungen auszuweichen, während Marjan sich beherrschen musste, um nicht laut herauszuschreien. Dass es nun Pop-Tarts im Haus gab (ein begehrter Snack, den andere Kinder im Schulbus aßen), war der einzige Vorteil, den der Besuch mit sich brachte.

Sie blieben nur eine Woche, doch Marjan kam es vor wie eine Belagerung, und sie zog sich noch mehr zurück. Was sie hätte erlösen können, wurde zu einer verpassten Gelegenheit für Güte, Rettung und Kameradschaft. Hätte sie Noor in ihr Zimmer eingeladen, hätte Marjan schnell gemerkt, dass ihre Cousine sich ähnlich fremd fühlte und von Zweifeln geplagt wurde. Leider befand sie sofort, dass Noor ebenso sonderbar sei wie ihre Eltern und sie außer dem Nachnamen nichts gemeinsam hätten. Und Mehrdad mochte schockierend attraktiv sein, doch das ließ Marjan nur noch mehr mit ihrem Aussehen hadern.

Farah bemühte sich nach Kräften, hieß die beiden von ganzem Herzen willkommen und hoffte, dass ihr Verhalten ansteckend wäre. *Oh, wenn ihr wüsstet, wie sehr ihr einander braucht*, dachte sie, wenn sie leise an die geschlossenen Zimmertüren klopfte, um die Kinder zum Frühstück zu rufen.

* * *

Das erste Care-Paket, das Noor im Mills College erhielt, kam von Farah. Sie fand einen Zettel im Briefkasten und holte im Postraum einen großen Karton ab, der mit sorgfältig ausgewählten Dingen gefüllt war, nach denen sie, wie Farah glaubte, Heimweh haben könnte: Trockenobst und Backpflaumen vom persischen Markt, selbst gemachte Sauerkirschmarmelade, aber auch Instantkaffee, Pop-Tarts,

M&Ms, Tampons, Juicy-Fruit-Kaugummi, Seife, Shampoo und Deodorant.

Als sie den Deckel öffnete, erfüllte ein gewaltiger Duft den Raum, vertraut und exotisch zugleich. Sie hatte noch nie Tampons benutzt, wohl aber die rosa Einführhülsen im Mülleimer gesehen und sich gefragt, wozu die gut sein mochten. Selbst nachdem sie die Anweisung eingehend studiert hatte, brauchte es mehrere Versuche und heiße Tränen, aber dann überkam sie der dringende Wunsch, Pari anzurufen und ihr von dieser wunderbaren Erfindung zu berichten. Ah, keinen ekligen dicken Wulst mehr zwischen den Beinen, sich nicht mehr ständig sorgen, ob er durchweichte, wenn sie im Bus oder Klassenzimmer saß, ob Blut hindurchsickerte und einen unmissverständlichen Fleck hinterließ, wenn sie aufstand, nicht mehr abwarten, bis alle anderen den Raum verlassen hatten. Endlich fühlte sie sich – oh, wie hieß das Wort doch gleich? Sauber? Nein ... frisch.

Hier duftete alles, und Noor lernte, dazuzugehören, indem sie sich den Weg erschnüffelte. Es begann mit der morgendlichen Dusche, einem geradezu heiligen Ritual. Dies waren die saubersten menschlichen Wesen, die sie je gesehen hatte. Zu Hause hatte es gereicht, alle zwei Tage abends ausgiebig zu baden, aber um *frisch* zu erscheinen, musste sie sich täglich einseifen und ausgiebig mit Lotion einreiben. Außerdem musste sie Kaffee trinken, Kaugummi kauen und Lippenbalsam mit Geschmack verwenden. Verschwunden waren die organischen Düfte ihrer Heimat, Rosenwasser, Holzofen, modriges Laub im Garten, Jasmin, Hyazinthe, Weihrauch, reife Melone, Zods Tabak. Amerika war der Junge, der zu viel Eau de Cologne auflegt, und Noor war bis über beide Ohren in ihn verliebt.

Tante Farah wies ihr den Weg, und Noor folgte seiner duftenden Spur. Während ihrer Collegejahre trafen die Päckchen regelmäßig ein und lieferten ihr die wesentlichen Zutaten für die Einbürgerung.

* * *

Noor und Mehrdad verbrachten die Semesterferien meist bei ihrem Onkel. Sie erlebten, wie ihre Kommilitonen sich vor den Ferien verwandelten, geradezu vor Vorfreude vibrierten, weil sie nach der letzten Prüfung heimfahren würden, während Noor und Mehrdad nicht wussten, wie sie die langen, müßigen Tage ausfüllen sollten, die sich vor ihnen erstreckten.

Farah schickte Mehrdad in seinem nagelneuen Firebird 1 über den Highway, um Noor zum Thanksgiving-Essen abzuholen, und er ärgerte sich, weil seine Schwester laut stöhnte und von Übelkeit geplagt auf dem Rücksitz lag, den Kopf auf seine Jeansjacke gebettet.

Mehrdads eckige Schultern ragten über den Sitz, und Noor betrachtete sein Profil, als er am Radio herumfummelte. Er war vor zwei Tagen mit seinem Freund Reza in Oakland eingetroffen, und Noor hatte ihn mit den langen Haaren und dem Schnurrbart kaum wiedererkannt. Doch als er die Sonnenbrille abnahm, sah sie seine herbstbraunen Augen, und er schien glücklich, sie zu sehen. Noor hatte Nassim eingeladen, und sie gingen zu viert ins Kino, und plötzlich war Mehrdad gar nicht mehr so ernsthaft ... ihr Bruder konnte witzig sein! Seit wann das denn? Er machte Scherze, imitierte Onkel Morads drohende Stimme, bis Noor beinahe an ihrem Popcorn erstickte und ihn anflehte, aufzuhören.

»Sag Bescheid, wenn ich anhalten soll«, sagte Mehrdad. »Kotz mir bloß nicht in den Wagen!«

Da sie es beide nicht eilig hatten, Onkel Morad zu sehen, bat Noor ihn, er solle anhalten. Sie stiegen aus und schauten von einer grasbewachsenen Klippe auf den funkelnd blauen Pazifik. Es war nett, so nah bei ihrem Bruder zu stehen und seinem Blick nach unten zu folgen, wo Surfer wie winzige schwarze Punkte auf den Wellen hüpften. Sie fügten sich mühelos in die kalifornische Landschaft, die offen und wild war und allmählich die ihre wurde. *Und auch mein Bruder*, dachte sie, *der grausam sein kann, der sich über mich lustig macht, der genau das sagt, was mir wehtut, wird immer der meine sein.*

»Geht's besser?«

»Nein.«

»Sollen wir zu McDonald's fahren?«

Aus irgendeinem Grund war es das Lustigste, das Noor je gehört hatte, und beide brachen in Gelächter aus.

16. Kapitel

Als Zod aufwachte, hatte es aufgehört zu schneien. Er schlich die Treppe hinunter, vermied die knarrende zweite und vierte Stufe, um Naneh Goli nicht aufzuwecken, und ging in Pantoffeln in den unberührten Schnee hinaus. In Schnee gehüllt ist Teheran am hübschesten, und er musste ihn einfach sehen, die Tiefe seiner Fußabdrücke messen und die tulpenförmigen Spuren eines kleinen Vogels betrachten.

Er nahm eine Handvoll Puderschnee und wusch sich damit das Gesicht. Ah, so nah und frisch! Weich und weiß, er glitzerte überall auf den dunklen Baumstämmen und ließ seinen kleinen Garten so hell erstrahlen, dass er sich fragte, wie im Winter irgendetwas schlafen konnte. Seine Gedanken wanderten zu seinen Kindern und wie sie johlen und hüpfen würden, wenn sie den Schnee sahen. Es war, als hätte er vergessen, dass sie nicht mehr oben im Haus schliefen und auf die verschneiten Dächer blickten.

Er begann, das Fenster mit bloßen Händen abzuwischen, und als er die Flocken wegschob, schaute ihm Naneh Goli mit breitem Grinsen entgegen, eine dicke Strickmütze auf dem Kopf und zwei oder drei Schals um den Hals. Sie warf sich gerade einen alten Mantel über, wollte sich zu ihm gesellen. Zod lächelte zurück und bedeutete ihr, drinnen zu bleiben. Ihm wurde kalt, aber er wollte die Stille hier draußen noch ein bisschen für sich genießen.

Naneh Goli behielt ihn zunehmend im Auge und suchte nach Anzeichen von Trübsal. Vor wenigen Monaten hatte er Nina das Frühstück gebracht und sie tot aufgefunden. Sie war aus dem Bett gefallen und hatte sich den Kopf am Nachttisch angestoßen. Daher war Naneh Goli erleichtert, ihn lächeln zu sehen, so wie sie auch erleichtert war, wenn er sich die Zähne putzte und die Unterwäsche wechselte, obgleich er sich nicht mehr so oft rasierte wie früher – jedenfalls trug er die Trauer mit Würde. Die Ordnung hielt sie zusammen. Sie kochten und putzten weiter, als hinge ihr Leben davon ab. Morgens und abends entzündeten sie ein Feuer, deckten die Tische und polierten das Silber, um die Lücken zu schließen, durch die der Kummer hereinkriechen könnte.

In der Küche gönnten sie sich eine lange Pause, in der sie Tee tranken und aus dem Fenster schauten, während zwei Eier auf dem Herd blubberten. Sie saßen da wie in einer Schneekugel, eng umschlossen von ihrer kleinen Welt, bis die Vorbereitungen fürs Mittagessen sie aufrüttelten. Nach dem Frühstück fegte Zod die Asche vom Grill und verstreute sie vor dem Eingang, damit die Gäste nicht auf dem Eis ausrutschten. Er weichte Backpflaumen ein und besorgte fleischige Lammstelzen, die mit Zwiebeln für Pflaumensuppe gebraten wurden. Er formte Küchlein aus Kichererbsen, passierte Joghurt und rührte Vanillecreme mit Quitten an.

Der Schnee heiterte Zod auf und brachte Geselligkeit, als er sich mit den Schnurrbart-und-Marlboro-Stammgästen hinsetzte und ein paar Runden Backgammon spielte. Alle bis auf einen lebten allein. Sie hatten ihre Familie ins Ausland geschickt und lebten einsam bis auf die Augenblicke, in denen sie sich brüderlich über das Spielbrett beugten und die cremeweißen und schwarzen Steine über das mit Intarsien verzierte Holz schoben. Sie ertrugen die Einsamkeit mit typisch persischem Humor und ihrer ureigenen Selbstironie, ließen sich über das beklagenswerte Junggesellendasein und die Kahlköpfigkeit aus, witzelten über die notorisch treulosen Frauen aus Rascht (ein Standardwitz unter Iranern) und über den untragbaren Zustand einer Islamischen Republik, in der Sex tabu war. Das Thema bot erstklassige Möglichkeiten zur Pantomime – das rasche Heben und Senken der dichten Augenbrauen oder zwei Hände, die vor dem Schritt überkreuzt wurden.

»Meine Frau sagt jede Nacht, das Geschäft sei geschlossen«, beklagte sich Abbas, dessen Familie noch intakt war. »Sie fühlt sich von den Augen des Ajatollah beobachtet!«

Zod hörte zu, beteiligte sich aber nicht am anzüglichen Geplänkel. Das hatte er nie getan; er mochte keine Obszönität, wusste aber, dass sie gelitten hatten und ihnen nur das Würfelspiel geblieben war. In einer besseren Welt hätten sie über ihre Kinder gesprochen, über Studienabschlüsse und Hochzeiten, über Frauen, die mit dem Essen auf sie warteten, über Schwiegereltern, die zu oft zu Besuch kamen, über Großeltern, Brüder und Schwestern, Tanten und Onkel. Stattdessen waren ihnen nur zersplitterte Gliedmaßen geblieben, über den ganzen Globus verteilt, ein so gewaltiger und irreparabler Exodus, dass sich jeder dieser Männer haltlos fühlte und jeder Brief von einem dahintreibenden Verwandten kündete.

Wenn Zod einen Brief von Noor erhielt, wurde sein Herz

weit, und er musste sich beherrschen, um nicht ins Wohnzimmer zu rennen, ihn aufzureißen und zu verschlingen. Er steckte ihn in die Brusttasche und trug ihn den Rest des Tages verstohlen lächelnd bei sich, bis er einen Moment fand, um ihr zu antworten. Er begann seine Briefe immer mit einer lebendigen Beschreibung des Ortes, an den er sich mit Stift und Papier gesetzt hatte, um sich und Noor die Illusion zu vermitteln, dass sie gemeinsam dort säßen – am Küchentisch, auf einer steinernen Bank unter dem Mandelbaum, im Café in der Flaute zwischen Mittag- und Abendessen.

Er wusste nicht mehr, wann Noor ihn zuerst um ein Rezept gebeten hatte. Daraufhin packte er eines zu Gerichten ihrer Kindheit in jeden seiner Antwortbriefe und wies sie an, zu improvisieren, wenn Zutaten schwer zu bekommen waren. Noor berichtete eifrig, wenn sie auf Obst oder Gewürze von daheim stieß – Blutorangen, Datteln, Kakis, Safran, Sumach –, als wäre es ein unerwartetes Wiedersehen mit verloren geglaubten Verwandten. Dies war, bevor die Verbraucher sich in Granatäpfel verliebten und Gourmetköche jeden Teller mit gelben Safranspiralen verzierten.

Wann immer die Korrespondenz wegen des Krieges zwischen Iran und Irak versiegte, schmollte Zod. Zweimal in der Woche brachte er seine Briefe zur Post, wobei er Naneh Goli zurief: »Ich gehe zum Postamt!« Ab dann wartete er jedes Mal ungeduldig auf den Briefträger. Das Briefeschreiben vertrieb ihm die Zeit – noch nie im Leben war er ein so hingebungsvoller Korrespondent gewesen.

Zod nahm an, dass Töchter Briefe schrieben und Söhne nicht, und das war auch in Ordnung, denn Noors Briefe waren mit üppigen Details versehen und berichteten auch von ihrem Bruder. Zod erfuhr, dass sein Sohn verschwenderisch und seine Tochter sparsam war, dass Mehrdad einen Sportwagen fuhr und Noor nicht einmal den Führerschein hatte, dass der eine in einem Plattengeschäft arbeitete und die andere in der Cafeteria des Colleges *(Du brauchst also nicht für das Essen zu bezahlen, Baba). Gott segne Dich, meine Liebe,* schrieb er, *aber gib die Stelle bitte sofort auf, und konzentrier Dich auf Dein Studium!* Er hatte sie doch nicht über den halben Planeten geschickt, damit sie Sandwiches schmierte.

Zod versuchte, den Schnappschuss zu vergessen, den Farah von seinen Kindern gemacht hatte, auf der weißen Terrasse, zusammen mit dem selbstzufriedenen Onkel. Ihr ängstlicher Blick hatte ihn beunruhigt. Eine rasche Bestandsaufnahme – der verzierte Terrassenstuhl, die rosa Bougainvillea im Hintergrund, Morad, der seine Brechstangen-Hände im Schoß verschränkt hatte – war verstörend. Das Alter hatte seinen Bruder nicht weicher gemacht, nein, er sah noch gereizter aus als früher, als hätte er eine saure Pflaume in der Backe. Zweimal nahm Zod eine Rasierklinge zur Hand, um Morads Gesicht aus dem Foto herauszuschneiden, so wie dieser wilde Teufel es früher mehr als einmal mit Familienfotos gemacht hatte. Doch letztlich stopfte er das Foto in eine Schublade.

Zod konnte nicht begreifen, wie Farah seinen Bruder ertrug, und war ihr ungeheuer dankbar, weil sie seinen Kindern so freundlich begegnete. Noor hatte ihm berichtet, dass Farah Mehrdad, der in Los Angeles lebte, sonntagabends zum Essen einlud und Noor häufig Pakete mit Schokolade und Toilettenartikeln schickte. Er erinnerte sich an seine kurze Abwesenheit von zu Hause und verstand, welchen Trost Essen und ein duftendes Stück Seife spenden konnten. Zod freute sich, dass Noor von dieser ihm bis dahin unbekannten Seite seiner Familie berichtete. Wie aber konnte Mehrdad jeden Sonntag das gefurchte Gesicht seines zänkischen Onkels ertragen?

Wenn Zod doch nur gesehen hätte, wie sein Sohn gleich einem Lied in dieses Haus trat, wie er Farah Narzissen mitbrachte und Marjan Mixtapes von den Dire Straits und Tears for Fears, wie er Morad zum Backgammon verführte, indem er behauptete, er spiele nicht gut. Wie er seinen Onkel ihm von oben herab Ratschläge erteilen ließ, bevor er ihn mit einem raschen Sieg vernichtete. Der Doktor verkündete dann, er habe seinen Neffen gewinnen lassen, um ihn nicht zu entmutigen. Dennoch spielten sie jeden Sonntag nach dem Essen fünf Partien, und wenn Zod hereingekommen wäre, dann hätte er die beinahe herzliche Stimmung zwischen ihnen bemerkt, wenn sie Teller mit Melonenstücken anmutig auf den Knien balancierten. Mehrdad durchkreuzte die Bosheit seines Onkels mit geduldiger Fröhlichkeit und entwickelte eine seltsame Zuneigung zu ihm. Er nannte Morad sogar *Amoo jan*, ein vertrautes Kosewort für einen Onkel, und Farah konnte kaum glauben, dass Morad es ihm gestattete. *Armer Bruder*, dachte Zod, *dass du nicht sehen kannst, welches Geschenk ich dir geschickt habe.*

17. Kapitel

Im Herbst 1988 mieteten Noor und ihre beste Freundin Nassim eine Wohnung in San Francisco, gleich gegenüber von einem Café, aus dem jeden Morgen der Duft von geröstetem Kaffee und frisch gebackenem Brot in ihr Schlafzimmer wehte. Das Gebäude war eine Ruine – die übermalten Fenster ließen sich nicht richtig schließen, auf dem fleckigen Linoleum lag ein fadenscheiniger gelbbrauner Teppich, und an sonnigen Tagen wimmelten die Fensterbänke von Termiten – doch nichts konnte das Wunder ihrer ersten eigenen Wohnung trüben.

Sie liebten das hübsche Viertel Cow Hollow und richteten die Wohnung liebevoll mit zusammengewürfelten Stühlen und einem runden Tisch ein, mit einem Fernseher und Lampen und einem antiken Bügelbrett, das auch als Bücherregal diente. Bei Macy's kauften sie bunte Flanellbettwäsche und dicke Handtücher, einen Duschvorhang mit gelbem Entenmuster, hübsche Tassen und Müslischalen. Noor genoss es ungemein, wenn sie Rosinenmüsli aus den blau-weißen Schalen aß, sich auf ihr Bett sinken ließ und in BH und Unterhose Blusen bügelte.

Wenn die Mädchen abends von der Arbeit kamen, öffneten sie eine Flasche Wein und gossen sich große Gläser voll ein. Sie labten sich an Buttertoast und gebratenen Eiern mit Tomaten und tanzten barfuß zu persischer Discomusik – ihre Handbewegungen und gespielten Flirts waren improvisiert und schreiend komisch. Noor hatte die Prüfung zur Krankenschwester bestanden, endlich ihren Führerschein gemacht und arbeitete am Kaiser Hospital in South San Francisco. Nassim studierte Journalismus und war Teilzeitverkäuferin in der Kosmetikabteilung bei Macy's, wo sie mit französischem Akzent sprach und Frauen dazu verführte, ihre Kreditkarten über den Tresen zu schieben. Bald wurde sie Mitarbeiterin des Monats, erhielt eine Gehaltserhöhung um fünfundsiebzig Cent und einen Kaffeebecher, und ihr Bild wurde in den Aufenthaltsraum gehängt, wo sie in der Pause mit überkreuzten Beinen saß und winzige Löffelchen Joghurt zu sich nahm.

Samstagabends zogen sie High Heels und kurze schwarze Kleider an, die sie mit Nassims Angestelltenrabatt gekauft hatten, besuchten Kneipen in der Union Street oder Comedyclubs, in denen sie auf kleinen Hockern balancierten und Margaritas tranken. Sie verstanden die Witze nicht so richtig, lachten aber mit allen anderen und übernahmen bald die Eigenheiten und Betonungen, bis sie miteinander Englisch sprachen und ihre Sätze mit einem Mörtel aus Mischwörtern aneinanderklebten. Noor behagte die neue wilde Unabhängigkeit nicht ganz, und sie hatte nicht immer Lust, die Wohnung zu verlassen, doch sobald Nassim sie untergehakt hatte, schwand ihre Angst.

Bald traf sich Nassim nach der Arbeit mit eigenen Freunden und ließ Noor oft allein. Wenn sie Gäste hatte, servierte Noor Käse und Cracker, verweilte in der Küche, räumte die leeren Teller weg wie eine Wirtin, täuschte Kopfschmerzen vor und ging früh ins Bett. Dann lag sie wach und hörte zu, wie Fremde die Toilettenspülung betätigten, und hoffte, dass sie nicht selbst dorthin gehen und die Nachwehen der Besucher riechen musste. Der Schlaf kam erst, wenn die Wohnungstür verriegelt war. Und dann war da ein Mann.

Nassim verheimlichte ihn vor Noor, doch die plötzliche Veränderung ihrer Augen, Haut, Haare und Kleidung und die überaus sanfte Stimme, mit der sie sich am Telefon meldete, erhellten die kleinen Zimmer wie glühende Asche. Wenn sie nicht da war, was immer häufiger vorkam, fiel das einzige Licht durch das fleckige Küchenfenster, wo Noor sich Dosensuppe auf der Kochplatte wärmte und im Dunkeln aß. Sie saßen nicht mehr zusammen am runden Tisch, teilten sich nicht mehr die Sonntagszeitung und gingen auch nicht mehr auf einen Cappuccino und einen Blaubeer-Muffin ins Café.

Noor überlegte, wann sie Nassim zuletzt gesehen hatte, als wäre sie eine Schülerin, die in den falschen Bus gestiegen war. Wie rasch Nassim die Verhaltensweisen der Frauen mit den glänzenden Haaren und nackten Beinen übernommen hatte, die sie im Fernsehen und in den Clubs sahen. Wie sinnlich und zwanglos sie mit Männern sprach, sie mit dem Klimpern ihrer schwarzen Wimpern verzauberte, ihnen ihre Telefonnummer auf die Handfläche schrieb. Wo hatte sie das gelernt? Noor ging jeden Tag zur Arbeit und kehrte in eine leere Wohnung zurück. Sie ging die Post noch am Briefkasten durch, weil sie auf einen mahnenden Brief von Nassims Eltern hoffte, der sie zu ihr zurückbringen würde.

Eines Tages saß Noor zusammengesunken über einem Kaffee im Café Mokka, als sie einen Jungen bemerkte, der eine gewaltige Vase mit roten Rosen trug. Er blieb vor ihrem Haus stehen, schaute auf einen Zettel und klingelte. Als sich niemand meldete, wollte er schon kehrtmachen. Noor passte ihn ab, als er seinen Lieferwagen schon wieder öffnen wollte.

»Sind die für Wohnung 4 A?«

»Ja, Ma'am. Sind Sie das?«

»Ja!«

»Da bin ich aber froh, dass Sie mich noch erwischt haben.«

Auf der kleinen Karte, die an das Zellophan getackert war, stand: *Ich vermisse dich ständig, P.*

Noor schleppte die Blumen zum Müllcontainer hinter dem Haus, hob den schweren Deckel und warf die Rosen mitsamt der Vase hinein, die an der Metallwand zerbrach. Der Zorn klärte ihre Gedanken, und sie kehrte ins Café zurück, setzte sich draußen an einen Tisch und drehte das Gesicht zur Sonne.

Am nächsten Abend klingelte das Telefon, während Nassim gerade in der Dusche war. Ein Mann namens Paul wollte sie sprechen. Noor nutzte die Gelegenheit und erklärte, dass Nassim nicht zu Hause sei: »Übers Wochenende weggefahren.«

»Wohin?«

»Napa«, sagte sie, weil es ihr gerade in den Sinn kam. Dann hängte sie rasch ein, bevor er weiterfragen konnte.

Nassim kam im Bademantel herein, ein Handtuch um die Haare geschlungen, in der Hand ein Maniküreset mit einer Auswahl an Nagellackfläschchen. Sie pflegte ihre langen, spitz zulaufenden Nägel geradezu hingebungsvoll, und Noor musste lächeln, weil das Maniküreset bedeutete, dass ihre Mitbewohnerin nicht ausgehen wollte. Noor bot an, in der Videothek einen Film auszuleihen. »Mach nur«, sagte Nassim gleichgültig. Es war ewig her, dass sie es sich vor dem Fernseher gemütlich gemacht und Eis gegessen hatten. Noor schoss zur Tür hinaus, rannte die Straße entlang und kam keine Viertelstunde später mit *Mondsüchtig* zurück.

Sie trug einen Teller mit Vanillewaffeln und eine große Packung Eis mit Schokochips ins Wohnzimmer, wo Nassim vom Sofa aufblickte und zur Seite rutschte.

»Schon wieder *Mondsüchtig*? Wie oft hast du den schon gesehen?« Es klang, als hätte sich Noor den Film allein angeschaut, als hätte nur sie die Dialoge und Lieder auswendig gelernt.

»Aber das ist doch unser Lieblingsfilm! Wir lieben Cher!«

Doch Nassim lehnte sich nur achselzuckend zurück. Wie oft hatten sie den schon zusammen gesehen? Wie oft hatte eine von ihnen »Hol mir das große Messer!« gebrüllt, wenn sie zusammen kochten? Wie oft hatte Nassim Ronny mit ihrer verrückten Cousine Vali verglichen? Noor hatte immer eine Vorliebe für die pflichtgetreue Loretta gehabt, doch an diesem Abend erkannte sie sich in Rose wieder, Lorettas Mutter, die in einem lila Morgenrock Frühstück machte und allein beim Italiener aß und besonders an jener Stelle im Film, als sie »Mit 'nem Knutschfleck am Hals ist dein Leben im Arsch!« schrie.

Die Stille zwischen den beiden Mitbewohnerinnen wuchs immer weiter, und Noor musste bei vielen ihrer Lieblingsstellen halb lachen, halb weinen. Als Kind hatte sie Fingernägel gekaut und auch nun führte sie wieder die Hand zum Mund, um an einem eingerissenen Nagel zu knabbern. Nassim schien den Film nur stumm über sich ergehen zu lassen, sie betrachtete immer wieder ihre dunkel lackierten Nägel, verschränkte die Arme und löste sie wieder und linste zum Telefon, als wollte sie um Hilfe rufen.

Eine Woche später erlaubte sich Noor, am Sonntagmorgen bis neun Uhr zu schlafen. Sie nahm an, Nassim sei noch im Bett, und schlich in die Küche, doch ihre Freundin saß mit einem Becher kaltem Kaffee am Tisch. Selbst rot verweint waren ihre Augen noch schön, und einen Sekundenbruchteil lang glomm eine Spur von Mitgefühl in ihnen auf, die sie jedoch wegzwinkerte. Neben ihren Füßen stand eine kleine Reisetasche. Noor zog einen Stuhl heran und setzte sich neben sie, wobei sie dem Impuls widerstand, das Kinoprogramm im rosa Teil des *San Francisco Chronicle* aufzuschlagen, frischen Kaffee zu kochen und Toast zu machen. Was immer Nassim ihr zu sagen hatte, war nicht gut, doch ein warmes Getränk hätte geholfen.

»Hast du etwa geglaubt, wir könnten hier ewig die Hausmütterchen spielen?« Nassims Sarkasmus klang scharf. Dann erzählte sie Noor alles, von dem Mann, mit dem sie sich getroffen hatte, von den verpassten Anrufen und den verschwundenen Blumen. Dass Paul verheiratet sei, tue nichts zur Sache.

»Du hattest kein Recht, dich einzumischen!«, tobte Nassim. »Und wage es nicht, meinem Vater davon zu erzählen!«

»Ich kenne deine Eltern überhaupt nicht!«, konterte Noor. Glaubte Nassim etwa, sie würde den Ozean überqueren, um ihnen die Neuigkeit zu überbringen?

Paul, der elf Jahre ältere Professor, war ein hingebungsvoller Ehemann gewesen, bis Nassim seinen Appetit anregte. Jeden Tag zog eine endlose Parade reizender junger Frauen durch seinen Unterrichtssaal, doch sie hätten ebenso gut eine Burka tragen können, so wenig beachtete er sie. Bis eines Tages Nassim in einem geblümten Kleid mit schmaler Taille und Sandalen, durch die nur die Spitzen ihrer hübschen roten Zehennägel lugten, wie ein sanfter Wind – was in der Tat auch die Bedeutung ihres Namens war – in sein Büro wehte. Und als sie sich ihm gegenüber auf die Stuhlkante hockte, überkam ihn ein lang nicht mehr verspürter Hunger, ein Hunger nach diesem Mädchen, das ihn mit dunklen Augen beobachtete, als verstünde es, dass er viel mehr zu bieten hatte als eine teigige Gesichtsfarbe und den Körperbau eines Marshmallows.

Binnen einer Stunde wurde eine leidgeprüfte Ehefrau verstoßen, obwohl sie dreiundzwanzig Jahre lang seinen abgestandenen Atem und die feuchten Handflächen ertragen hatte, weil sie ihn angeblich kaum noch anschaute, keine Zeit für ihn hatte, ihn zur Ordnung rief, sich aufregte, wenn er Dinge vergaß, und ihn anbellte: *»Dann mach ich es eben selbst!«* Erst an diesem Morgen hatte sie ihn vor den beiden Töchtern, elf und fünfzehn, zusammengestaucht, weil er seine Schlüssel verlegt hatte. »Als hätte man drei Kinder im Haus!«, hatte sie gejammert. Die schönste Zeit seines Tages verbrachte er, wenn er allein im Auto fuhr, ohne Ermahnungen und ohne das Gefühl, dass er nichts richtig machen konnte. Hier war nun dieses Mädchen, das nichts von ihm wollte und das er rein zum Vergnügen umwerben konnte. Und Nassim hatte noch nie die hingebungsvolle Aufmerksamkeit eines erwachsenen Mannes genossen, der sie mit solcher Leidenschaft betrachtete.

Als Noor von der Affäre erfuhr, hatte sie kein schlechtes Gewissen mehr, dass sie den Blumenstrauß weggeworfen und Paul ein paar Notlügen über Nassims Wochenendpläne aufgetischt hatte, nein, sie war froh, dass ihr Instinkt sie nicht getrogen hatte, was diesen Scharlatan anging, und dass sie alles getan hatte, um ihre Freundin zu schützen.

»Nassi, hast du mal an seine Frau gedacht? An seine Kinder?«, fragte Noor mit unmissverständlicher Strenge.

»Was? Ja! Nein, nicht so richtig. Woher sollte ich denn von ihnen wissen?«

Noor fand Nassims Zorn verwirrend. »Aber ist es denn nicht gut, was wir tun … uns umeinander kümmern?«

»Nein! Ich will nicht, dass du dich um mich kümmerst, die Babysitterin spielst, mir Eier kochst und meine Sachen bügelst, als wärst du mein Kindermädchen!«

Arme Noor. Seit sie die Heimat verlassen hatte, hatte sie unbewusst die Rolle von Naneh Goli übernommen. Nassims heimliche Affäre war jedoch nicht annähernd so niederschmetternd wie der Kummer, der darauf folgte.

»Ich fahre für ein paar Tage zu meiner Tante nach Phoenix«, sagte Nassim. »Sie hilft mir, einen Job zu suchen. Dann komme ich zurück und hole meine Sachen. Ich muss weg aus San Francisco.«

»Aber was wird aus unserer Wohnung?«, rief Noor. »Bedeutet sie dir denn gar nichts? Sie ist doch unser Zuhause.« Sie breitete die Arme aus und deutete auf die schäbigen Wände um sie herum.

Nassim starrte geradeaus, das Kinn hochmütig erhoben. »Ich brauche Platz, Noor. Platz für eine große Liebe, einen großen Job, ein großes Haus.« Sie stand auf und öffnete mühsam das Fenster. Der Straßenlärm durchschnitt die Stille, die sich über die Küche gesenkt hatte.

Als Nassim schließlich weitersprach, sagte sie kopfschüttelnd: »Ich meine, schau dir das an.« Sie deutete verächtlich auf die rostigen Scharniere am Fensterrahmen. »Es ist so traurig.«

Im Juni packte Nassim ihre Kleider und Bücher und verstaute sie im Honda Accord eines Freundes, der sie nach Arizona bringen würde. Sie war so begierig darauf wegzukommen, dass sie auf ihre Abschlussfeier verzichtete und Noor den gesamten Hausrat, den sie gemeinsam angeschafft hatten, überließ. Noor zuckte zusammen, als die Kofferraumklappe zufiel und das Glück beendete, das nur wenige Monate gedauert hatte. Die ehemaligen Mitbewohnerinnen umarmten sich steif am Bordstein, eine Hand winkte aus dem offenen Fenster, dann war Nassim verschwunden.

In den Jahren danach dachte Noor oft, dass sie nie so glücklich gewesen war wie in jener Wohnung. Sie erinnerte sich, wie sie nach der Arbeit heimgekommen war und das tröstliche Gewicht der Schlüssel in ihrer Tasche gespürt hatte. Wenn sie die Haustür öffnete, hörte sie die Abendnachrichten aus der Erdgeschosswohnung, und der Geruch eines fremden Waschmittels hing im Treppenhaus. Sosehr ihre Füße auch schmerzten, so schlecht die Prognose eines Patienten auch sein mochte, so schlecht gelaunt die Ärzte auch gewesen waren, es brannte Licht in ihrer eigenen Wohnung, und sie konnte mit ihrer besten Freundin zu Abend essen. Zwischen ihr und Nassim war wenig Raum, und selbst den überbrückten sie mühelos. Jenseits der Tür von 4 A gab es nichts als Raum zwischen den Menschen. Sie konnten nicht genug davon bekommen und verlangten immer noch mehr (»Nun lass mir doch ein bisschen Raum!«), und sie flatterten mit den Flügeln wie eingesperrte Vögel, die um ihr einsames Leben kämpfen. *Flatter flatter flatter.*

18. Kapitel

Noor blieb ledig, während ihre Kolleginnen heirateten, auf ihr herumhackten und ständig versuchten, sie zu verkuppeln. Sie wollten Noors Leben für sie regeln, vielleicht auch, um ihres selbst geregelter zu finden. Noor kritisierte nie ihre falschen Entscheidungen und sagte nie, was sie sich wirklich wünschte. Das wäre unhöflich gewesen, und sie wollte die Hoffnung bewahren, dass ein Mann Gefallen an ihr fände, dass sie heiraten und ihr Leben beginnen würde.

»Wer als Frau in San Francisco einen Mann findet, kann von Glück sagen«, hatte eine Assistenzärztin im Krankenhaus einmal zu ihr gesagt, als sie hörte, wo Noor wohnte.

»Warum, wieso?«

Aber keine fünfzehn Minuten vom Stadtzentrum entfernt wurden die Leute schon homophob. Aids war eine Plage, vor der sich sogar der Präsident fürchtete, und Noor weinte um die jungen Männer, die sie pflegte und dahinsiechen sah. Jerry war Kellner in einem kleinen italienischen Restaurant und hatte Noor ihr erstes Risotto Milanese serviert, weil es ihn ärgerte, dass sie jedes Mal die gleichen langweiligen Spaghetti bestellte. Doch der Gedanke, eine Schale mit cremigem Risottoreis zu essen, erschien ihrem persischen Gaumen wenig reizvoll – sie erschauerte schon bei der Vorstellung, abends Porridge zu essen. Doch schließlich gab sie nach und bestellte fortan nur noch selten Pasta – die kurzen Risottokörner, die mit Brühe und Safran gesättigt waren, schmeckten einfach himmlisch. Als sie versuchte, dieses Gericht in ihren Briefen an Zod zu beschreiben, hielt er es für einen persischen Safran-Reispudding, den die Italiener für sich beansprucht und nur das Rosenwasser weggelassen hatten.

Die persische Küche ist die Mutter aller Küchen, schrieb er ihr zurück. *Denk dran, Noor, alles, was Du isst, hat seinen Ursprung im Iran.* Zod führte tatsächlich alles auf den Erfindungsreichtum Kyros des Großen zurück. Seine Loyalität war entwaffnend, wenn auch nicht ungewöhnlich in Einwanderergemeinden, die vor der Revolution Zuflucht im Iran gefunden und es dort zu Wohlstand gebracht hatten.

Noor berichtete Jerry von Zods Ansichten, aber der lachte nur und sagte, das könne er ja mal Umberto, seinem Küchenchef, erklären. Während Jerry im Kaiser Hospital war, schlief sein Freund Liam auf dem Stuhl neben seinem Bett. Und als Jerrys Mutter aus Indiana anreiste, stritten sie und Liam darüber, wer über Nacht bleiben, wer Jerry rasieren oder baden oder ihm das Kinn abwischen durfte, und Noor musste die Schiedsrichterin spielen.

Der freundliche Jerry, ein Skelett bis auf den Bauch, der grotesk gebläht war von den Medikamenten, die ihn nicht retten konnten, und der sie immer noch neckte, wenn sie ihn teelöffelweise mit Risotto von Enrico's fütterte – dem einzigen Essen, das er noch bei sich behalten konnte. »Sieh dir die gut aussehenden Ärzte an, Noor«, sagte er, wann immer sie ihn auf die sonnige Terrasse schob. »Erzähl mir nicht, du wärst mit keinem ausgegangen.«

»Ich will aber nicht mit einem Arzt zusammen sein wie in diesen Seifenopern!«

»Oh, wir sind also wählerisch, was?«

»Ich bin nicht wählerisch. Es ist ja nicht so, als hätte mich einer gefragt.«

»Noor, in welchem Jahrhundert lebst du eigentlich? Wir haben das Jahr 1991, da laden Frauen auch mal Männer ein, oder hast du irgendwelche speziellen persischen Hemmungen?«

»Ha, mehr als ich zählen kann. Eher sterbe ich als Jungfrau, als dass ich einen Mann um ein Date bitte.«

Es entstand eine Pause, dann lachte Jerry unvermittelt los und schlug sich aufs Knie. »Ach, du liebe Güte! Sag's bloß nicht! Sag nicht, du bist noch Jungfrau! Können wir deinen Namen bitte in Maria ändern? So ein sexy Name wie Noor passt gar nicht zu dir mit deinem Rollkragenpullover und deinen weißen Mokassins.«

»*Scht.* Reden wir zur Abwechslung mal von dir.«

»Oh nein, Schätzchen, wir sind noch nicht fertig.« Er zählte an den Fingern ab. »Erstens, Einkaufen. Liam wird mit dir ein paar Sachen aussuchen, in denen du nicht wie eine Gefängniswärterin aussiehst. Dann Haarschnitt in dem neuen Salon auf der Sutter Street, und deine Augenbrauen könnten auch ein bisschen ausgedünnt werden. Ach ja, und deine Fingernägel! Würdest du bitte aufhören, daran zu kauen wie Bobby Burmeister, der sich in der dritten Klasse noch in die Hose gemacht hat?«

Und er war noch nicht fertig. »Also, eine anständige Maniküre, und wenn wir schon dabei sind, auch eine Pediküre ... *und dann* gebe ich dir einen Crashkurs in Sachen Männer-Aufreißen.« Er lächelte wissend.

Es war ein Augenblick schweigender Zustimmung.

»Sollen wir dein Risotto fürs Mittagessen aufwärmen?«

»Ja«, sagte er mit neu gewonnener Kraft.

Es war schön, Jerry als Projekt zu dienen, das er vom Krankenbett aus organisieren konnte, und er stöhnte, wann immer sie die Farbe Braun oder etwas aus Cord trug. »Oh, kann sein, dass ich heut sterbe, *Maria*.«

Obwohl Noor versuchte, ihre Garderobe anzupassen, damit sie als flotte Krankenschwester durchging – und sei es nur, um Jerry eine Freude zu machen –, fühlte sie sich unbehaglich, weil es nicht zu ihr passte, und selbst Jerry erkannte irgendwann, dass sie sich zu seinen Lebzeiten wohl nicht mehr so verwandeln würde, wie er es gern gesehen hätte.

Jerry starb vor ihrem nächsten arrangierten Blind Date, diesmal mit einem Radiologen. Der lud Noor zum Mittagessen ein, und vielleicht war es ganz gut, dass Jerry nichts davon erfuhr, denn ihm hätte der zurückhaltende, träge Mann, der wie ein Achtzigjähriger in Bermudashorts und Baseballkappe daherkam, ganz sicher nicht gefallen. Sie gingen ein paar Mal ins Kino, wo man sich den Mund mit Popcorn vollstopfen und lässig kleiden konnte, bis Noor sich irgendwann nach ihrem Sofa und dem Flanellpyjama sehnte. Sie war in den ersten Stock eines Hauses im viktorianischen Stil gezogen, und ihre Wohnung war penibel ordentlich bis auf einen verstaubten Trockenblumenstrauß, den sie nicht entsorgen mochte und der dem Raum eine gewisse Häuslichkeit verlieh.

Noor und Liam waren jetzt eng befreundet – sie hatten einander getröstet, als Jerry gestorben war, hatten tagelang Platten von Whitney Houston gehört und dazu geweint. Sie gingen zweimal in der Woche essen und kauften gelegentlich in Boutiquen ein, wo Liam geduldig Kleider für sie aussuchte, die sie sich selbst nie gekauft hätte.

Noor hatte Paris Stilgefühl nicht geerbt. Ihre Mutter hatte eine geradezu sinnliche Beziehung zu Stoffen gehabt, hatte weiche Lederschuhe und gut geschnittene Handtaschen geliebt, ihre Accessoires poliert und liebkost wie Haustiere. Ihr Schrank war nicht mit impulsiven Einkäufen von der Stange vollgestopft, es gab keine zusammengeschusterten Outfits, sondern eine exquisite, handgefertigte Kollektion. Ein Schuhmacher in der Jamshid Avenue hatte noch immer ein Paar maßgeschneiderte cremeweiße Slingbacks im Laden stehen, weil er es nie übers Herz gebracht hatte, Zod zum Abholen aufzufordern. Dann und wann nahm er sie aus dem Karton und bewunderte seine Handwerkskunst, wie clever er den linken Absatz konstruiert hatte, um Paris leichtes Hinken zu kaschieren – eine Erinnerung an eine anspruchsvolle Frau aus einer anderen Ära.

Vielleicht hätte Noor mehr Zeit an der Nähmaschine verbringen sollen, statt Salzstreuer nachzufüllen und die Aufmerksamkeit der Gäste zu genießen, die stehen blieben und sie in die Wange zwickten, wenn sie Hausaufgaben machte oder ihre Puppen bei einer Tee-Runde bewirtete. Mehrdad oder »Mr Armani«, wie Liam ihn bei einem seiner Besuche genannt hatte, war der Stilvolle von ihnen, und Noor fühlte sich nie unscheinbarer, als wenn sie mit ihrem Bruder und Liam ausging. Doch die beiden brachten sie auch zum Lachen, und die Kameradschaft tat ihr gut.

Mehrdad war freundlich und fröhlich und besuchte sie oft; er brachte Kichererbsenkekse aus den persischen Minimärkten in Westwood mit und manchmal auch ein Mädchen. Dann schliefen die beiden glücklich auf dem Gästesofa, und Noor versuchte, entspannt zu bleiben, wann immer eine hübsche Frau in einem übergroßen T-Shirt ihres Bruders auf dem Küchenhocker saß und Rührei aß, das er für sie gebraten hatte. Noor beobachtete sie beim Flirten, sah die sehnsüchtigen Blicke des Mädchens, dessen Fantasie schon Gestalt angenommen hatte und das von einem großartigen Leben mit diesem schönen Mann träumte, der Milch für ihren Kaffee aufschäumte. Mehrdad umschwärmte seine Freundinnen, aber er liebte sie nicht. Noors eigene einsame Existenz bot ihr allerdings den Luxus, sich in ihrer Fantasie hingebungsvolle Paare im häuslichen Glück vorzustellen – genau das Leben, das sie sich schließlich auch erhoffte.

Eines Abends im Spätherbst übernahm Noor die Schicht einer Kollegin. Alles war ein bisschen nass vom Regen, ihre Haare waren gekräuselt und ungekämmt. Als sie sich in der Toilette die widerspenstige Mähne nach hinten band, wünschte sie sich, es wäre 1952, und sie könnte diese blöden Haare unter einem Häubchen verstecken. Seit sie sich zum teuersten Haarschnitt ihres Lebens hatte überreden lassen, versuchte sie verzweifelt, die fedrigen Stufen in ein Gummiband zu zwängen.

Auf dem Dienstplan sprangen ihr zwei Namen ins Auge: ein Dr. Olivero, der neu am Kaiser Hospital war, als Frauentyp galt und den sie noch nicht kennengelernt hatte, und sein Patient Mr Ali Nejad, der Iraner war und auf Zimmer 220 lag. Mr Nejad war Anfang der Woche operiert und von der Intensivstation hierher verlegt worden. Als Noor bei ihm hineinschaute, war er wach. Sein Kopf war im Kissen versunken, und er hatte den dumpfen Blick auf den ausgeschalteten Fernseher gerichtet.

»*Agha* (Mr) Nejad, wie geht es Ihnen?«, begrüßte sie ihn auf Persisch, und er brauchte so lange, um zu antworten, dass sie schon dachte, er habe sie nicht gehört. Sie trat näher ans Bett, und er hob den kleinen, kahlen Kopf, um zu sehen, woher die vertrauten Worte kamen. Verwunderte Augen schauten Noor an und waren sofort nass von Tränen.

»Liebes Mädchen«, sagte er und schaute sie prüfend an. »Wie alt bist du, liebes Mädchen?«

»Siebenundzwanzig, Sir«, erwiderte Noor.

»Genauso alt wie mein Sohn! Er lebt in Seattle. Bist du verheiratet? Er kommt morgen. Er konnte sich nicht freinehmen. Bist du morgen hier?«

Er setzte seine Kuppelversuche fort, während sie seinen Blutdruck maß, und bat sie um seine Brieftasche, weil er ihr seinen Sohn, das Wunderkind, den Zauberer, den Virtuosen zeigen wollte. Sie versuchte, das Thema zu wechseln, bot ihm Tee an und schlug vor, er solle fernsehen oder ein bisschen schlafen. Aber angeblich hatte er die Fernbedienung nicht finden können und hatte die Schwestern nicht stören wollen. Sie goss ihm ihren eigenen Darjeeling in einem Wasserglas auf (weil Iraner Tee lieber aus durchsichtigen Gläsern trinken, damit sie die bernsteinfarbene Flüssigkeit sehen können) und servierte ihn auf einer Untertasse mit einigen Lorna-Doone-Keksen. Dann schaltete sie für ihn durch die Kanäle und entschied sich für *Mord ist ihr Hobby*.

Bevor er trank, hob er das Glas, bewunderte wie erwartet die Farbe und stöhnte auf Persisch »*Akh, akh, akh*«, was gleichzeitig Freude und Schmerz ausdrückte. Als sie später mit seiner Medizin zurückkam, half sie ihm auf die Toilette und drehte das Kissen auf die kühlere Seite. Bevor er einschlief, ergriff er ihre Hand und flüsterte »*Merci*, mein süßes Mädchen«.

Am nächsten Morgen, ihrem freien Tag, kaufte Noor eine blaue Hortensie im Topf sowie Obst und besuchte Mr Nejad. Im Schwesternzimmer begrüßte sie ihre Kolleginnen und erkundigte sich nach ihm, doch angeblich kannte ihn niemand. »Ach, du meinst Ali!«, riefen sie dann. »So ein Schatz!« Es war verstörend, wie mühelos man in Amerika mit Vornamen um sich warf. Es gab Menschen, die Noor seit Jahren kannte – Vorgesetzte, Ladenbesitzer, Vermieterinnen, Hausmeister – und immer nur »Mrs Campbell« oder »Dr. Starr« genannt hatte, während diese sie »Noor« riefen und stets hinzufügten, sie solle doch die förmliche Anrede weglassen. Sie hätte nicht im Traum daran gedacht, Mr Nejad mit »Ali« anzusprechen. Sie entdeckte ihn im Flur vor seinem Zimmer, wo er sich im gestreiften Krankenhaus-Bademantel auf einen Rollator stützte und lächelte, als er sie wiedererkannte.

Noor legte ihm den Arm um die Schultern und ermutigte ihn zu gehen, doch er sagte: »Mein Bein tut weh, und außerdem will ich meinen Sohn nicht verpassen.«

Noor erinnerte sich, wie sie als Kind darauf gewartet hatte, dass ihre Mutter sie von der Schule abholte, und wie sehr sie sich gesorgt hatte, wenn Pari zu spät kam. Dann hatte sie wie angewurzelt vor der Tür ausgeharrt, damit sie sich bloß nicht verpassten. Sie ertappte sich nun dabei, dass sie genau wie damals betete, Mr Nejads Sohn möge kommen, doch stattdessen tauchte ein Mann im hellblauen Kittel auf, der sich so lässig und mühelos bewegte, als ginge er am Meeresstrand spazieren.

Dr. Nelson Olivero roch nach Seife und Kiefern und betrachtete sie forschend mit seinen schokoladenbraunen Augen, als hätte er sie schon einmal gesehen, könnte sie aber nicht einordnen.

»Wie geht es heute, Señor Nejab?«

»Er heißt Nejad«, korrigierte ihn Noor. Hielt er Mr Nejad für einen Latino?

»Wie bitte?« Die Augen wanderten von ihrer Stirn hinunter zu ihren Füßen und wieder hoch.

»Sein Name. Ihr Patient heißt Ne*jad*.«

»Ah, *bueno*. Wer ssind Ssie, Sseñorita?«

Noor war sich nicht sicher, woher der Akzent stammte, doch der Mann schien beim Reden mit der Zunge an die Zähne zu stoßen. Sie erklärte, sie sei Krankenschwester und habe nach Mr Nejad sehen wollen, da er noch keinen Besuch von seiner Familie erhalten habe. Der Arzt hörte zu und bedachte sie noch einmal mit diesem langen, anerkennenden Blick. Der arme Mr Nejad, der zum bloßen Zuschauer degradiert worden war, unterbrach sie.

»Doktor, bitte, wenn ich gehe, Lammkeule tut weh.« Beide drehten sich zu ihrem Patienten um.

»Ssagten Ssie *Lamm*, Sseñor?«

»Ja, Doktor.« Mr Nejad deutete auf seinen rechten Unterschenkel.

»Meinen Sie Ihr Bein?«, fragte Noor.

»Nein, nein, nein! Meine Lammkeule knirscht, wenn ich bis dorthin gehe.« Er deutete ans Ende des blank gebohnerten Flurs, das er wohl zuvor erkundet hatte. Noor begriff, dass er sein Schienbein meinte, und dolmetschte für ihn.

Dr. Olivero scheuchte ihn zurück in sein Zimmer. »Hier kann ich Ihre Lammkeule untersssuchen, Señor«, sagte er und zwinkerte Noor zu.

Sie hoben den zerbrechlichen, federleichten Mann aufs Bett, wobei sich ihre Gesichter so nahe kamen, dass Noor seine perfekten Zähne zählen konnte, und als ihre Hand die des Arztes berührte, knisterte es förmlich – ja, ihr wurde so heiß, dass sie die Hand am liebsten unter kaltes Wasser gehalten hätte.

Sie half Mr Nejad aus dem Bademantel, dolmetschte für ihn und spielte während der ganzen Untersuchung und auch in den folgenden Tagen die Ersatztochter. Unterdessen lud Dr. Olivero sie zum Kaffee ein, dann zum Mittagessen, dann zum Schokoladen-Soufflé ins Café Jacqueline, dann in La Traviata, in seine Lieblings-Sushibar und an einem klaren Novembermorgen zu einem Picknick auf Angel Island.

Sie sahen sich jeden Tag, oft nur flüchtig über das Bett eines Patienten hinweg, und sie lebte für diese Augenblicke. Das verstohlene Lächeln, die leisen Berührungen. Er schlenderte mit einem Schwarm Assistenzärzte im Flur an ihr vorbei und drehte sich rasch um, weil er sehen wollte, ob Noor sich auch umgedreht hatte (was sie natürlich getan hatte), und den Rest des Tages dachte sie nur daran, wann sie ihm das nächste Mal an einer der üblichen Stellen begegnen würde, und er war immer da, als hätte er nur auf sie gewartet.

Alles war wie immer, sie ging zur Arbeit, kam am Geschenkeladen in der Eingangshalle vorbei, vor dem Eimer mit fertigen Blumensträußen standen, aß ein Stück Kaffeekuchen im Schwesternzimmer, aber, oh, die Golden Gate Bridge war so wunderschön, und die Blumen dufteten so süß, und kein Kuchen, den sie je gegessen hatte, ließ sich mit *diesem* vergleichen. Sie liebte ihn und dachte nur noch an die Flamme in ihrem Bauch.

Sex mit Nelson, mit siebenundzwanzig, war wie eine Befreiung – ganz anders als die ungeschickte Fummelei mit dem Radiologen, mit dem sie nur geschlafen hatte, um es endlich hinter sich zu bringen. Nein, das hier war wie Herumtollen im Sommergras.

»Möchtest du mein Zuhause ssehen?«, fragte er sie nach dem Soufflé, und sie gingen Hand in Hand zu seiner kleinen Gartenwohnung in Russian Hill. Noor gefiel die gedämpfte Beleuchtung und die smaragdgrüne Bettwäsche und sie ignorierte die schlampige Haushaltsführung, den Schmutzrand in der Badewanne, die Pissflecken auf dem Toilettensitz, sogar das grauenhafte Gemälde einer dicken nackten Frau, das über dem Sofa hing. Ihre Schüchternheit war verflogen, sie fühlte sich begehrenswert, und an diesem Abend schien ihr alles möglich. Dies war ganz anders als die dringliche, atemlose Erregung, die sie aus Filmen kannte, eher ein Murmeln, das langsame, stille Erwachen eines fantastischen Gefühls, von dem sie nicht einmal gewusst hatte, dass es existierte; sein Körper bewegte sich um ihren, die Stimme eines Entdeckers in der Dunkelheit, die auf ihren leisesten Atemzug reagierte.

Es ging nicht um die Teile ihres Körpers, die im Schatten gelegen hatten, sondern darum, dass er nun ganz und gar erleuchtet war. Und weil Nelson Van Morrison liebte, spielte er »Sweet Thing« für sie, und sie legte ihre Arme hinter den Kopf und gab sich ganz den Worten hin. Am nächsten Morgen weckte sie der Duft von Kaffee und Schokoladentoast, und sie schaute zur Decke und fragte Jerry: »Und, ist das noch deine *Maria*?«

Es schien, als hätte Noor das erste Jahr ihrer Beziehung in einem von Nelsons weißen Unterhemden verbracht. *Ja!*, dachte sie, *endlich kann ich ohne BH im T-Shirt meines Freundes herumlaufen.* Denn er war *ihr* Freund, nicht irgendein Freund. »Mein Freund Nelson«, sagte sie laut ins Nichts, wobei sie ein Schauer überlief. Wenn sie bei ihm übernachtete, brachte sie Blumen und Tüten voller Lebensmittel mit und kochte aufwendige Mahlzeiten.

Bald füllte sie seine kleine Küche mit Besteck und Keramik, ersetzte Vorhänge, Handtücher und Badematten und arrangierte alles mit solcher Vitalität, dass ihr aus dem Badezimmerspiegel eine hübschere Frau mit volleren Brüsten und rosigeren Wangen entgegenblickte. Mehr als einmal fuhr sie zur Arbeit ins Krankenhaus und traf dort auf einen Botenjungen mit zwei Dutzend roter Rosen. Die anderen Schwestern drängten sich um ihn, weil sie sehen wollten, für wen die Blumen waren. Sie schienen ehrlich überrascht, dass Dr. Olivero sie an Noor geschickt hatte, weil sie sich zwischen den beiden so gar kein erotisches Knistern vorstellen konnten. Noor spürte ihre Zweifel und bemerkte, dass Nelson ebenso ungezwungen mit ihnen flirtete wie mit den Damen aus der Cafeteria, deren Haare unter Papierhäubchen steckten und die ihm immer eine Extraportion Kartoffelpüree gaben. Er nannte alle *»mi amor«* und kaufte ihnen am Valentinstag Pralinen. Noor hingegen war *»mi vida«*, wodurch sie sich von allen anderen unterschied.

Wer kann schon den Funken zwischen zwei Menschen erklären? Nicht, dass Nelson die glamourösen Gerüchte über seine Affären sattbekommen hätte – manche waren ziemlich schmutzig verlaufen, wegen einer hatte er sogar von Boston nach San Francisco ziehen müssen –, doch er wusste Feinheiten zu schätzen und fand Noors wohlgeformten begehrenswerten Körper, ihre widerspenstigen dunklen

Haare und die honigfarbenen Augen, die wie Herbstlaub die Farbe wechselten, ziemlich attraktiv. Sie war schön und hatte es nicht gewusst, bis er gekommen war und die Rosenknospe gepflückt und in eine Vase gestellt hatte. Sie glaubte es nie so ganz, weshalb Nelson in ihrer Beziehung stets die Oberhand behielt.

Noor, die sich nie für die Natur interessiert hatte, begleitete Nelson auf langen Wanderungen durch den Wald, auf Campingausflügen nach Point Reyes und in den Yosemite-Nationalpark. Sie fürchtete sich beim Zelten, vor allem, wenn sie nachts auf die Toilette musste, da half auch Nelsons Stirnlampe nichts. Mehrdad unterdrückte einen Pfiff, als er sie besuchte und die Wanderausrüstung in ihrer Wohnung entdeckte, freute sich aber, seine Schwester so glücklich zu sehen. Die Beziehung verblüffte ihn, doch das behielt er für sich. Immerhin war Nelson charmant und umgänglich. In Los Angeles hatte Mehrdad Chrissy Kaufman kennengelernt und Gefühle für sie entwickelt, die neu und warm waren und ihn ausweichend antworten ließen, wenn Noor über den Mangel an neuen Freundinnen staunte.

Sie schrieben seltener nach Hause, was Zod zwar melancholisch stimmte, ihn aber auch vermuten ließ, dass seine Kinder nun endlich von der Romantik abgelenkt wurden, was ihn wiederum freute, da es längst überfällig war. Tante Farah war neugierig und fühlte sich verpflichtet, den Herzdoktor, den Mehrdad beiläufig erwähnt hatte, in Augenschein zu nehmen. Im Laufe der Zeit hatte sie Noor gegenüber einen starken Beschützerinstinkt entwickelt und wachte geradezu mütterlich über sie. Obwohl Morad ihr vorwarf, aufdringlich zu sein, begleitete sie Mehrdad bei einem seiner Besuche in Nordkalifornien und nahm auch

Marjan mit. Sie studierte inzwischen an der University of California in Irvine und war nicht mehr so mürrisch, obwohl sie in Gegenwart ihrer Mutter immer noch zu einer gewissen Düsternis neigte, die nur Mehrdad mit seinem Humor vertreiben konnte.

Noor bezog ihr Bett, hängte saubere Handtücher ins Badezimmer und überraschte ihre Tante damit, dass sie während des Besuchs bei Nelson übernachtete und die Familie zum Essen einlud, als wären sie verheiratet – eine schockierende Tatsache, die Farah lieber für sich behielt. Sie war schon bald in Nelson verliebt und froh, dass warmes Blut statt Eiswasser durch seine Adern floss, hoffte aber insgeheim, dass Noor ihn nicht heiraten würde. Ihre eigene Ehe war so unglücklich, da sollten die beiden besser einfach nur ein Liebespaar bleiben. Auch Nassim kam mit ihrem Verlobten Charlie übers Wochenende. Die Trennung hatte alte Wunden geheilt, die Freundinnen beendeten die Eiszeit. Sie drängten sich auf der Couch zusammen, während Nelson Muscheln kochte und Charlie Margaritas mixte. Männer wie Frauen verfielen Nelsons Lispeln – alle bis auf Liam, der den Arzt mit vorsichtigem Optimismus betrachtete.

Noor trank an ihrem dreißigsten Geburtstag in Napa zu viel Champagner und fiel von einem gemieteten Fahrrad, worauf Nelson sie wie King Kong auf den Schultern in die Pension trug. Sie setzte sich auf den Rand der Badewanne, und er kniete sich vor sie und verband ihre aufgeschürften Knie. Dann schaute er in ihr gerötetes Gesicht. »Noor, möchtest du meine Frau werden?« Im Rückblick klang es herablassend, als würde man eine Sachbearbeiterin fragen, ob sie irgendwann stellvertretende Büroleiterin werden wolle, aber Noor war so verdattert, dass sie am liebsten die

Beine um ihn geschlungen und ihn nie wieder losgelassen hätte.

Schwer zu sagen, wer von beiden weniger Menschenkenntnis besaß; vermutlich Noor, doch Nelson war älter und deutlich erfahrener in romantischen Dingen, und während ihn Noors strahlender Glanz unerwartet gezähmt haben mochte, wäre er besser ihr Freund und sonst nichts geblieben.

Irgendwann begriff Noor, dass wir sehen, was wir sehen wollen. Sie pflegte Nelson zu fragen: »Wann hast du dich in mich verliebt?« Manchmal erklärte er, es sei an jenem Morgen mit Mr Nejad geschehen, oder beim ersten Kuss oder als sie in seinem schäbigen kleinen Garten Blumenzwiebeln gepflanzt hatte. Mit der Zeit begriff sie, dass es nur für sie ein bestimmter Moment gewesen war, während er sich nach und nach verliebt hatte. Jerry hätte gesagt: »Nun mach dich doch mal locker! Das *Wann* spielt keine Rolle, er hat sich in dich verliebt, und im Hintergrund haben sie wild applaudiert.«

Was für eine Hochzeit! Noor bewahrte das Hochzeitspaar aus Zucker, mit dem die Torte dekoriert war, in einer Schachtel auf ihrem Kleiderschrank auf. Sie fuhren auf einem Schiff mit einer Liveband und einer siebenstöckigen *sacripantina* von Stella's in die Bucht hinaus, und Zod hielt ihre Hände in die Höhe, wie als sie klein gewesen war, und tanzte mit ihr unter den Sternen. Mr Nejad kam auch (zum Glück, so hatte Zod jemanden zum Reden). Nelsons Eltern Anna und Teodor und seine kleine Schwester Clara flogen aus Barcelona ein. Mehrdad und Chrissy kamen, Nassim und Charlie, Tante Farah, Onkel Morad und Marjan, die himmlisch aussah in ihrem ärmellosen Glitzerkleid. Auch Sue Sullivan war dabei und ihre ganze Familie – drei Kinder und ihr Ehemann, der noch größer war als sie. Und der reizende Liam, elegant wie immer, behielt Zod im Auge und erlebte mit, wie zwei Brüder, die einander seit drei Jahrzehnten nicht gesehen hatten, sich oberflächlich grüßten und sich dann wieder zurückzogen – »Sie haben sich nicht mal die Hand gegeben«, berichtete er.

Nelson zu lieben bedeutete, dass Noor nie wieder einsam sein würde. Bei ihm fühlte sie sich gut. Sie hätte geschworen, dass sie sogar den Klang des Telefons liebte, wenn er anrief. Sie schob alle Zweifel beiseite und vergab ihm seine Flirts, um das Ideal von ihm zu bewahren. Als Lily geboren wurde, zählten nur sie und der kleine Garten und die mageren Granatapfel-Schösslinge, die schon doppelt so hoch waren wie sie, die Schaukel und die sonnenbeschienene Frühstücksnische. Wir sehen, was wir sehen wollen.

4. TEIL

19. Kapitel

In Teheran verging der 4. Juli unauffällig, während er daheim der Höhepunkt des Sommers war. Dort luden Familien ihre Nachbarn zum Grillen in den Garten ein oder fuhren an den Strand. Ein Auto nach dem anderen kroch, vollgepackt mit Kühltaschen, Decken und Surfbrettern, über die Golden Gate Bridge nach Marin County, wo die Feierlichkeiten später in einem Feuerwerk gipfelten. Lily war noch nicht zu groß dafür, auch nicht für das Essen oder die Spiele. Nelson stellte Hütchen im Sand auf und lud eine Gruppe Kinder zum Fußballspielen ein. Lily war besonders gern in seiner Mannschaft, jagte dem Ball hinterher und sah zu, wie ihr Vater schnaufend versuchte, mit den Kindern Schritt zu halten. An diesem Julinachmittag um kurz nach zwei, fast zwei Monate nach ihrer Ankunft im Iran, fühlte sie sich verbittert. Sie war so weit weg, fand das Leben ohne ihren Vater und ihre Freunde farblos und fragte sich, ob sie daheim überhaupt jemand vermisste. Der ganze Tag erstreckte sich vor ihr.

Lily trat vor den Badezimmerspiegel, bürstete sich die Haare und flocht sie, löste sie wieder auf und flocht sie erneut. Wieder und wieder legte sie die Strähnen übereinander und untereinander und änderte gelegentlich die Richtung. Sie schaute auf die Uhr und rechnete aus, wie spät es in Amerika war, fragte sich, was ihre Freundinnen gerade machten, arrangierte im Kopf ein hübsches Tableau ihrer Klassenkameraden, die sich in einem Starbucks drängten – dabei war es sinnlos, sich in solche Gedanken zu vertiefen, die ihre Melancholie nur noch verstärkten.

Hier verging einfach nur die Zeit, jeder Tag war heißer als der vorhergehende, ohne Lufthauch und mit zu viel Sonne, die in ihr Zimmer schien. In ein paar Wochen fing die Schule wieder an, und Lily fragte sich, wie lange ihre Mutter noch bleiben wollte. Hatte Noor sie belogen? Hatte sie von Anfang an geplant, den ganzen Sommer hier zu verbringen? Es hatte keinen Sinn, sie danach zu fragen. Noor würde ihr nur wieder eine Geschichte über Pflichtgefühl und Hingabe auftischen, die Lily nicht ertragen konnte.

Vielleicht hatten ihre Freundinnen sie vergessen. Emma und Zoe, ihre besten Freundinnen seit dem Kindergarten, waren in Urlaub und beantworteten ihre E-Mails nicht mehr, und wer nicht simsen konnte, existierte nicht. Und dann war da noch Jeremy Ross. Dem wäre es ohnehin egal, ob sie zurückkehrte, er hatte sie auch vorher nie bemerkt. Am letzten Schultag hatte sie ihm einen Zettel zugesteckt, sie hatte ja nichts mehr zu verlieren.

Jeremy, ich glaube, ich kann Dir das nie persönlich sagen. Ich liebe Dich. L.

Sie hatte die Sätze auf liniertes Papier geschrieben, es zerknüllt und noch einmal von vorn angefangen. Kurz vor der sechsten Stunde war sie zu seinem Spind gerannt und hatte den Zettel durch den Schlitz geschoben. *Vermutlich hat er ihn seinen Freunden gezeigt, und alle haben sich prächtig amüsiert.* Doch selbst das war ihr jetzt egal.

Lily hätte es nicht zugegeben, doch allmählich begann

sie die Freiheit zu genießen, die ihr die Gefangenschaft bot. Frei zu sein von Gleichaltrigen. Nach zwei Monaten Isolation, in denen sie sich nicht darum hatte kümmern müssen, was sie anzog oder was jemand über sie dachte, und in denen sie nicht von Leuten umgeben war, die sie ihr ganzes Leben lang gekannt hatten und viel von ihr erwarteten, entdeckte sie, was es bedeutete, unabhängig zu denken. Sie fühlte sich sogar frei von ihrer Familie, denn sie war nach wie vor nicht überzeugt, dass sie mit diesem Stamm hier verwandt sein sollte. Es brauchte schon mehr als das verblasste Foto einer Großmutter, die sie nie gekannt hatte, um ein Teil dieser Gesellschaft zu werden.

Lily versuchte, sich ihre Mutter an diesem wackligen Waschbecken vorzustellen, wie sie ihre widerspenstigen Locken in ein Gummiband gezwängt hatte, bekleidet mit der Schuluniform, die im Schrank hing. Sie schaute blinzelnd in den Spiegel und fragte sich, ob Noor gewusst hätte, was sie mit einem Jungen anstellen sollte, der sie nicht bemerkte. Hätte sie es mit einem Hauch Rouge versucht oder in den Spiegel geschaut und sich gefragt: *Wozu die Mühe?*

Ihr Zimmer war hell, weil das Fenster zum Garten hinausging, und auf der verblichenen Tapete war ein Rankenmuster aus Gartenwicken vor einem himmelblauen Hintergrund zu sehen. Auf der Kommode lagen in einem Schmuckkasten aus Intarsienholz Noors erste Goldkette, ein Armband mit Glücksbringern und ein grüner Samtbeutel mit allen ihren Milchzähnen. Eine eher gruselige Entdeckung. Lily hatte in das hübsch verzierte Puppenhaus geschaut, in dem einmal Vögel gelebt hatten, und sich über die Pappmenschen in ihren Streichholzschachtel-Betten amüsiert, die mit Baumwolllaken bezogen waren. Sie hatte den

Inhalt der Schubladen und des Bücherregals inspiziert, das eine Barbiepuppe in Originalverpackung und zerlesene Ausgaben von *Jane Eyre* und *Der geheime Garten* enthielt – Bücher, die Großmutter Pari von ihren Englandreisen mitgebracht hatte.

Lily wühlte im Kleiderschrank und hielt die alten Sachen ihrer Mutter vor sich hin – freudlose Uniformen mit Faltenröcken und ein interessantes türkisfarbenes Kleid mit einem hübschen U-Ausschnitt, das ihr zu lang war. Dennoch konnte sie kein Bild der jugendlichen Noor heraufbeschwören, die im selben Zimmer mit den gurgelnden Rohren geschlafen hatte, die vom Vogelgesang im Garten geweckt worden war und ihre Hausarbeiten im Lärm des geschäftigen Cafés erledigt hatte.

Ihre Mutter und ihr Onkel waren hier aufgewachsen und hatten jeden Nachmittag die Bücher an einem Tisch im Speisesaal aufgeschlagen, gegenüber der Nische, in der ihr Großvater die Gäste begrüßte. Sie hatten süße Brötchen mit Ninas Marmelade gegessen, dem Echo von Paris Stimme gelauscht, die die Tonleitern auf und ab sang, und dem angenehmen Klingeln der Registrierkasse, das die große Messingwaage, auf der kandierte Nüsse und Lokum abgewogen wurden, in Schwingung versetzte.

Die Männer, die Tag für Tag am selben Tisch saßen, boten ihnen Münzen und Kaugummi an, während elegante Damen ihre Mäntel über Stuhllehnen hängten und den Raum mit ihrem Parfum erfüllten, die sich vorbeugten, um Noor zu küssen, wenn sie ihnen Eiskaffee servierte, und dabei Lippenstiftspuren auf ihren Wangen hinterließen. Hier gab es für jeden etwas zu tun. Selbst die Kinder fegten, füllten Teekannen nach, rannten ins Geschäft, um Eier zu kaufen, und entsteinten ganze Kisten voller Kirschen. Sie waren nicht zu jung, um notwendige Aufgaben zu übernehmen, und wurden deswegen nicht weniger geliebt. Hätte man Mehrdad und Noor nicht weggeschickt, wären sie vielleicht immer noch hier und würden die Glasregale hinter der Theke polieren. Es wäre keine glamouröse oder auch nur interessante Tätigkeit, aber sie wären fest verankert statt Fremde im eigenen Heim.

Es fiel Lily schwer, sich ihre Mutter im Iran vorzustellen. Als sie noch klein war, hatte Noor versucht, Lily mit Geschichten über den Iran zu beeindrucken, über seine reiche Kultur und Geschichte, seine Poesie, Musik und Küche, sogar seine Katzen. Nelson pflegte Noor aufzuziehen und Dinge wie »Bloß schade, dass sie nicht Fußball spielen können« zu sagen, worauf ihre Mutter wütend wurde und die Spieler in Schutz nahm, als wären sie ihre eigenen Söhne. Noor war sich der glorreichen Vergangenheit des Iran bewusst, betrachtete die Zukunft ihres Landes aber äußerst skeptisch.

Lily verstand nicht, wie Noor stolz auf ihre Herkunft und gleichzeitig so respektlos sein konnte. Warum warnte ihre Mutter sie ständig davor, ihren Freunden zu verraten, dass sie eine halbe Iranerin war, wenn der Iran doch so toll war? Sie hatte immer gefürchtet, jemand könnte es herausfinden. Während der Herkunftswoche in der dritten Klasse hatte Lily Churros mit in die Schule gebracht, und alle hatten gefragt: »Bist du Mexikanerin?« Sie hatte geantwortet, sie sei eine halbe Spanierin. Also hatten die anderen gefragt: »Und was ist die andere Hälfte?«, worauf sie Italienerin gesagt hatte. Dann verlangten sie, sie solle nächstes Mal Spaghetti mitbringen.

Nelson bezeichnete Noor als paranoid, und nach dem 11. September wurde es noch schlimmer. Lily war damals erst ein Jahr alt, aber Kinder ihres Alters wuchsen mit diesen schlechten Nachrichten auf. Nur sah Lily keinen Sinn darin, dass ihre Mutter mit ihrem Land prahlte, Fremde aber ständig deswegen belog. Nelson verdrehte die Augen und erinnerte Noor daran, dass der Iran nichts mit dem 11. September zu tun gehabt habe, doch sie antwortete: »Du verstehst das nicht. Die Leute werfen alle, die aus dem Nahen Osten kommen, in einen Topf.«

Eine Kollegin hatte mal gefragt, wie es für sie sei, die Fernsehserie *Homeland* anzuschauen, wenn »einige der Charaktere aussehen, als wären sie mit dir verwandt«.

»Meinst du Claire Danes?«, hatte Noor die Frage lachend abgetan, während sie innerlich kochte. Sie konnte sich nur zu gut mit der neurotischen Carrie Mathison identifizieren.

Nachts war der Iran für Lily ein buntes Märchenland voller Könige und Prinzessinnen und bei Tag etwas, das man am besten schnell vergaß.

Ein Geräusch lockte sie ans Fenster, wo eine klobige Klimaanlage Tag und Nacht geräuschvoll surrte. Auch wenn sie auf höchster Stufe stand, war die Mittagshitze unerträglich. Wieder flog ein Kieselstein ans Fenster, und Lily öffnete die Läden, um hinauszuschauen. Unten stand Karim in einem weißen T-Shirt und hielt mit seinen gebräunten Armen etwas an die Brust gedrückt. Als er die Hand hob, um ihr zu winken, erkannte sie, was es war. Er legte den Finger an die Lippen und bedeutete Lily, herunterzukommen.

Niemand sah, wie sie nach draußen ging. Naneh Goli und Zod hielten ein Nickerchen, Noor war in eine Stoffhandlung gegangen, Soli und die Kellner waren im Café. Sie traf Karim im Garten.

Seit sie im Juni angekommen war, hatte sie nur einmal mit ihm gesprochen, als sie in der Küche nach Eis gesucht und er gerade den Herd geschrubbt hatte. Er hatte ganz breit gegrinst, und nachdem Lily auf den Kühlschrank gezeigt hatte, war er ans Waschbecken gestolpert, um sich den Schmutz von den Unterarmen zu waschen. Dann hatte er ein Glas mit Eis gefüllt, es ihr mit beiden Händen hingehalten, und er war knallrot geworden, als sie »*Merci*« gesagt hatte. Als sie ihn nach dem persischen Wort für Eis gefragt hatte, konnte er kaum sprechen, weil ihm die Luft wegblieb, doch seither klopfte es täglich kurz an ihre Tür, und wenn sie aufmachte, stand dort ein kleines Tablett mit einer Schüssel Eis.

Und da stand er nun mit seinem großzügigen Grinsen, das von einem Schlappohr zum anderen reichte. Sie nahm ihm das Kätzchen ab und drückte es an den Hals. Es zappelte und kitzelte und brachte sie zum Lachen. Karim beobachtete sie. Er hatte sie noch nie lachen gehört, und es klang genau wie der gurgelnde Bach, der an dem Haus vorbeigeflossen war, in dem er aufgewachsen war, ein kunstvolles Arrangement aus Wasser und Kieselsteinen, das ihn durch seine Kindheit begleitet hatte.

Karim und Lily setzten sich im Schatten auf den Kiesweg, spielten über eine Stunde mit dem Kätzchen und einem alten Pingpongball und klauten zwischendurch eine Untertasse Milch und zwei kalte Flaschen Cola aus der Küche.

Die Katze war schneeweiß, und Karim fragte Lily, wie Milch auf Englisch heiße, indem er auf die Untertasse deutete. Er wiederholte das Wort, und sie musste lachen. Da ihnen der persische Begriff besser gefiel, einigten sie sich darauf, sie »Sheer« zu nennen. Und es war völlig egal, dass Karim sich ausmalte, auf ewig bei Lily und Sheer zu bleiben, während Lily glaubte, sie habe endlich einen Fluchthelfer gefunden. An diesem stillen Spätsommernachmittag war es ganz und gar egal.

20. Kapitel

Teheran war wie eine leere Seite in einem Malbuch, grau bis auf die beiden Sehenswürdigkeiten, die Noor entdeckt hatte. Die eine war der Stoffladen, in dem ihre Mutter und Großmutter mit ihr in den Wochen vor dem persischen Neujahrsfest immer den Stoff für ein neues Kleid ausgesucht hatten. Kaum zu glauben, dass es ihn noch gab, kleiner als in ihrer Erinnerung, aber vom Boden bis zur Decke vollgestopft mit Seide, Satin und Samt in allen Farben. Die Verkäuferin hatte ihre Mutter umschwärmt, aber Noor erwartete nicht, dass man sie erkannte. Was auch nicht geschah, doch die Leute spürten wohl, dass sie sich fremd fühlte, und begegneten ihr freundlich, drapierten Stoff um ihre Schultern und ließen sie damit auf den Gehweg treten, damit sie die Farben bei Tageslicht betrachten konnte. Noor malte sich in ihrer Fantasie flüchtig aus, wie sie damit davonlaufen und ein wirres Farbenknäuel hinter sich herziehen würde.

Noor hatte Zod und Naneh Goli belogen, als sie sagte, sie würde mit dem Taxi fahren. Die beiden fürchteten, sie könnte sich verirren, aber sie konnte es nicht ertragen, noch einmal in einen Teheraner Autoscooter zu steigen, deren Fahrer irre Schlenker fuhren und abrupt bremsten, um weitere Passagiere aufzunehmen. Zuerst hatte sie Angst gehabt, allein zu gehen, stellte aber sehr schnell fest, dass sich niemand für eine unscheinbare Neunundvierzigjährige interessierte, solange sie den Kopf bedeckte und sich beschäftigt gab. Die dreieinhalb Kilometer wurden zur Routine, und sie war glücklich, wenn sie mit Stoffproben oder einigen Metern in Violett oder Blau heimkehrte. Irgendwann würde sie auch genügend Mut aufbringen und Naneh Goli bitten, sie auf Paris Nähmaschine zu unterrichten.

Auch im Blumengeschäft in der Amir-Parviz-Straße suchte sie nach Farben. Dort hatte Zod für Pari Blumen gekauft, wenn er sie vom Flughafen abholte, und Noor war oft dabei gewesen. Sie ging mindestens einmal, manchmal auch zweimal in der Woche hin. Seit sie Zods Bett in den Salon geschoben hatten, weil es dort heller war, füllte sie das Zimmer mit Blumen. Herr Azizi, der Blumenhändler, hielt den Laden kühl; er war immer freundlich und bot Noor Tee und Mandelkrokant an. Seine Familie besaß eine Baumschule außerhalb der Stadt, in der sich seine Brüder um die Gewächshäuser kümmerten, und wenn es morgens dämmerte, fuhr er nach Teheran und öffnete den Laden. Noor stellte sich vor, wie er am Steuer eines Lkw saß, dessen Ladefläche voller Blumen war, und in eine Stadt fuhr, deren Ehrgeiz es zu sein schien, alles pflanzliche Leben zu ersticken. Herr Azizi fertigte exquisite Blumenarrangements, beschnitt in aller Ruhe die nassen Stängel und wählte Farne und Bänder, um die Sträuße zu verschönern.

Noor genoss es, in die dunstige Betonstadt hinauszugehen, in den Armen ein gewaltiges Zellophanbündel mit einer großen Schleife. Jeder einzelne Kopf drehte sich zu ihr um und betrachtete den prachtvollen Strauß, der von Duft und Farben überquoll. Noor spürte, wie sich die Stimmung um sie herum besserte, wie sich die Gesichter der vorübergehenden Männer und Frauen entspannten. Autofahrer ließen die Fenster herunter und riefen: »Aber Sie, Fräulein, *Sie* sind doch selbst eine Blume!« oder »Oh, eine Blume trägt eine Blume!« oder andere kitschige Komplimente. Es tat gut, den Schwung ihrer Landsleute zu erleben, zu sehen, dass es ihn noch gab und sie immer noch dazugehörte.

Noor wünschte sich, Lily würde sie auf diesen Ausflügen begleiten, die sie von der Düsternis und Hilflosigkeit ablenkten, die sich im Haus verbreitet hatten, seit sie von der schweren Krankheit ihres Vaters wusste. Doch zwischen ihnen hatte sich kaum etwas verändert – Lily war noch immer zurückhaltend, hatte keine Freunde und blieb in ihrem Zimmer. Noors Versuche, zu ihr durchzudringen, waren allesamt vergeblich. Sie kam nur zum Essen oder auf eine Tasse Tee herunter, mürrisch und schlecht gelaunt, und begegnete Noors Fragen mit Selbstmitleid und Verachtung. Noor war verunsichert und beendete die Gespräche mit einem resignierten Seufzer.

Eines Morgens ging sie hinter einer Gruppe junger Mädchen in Jeans, knielangen grauen Mänteln und aufwendigen Kopftüchern her, die in etwa so alt waren wie Lily. Sie wurde neugierig. Was machten Teenager denn so in Teheran?

Sie folgte ihnen bis zu einem unauffälligen Gebäude, dessen Eingang von einer geheimnisvollen schwarzen Plane verdeckt wurde. Die Mädchen glitten dahinter, und Noor folgte ihnen durch mehrere weitere Vorhänge bis zu einer Tür. Es roch nach Chlor, und Noor begriff, dass sie in einem Schwimmbad gelandet war. Die Frauenzeiten waren am Montag- und Mittwochmorgen von neun bis zwölf, und die Bademeisterin (die Shorts trug) ließ sie hineinschauen, nachdem Noor ihr Handy abgegeben hatte, damit sie keine Fotos machte. Noor sah zu, wie Frauen ihre Mäntel ablegten und in leuchtend bunten Badeanzügen aus der Umkleide kamen, in wildem Übermut zum Schwimmbecken mit den senkrechten blauen Linien rannten und sich von nichts und niemand bremsen ließen. Die Atmosphäre war entspannt, die Frauen lagen herum, plauderten und planschten – einige unbeschwerte Stunden lang, bis sie sich wieder bedecken und beherrschen mussten. Es gab sogar ein kleines Café, das Softdrinks und Sandwiches anbot, und Duschen mit wunderschönen türkisfarbenen Fliesen, in denen die Frauen nackt waren.

Sie eilte nach Hause, um Lily davon zu erzählen, die angesichts der Hitze sicher nicht widerstehen könnte. Noor plante schon, wie sie ihr das Schwimmbad schmackhaft machen würde: *Du solltest die Mädchen sehen! Die sind so alt wie du. Wir laden sie zum Mittagessen ein! Es gibt sogar ein nettes Café!* Der Ansatz erschien ihr vielversprechend, und es wurde auch höchste Zeit, denn Lily sollte in wenigen Wochen in Teheran die Schule besuchen, und Noor hatte sich noch nicht getraut, es ihr zu sagen.

Als die Glocke des benachbarten Kindergartens erklang, blieb Noor auf der anderen Straßenseite stehen und sah zu, wie ein paar Nachzügler ihre Mütter zum Abschied küssten und hineineilten. *Es ist überall gleich*, dachte sie, *sie sind klein und leben mit einem, und man liebt sie, und sie ziehen aus, und eine etwas größere Version von ihnen zieht dafür ein.* In die verliebt man sich wieder und erlebt, wie auch dieser kleine Mensch weggeht und einer noch etwas größeren und agileren Version weicht, die noch so gerade eben ins Kinderbettchen passt, und auch in die verliebt man sich wieder Hals über Kopf. Dann folgt der nächste Geburtstag, und auch dieser Mensch verschwindet mitsamt Zöpfen und allem anderen, bis einem das Herz zerplatzen möchte. Man sieht, wie sie zwei Jahre und dann drei und dann vier werden und vermisst das winzige Neugeborene, das nach Milch roch, die Einjährige, die laufen lernte; und wie reizend war die Zweijährige, die deine Hand nicht loslassen wollte, und weißt du noch, wie du neben ihrem Fahrrad hergelaufen bist, als sie fünf war? Wo ist sie hin? Noor hatte Lilys Anziehsachen nie weggegeben, hatte jeden Schlafanzug und jedes Partykleidchen fein säuberlich in Lagerkästen verstaut, die von null bis dreizehn nummeriert waren. So gesehen, hatte sie nicht nur ein Kind, sondern – bis jetzt – fünfzehn. Lily, ihr erstes und letztes, war genug, um ihr das Herz zu brechen.

Als sie nach Hause kam, ging sie nach oben, doch Lilys Tür war zu. Sie klopfte. Stille. Lily war weder unten noch im Garten, niemand hatte sie gesehen. Schweißperlen liefen Noor am Hals hinunter. Es war unwahrscheinlich, dass Lily nach draußen gegangen war – sie verachtete die Kopftücher und Kleiderschichten. Als sie in den Salon stürmte, war Zod wach, hatte aber die Augen geschlossen.

»Ich kann sie nicht finden!«, rief sie.

»Wen?«, fragte Zod, als würde er träumen.

»Lily. Sie ist weg!« Ihr versagte die Stimme, sie atmete nur mit Mühe.

»Wie bitte?«

Einen Moment lang war Zod nicht sicher, wer sie war und wovon sie redete – er wurde beängstigend vergesslich –, doch dann fing er sich wieder und nickte.

»Hast du im Vieux Hotel nachgesehen?« Karim teilte sich

ein Zimmer mit seinem Onkel Soli im alten Hotel, das Zod vorzugsweise *Le Vieux Hotel* nannte.

Vor Jahren, während des Krieges, war das Hotel bei einem Luftangriff schwer beschädigt worden. Damals war es schon ein freudloser Ort gewesen, nur ein Schatten seiner früheren Eleganz. Die Zimmer waren selten vermietet und die wenigen Gäste zum Glück evakuiert worden. Nach der Zerstörung hatte Zod nicht den Wunsch verspürt, es wieder zu eröffnen. Stattdessen wurde es schlicht wieder aufgebaut, ohne die hübschen Balkone, antiken Teppiche und rosa Fliesen, und diente Personal und gelegentlichen Gästen als Unterkunft. Die frühere Eingangshalle war jetzt ein Aufenthaltsraum mit Fernseher und Sofas. Dort fand Noor Lily und Karim, die im Schneidersitz auf dem beigefarbenen Linoleum saßen und mit einem Kätzchen und einem Tennisball spielten.

Noor war so erleichtert, dass sie in Tränen ausbrach und zu Lily rannte, die das verängstigte Kätzchen wie einen Schutzschild vor sich hielt.

»Gott, Mom! Du hast sie erschreckt. Was ist denn los mit dir?« Die anderen wandten sich ab. Soli, dessen Augen unter den dichten Augenbrauen loderten, riss Karim am Arm zur Arbeit, damit Mutter und Tochter die Sache allein ausfechten konnten.

»Tut mir leid«, sagte Noor. »Ich bin in Panik geraten, weil ich dich nicht finden konnte.«

Lily war außer sich. »Du schleppst mich in dein beschissenes Land, wo ich praktisch im Gefängnis sitze, und alle meine Freunde haben mich vergessen, und hier gibt es nur verrückte alte Leute, und dann finde ich endlich *einen* Menschen, der mein Freund sein will, den ihr übrigens wie einen

Sklaven behandelt, und dann trampelst du hier rein wie die Polizei und machst *alles kaputt*!«

»Es tut mir leid, Lily. Es tut mir so leid«, flüsterte Noor.

»Es tut dir immer leid«, zischte Lily. »Warum lässt du die Leute nicht einfach mal in Ruhe, dann muss dir auch nicht ständig was leidtun.« Sie stürmte nach draußen, vorbei an Naneh Goli, die vor der Tür wartete, und rannte in ihr Zimmer.

Es war lange her, dass Zod in seinem Haus eine Tür hatte zuschlagen hören. Noor tauchte wenig später im Wohnzimmer auf, setzte sich wortlos neben ihn und bedeckte die Augen mit den Händen.

»Warum sitzt du hier?«, fragte er Noor. »Was ist los mit dir?«

Sie hörte die Frage zum zweiten Mal in zehn Minuten.

»Warum bist du nicht da oben? Bist du ihre Mutter, oder spielst du eine Rolle in einem Theaterstück?« Seine Stimme bebte. *»Ist dieses Kind dein Haustier?«*, schrie er, als er die Geduld verlor.

Noor zuckte zusammen. Sein grober Ton tat weh. Was immer sie getan haben mochte, sie wollte es wiedergutmachen. Warum schickte er sie weg? Sie betrachtete den Boden und suchte nach den richtigen Worten. Könnte sie doch nur sprechen, aber sie erstickte fast an ihren Tränen.

»Ich kann nicht, ich kann nicht«, schrie sie abgehackt. Wie sollte sie den dunklen Treppenabsatz erreichen? Ihre Beine waren wie gelähmt bei dem Gedanken.

»Parinoor«, sagte er ruhig und mit vorwurfsvollem Blick. »Liegt es daran, dass du deine Mutter zu einer Zeit verloren hast, als du sie am meisten brauchtest? Kannst du deswegen nicht mit deiner Tochter sprechen?«

Noor spielte mit den Troddeln des Sofas. Die Tränen liefen ihr nun ungehindert übers Gesicht. Zod gab nach, beugte sich zu ihr und berührte ihre Wange.

»Baba, das gerade eben tut mir leid ... ich hatte solche Angst. Jetzt ist alles wieder gut.«

Er schaute sie argwöhnisch an. Ihre Antwort schien ihn nicht zufriedenzustellen.

»Baba, ich kann das Café mit Naneh Goli und Soli führen. Wir wohnen hier. Lily geht zur Schule, sie wird sich schon an alles gewöhnen.« Die Worte purzelten nur so aus ihr heraus.

Er atmete ein und aus, wobei ein leises Pfeifen ertönte. »Du glaubst, ich würde mir Sorgen ums Café Leila machen?«

»Nun ja ... ja«, sagte Noor verunsichert. »Es bedeutet dir so viel.«

»Vor langer Zeit, vor der Revolution, vor dem Krieg, als das Café lief und wir das Hotel ganz neu gebaut hatten und meine Eltern noch lebten, als du ein kleines Mädchen warst und dein Bruder ein etwas größerer Junge, als es noch keinen Hass zwischen den Menschen gab und Familien herkamen, um deine Mutter singen zu hören, war dies unser Zuhause, eine Miniaturwelt, die wir nur für uns gebaut hatten. Selbst als sich draußen alles veränderte, arbeiteten wir weiter. Es gab immer so viel zu tun. Wir hatten unsere eigene Familie und unsere große Gästefamilie. Ich musste nie weggehen, weil die Welt zu mir kam. Heutzutage aber sind wir wie dein altes Puppenhaus, wir stehen noch, aber nur als Kuriosität. Mehr noch, die Familien sind verschwunden. Verstehst du? Alles, was interessant und aufregend ist, ist schon geschehen. Ich habe meine Zeit nicht verschwendet und das Versprechen gehalten, das ich meinem Vater gegeben habe, aber du, du …« Er verstummte, als er sah, wie seine Tochter die Stirn runzelte.

»Weißt du noch, wie du Sonbol aus dem Vogelhaus gelassen hast und Bolbol hinterhergeflogen ist? So ist die Natur, Noor«, seufzte er und wedelte mit der Hand. »Es war einsam, nachdem deine Mutter gestorben war. Was mich hier gehalten hat, war die harte Arbeit, an die ich gewöhnt war. Die *Gewohnheit*, nicht meine Natur.«

Er schaute sie flüchtig an und trank aus dem Wasserglas auf seinem Nachttisch. »Ich träume von meiner Frau. Falls es einen Ort gibt, an den wir gehen, wird mich Pari dort als Erste begrüßen. Ich habe sie lange genug warten lassen, findest du nicht?«

Noor antwortete nicht. Sie wollte keine Erinnerungen, sie wollte verstehen. Immerhin erlaubte er ihr nun, bisher unbeantwortete Fragen zu stellen.

»Baba, ich weiß immer noch nicht, wie meine Mutter gestorben ist. Ich meine, was ist mit ihr geschehen? Du hast es uns verheimlicht. Sie ist eines Tages verschwunden, und niemand konnte mir sagen, wohin oder wieso und wann sie zurückkäme. Wir sollten einfach weitermachen, als litten wir unter Amnesie.«

»Mir blieb nichts anderes übrig, als dich und Mehrdad von den Ereignissen, die ihren Tod umgaben, auszuschließen.« Zod schaute starr geradeaus, die Zähne aufeinandergepresst. »Ich dachte, es sei hoffnungslos, darüber zu sprechen, es euch zu erklären, euch Angst zu machen. Vielleicht kann man auch zu vorsichtig mit Kindern umgehen, aber ich hatte wohl mehr Angst, als mir bewusst war. Ich hatte Angst, euch Schaden zuzufügen, euch einer unaussprechlichen Gewalt auszusetzen.« In seiner Hand zitterte ein weißes Taschentuch, als wollte er kapitulieren.

»Noor, wenn sie jemanden ins Gefängnis stecken, ist es, als wäre derjenige kein lebender Mensch mehr, der Verwandte hat, eine Mutter, einen Ehemann oder Kinder. Er hat nichts. Niemanden.« Zod schaute sie an, als wäre er nicht sicher, dass sie ihn gehört hatte.

»Ich habe Dinge gesagt, die ich dir schon vor Jahren hätte erzählen sollen. Ich habe gedacht, es würde dich nicht trösten, wenn du wüsstest, was sie deiner Mutter angetan haben. Es tut mir leid, Noor. Verzeih mir.« Er seufzte und ließ sich wieder aufs Sofa sinken.

Noor holte tief Luft. Sie hatte nicht erwartet, dass er über Pari sprechen würde, und nutzte die Gelegenheit. Sie musste es ihm unbedingt sagen, da ihre Rückkehr ihn dazu bewogen hatte, mit ihr wie einer erwachsenen Frau zu sprechen und nicht wie mit einem Kind.

»Baba, wenn ich früher aus der Schule kam, wusste ich immer, ob Maman zu Hause war, weil ich sie riechen konnte. Ihr Parfum hat sich nie verändert. Dann war sie weg, doch ihr Duft war noch da. Ich konnte Maman immer noch riechen. Damals habe ich es nicht verstanden, jetzt schon. Ich hab es mir nicht eingebildet, Baba. Sie hat ihren Duft zurückgelassen, damit sie in mir weiterlebt.«

»Natürlich, mein Schatz, die Welt der Kinder geht weit über die Grenzen des Erwachsenenverstandes hinaus. Es überstieg meine Fähigkeiten, das ganze Unglück zu erklären, aber du hast einen Weg gefunden, um Pari in dir lebendig zu halten, was die Umstände ihres Todes unerheblich macht.«

Zod wischte sich mit dem Taschentuch die Augen, und

bevor Noor widersprechen konnte, fuhr er fort: »Pari hat immer gesagt, dass ich im Schlaf rede, meist Unsinn, aber manchmal fühlte sie sich unwohl, wenn ich mich herumgewälzt habe, und dann hat sie mich sanft an der Schulter gerüttelt, um mich aufzuwecken. Vermutlich rede ich noch immer, aber ich bin Witwer und schlafe allein. Meine Träume sind jetzt lebhafter, Orte und Dinge und Menschen werden mit überraschender Klarheit wiederhergestellt, wie in einem Museum.

Du hast die Postkarte mit dem Atelier des italienischen Malers Giorgio Morandi gesehen, die auf meiner Kommode steht. Pari hat sie mir von einer Italientournee geschickt, bei der sie das Museum in Bologna besucht hat. Das Foto ist verblichen, aber ich habe es all die Jahre aufbewahrt, weil es mich faszinierte, dass der Arbeitsplatz dieses Mannes fünfzig Jahre lang unberührt geblieben war bis auf die Samtkordel, die Betrachter respektvoll auf Distanz hielt. Roch es noch nach der Arbeit des Mannes? Nach Leinwand und Farbe, Terpentin und Tabak? Ich habe mir wieder und wieder angeschaut, wie sorgsam er seine Jacke über die Stuhllehne gehängt, seinen Hut auf den Sitz gelegt hatte, seine Zigaretten und Streichhölzer, das Bett, in dem er geschlafen hat, und die Taschenuhr, die an einem Nagel darüber hängt, und ich frage mich, ob er überhaupt gewollt hätte, dass man das alles in dieser Weise zur Schau stellt. Ich mag auch seine wohldurchdachten Gemälde, aber nicht so sehr wie dieses Diorama geisterhafter Gegenstände und ihrer Beziehung zu dem Maler. Ich vermute, sein dünner Schatten lauert noch irgendwo zwischen den Karaffen und Krügen, die er gesammelt und gezeichnet hat.

Ich habe geträumt, dass ich draußen stehe und ins Café

Leila hineinschaue. Pari sitzt im Garten und säumt ein Kleid für dich, während du in einem Körbchen zu ihren Füßen liegst und Mehrdad mit einem Stock in der Erde gräbt. Sie blickt auf, sieht mich aber nicht am Tor stehen. ›Aber sie haben mir erzählt, du seist gestorben‹, rufe ich. Ich will ihr sagen, dass ich sie so sehr vermisse, jeden einzelnen Tag, überall, immer. Ich schreie lauter: ›Ich liebe dich so sehr, Pari‹, und ich bin so glücklich, weil ich begreife, dass ich vor ihr gestorben bin und sie mich deshalb nicht hören kann. Zwei Krähen sehen von einem Ast aus zu, eine hat einen langen Wurm im Schnabel, aber als ich genauer hinsehe, ist es gar kein Wurm. Es ist mein Finger. Dann wache ich auf und schaue auf meine Hand und meinen unglückseligen Finger, und alles ist noch da: meine Pfeife, meine Uhr, meine Pantoffeln, ihre schön geformten Parfumflaschen, ihre Kleider, ihr Kamm, doch als ich nach Pari greife, ist das Laken kühl, und ich bin allein mit all unseren Sachen.«

Noor weinte jetzt, Zod aber schluchzte, wie sie es noch nie erlebt hatte. Er drehte flehend die Handflächen nach außen.

Noor umfasste seine Hände. »Weine nicht, Baba *joon* (liebster). Weine nicht«, tröstete sie ihn.

»*Noore cheshmam*, du kannst nicht hierbleiben. Weißt du warum? Weil es dich wieder zum Kind macht.«

Er hielt inne und schaute sie eindringlich an. »Ich bin einen Fuß näher an Pari, aber ich gehe nicht, solange ihr Mädchen hier seid. Ich will in Würde sterben, und mit jedem Tag, den du bleibst, verlängerst du mein Leiden. Du hast Lily in Gefahr gebracht, sie fühlt sich hier nicht wohl, und all das nur, um mich sterben zu sehen? Alle anderen sind gegangen, weil dies kein Ort zum Leben mehr ist, Noor. Menschen, die ihr Glück gesucht haben, selbst jene, die gescheitert sind, ziehen die Freiheit den Wurzeln vor und die Flucht der Gefangenschaft. Du bist ein Teil von allem, was ich hier erschaffen habe, aber alles, was du von deiner Mutter und mir gelernt hast, kannst du mitnehmen. Nimm alles mit, die schwere Arbeit, den Willen, den Appetit! Ich habe meinen verloren, aber wie gern wäre ich wieder hungrig, Noor!« Er legte die Hand auf seinen eingefallenen Bauch.

Die Kraft, mit der er sie anflehte, war drängend. »Du musst diesen Ort verlassen, Noor. Nimm Naneh Goli mit, wenn du möchtest – sie wird dich vermutlich noch überleben. Arbeite wieder als Krankenschwester, oder verkaufe meinetwegen *Pontschiki* in San Francisco, *aber bring das Kind nach Hause!*«

Da, er hatte es gesagt, doch es erschöpfte ihn so sehr, dass der Kopf zu schwer für seinen dünnen Hals wurde und sich neigte, während er wartete, ob Noor ihn verstanden hatte. Sie hörten Solis Schritte auf dem Kies, er brachte den Müll nach draußen. Noor legte Zod aufs Bett, strich die Decke glatt und schob ihm mit einer sanften Liebkosung, die ihn einschlafen ließ, die silbernen Haare aus dem Gesicht. Sie wusste, ihr Vater war noch nicht mit ihr fertig – sie trug seine Vorsicht, sein Wunschbild von ihr und seine Weltsicht in sich, und obwohl er sie Noor genannt hatte, um den schmalen Weg zu erleuchten, konnte er ihr nicht dabei helfen, ihn zu finden. Sie brauchte neue Namen für die Orte, an die sie gehen würde.

* * *

Nachdem sie es ihrem Vater bequem gemacht und die Jalousien geschlossen hatte, ging Noor in die Küche, wo sie auf Karim stieß. Er musste zur Strafe einen gewaltigen Sack Zwiebeln schälen, was er lautlos unter Naneh Golis Aufsicht tat. Er hob den Kopf, als Noor hereinkam, schaute aber sofort wieder nach unten. Das Kätzchen schlief in einer Schachtel zu seinen Füßen, eingekuschelt in einen alten Kissenbezug.

Noor nahm eine Schürze vom Haken und bat Naneh um die Erlaubnis, mit Karim zu sprechen. Sie stand auf und überließ Noor ihren Platz. Noor nahm Golis Messer und schickte sich an, mit Karim zusammen die Zwiebeln zu schälen.

»Karim *jan*«, sagte sie, »du bist der einzige Freund, den meine Tochter im Iran hat.«

Noor beobachtete den Jungen. Seine Haut färbte sich ein wenig dunkler, doch er sagte nichts.

»Ich möchte, dass du ihr Gesellschaft leistest, ein bisschen Persisch beibringst, dafür kann sie dich Englisch lehren. Würde dir das gefallen, Karim? Kannst du Lilys Freund sein?«

Karim schaute sie argwöhnisch an. Noch vor einer Stunde hatte sein Onkel Soli gedroht, ihn zu kastrieren, falls er sich Lily noch einmal näherte, und nun bat Noor ihn, dem Mädchen Gesellschaft zu leisten.

»A-a-aber mein Onkel …«, stammelte er.

Noor fiel ihm ins Wort. »Keine Sorge, ich rede mit deinem Onkel. Könntest du mal näher kommen, bitte?« Sie holte ein Taschentuch aus der Schürzentasche und wischte Karims Zwiebeltränen damit ab. Dann hob sie Sheer sanft aus dem Karton und legte dem Jungen das Kätzchen in die Hände.

»So. Ihr drei braucht einander.« Karim hatte verstanden.

Noor lief auf dem Holzboden auf und ab. Es war noch gar nicht so lange her, dass sie die weinende Lily auf dem Arm getragen hatte. Sie hatte ihr warme Milch gegeben, ein Schlaflied gesungen und sie in die Decke mit der Satinkante gewickelt, bevor sie mit ihr im Flur auf und ab ging. Wie tröstlich es war, sie zu wiegen, wie leicht sich ihr Baby damals beruhigen ließ. *Na los*, sagte sie zu sich selbst, *rede mit ihr. GEH.* Sie sagte es auch noch, als sie die Treppe hinaufging, Stufe um Stufe, zum Zimmer ihrer Tochter.

Lily hob den Kopf vom Kissen und schaute sie gereizt an. Noor setzte sich ans Fußende. Lily drehte sich zur Wand, sodass Noor mit ihrem Rücken sprechen musste.

»Ich bin in Panik geraten, als ich dich nicht finden konnte, ich hatte solche Angst. Angst, dich zu verlieren. Angst, meinen Vater zu verlieren. Wir sind so lange geblieben, damit ich mich um ihn kümmern konnte, aber ich kann ihm nicht helfen. Und was noch schlimmer ist, jetzt muss er mich trösten. Ich fühle mich wie eine Fremde in diesem Haus – dabei bin ich hier aufgewachsen! Ich dachte, wenn ich an den Ort zurückkehre, an dem ich geträumt habe, würde ich mich daran erinnern, wie es war, als alles möglich schien, auch ein neuer Anfang. Stattdessen sind alle nur erschöpft. Mein Vater wird mit jedem Tag weniger und verschläft die Zeit, die ihm noch bleibt. Ohne ihn habe ich kein Zuhause und kein Café Leila. Verstehst du das, Lily?«

Es schien, als wäre Noor von einer langen Reise zurückgekehrt, die Dinge sprudelten nur so aus ihr heraus. Lily setzte sich auf und sah ihre Mutter lange an.

»Aber warum musstest du mich mitnehmen?«

»Weil du meine Tochter bist«, erwiderte Noor. Sie wollte Lily am Ärmel berühren. Im hellen Licht sah sie älter aus.

»Wenn ich dich zurückgelassen hätte, hätte ich einen Teil von mir zurückgelassen.«

»Aber ich bin *kein Teil* von dir! Ich bin ich. Ich habe mein eigenes Leben. Und ich verstehe es einfach nicht: Wenn dir dieser Ort so viel bedeutet, warum muss ich dann immer lügen, wenn es um deine Herkunft geht? Warum hast du mir nie die Sprache beigebracht? Ich vermisse Daddy. Mein Leben und meine Freundinnen sind anderswo.«

»Aber du könntest auch hier Freundinnen finden.«

»Wie sollte ich hier Freundinnen finden? Ich spreche nicht einmal die Sprache! Und was ist mit dir? Was ist denn aus deinen alten Freundinnen geworden? Ich meine die aus der Schule? Warum bist du nicht mit ihnen in Kontakt geblieben?«

»Onkel Mehrdad und ich sind praktisch von heute auf morgen weggegangen. Ich hatte kaum Zeit, mich von jemandem zu verabschieden. Damals haben alle nur nach einem Ausweg gesucht. Es war eine verrückte Zeit.« Noor war verlegen, weil sie genau wusste, wie unzureichend die Erklärung war.

»Du bist einfach verschwunden? Du hast nicht versucht, ihnen zu schreiben? Herauszufinden, was aus ihnen geworden ist?« Lily schien aufrichtig verblüfft, dass ihre Mutter eine alte Freundin nicht einfach finden und ein Treffen arrangieren konnte. Wenn ihr Leben zerbrach, wäre es doch sinnvoll, sich an Leute zu wenden, die sie besser verstanden als jeder andere, weil sie einander so lange gekannt hatten.

Wie sollte Noor ihrer Tochter erklären, dass sie zu gebrochen war, dass ihre Freundinnen sie nicht mehr erkennen würden, selbst wenn sie früher unzertrennlich gewesen waren? Sie hatte die Namen im Gedächtnis gespeichert: Farnaz,

Roya, Soheila. Sie kündeten von Klatsch, Witzen, Herzweh, Streitereien und Enttäuschungen, nichts war zwischen ihnen jemals ungesagt geblieben. Könnte Lily hier zur Schule gehen und auf die Schnelle solche Freundinnen finden? Konnte Noor sie überreden, es zu versuchen? Unmöglich war es nicht, aber vielleicht erwartete sie zu viel von einem Nachmittag.

»Die Geschichte hat uns auseinandergerissen«, erwiderte Noor. »Du weißt nicht, wie es ist, wenn man jung und unsicher ist und von daheim weggeschickt wird, um für sich selbst zu sorgen.« Mit diesen Worten stand sie auf.

»Ach, weiß ich das nicht?« Lange Stille, vertraulich, ohne eine Spur von Sarkasmus.

»Du musst deine Katze füttern«, sagte Noor und ging nach unten, wobei sie sich ganz durchsichtig fühlte. Lily hatte sie ausnahmsweise durchschaut. Noor konnte ihre Motive nicht vor ihr verbergen, als wäre sie noch ein Kind. Wenn sich ihre Tochter nur nicht so schnell in eine junge Frau verwandeln würde. Sie hatte gehofft, die unvollkommene Welt in Schach zu halten, ihre eigenen Fehler und Schwächen zu übertünchen, doch es gab kein Zurück, keinen leisen Trost, kein Wiegen, sie konnte ihrer Süßen kein Lied mehr singen. Sie würden jetzt gemeinsam und öffentlich spazieren gehen, hinein in die weite Welt.

Die Regeln waren klar. Karim konnte seine Aufgaben morgens erledigen und die Nachmittage mit Lily verbringen, doch sie durften das Gelände nicht verlassen. Manchmal bekam er Geld für Eis und rannte allein zum Laden, damit er nicht länger als nötig weg war. Sie durften im alten Hotel fernsehen. Bald würde Karim wieder in die Schule gehen, dann hätte er keine Zeit mehr für solche Aktivitäten. Zod tat Solis Bedenken ab. »Für ein paar Wochen im Sommer können sie doch Kinder sein, oder?«

Noor entdeckte einen Karton mit alten Amateurfilmen, die Zod auf Video überspielt hatte. Lily und Karim hockten im Schneidersitz vor dem Fernseher und betrachteten Frauen und Kinder bei einer längst vergangenen Geburtstagsparty; sie saßen an einem großen Tisch in einer Ecke des Gartens, vor sich Teegläser in silbernen Haltern. Kristallene Kerzenleuchter mit rosa Anhängern schimmerten neben Pyramiden aus Obst, und alle applaudierten, als eine gewaltige Kuppeltorte mit Dutzenden brennender Kerzen hereingetragen wurde. Der Film hatte keinen Ton, aber man konnte geradezu den Lärm und das Singen und Klatschen hören, und alle winkten übertrieben in die Kamera. Ein mürrischer Mann in dreiteiligem Anzug rauchte auf der Veranda, während sich ein halbes Dutzend Jungen und Mädchen in Partykleidung bei einem chaotischen Versteckspiel amüsierten.

Wo waren sie heute, die Kinder mit den rosigen Wangen und den eleganten Eltern? Lily war besonders fasziniert von einem Mädchen mit krausem Haar, das auf einem Dreirad fuhr, und von der schlanken Frau, die nach ihr griff, doch sosehr sie sich bemühte, fühlte sie sich den Menschen auf der Leinwand, die ihre Familie waren, immer noch wenig verbunden.

Für Karim waren jene süßen Augustnachmittage die glücklichsten in seinem Leben. Nachdem er sein Dorf verlassen hatte, war ihm nie Freizeit geblieben; man hatte ihm schon früh das Leben eines erwachsenen Mannes aufgezwängt. Lily aber brachte ihm das Spielen bei. Sie fanden ein Kartenspiel und ein altes Monopoly und lehrten einander die Wörter für Farben und Zahlen. Sie schauten sich auch Fußballspiele bei der Weltmeisterschaft an. Karim genoss Lilys Begeisterungsrufe, wenn Spieler aus den unmöglichsten Winkeln Tore schossen.

Sie war verblüfft, als er ihr erzählte, dass Frauen nicht ins Stadion durften und man Mädchen verhaftet habe, weil sie als Junge verkleidet hingegangen waren. Lily glaubte zuerst an einen Scherz. Sie selbst ging für ihr Leben gern mit ihrem Vater zum Fußball und genoss es, unter dem blauen Himmel auf der Tribüne zu sitzen, das frisch gemähte Gras zu riechen, die Spieler lautstark anzufeuern. Wie konnte man Mädchen das ungeheure Vergnügen versagen, ihr Team zu unterstützen, die Spieler in der Hitze herumlaufen und sich die schweißnassen Haare raufen zu sehen, wenn sie einen Ball verschossen? Und was war mit der aufrichtigen Freude über einen Sieg in letzter Sekunde, bei der die Spieler über den ganzen Platz stürmten und sich aufeinanderstürzten? Was war denn schlimm daran, ihnen dabei zuzuschauen?

Damit es schneller ging, half Lily Karim oft bei der Arbeit. Sie zog eine Schürze ihrer Urgroßmutter an, spülte mit ihm das Geschirr und kratzte Essensreste von Tellern in eine Schale, die Naneh für Sheer reserviert hatte. Lily packte Geschirr und Silberbesteck ins Seifenwasser, und dann fischten sie und Karim gemeinsam Gabeln und Löffel heraus, spülten und wischten jedes einzelne Teil ab, bündelten sie und räumten sie in Metallbecher. Für Karim war es herrlich, so nah bei Lily zu stehen und ihr fruchtiges Shampoo zu riechen, und er fiel beinahe in Ohnmacht, wenn sich ihre Fingerspitzen unter dem Schaum berührten.

Einmal zerbrach eine Glasschüssel im Becken, und Karim schnitt sich in den Finger. Lily säuberte und verband die Wunde und lächelte ihn schüchtern unter ihren dunklen Augenbrauen an, wobei sie beruhigend »*pobrecito niño* (armer Kleiner)« flüsterte. Wenn alles sauber und trocken und aufgeräumt war, setzten sie sich an den Küchentisch und hörten auf Lilys iPod Musik, jeder über einen Ohrstöpsel. Karim versuchte, Lilys Kopfbewegungen zu folgen, da er die Songs noch nie gehört hatte.

Wenn er draußen etwas zu erledigen hatte, breitete Lily im Schatten des Maulbeerbaums eine Decke aus und wartete mit Sheer in der Armbeuge, bis er die Asche vom Grill gefegt oder den Hühnerstall ausgemistet hatte. Er kletterte auf den Baum und rüttelte spielerisch an einem Ast, bewarf Lily mit reifen Beeren und genoss ihr plätscherndes Lachen, wenn Sheer ihr entwischte. Die kleine Katze war immer bei ihnen, erforschte jeden Winkel des Hauses, wanderte in den Salon, wo sie sich auf den Rücken rollte und Zod anschaute, als wollte sie ihn auffordern, es ihr nachzutun. Zod staunte noch immer über sein Alter, doch wenn er sah, wie das Kätzchen mit den Schnurrhaaren zuckte, war er wieder ein Kind, klopfte auf sein Knie und griff nach dem neugierigen Geschöpf. Wenn die Kinder nach ihr riefen, fanden sie Sheer nicht selten schlafend auf dem Schoß des alten Mannes.

* * *

Unterdessen schmiedete Noor einen Plan. Sie musste Lily irgendwie mit einheimischen Teenagern zusammenbringen, bevor sie das Thema Schule anschnitt. Wenn sie Lily ins Schwimmbad bekäme, würde sie dort Gleichaltrige sehen, die ziemlich frei waren und Spaß hatten, die kicherten und planschten wie andere Mädchen auch. Noor fasste Mut, während sie das Szenario immer wieder im Kopf durchspielte: Wenn sie Lily in die richtige Stimmung versetzte, könnte sie ihrer Tochter in den kommenden Tagen auch von ihren Plänen mit der Schule berichten.

Als sie sich auf den Weg machten, hätte man sie für Freundinnen halten können, die am Kindergarten und dem kleinen Lebensmittelladen vorbeischlenderten, die Handtücher in Lilys Rucksack, die brennende Sonne im Rücken. Unter den Mänteln trugen sie T-Shirts und Jeans und darunter Badeanzüge und hatten die Haare unter passenden Kopftüchern verborgen.

Sie betraten das Schwimmbad durch die verwirrenden Stoffbahnen, die aus »Sicherheitsgründen« während der Frauenzeiten aufgehängt wurden, bezahlten Eintritt und übergaben der Aufseherin ihre Handys, die diese in einem Schließfach verstaute. Nach den fünfzehn Minuten Fußweg in der Hitze schlug Noor vor, schnell unter die kalte Dusche zu springen.

»Okay, Mom.«

Normalerweise ignorierte Lily Noors Ideen, und sie nahm die plötzliche Bereitwilligkeit als gutes Zeichen. Vielleicht würde ihre Tochter die Neuigkeit gelassen aufnehmen.

Sie zogen sich aus und hängten die Handtücher an die Haken über den Holzbänken. Sie quiekten so laut unter der kalten Dusche, dass ihnen die wenigen Frauen, die pünktlich um neun gekommen waren, um die drei Stunden auszunutzen, neugierige Blicke zuwarfen. *Wann haben wir zuletzt Spaß gehabt?*, dachte Noor, als ihre Tochter sich lachend mit dem kalten Wasser abspritzte.

Als sie aus der Umkleidekabine in den hellen Sonnenschein traten, lachten sie noch immer. Als Noor sah, wie Lily sich die Nase für eine Arschbombe zuhielt, erinnerte sie sich an einen lang vergangenen Mallorca-Urlaub, den sie bei Nelsons Großeltern in einer rosa-weißen Villa verbracht hatten. Sie waren ausgiebig im Mittelmeer geschwommen und hatten abends an den Fischbuden am Strand gebratene Sardinen gegessen. Lily saß zwischen ihnen und klatschte in die kleinen Hände – die Erinnerung war so lebhaft, dass ihr der Bauch bei dem Gedanken wehtat, Lily würde nie wieder eingekuschelt zwischen ihren Eltern sitzen.

Lily tauchte auf und schwamm eine ganze Bahn, während Noor und die anderen Frauen sie beobachteten. Sie machte ausgelassen Handstand, schlug spielerische Purzelbäume, hielt unter Wasser die Luft an und genoss die Aufmerksamkeit. *Wer ist das neue Mädchen?*, fragten sich alle.

»Sie ist meine Tochter. Sie ist fünfzehn«, erklärte Noor. Sie fasste Mut und fragte, ob die Töchter der Frauen auch kämen. Eine Frau, die ihre rot gefärbten Haare zu einem losen Knoten gesteckt hatte und eine große Designer-Sonnenbrille trug, schüttelte den Kopf.

»Meine Mädchen sind in Amerika. Sie haben Swimmingpools im Garten!«

Ihre Freundin streckte die Beine aus und nickte. »Mein Sohn und seine Frau sind auch in Los Angeles.«

»Sie müssen sie sehr vermissen.«

»Ja, sie haben zwei bezaubernde kleine Mädchen, die ich seit drei Jahren nicht gesehen habe.«

»Haben Sie noch mehr Kinder?«, erkundigte sich die Rothaarige.

»Nein, nur die eine.«

Sie betrachteten Noor forschend, schätzten wohl ihr Alter.

»Sie sollten mehr bekommen«, sangen sie einstimmig.

»Oh, das habe leider nicht ich zu entscheiden«, sagte Noor und entschuldigte sich, um einige Bahnen zu schwimmen, da sie das sinnlose Thema nicht weiter erörtern wollte. Die Leute fühlten sich immer verpflichtet, einem ihre Meinung aufzudrängen. Nach Lily hatte sie einige Fehlgeburten gehabt und dann aufgegeben. Irgendwann hatte sie Nelson gebeten, Lilys Kinderbettchen und den Hochstuhl auf den Gehweg zu stellen, und hatte vom Küchenfenster zugesehen, wie ein junger Vater das Bettchen zu seinem Pick-up rollte. Später hatte ein älteres Paar, das zu höflich war, um den Hochstuhl einfach mitzunehmen, an der Tür geklingelt und ihr eine endlose Geschichte von dem Enkelkind erzählt, das bald zu Besuch käme. Sie war mit ihnen nach draußen gegangen, hatte ihnen gezeigt, wie man die Tischplatte abnahm, und geholfen, den Hochstuhl in den Kofferraum zu laden.

Noor stieß sich von der Wand ab und schwamm energisch zum anderen Ende – das Wasser war zuerst eisig und dann genau richtig. Lily paddelte auf einer Schwimmnudel auf sie zu und schüttelte genüsslich ihre dicken Haare, bevor sie sie wie einen Vorhang hob und zu einem Knoten drehte. Ihre Schwimmhilfe kippte, und sie glitt geschmeidig unter die Oberfläche, sodass ihre niedlichen rosa Zehennägel wie Periskope aus dem Wasser ragten. Dann trieben sie beide auf dem Rücken, die Sonne in den Augen und nichts als Wasser zwischen ihnen. Als sie herauskletterten, kamen die Mädchen vom letzten Mal aus der Umkleidekabine. Zwei lagen schon in Liegestühlen und winkten den Neuankömmlingen zu. Noor schnappte sich die Handtücher, breitete sie in der Nähe aus und grüßte die Mädchen, während Lily sich neben sie setzte und ihre Knie umschlang.

»Verzeihung, sind Sie eine Schwimmlehrerin?«, fragte die Älteste aus der Gruppe.

Noor lachte. »Ich? Nein, Liebes.«

»Sie schwimmen so gut, und meine kleine Schwester Bahar könnte ein bisschen Unterricht gebrauchen.«

»Ich könnte ihr ein bisschen was beibringen, aber meine Tochter hier schwimmt viel besser als ich.«

Sie wandte sich an Lily. »Meinst du, du könntest ihnen Schwimmunterricht geben?«

Bahar schaute Lily in die Augen und schien zu überlegen, ob es netter wäre, sich von einer Gleichaltrigen etwas beibringen zu lassen. Lily wusste nicht, wie sie sich verständigen sollten, aber beim Schwimmen waren eigentlich keine Worte nötig. Also nickte sie und lächelte Bahar freundlich zu. »Na schön, ich mache es.« Sie spürte, dass das andere Mädchen sie mochte.

Noors Instinkt hatte sie nicht getrogen – die fröhlichen, neugierigen Mädchen waren genau die richtige Gesellschaft für ihre Tochter.

Sie hatten das Schwimmbecken fast für sich, da die meisten Frauen nur in der Sonne lagen. Bahar war ein Jahr jünger als Lily und zuerst ein bisschen zögerlich, wurde aber von Noor und den anderen sanft zum Rand des Beckens gedrängt. Lily korrigierte sanft die Haltung ihrer Schülerin und drückte ihr Kinn für einen Kopfsprung nach unten.

Bahar schüttelte feierlich den Kopf. »Kein Kopfsprung.«

Also sprang Lily hinein und streckte ihr die Arme entgegen, wie Nelson es früher mit ihr gemacht hatte.

»Eins. Zwei. Drei. Spring!«, rief sie, und Bahar flog in ihre Arme, worauf beide untertauchten und hysterisch lachend an die Oberfläche kamen.

Wie mühelos sie Grenzen überwinden, dachte Noor, als sie die Pantomime beobachtete – *wie sagt man Beinschlag, wie sagt man Ellbogen, wie sagt man hoch, wie sagt man tief, wie sagt man ausatmen.* Lily würde viele dieser jungfräulichen Wörter vergessen, aber sicher auch das eine oder andere behalten. Noor fragte sich, ob dies real war, ob ihre Tochter hier glücklich sein könnte oder ob ihre Verspieltheit mit dem Wasser von ihrer Haut verschwinden würde.

Kurz bevor das Café schloss, gab Noor den Mädchen kalte Getränke aus, die sie dankbar annahmen. Sie fragten Noor, ob sie und ihre Tochter wiederkämen, und Bahar küsste beide schüchtern, bevor sie ihre Sachen einsammelten und hinausgingen.

Auf dem Heimweg, die Haare noch feucht unter den Kopftüchern, ergriff Noor Lilys Hand, und ihre Tochter zog sie nicht weg, verlangsamte sogar ihren jugendlichen Schritt, um neben ihrer Mutter herzugehen.

»Hattest du Spaß?«

»Klar! Bahar ist so witzig.«

»Du hast ihr in einer halben Stunde Schwimmen beigebracht!«

»Können wir wieder hingehen, Mom? Meinst du, dann ist sie wieder da?«

»Na sicher.«

»Kann Karim auch mitkommen?«

»Liebes, hast du nicht gesehen, dass nur Frauen da waren? Mädchen und Jungen dürfen nicht zusammen schwimmen gehen.«

»Das ist doch verrückt. Ich kapiere dieses Land einfach nicht. Warum haben die solche Angst vor Frauen?«

»Ich gebe zu, es ist verrückt, aber stell dir einfach vor, du wärst in einer Mädchenschule.«

»Und das soll deine Lösung sein?« Lily klang wieder gereizt. Warum war ihre Mutter so passiv? Wie konnte sie die himmelschreiende Diskriminierung ertragen, die hier überall herrschte?

»Lily, da wir gerade von Schule sprechen«, setzte sie an, doch die Worte blieben ihr im Hals stecken.

»Ich würde nie auf eine Mädchenschule gehen, Mom. Das ist unnatürlich. Außerdem können Mädchen so gemein sein.«

»Oh, Schatz, du hast doch gesehen, wie nett Bahar und ihre Freundinnen sind.« Sie sprach schnell weiter, bestärkt durch die Wendung, die das Gespräch genommen hatte. »Dir würde die Schule gefallen, die fänden eine Freundin aus Amerika ganz toll. Im September wirst du eine richtige Berühmtheit.«

»Moment mal, wovon redest du da?«, fragte Lily. Sie blieb stehen, alle Farbe war aus ihren sonnengebräunten Wangen gewichen. Sie zog die Hand weg und schlug sie vor den Mund, ein Sturm sammelte sich in ihrem blassen Gesicht.

»Ich hoffe für dich, das ist ein Witz, sonst reiße ich mir den Lumpen vom Kopf und schreie um Hilfe, das schwöre ich dir.«

»Scht, nun beruhige dich doch.«

»Hat dieses zurückgebliebene Land so was wie einen Kinderschutzbund? Nein, natürlich nicht, sonst müsste der arme Karim nicht auf dieser Müllkippe wie ein Sklave schuften.«

»Pass auf, was du sagst! Ohne deinen Großvater wäre Karim im Waisenhaus!«

»Ich wäre lieber im Waisenhaus und er sicher auch!«

»Hör doch zu, Lily«, flehte Noor.

»Hattest du das geplant, dass wir hierbleiben? Weiß Dad darüber Bescheid? Hast du überhaupt mit ihm gesprochen?«

»Sieh dir die Schule wenigstens mit mir an. Einverstanden? Und wenn sie dir wirklich nicht gefällt, suchen wir eine andere. Vermutlich ist es nur für ein paar Monate, bis Baba …«

»Antworte mir! WEISS ER BESCHEID?« Einige Leute blieben stehen und drehten sich zu ihnen um.

»Lass uns nach Hause gehen, dann erkläre ich dir alles.« Noor versuchte leise zu sprechen, doch sie zitterte, war geradezu versteinert vor Angst, Lily könnte die Aufmerksamkeit der Polizei erregen. »Wir dürfen nicht auffallen.«

»Ich gehe nirgendwohin, bis du mir sagst, ob Dad Bescheid weiß. Dein kleines Experiment ist *vorbei.*« Lily riss sich das Tuch vom Kopf und warf es Noor zu, die wie gelähmt war vom zornverzerrten Gesicht ihrer Tochter.

»Wie oft hat dich dein kostbarer Vater denn angerufen? Hätte ich ihm nicht gesagt, er soll sich bei dir melden …« Noor riss sich zusammen. Sie wusste nicht, ob die beiden Männer, die sich durch die Autos auf sie zubewegten, von der Moralpolizei waren. Sie mussten weg von der Straße, und so ergriff sie Lily am Arm und zog sie mit sich.

* * *

Karim tat, als würde er den Innenhof fegen und die Pflanzen gießen, wartete eigentlich aber nur auf Lily. Er schämte sich, weil er daran dachte, wie sie wohl im Schwimmbad aussah. Die zwei Stunden vergingen so langsam wie zwei Jahre, und dann, als sie endlich hereinkamen, weinte Lily *jan*, und ihre Mutter rief Karim zu, er solle das Tor schließen und ein Glas Wasser holen.

Lily rannte an ihm vorbei in ihr Zimmer. *Khanoom* (Ma'am) sah so wütend aus, dass er nicht wagte, zu fragen, was passiert sei. Noor war immer freundlich zu Karim, und es bedrückte ihn, dass sie und ihre Tochter ständig stritten. Seine eigene Mutter hätte ihn mit dem Stock geschlagen, wenn er ihr widersprochen hätte, *khanoom* hingegen entschuldigte sich unablässig bei ihrer Tochter.

21. Kapitel

Eines Nachmittags saß Lily im Innenhof und schrieb in ihr Tagebuch, während sie darauf wartete, dass Karim vom Einkaufen zurückkam. Da bemerkte sie das Motorrad, das am Gartenschuppen lehnte. Auf so einem war sie während eines Mallorca-Urlaubs gefahren, hatte sich an den kräftigen Oberkörper ihres Vaters geklammert und mit geschlossenen Augen das Auf und Ab der Straße genossen. Ihr war ein bisschen flau gewesen, als sie schließlich anhielten, um Eis zu essen, und sie hatte den Kopf an seine sonnenwarme Brust gelehnt und auf den steten Herzschlag gehorcht, bis das Gefühl vergangen war.

Die Erinnerung berührte sie sehr. Sie warf das Notizbuch ins Gras und ging zu dem Motorrad, hielt sich am Lenker fest und setzte sich darauf, als wollte sie den Moment noch einmal erleben. Das Motorrad war schwerer als erwartet. Sie drehte das Vorderrad hin und her, spielte mit dem Zündschlüssel und erwartete schon, der Motor würde donnernd zum Leben erwachen. Sie schaute zum Haus. Kein Laut war zu hören. Alle hielten ihr Nachmittagsschläfchen. Sie schaute zwischen den Bäumen zum Tor, worauf sie ein Schauer überlief.

Lily stieg vom Motorrad, wischte sich die Hände an der Jeans ab und fragte sich, was sie jetzt tun sollte. Sie hob das

Tagebuch auf, in das sie bis heute nur wütende Einzeiler geschrieben hatte. Das Motorrad würde ihr die Flucht ermöglichen. Es war einfach perfekt, warum war sie nicht schon früher darauf gekommen? Der Zorn, der sie seit der letzten Schlacht mit Noor innerlich verzehrte, wurde zu einer wilden Euphorie, die in ihr knackte und knisterte, als sie versuchte, ihre Ideen zu Papier zu bringen. Sie wusste, Karim würde ihr helfen.

* * *

Als Karim an diesem Nachmittag vom Markt nach Hause kam, blieb er unter dem Maulbeerbaum stehen und beobachtete Lily, die ganz in ihr Notizbuch vertieft war. Als sie seine Schritte hörte, drehte sie sich um und lächelte. Wie immer, wenn sie ihn rief und seinen Namen wie »Cream« aussprach, loderte eine vertraute Flamme in seiner Brust auf, und er musste dem Drang widerstehen, zu ihr zu rennen. Stattdessen stellte er die Einkaufstüten ab und wischte sich über die Stirn.

Dann setzte er sich neben sie ins vertrocknete Augustgras. Zwischen zwei und vier regte sich kaum etwas im Haus. Alles war still bis auf den ächzenden Chor der Klimaanlagen, die sich an die Fensterbänke klammerten. Alle zogen sich in eine kühle Ecke des Hauses zurück, um zu schlafen. Selbst Noor, die sich früher der nachmittäglichen Siesta widersetzt hatte, schlief tagsüber tief und fest und schrak jedes Mal überrascht hoch, als wäre es etwas Außergewöhnliches.

Lily hielt Karim ihr Notizbuch hin, damit er sich den Plan ansehen konnte, den sie in einer Reihe von Zeichnungen festgehalten hatte. Ein Comic, der ihr Vorhaben darstellte –

und Karims Rolle darin. Er brauchte ein bisschen Zeit, um ihre Zeichnungen zu durchschauen, zu begreifen, um was sie ihn da bat. Auf jedem Bild war unten rechts ein Zifferblatt zu sehen, das die Tageszeit angab, zu der die Aktion stattfinden sollte. Die erste Seite war mit Bildern von Vorräten bedeckt: einem Benzinkanister mit Ausguss, Geld, Pass, Schere, Rucksack, Uhr, Essen, Hut und Sonnenbrille. Ein Pfeil bewegte sich weg vom Café Leila (dessen Fassade mit Gitterstäben versehen war), überspannte den Ozean und einen Kontinent und deutete auf ein Haus an der Westküste Amerikas, wo ein Mann im Vorgarten wartete.

Auf der zweiten Seite hatte sie sich selbst mit kurzen Haaren und in Männerkleidung gezeichnet, wie sie hinter Karim auf dem Motorrad saß. Die Uhr stand auf halb drei. Die Zeichnungen führten sie durch die Straßen von Teheran zum einzigen geografischen Mittelpunkt, den Lily kannte, dem Schwimmbad. Um Viertel nach drei betreten Karim und Lily während der Männerbadezeit das Gebäude. Die Figuren waren grob gezeichnet, aber so deutlich zu erkennen, dass Karim keuchte, als er sich vorstellte, wie er in Badehose und Lily in einem übergroßen T-Shirt und Shorts ins Becken sprangen. *Nein, nein, nein.* Er deutete auf sie, dann auf sich selbst, tat, als würde er brustschwimmen, und schüttelte nachdrücklich den Kopf.

Für Karim war es, als hätte Lily ihm Pornografie gezeigt, er wurde ganz rot. Sie plauderte in gemischten Sätzen, pflückte persische Wörter aus ihrem begrenzten Vokabular, sprudelte geradezu über wie ein aufgeregtes Kind. Karim wollte widersprechen – Lily musste doch begreifen, wie ungeheuerlich das war –, niemand würde ihr die Verkleidung abkaufen, sie würden entdeckt, schikaniert, verhaftet, geschlagen, ins Gefängnis geworfen. So viele wurden willkürlich eingesperrt. Doch Lily scherte sich nicht um die Konsequenzen. Sie lachte, als sie das Entsetzen in seinen Augen sah, und rief: »Na los, Cream, jetzt sei doch keine verschreckte *gorbeh* (Katze)! Wir gehen zusammen schwimmen.« Sie ahmte mit ihren langen, schlanken Armen eine verrückte Windmühle nach, und er fing einen Hauch ihres Schweißes auf, prickelnd und angenehm.

»Aber wieso?«, stieß er auf Englisch hervor und deutete auf das gezeichnete Schwimmbad. Lily sah ihn prüfend an.

»Weil ich will, dass wir etwas Besonderes unternehmen, bevor ich weggehe.« Sie lächelte. Er schüttelte den Kopf und versuchte, die Bedeutung ihrer Worte zu erfassen.

»Cream, hast du nicht erzählt, du wärst am Meer aufgewachsen? Weißt du nicht mehr, wie frei man sich im offenen Wasser fühlt? Ich möchte, dass wir das zusammen erleben, dass wir in diesem kleinen blauen Meer schwimmen gehen.« Sie verschwieg, dass die überstürzte Idee, als Junge verkleidet ins Schwimmbad zu gehen, ihr eigener kleiner Akt zivilen Ungehorsams war, mit dem sie die absurden Einschränkungen des Regimes kritisierte.

Karim schluckte und sagte nichts mehr.

Die nächste Seite des Notizbuchs führte sie zum Flughafen mit einigen grob gezeichneten Jets und einem Tower. Dort würde er sie verlassen – auf dem Bild fuhr er weg, während Lily ihm zum Abschied winkte. Auf der Landebahn schaute ihr Gesicht aus dem winzigen Fenster eines Flugzeugs.

Lily holte eine Handvoll Dollarscheine und den Reisepass hervor, die sie aus der Kommode ihrer Mutter gestohlen hatte, um ihm zu zeigen, wie ernst es ihr war.

»Ich habe genügend Geld für einen Flug. Du musst mich nur da absetzen, und ich steige in die erstbeste Maschine.« Sie hatte fast zweitausend Dollar und einen groben Reiseplan, mit dem sie nach Frankfurt oder Amsterdam gelangen und von dort aus ihren Vater anrufen würde. »Mein Dad darf es erst erfahren, wenn ich so gut wie dort bin.«

»Am-ester-dam?«, wiederholte Karim langsam und sah sie skeptisch an. Würde sie wirklich dorthin fliegen? Es sei ganz einfach, erklärte sie, aber nur, wenn Karim sie mit dem Motorrad hinfuhr.

Karim dachte bei sich, dass es nur ein Idiot versuchen würde, doch andererseits, warum nicht? Was hatte er schon zu verlieren? Er fühlte sich auserwählt, weil Lily ihn in ihre Welt ließ, in eine Welt, in der aus Gedanken Taten wurden. Es war wohl seine beste Chance, so nah an Holland heranzukommen. In der Spätnachmittagshitze, begleitet vom Summen der Bienen, weitete sich seine Brust und verdünnte den Kummer zu etwas, das köstlich und süß wie Honig war. Oder wie Mut.

Ironischerweise fürchtete er sich weniger vor der Flucht oder dem Diebstahl oder der Gefahr, erwischt zu werden, als davor, Lily die seidigen Haare abzuschneiden. Er fragte sich, ob er sie wohl behalten dürfte. Dann könnte er mit den Fingern hindurchfahren, wenn sie weg war, denn weg würde sie sein – das stand fest. *Ich kann ihr doch nicht dabei helfen, wegzulaufen*, dachte er. *Aber wie könnte ich es nicht tun?* Schon ergriff ihn der Kummer über den Verlust und wollte ihn schier zerreißen. Karim stand auf, wäre aber beinahe wieder zu Boden gesunken.

»Bis morgen dann«, sagte er, ohne sie anzusehen, und

ging mit den Einkaufstüten davon, bevor ihn der Mut verließ.

* * *

An diesem Abend lag Karim lange wach, nur mit einem Laken zugedeckt, während sein Onkel Soli geräuschvoll neben ihm schnarchte. Gewöhnlich schläferten ihn die rhythmischen Töne ein, doch in dieser Nacht erschien jeder Atemzug gewaltig. Soli sog die Luft ein und zerknautschte die Lungen, bis er keuchte. Um sich zu beruhigen, ließ Karim in Gedanken Steine übers Wasser hüpfen, die glatte Oberfläche kräuseln, weiter und weiter aufs unendliche Meer hinaus, bis er schließlich einschlief.

Kurz vor Tagesanbruch wachte er auf, als Soli seine Morgenzigarette rauchte. Sein Übermut von gestern war verflogen, doch er hatte etwas versprochen und wusste, dass er heute besonders gehorsam und beflissen sein musste. Noch bevor Soli einen Befehl rufen konnte, stand Karim auf, zog sich rasch an und erbot sich, Brot zu kaufen.

Draußen atmete er tief durch. *Ich darf nicht zu eifrig erscheinen*, dachte er. Er ging mit langen Schritten die trockene, staubige Straße entlang, wobei die Sonne sich schon in seinen Nacken bohrte, und zählte Münzen aus einer Geldbörse mit Reißverschluss. Selbst in der morgenfrischen Dämmerung atmete die Stadt schon Hitze ein.

Er kam mit dem Brot zurück und versteckte Benzin und Wasserflaschen hinter dem Schuppen. In der Küche empfing ihn der Duft von Tee, und er bedankte sich bei Naneh Goli, die ihm Honig und Käse hinstellte. Er stopfte sich alles zugleich in den Mund, und sie freute sich über seinen Appetit.

Die Heimlichtuerei lag ihm nicht – das Vertrauen, das er sich erworben hatte, würde heute auf den Prüfstand gestellt. Er sah Naneh Goli an – gebeugt, zerbrechlich, nachsichtig – und schämte sich, weil er sie täuschen würde. Er wandte sich ab, konnte ihr nicht in die Augen sehen. Er war nicht mehr der Waisenjunge mit den offenen Wunden, den sie damals aufgenommen hatte.

Er erinnerte sich, wie er an einem kalten Winterabend hierhergekommen war und nicht einmal eine Tasche dabeigehabt hatte. Die Fenster des Cafés waren hell erleuchtet gewesen, Besteck hatte geklirrt, der Geruch von gegrilltem Fleisch hatte einen wilden Hunger in ihm ausgelöst. Zod hatte ihn herzlich begrüßt, und Naneh Goli hatte ihn gebadet, weil er nicht mehr wusste, wie das ging, und ziemlich primitiv gerochen haben musste. Sie hatten ihm Essen und saubere Sachen gegeben und ihn zur Schule geschickt. Zod behandelte ihn wie seinen Sohn. *Ich bin bis heute immer absolut treu gewesen*, dachte Karim. Und bevor ihn der innere Konflikt überwältigen konnte, stürmte er aus der Küche, um seine Pflichten zu erledigen.

»Nun renn doch nicht weg«, rief Naneh Goli, doch sein ganzes Leben hatte ihn zu diesem Augenblick geführt und zu den Nachmittagsstunden, in denen er das Versprechen einlösen würde, das er Lily gegeben hatte.

* * *

Gegen Ende der Mittagszeit bekam Karim Angst und stolperte fast, als er ein Tablett mit sauberen Gläsern in den Speisesaal trug. Soli brüllte: »Kein Grund zur Eile!« Als es wenig später erneut passierte, vertrat sein Onkel ihm den

Weg. Er war groß und muskulös und umklammerte Karims Schulter.

»Tut mir leid, Onkel«, schluckte er. Sein Herz wollte sich einfach nicht beruhigen, weil er fürchtete, sein Onkel könnte etwas merken. Er atmete tief ein, worauf Soli ihn mit einem kleinen Schubser losließ.

Gewöhnlich erschütterten ihn solche Zusammenstöße mit dem Onkel, doch diesmal überwog die Sehnsucht das schlechte Gewissen. Karim war es egal, was sein Onkel von der Eile hielt. Er wollte Lily glücklich machen, sonst nichts.

Als er das ganze Geschirr gespült und weggeräumt hatte, war es schon nach zwei. Sie wollten sich um halb drei am Gartenschuppen treffen, wo Karim die Vorräte versteckt hatte. Als sich der Haushalt endlich zur Ruhe begab, schlich er mit einer Tüte Obst nach draußen.

Er entdeckte Lily, die sich gerade sein Lieblingsshirt über den Kopf zog. Er starrte sie mit offenem Mund an, als er sie in seinen Kleidern sah, überwältigt von der Intimität des Augenblicks. Er konnte sie nicht gehen lassen. Niemals.

»Na«, murmelte er, wohl wissend, dass nichts in der Welt sie umstimmen konnte.

Als hätte sie seine Gedanken gelesen, kniff Lily die Augen zusammen und hielt ihm die Schere hin. »Was hast du in der Tüte?«

»*Gojeh.*« Er bot ihr die sauren grünen Pflaumen an, und sie nahm sie im Tausch gegen die Schere. Sie kniete sich mit dem Rücken zu Karim, löste den Pferdeschwanz und beugte sich vor, die Hände auf die Knie gestützt.

»Hast du Angst, Cream?«

Er antwortete nicht, fuhr einmal mit der Hand über ihre

Haare und betrat wie so oft, wenn sie bei ihm war, eine Zone, in der alles um ihn herum verblasste.

»Dann mal los«, sagte sie gereizt.

Er hob eine Handvoll Haare, machte den ersten Schnitt und dann noch einen, sauber und gleichmäßig, bis die blasse Haut ihres geliebten Nackens vor ihm schimmerte.

Karim schaute auf seine Hände, als könnte er nicht fassen, was sie getan hatten. Er verschloss die Augen vor ihrem entblößten Hinterkopf. Es schien ihm wichtiger denn je, sie zu beschützen. Lily berührte ihren Nacken und richtete sich auf.

»Das reicht. Gehen wir.«

Sie lud sich den Rucksack auf und lief zum Tor. Karims Gesicht glitzerte vor Schweiß, als er das Motorrad durchs Tor schob und leise den Riegel vorlegte. Er hatte eine ruhige Strecke gewählt, damit sie nicht von so vielen Leuten gesehen wurden. Das Schwimmbad. Der Flughafen. Zwei Orte, plötzlich verbunden, obwohl sie achtzig Kilometer voneinander entfernt waren. Seinem jugendlichen Empfinden nach war es viel weniger.

Lily, die jetzt wie ein Junge gekleidet war und eine Baseballkappe über die kurzen Haare gezogen hatte, befolgte Karims Warnung, immer nach unten zu schauen. Sie probten noch einmal, wie sie ins Schwimmbad gehen wollten, aber Karim fürchtete, Lily könnte auf Englisch herausplatzen und lachen, so wie jetzt. Er bestand darauf, sich mit Gesten zu verständigen, und verschränkte seufzend die Arme, damit sie endlich mit ihrem Gekasper aufhörte.

Lily legte die Hand aufs Herz und verbeugte sich. »Ich werde leise sein, Cream.«

Er tätschelte schüchtern ihren Arm und hängte die Tüte

mit den Pflaumen an den Lenker. Lily setzte sich aufs Motorrad und umschlang seine Taille. Dann ließ Karim den Motor an, und sie fuhren auf die Straße hinaus.

* * *

Verschwunden waren die dunklen Vorhänge, die man für die Frauenschwimmzeit aufgehängt hatte, und die Männer, die draußen herumlungerten, achteten nicht weiter auf die beiden Jungen. Karim war froh, dass es im Eingangsraum, in dem ein kahlköpfiger Kassierer mit pockennarbiger Haut saß, einigermaßen dunkel war. Als er an der Reihe war, bezahlte er den Eintritt von dem Taschengeld, das er von Soli bekam, statt mit den Dollarscheinen, die Lily ihm gestern in die Hand gedrückt hatte.

Lily tat, als würde sie etwas in ihrem Rucksack suchen, zog ein Badetuch heraus und legte es um die Schultern, um lässiger zu wirken. Der Kassierer unterhielt sich angeregt mit einem älteren Mann, nahm geistesabwesend Karims Geld entgegen, und die beiden schlichen davon, wobei sie rasch das Siegeszeichen machten.

»Hey!«, rief er ihnen nach.

Sie erstarrten. Karim drehte sich langsam um, ihm zitterten die Knie. »Was?«

»Her mit dem Spielzeug«, dröhnte der Kassierer.

»Wie bitte?«

»Gebt mir bitte eure Handys.«

»Oh, wir haben keine«, sagte Karim mit hämmerndem Herzen. Sich umzudrehen und wegzugehen schien die einzige Lösung. *Geh. Jetzt.*

»Hör mal, Junge, willst du mich auf den Arm nehmen?

Macht eure Taschen leer, sonst könnt ihr wieder gehen.« Er klopfte so laut mit den Knöcheln auf den Tresen, dass Karims Nerven vibrierten.

Lily verstand kein Wort, merkte aber, dass es nicht gut lief. Karim wandte sich zu ihr und machte das Zeichen für Telefon – Daumen am Ohr, kleiner Finger am Mund.

»Was ist denn mit deinem Bruder, ist er taub oder so?«

»Mein Bruder?« Dann löste sich etwas in Karim. »Ja, das ist er.«

»Schon gut, schon gut, egal. Geht rein.« Worauf sich der Kassierer wieder seinem Freund zuwandte.

Karim eilte mit Lily in die Umkleide, die Angst rann ihm förmlich aus den Poren. Seine Eingeweide wurden flüssig vor lauter Panik, und obwohl er Lily nicht allein lassen wollte, spürte er den Durchfall kommen und stürzte auf die Toilette, wo er den Kopf in den Händen vergrub und beinahe würgen musste von seinem eigenen Gestank. Das hier war ein Fehler, ein schwerer Fehler. Er hätte sich nicht auf diesen Plan einlassen dürfen. Es war dumm zu glauben, dass sie die Kluft zwischen ihnen mit einer bloßen Verkleidung überbrücken konnten.

Als er in die Umkleide zurückkam, saß Lily auf einer Bank neben einem Spind und war in eine Broschüre vertieft, die sie auf dem Boden gefunden hatte. Sie trug ein altes Fußballtrikot und lange, weite Shorts, hatte die blaue Kappe tief ins Gesicht gezogen und ein paar alte Gummisandalen von Mehrdad an den Füßen. Den Nagellack hatte sie entfernt. Aus dem Schwimmbecken drangen wilde Schreie, Männer tollten umher. Sie blickte auf und reckte lächelnd den Daumen, obwohl Karim ihr schon tausendmal erklärt hatte, dass diese Geste im Iran etwas ganz anderes bedeutete, sogar beleidigend war. Dennoch erwiderte er sie. Er liebte sie, und es war egal, dass das Zeichen »du mich auch« bedeutete, denn in ihm stand alles kopf, und nichts schien unmöglich.

Er musste so denken, musste an ihren Plan glauben, doch als sie am Schwimmbecken ankamen, schlichen sich Zweifel in die Gehirnwellen des Muts. Er verschränkte die Arme vor der Brust und deutete zum Sprungbrett hinüber. *Nicht springen*, warnte er und ging zu den Brettern und Schwimmreifen. Das Wasser war angenehme 39 Grad warm und wimmelte von Männern und Jungen, aber sie würden schon klarkommen, solange sie nur umherpaddelten und Lily die Mütze aufbehielt.

Sie hatte allerdings andere Pläne, machte kehrt und marschierte geradewegs zum Sprungbrett. Karim rannte ihr nach, flüsterte drängend auf Persisch: »Wag es nicht, wag es nicht.« Sie mochte die Worte nicht verstehen, doch sein Ton war unmissverständlich. Als sie widersprach, verfiel sie ins Englische.

»Es ist so voll, da achtet keiner auf mich. Bitte, Cream.«

Ein tiefes Stirnrunzeln, das ganz fremd bei ihm wirkte, und zum ersten Mal blitzte echter Zorn in seinen Augen auf.

Lily zuckte mit den Schultern. »Na schön.« Karim zog einen unsichtbaren Reißverschluss über die Lippen.

Sie glitten vorsichtig am flachen Ende hinein, wateten in ihren Schwimmreifen die Schräge hinunter und kühlten sich mit nassen Händen den Nacken. Sie konnten einander nicht lange böse sein. Karim schöpfte Wasser in die Hände und bespritzte Lily, um Frieden zu schließen, worauf sie natürlich mitmachte, und so spielten sie ein paar Minuten und erzeugten Wellen um ihre Reifen. Wie gern hätte sie ihn untergetaucht.

»Hey, Cream«, sagte sie sanft, wobei ihre Stimme im Lärm unterging. »Was heißt Bruder?«

»Baradar.« Er wiederholte es langsamer: »Ba-ra-dar.«

»Ach, das ist ja ganz einfach.« Sie deutete auf ihn. »Mein bra-dar.«

Karim schluckte. Ganz richtig war es nicht, aber er nickte feierlich und betrachtete die Wassertropfen, die sich auf ihren blassen Unterarmen sammelten.

Lily beobachtete frustriert, wie die anderen Schwimmer tauchten und wieder hochkamen und neben dem Becken umhertollten, als wären sie am Strand, während sie und Karim nur in ihren Schwimmreifen paddeln konnten. Sie begegnete unabsichtlich dem Blick eines jungen Mannes mit behaarter Brust, der sie unverwandt von der Terrasse aus ansah, und wandte sich rasch ab. Er aber schaute sie weiter an.

Er näherte sich ernst und ruhig, als wäre sie ein scheuer Vogel, den Kopf leicht geneigt, mit gemessenen Schritten. Obwohl sie die Augen gesenkt hatte, erahnte Lily die Bewegung, als wäre sie ein Geschöpf der Wildnis. Die Freiheit, die sie sich vom Wasser erhofft hatte, schwand dahin. Karim war abgelenkt, weil er Bremsen vertrieb, die sich törichterweise auf seinem Arm niedergelassen hatten. Als Lily ihn unter Wasser trat, dachte er, sie wolle ihn zum nächsten Kampf herausfordern, bemerkte dann aber ihr ängstliches Gesicht und die aufgerissenen Augen und dass sie unsicher hin und her zuckte. Eine dunkle Gestalt ragte über ihnen auf.

»Hey, du«, rief der Mann ihr zu, worauf sie den Kopf senkte und fast in ihrem Trikot verschwand.

Stell dich taub, stell dich taub, stell dich taub.

»Hey, ich rede mit dir!«

Karim blickte auf.

»Nicht mit dir, mit ihm.« Er deutete auf Lily.

Karim legte die Hand vor die Augen, um sie vor der Sonne zu schützen. »Mit ihm? Er kann dich nicht hören. Er ist taub.«

»Echt?«

»Ja, wieso?«

»Woher hat er das Bagheri-Trikot?«

Es war eine Billigkopie des Trikots mit der Nummer sechs, das Karim Bagheri, der ehemalige iranische Mittelfeldstar der Neunzigerjahre, getragen hatte. Es hatte Soli gehört, der es an Karim weitergegeben hatte, weil er seinen Namensvetter sehr bewunderte. Er hatte sich gefreut und sich nichts dabei gedacht, als Lily es am Morgen angezogen hatte. Aber Sportfans sind überall gleich, wenn es um Trikots geht.

»Sag ihm, ich gebe ihm 30 000 Toman dafür.«

Karim bemerkte, wie Lilys schmale Schultern unter dem Nylonshirt bebten, und war froh, dass sie die Worte nicht verstehen konnte.

»Es ist nicht zu verkaufen. Tut mir leid.«

»Gut, sagen wir 35 000«, sagte der Mann beharrlich.

»Keine Chance, er schläft sogar drin. Hey, du magst also Bagheri? Keiner hat ein rechtes Bein wie er.« Karim sprach mit ruhiger Stimme. Er musste den Mann unbedingt loswerden und von hier verschwinden, durfte sich die Panik aber nicht anmerken lassen. »Bagheri ist eine Legende, Mann. Bist du ein Fan von Persepolis (dem iranischen Fußballverein)?«

»Und wie! Verdammt schade, dass sie letzte Woche verloren haben.«

Dann rief jemand aus dem Café den jungen Mann.

»Bis später«, sagte er zu Karim und ging weg.

Karim schaute zu Lily, die ganz blass geworden war. Sie mussten los. Er ergriff unter Wasser ihre zitternde Hand, und sie paddelten rasch zum flachen Ende. Sie wateten hinaus und traten vorsichtig vom Becken auf die heißen Steine, wobei ihnen das Wasser an den Beinen hinunterlief. Sie hoben ruhig ihre Handtücher auf und hielten sie vor sich, schlüpften in die Gummisandalen und gingen langsam und gemessen zur Umkleide hinüber.

Karim kam es vor, als würden alle sie beobachten, als wüssten alle, was sie vorhatten. Sie waren geistesgegenwärtig genug, um sich in benachbarten Kabinen trockene Unterhosen anzuziehen, bevor Lily sich in die Toilette übergab. Er konnte das schreckliche Würgen kaum ertragen. Sie wrangen die Badehosen über dem Waschbecken aus und ließen die Shirts am Körper trocknen. Als sie an der Kasse vorbeigingen, trank der kahlköpfige Mann gerade Tee und beachtete sie kaum.

Das Motorrad war noch an den Pfosten gekettet, und Karim sprach ein stilles Dankgebet. Motorräder wurden ständig gestohlen, und er betrachtete es als gutes Omen, dass es noch da war. Vielleicht wachte seine Mutter über sie, oder aber Lily war ein Talisman.

Sie wirkte noch immer mitgenommen, ihr Mund war ganz verzerrt vor Sorge. Dies war nur die erste Stufe ihres Plans, und die war schon beinahe schiefgegangen. Nach den absurden Ereignissen um das magische Fußballtrikot, die Karim ihr noch erklären musste, überkam ihn eine ungeheure Erleichterung. Vielleicht hatte Bagheri persönlich auf sie achtgegeben und lächelte ihnen von irgendwoher zu. Bei diesem Gedanken brach er in übermütiges Gelächter aus und packte Lily bei den Schultern. »Lily *jan*, wir haben's geschafft! Wir waren schwimmen! Junge mit Mädchen. Brader und Sies-ter!«, rief er in gebrochenem Englisch.

Einen Moment lang hatte sie Tränen in den Augen, doch als sie sein glückliches Gesicht sah, musste sie lachen. Denn es stimmte, sie hatten es geschafft – sie hatten es wirklich geschafft!

Die Sonne brannte noch vom wolkenlosen Himmel, als sie auf das alte Motorrad stiegen, das erst stotterte und dann mit süßem Motorgeheul zum Leben erwachte. Lily schlang die Arme um Karims Taille, ihre feuchten Haare unter der Kappe drückten sich an seinen Rücken, ihr Atem, noch säuerlich vom Erbrochenen, blies ihm warm in den Nacken – all das versetzte ihn geradezu in einen Rausch. Er glitt an den parkenden Autos vorbei, schoss auf die Straße, flog über Hügel, hinter denen gewiss ein weiteres Wunder auf sie wartete.

22. Kapitel

Die Sommer in Teheran waren hart. Mittags kochte der Asphalt und machte die Autofahrer noch ungeduldiger als sonst. Die meisten Leute blieben hinter geschlossenen Fensterläden im Haus. Noor hatte ihre nachmittäglichen Ausflüge zum Blumenladen eingestellt und sich angewöhnt, wie alle anderen einen Mittagsschlaf zu halten. Sie kam in dem verknitterten T-Shirt-Kleid, in dem sie geschlafen hatte, nach unten und räusperte sich. »Lass mich den Tee machen, Naneh.«

Naneh Goli schnalzte mit der Zunge, als sie das Hüsteln hörte, vielleicht auch wegen des Kleides. Sie konnte nicht verstehen, weshalb Noor in ihren Kleidern schlief, wenn saubere, frisch gebügelte Nachthemden im Kleiderschrank hingen. Sie hatte schon ein Tablett mit Milchkeksen und Kompott aus roten Pflaumen für Zod vorbereitet.

Noor wollte schon etwas zu den Keksen sagen, doch Naneh Goli fiel ihr ins Wort. »Für ihn ist nichts mehr schlecht, *Golabcheh.*«

Noor nickte und trug das Tablett ins Wohnzimmer, wo ein Ventilator warme Luft aufwühlte und bei jeder zweiten Drehung das weiße Laken anhob, unter dem der eingeschrumpfte Körper ihres Vaters wie ein Häufchen Reisig lag. Er aß einen einzigen Löffel Kompott und schüttelte den Kopf.

Lily tauchte nicht zum Tee auf, und Karim saß auch nicht auf dem Hocker an der Küchentür, wo er gewöhnlich auf sie wartete. Noor war es gewohnt, dass die Kinder nachmittags verschwanden, und hoffte, dass sie in der klimatisierten Hotellobby spielten und nicht im Hof, wo Lily gewiss einen Hitzschlag erleiden würde. Nach dem Zwischenfall auf der Straße hatte Noor das Schwimmbad nicht mehr erwähnt, aber sie würde gleich nach den beiden sehen und ihnen etwas Kaltes zu trinken bringen. Sie bot Zod an, ihm aus der Zeitung vorzulesen, doch er wandte sich ab. War er die Nachrichten leid oder verärgert, weil sie immer noch hier war? Sie drängte ihn nicht weiter, und er schloss die Augen. Heutzutage wusste niemand mehr, was er dachte.

Noor ging in die Küche, füllte einen Krug mit Eiswasser und gab Kirschsirup dazu. Sheer döste auf der kühlen Fensterbank aus Marmor. »Bist du nicht einsam hier drinnen?«

Sheer zuckte nur mit der Schwanzspitze und schloss die Augen. Die Katze entfernte sich nie weit von den Kindern – oder von Zod. Seltsam. Im Haus war es still, doch es wurde ohnehin nur geflüstert, um Zod nicht zu stören.

»Wo sind denn alle?«, fragte sie Naneh Goli, doch die ließ gerade Wasser laufen und hörte sie nicht. Noor ging ins Hotel, um die Kinder zu suchen, der Kirschsaft blieb vergessen in der Küche stehen.

Nachdem sie fast eine Stunde die ganze Anlage abgesucht hatte, geriet sie in Panik, legte hastig ein Kopftuch an und ging ins Café, wo Soli entschieden den Kopf schüttelte, als sie sich nach den Kindern erkundigte. Woher sollte er denn wissen, wo die waren? Er hatte das Arrangement zwischen seinem Neffen und Zods Enkelin ohnehin nie gutgeheißen. Sie tobten herum, jagten die Katze und veranstalteten einen

Höllenlärm mit einem Pingpongball, und all das hielt Karim von seinen Pflichten ab. *Das wird ein schlimmes Ende nehmen*, dachte er, wann immer sie vor Lachen kreischten, wackelte drohend mit dem Finger und deutete zum Himmel.

»Streunende Katzen«, stieß er hervor, die Sehnen am Hals traten vor, er hatte Schweißperlen auf der Stirn, weil er am Grill gestanden hatte.

»Wie bitte?«, fragte Noor kühl, gab aber nach, als sie seine besorgte Miene sah.

»Vermutlich sind sie im Garten, *khanoom*, oder im Hotel«, sagte er verlegen.

»Da habe ich schon nachgesehen. Sie sind weg.«

Er starrte sie verwundert an. Karim kam und ging, wie es ihm gefiel, doch das Mädchen durfte das Haus nicht ohne seine Mutter verlassen.

Ohne ein weiteres Wort liefen beide im Gleichschritt ins Haus und holten den Schlüssel für den Peugeot. In Amerika hätte Noor die Polizei gerufen, doch Soli und Naneh Goli überredeten sie, lieber abzuwarten und umherzufahren, bis es dunkel wurde. Vielleicht fänden sie Lily und Karim auch so, wenngleich sie keine Ahnung hatten, wo sie suchen sollten. Es schien ratsam, getrennt zu suchen. Also würde Noor den Wagen nehmen, sosehr sie sich auch vor dem Teheraner Verkehr fürchtete, und Soli das Motorrad. Wobei er natürlich entdeckte, dass es verschwunden war.

* * *

Noor fuhr verzweifelt durch die Straßen, entsetzt über ihre eigene Unfähigkeit – *was bedeuteten die ganzen Schilder?*

Sie unterdrückte ein Schluchzen, bog unvermittelt in eine Durchgangsstraße, fuhr zögernd, umklammerte mit weißen Knöcheln das Lenkrad, immer einen Fuß auf der Bremse. Die anderen Fahrer drängten sich links und rechts an sie heran und brüllten Obszönitäten, blinkten und hupten, kamen so nah heran, dass sie durchs Fahrerfenster reichen und Noor hätten schlagen können. Eine Sirene heulte ohrenbetäubend, überall waren Menschen, so viele Fußgänger, die sich zwischen den Autos hindurchschlängelten. Nichts von dem, was sie über Ampeln, Spuren, Vorfahrt und Zebrastreifen gelernt hatte, besaß hier irgendeine Bedeutung. Sie fühlte sich wie ein Kamel im Wilden Westen, mit Schaum vor dem Mund und einem wild läutenden Glöckchen am Geschirr, das in der Flut aus Lärm und Rädern unterging. Nach wenigen Kilometern fuhr sie an den Straßenrand, stellte den Motor ab und bettete den Kopf aufs Lenkrad.

Der Verkehr wurde nicht weniger, die Kinder blieben verschwunden, und sie hatte keine Ahnung, in welcher Straße sie sich befand oder wie weit sie gefahren war. Jemand klopfte so abrupt ans Fenster, dass sie zusammenschrak. Eine Frau spähte herein und fragte, ob alles in Ordnung sei. Noor ließ das Fenster herunter und sah sich einer Polizistin gegenüber, die höchstens dreißig war und sie fragend anschaute.

»Brauchen Sie einen Arzt, *khanoom*?«

»Nein, danke.« Am liebsten wäre sie der Frau weinend um den Hals gefallen. »Ich habe mich verirrt. Ich wollte nach …«

Wenn sie Lily erwähnte, musste sie auch Karim erwähnen, und das war problematisch. Es gehörte sich nicht, dass ein Junge und ein Mädchen, die nicht miteinander verwandt waren, unbegleitet unterwegs waren.

»Ich wollte Medizin für meinen Vater kaufen. Er ist sehr krank, er stirbt. Aber ich kann die Apotheke nicht finden, und es ist schon spät, und ich traue mich nicht, bei diesem Verkehr weiterzufahren. Ich weiß nicht, wie ich nach Hause kommen soll«, stieß sie keuchend hervor.

»Schon gut, schon gut, ganz ruhig. Welche Apotheke? Wir bringen Sie hin.«

Das wusste sie nicht, weil Dr. Mehran täglich Hausbesuche machte und Zod die Medizin selbst verabreichte, während sie nur Hustensaft und Binden in der Apotheke gekauft hatte.

»Zeigen Sie mir mal Ihren Führerschein.«

Noor holte ihren kalifornischen Führerschein aus der Handtasche. Die Polizeibeamtin reagierte verblüfft.

»Was ist das denn? Der gilt hier nicht. Damit können Sie nicht fahren.« Sie schaute Noor prüfend an. »Ich muss Sie mit auf die Wache nehmen. Steigen Sie bitte aus.«

»Was? Das ist doch nicht Ihr Ernst! Sie wollten mir helfen, die Apotheke zu suchen!«

»Damit kann ich Sie nicht fahren lassen.« Sie inspizierte belustigt die Plastikkarte.

»Wieso nicht?«, fragte Noor mit lauter Stimme.

»Weil wir nicht in Amerika sind, *khanoom*.« Ihre Stimme klang jetzt schärfer, und sie trommelte mit den Fingern auf die Motorhaube.

»Ach, *wirklich*?«, fragte Noor spöttisch. »Verstehe. Ich brauche einen besonderen Führerschein, um in Ihrem Zirkus zu fahren.« Ihre Stimme stieg in gefährliche Höhen. Sie deutete auf die Straße. »Sollten Sie nicht lieber diese Geisteskranken mit auf die Wache nehmen, statt *mich* zu schikanieren?«

Dann murmelte sie auf Englisch *bitch*.

»Allmählich verliere ich die Geduld, *khanoom*. Steigen Sie aus. Sofort!«

»Oh, oh! Augenblick! Jetzt wird mir alles klar.« Noor griff wieder nach der Tasche. »Tut mir leid, es ist schon eine Weile her. Wie ist der aktuelle Preis?« Immerhin erwähnte sie nicht, dass ihre Tochter vermisst wurde.

Als das Telefon in der Küche klingelte, schnappte sich Naneh Goli den Hörer. Man hatte Noor verhaftet, weil sie mit einem ungültigen Führerschein gefahren war und eine Beamtin der Islamischen Republik zuerst beleidigt und dann zu bestechen versucht hatte.

* * *

Sie waren seit etwa einer Stunde im Labyrinth der Stadt unterwegs. Karim hatte wenig Erfahrung mit Motorrädern, schaffte es aber, durch die schmalen Lücken zwischen den Autos zu manövrieren und den Straßengräben auszuweichen. Es hätte ihm nichts ausgemacht, wenn sie sich verfahren hätten und nach Westen statt nach Osten gefahren wären, weil es die Fahrt und die Freiheit verlängert hätte. Er genoss das Hupkonzert und die schrillen Polizeipfeifen, die knorrigen Stämme lebloser Bäume, die zähe Traurigkeit der Stadt.

»Schau nur, wie hübsch«, sagte Lily und deutete auf eine Gänseschar, die in V-Formation über sie hinwegflog. »Ich wüsste gern, wohin sie fliegen.«

Ihre helle Stimme befreite ihn aus seinem engen kleinen

Leben, selbst wenn er nicht verstand, was sie sagte. Niemand hätte ahnen können, wie süß die Flucht war, wie sie alle Geräusche verstärkte und die Wahrnehmung schärfte. Dass sich die Zeit vor ihnen erstreckte wie damals in der Kindheit, als sich eine Stunde wie eine Ewigkeit angefühlt hatte.

Der Flughafen war noch fern. Karim hatte die Abkürzung vermieden und war geradeaus gefahren, statt nach links auf die Schnellstraße zu biegen. Auf diesem flachen Abschnitt waren viele Autos unterwegs. Busse donnerten vorbei, Taxis hupten und schnitten ihm den Weg ab, und er bog in eine Seitenstraße, um dem Chaos zu entgehen.

An einer roten Ampel richtete er den Spiegel und bemerkte ein paar junge Männer, die neben einem Zeitungsstand auf dem Gehweg herumlungerten. Zwei trugen dunkle Sonnenbrillen und hatten die Hände um Zigaretten gewölbt. Die beiden anderen trugen weite Adidas-Hosen und schwarze Trainingsjacken, hatten die Hände in den Taschen und schauten durchs Fenster eines Lebensmittelladens.

Die Hitze machte Karim müde, die Innenseiten seiner Hosenbeine waren heiß und verschwitzt, und er hatte noch ein bisschen Kleingeld, von dem er kalte Limo kaufen konnte.

»Lily, Coca-Cola?« Sie nickte, doch er schaute skeptisch zu den Männern hinüber und dann zum klaren Himmel, rollte zögernd ein Stückchen weiter, unterdrückte sein Unbehagen. An Straßenecken lungerten immer irgendwelche Männer herum. Er schob das Motorrad in den Schatten einer Markise.

»Warte hier. Ich bin sofort zurück«, sagte er auf Persisch und ging rasch zum Laden.

Die vier Männer schauten ihn an, die Gesichter wie Masken, und wandten sich rasch ab, als die Tür aufflog und ein Mann mit zwei großen Plastikkanistern herauskam.

Dann folgten zwei Frauen mit Einkaufstüten. Karim ließ sie vorbei, ungeduldig, weil er so schnell wie möglich zu Lily zurückwollte. Die Männer vertraten den Frauen den Weg – die jüngere war noch ein Mädchen mit ernster, wachsamer Miene –, ohne auf Karim zu achten. Das Mädchen schob sich an den Männern vorbei und zog ihre Begleiterin mit sich.

Einer der Männer, ein gedrungener, fleischiger Typ, pfiff ihr hinterher, worauf sie schneller ging. Er richtete sich auf und bedeutete seinen Freunden, den Frauen zu folgen. Diese ließen die Einkaufstüten fallen und rannten weg, wobei sich ihre Schleier wie Segel blähten, ihnen vom Kopf auf die Schultern rutschten und sie wie Superhelden-Capes umwehten. Doch es gelang ihnen nicht, den Angreifern zu entkommen.

Am Ende der Straße kam es zu einem Handgemenge, die Männer fielen über die Frauen her, verhöhnten sie mit groben Worten, und der Stämmige hielt das Mädchen im Schwitzkasten, während sie sich kreischend wehrte. Ein anderer machte sich an ihr zu schaffen. Die ältere Frau krallte sich in die Rücken der Männer, bis einer sich umdrehte und sie in den Bauch trat, dass sie auf dem Gehweg zusammenbrach.

Plötzlich durchschnitt ein Schrei den Lärm. Ausländisch. Englisch. Weiblich. *»STOPP! Lasst sie in Ruhe!«*, brüllte Lily.

Scheiße, dachte Karim. *Scheiße. Scheiße. SCHEISSE.*

Bis dahin hatten sie die schmale Gestalt auf dem Motorrad gar nicht beachtet. Nun aber stand sie mitten auf der Straße, blinzelte in die Sonne, einen Arm in die Höhe gereckt, und Karim schaute an ihr vorbei zu den Männern, die gewaltig und groß genug schienen, um einen Lastwagen niederzuringen, nun aber verblüfft dastanden. Sie verstanden das Wort *Stopp*, doch dass es von einem Jungen mit Baseballkappe und Frauenstimme kam, war unglaublich. Sie brauchten einige Sekunden, um zu begreifen, dass es da vielleicht einen Zeugen oder eine Zeugin ihrer Brutalität gab. Einer richtete sich auf.

Karim handelte rein instinktiv – er schaute zu Lily, sie schaute zu den Männern, und sein Kopf war voller Wörter, aber kein einziges drang bis in seinen Mund, nur das Geheul eines Stummen, ein gestammeltes »LIII-IIIL-IIIIL«, und dann ergriff er sie am Arm und rannte mit ihr weg, ein atemloser Galopp, nur weg von der ungeschlachten Bestie, die sie verfolgte.

Er drängte Lily in den kleinen Lebensmittelladen, ohne auf ihre Proteste zu achten. »Nicht du! Du hier!«, warnte er sie verzweifelt in einer Sprache, die er beim Spielen gelernt hatte, doch dies war kein Spiel mehr.

Als er wieder auf den Gehweg trat, stürzte sich der Mann auf ihn, zwang ihn zu Boden, drückte seine gewaltige Brust gegen Karims Rücken, brüllte ihm Obszönitäten ins Ohr, hielt ihn mit beiden Händen fest, die ihn wie eine gewaltige lebende Falle umfingen. Dann ein seltsam animalischer Schrei, so wild und intensiv, dass er alles überlagerte, und als der Mann sich umdrehte und den Griff lockerte, riss Karim sich los und stand ganz still da. Der Mob am Ende der Straße rief seinen Freund, der mit der Faust ausholte und Karim im Gesicht traf. Er ähnelte einer Bulldogge mit eckigem Kiefer und scheußlichem Atem, und Karim kniff die Augen zu, damit der Spuckenebel nicht hineindrang.

»Wer bist du denn, du unwissender Hurensohn? Ein Spion? Wir machen hier nur unseren Job. Ich sollte dir die Milchzähne aus dem Schädel hauen oder dich umbringen, du kleiner Scheißer –«

»Wir waren nicht hier, das schwöre ich. Wir *waren nicht hier.* Wir haben nichts gesehen!«, flehte Karim.

»*HALT DIE KLAPPE! HALT DEN MUND, DU!* Glaubst du etwa, du könntest deine ausländische Freundin hier verstecken?«, brüllte er und neigte den fetten Kopf zum Laden. »Wir warten hier, bis sie rauskommt, und dann besorge ich es ihr. Dann bringe ich euch beide zur Polizei, damit ihr ein paar anständige Peitschenhiebe bekommt, und danach kannst du deine Flitterwochen im Knast verbringen, mit runtergelassener Hose in deiner Pisse schlafen …« Bei jedem Wort stieß er Karim den Zeigefinger in die Brust.

»*NA LOS! WEG HIER!*«, schrien seine Kumpane. »Er ist doch nur ein blödes Kind, lass uns verschwinden!«

»Ich bin noch nicht mit dir fertig, Junge«, schwor er und boxte Karim in den Magen. »Ich komme wieder und breche dir den Hals.«

»*HEY! Weg hier!*«, riefen die anderen drängend. Der Kerl drehte sich um und rannte zu seinen Freunden. Karim stand da, gekrümmt, schweißüberströmt, während sein Gehirn fieberhaft arbeitete.

Wie waren sie nur auf diese Idee gekommen? Sie waren so jung. Er war so jung. Er wischte sich mit dem Handrücken Blut und Spucke aus dem Gesicht. Sein Knie tat weh, und als er das Hosenbein heraufzog, sah er ein Stückchen Haut herunterhängen, Blut sickerte in den Stoff, alles war steif und geschwollen. Er wusste, was er zu tun hatte. Er konnte Lily nicht erklären, was geschehen war. *Ich muss sie zum Flughafen bringen, weg von hier* – seine zerstreuten Gedanken gerannen zu einem klaren Bild, einer von Lilys Zeichnungen.

Er stieß die Tür auf und humpelte in den Laden, um sie zu holen, doch sie war nicht da. Das Blut wich aus Karims Gesicht. Er konnte sich nicht vorstellen, wo Lily sein sollte. Wie im Taumel suchte er die Gänge ab, ein Schnürsenkel löste sich, er stolperte beinahe, gab schließlich auf und trat wieder hinaus in die Hitze. Wie hatte er nur glauben können, dass er das schaffen würde, wenn er nicht einmal seine Schnürsenkel richtig gebunden hatte? Die Straße war verlassen, und das Motorrad lehnte im Schatten, als wäre hier nicht eben noch die Hölle los gewesen.

Dann ertönte ein Schrei, rau und krächzend, dass Karim zuerst an eine Krähe glaubte. Dann hörte er ihn noch einmal, scharf und unverkennbar menschlich. Er schob das Motorrad vorsichtig näher und bemerkte drei Frauen, die neben einer Baustelle hinter einem Schutthaufen kauerten. Lily versuchte, sie zu schützen, schwenkte wütend ein verbogenes Metallrohr, ihr Gesicht wirkte aschfahl vor den grauen Steinen. Karim blieb stehen, war zunächst erleichtert, dann überkam ihn ein unaussprechlicher Zorn. *Was zum Teufel macht sie hier?*, dachte er.

»*RAUS DA!*«, brüllte er auf Farsi. »*RAUS DA, RAUS DA!*«

»*Scht!*«, sagte Lily und sah ihn durchdringend an.

»Was machst du hier? Wir müssen weg! *SOFORT!*« Er war nicht in der Lage, seinen Zorn auf Englisch auszudrücken.

»*Scht! Scht!* Komm her, Cream! *Schnell.*« Sie gestikulierte wild.

Karim stieg vom Motorrad und ging hinüber. Eine Frau hielt ein Mädchen in den Armen, sie war höchstens vierzehn. Ihr Gesicht war kein Gesicht mehr. Auf einer Seite ihres Kopfes sah er Fleisch, das wie verbrannt aussah, die Augen ein klebriger, blutiger Pudding unter versengten Brauen, ihr Kopf rollte kraftlos hin und her, und sie gab immer wieder das krächzende Stöhnen von sich. Er kniete sich neben Lily.

»Frag sie, was passiert ist.«

Die Frau winkelte das Bein an und versuchte aufzustehen, ohne dem Mädchen wehzutun. »Ich bitte euch, helft meiner Tochter«, flehte sie. »Männer haben uns angegriffen und ihr Säure ins Gesicht geschüttet.« Sie hatte ihre Tochter hinter den Schutthaufen gezerrt, um sich vor den Tätern zu verstecken.

»Könnt ihr mir Wasser bringen? Die Flasche ist leer. Ich brauche Wasser. Bitte.«

Wie sollte er Lily erklären, was Säureangriffe waren? Er konnte doch selbst eine Welt nicht begreifen, in der so etwas möglich war, in der ein unschuldiges Mädchen fürs Leben verätzt wurde, nur weil sie sich einem lächerlichen Heiratsantrag widersetzt hatte. Als Karim sie vorhin gesehen hatte, war sie unversehrt gewesen – eine argwöhnisch gerunzelte Stirn, rosige Wangen, zusammengepresste Lippen, alles verschwunden, verätzt und wie zu schwarzem Asphalt geronnen.

Karim übersetzte so gut wie möglich für Lily, die schon »bitte«, »helfen« und »Wasser« verstanden und die Flasche aus dem Rucksack genommen hatte, die die Frau nun ihrer Tochter über das Gesicht schüttete.

»Cream, Krankenhaus. Sofort!«

»Wie, Lily?«

Am liebsten hätte er einen Krankenwagen oder die Polizei gerufen und wäre verschwunden, bevor sie eintrafen, doch die Mutter des Mädchens flehte ihn an, es nicht zu tun. Die Angreifer würden zurückkehren, wenn er die Behörden verständigte, und im Krankenhaus würde man zu viele Fragen stellen. Sie wolle ihre Tochter einfach mit nach Hause nehmen und von dort einen Arzt rufen.

Dann geschah alles gleichzeitig. Lily bedeutete Karim, das Motorrad zu holen. Sie hob den schlaffen Körper vorsichtig an und stellte das Mädchen mithilfe der Mutter auf die Füße. Mit sanfter Autorität hob sie den Schleier des Mädchens an, hakte ihre Füße in die Halterungen, legte ihre Arme um Karims Taille und setzte sich hinter sie, sodass sie geschützt zwischen ihnen saß.

»Sag ihr, wir bringen sie zu uns nach Hause«, befahl sie halb auf Englisch, halb auf Persisch und drückte der Mutter beruhigend die Hand.

Karim starrte sie aus großen Augen an. »Du willst zurück? Ins Café Leila?«

»*Begoo* (sage), dass meine Mutter Krankenschwester ist. Dass wir es niemandem erzählen. Gib ihr die Adresse … *Zood* (schnell), Cream!«

Die Farben schwanden mit dem Tageslicht, der Lärm von Teheran verging. Drei Kinder umklammerten einander, als das Motorrad an dunklen Reihenhäusern und geschlossenen Geschäften vorbeikeuchte, und der kleine Scheinwerfer wies ihnen den Weg zu ihrem Zufluchtsort, zum Café Leila.

Karim sah die Stadt in ihrer ganzen Trostlosigkeit, der Glanz war verschwunden. Die ausgedörrten Straßen, die schmutzigen Schaufenster, die leblosen Bäume, der bleierne

Himmel, das Gewicht der Zerstörung in seinem Rücken und Lily, eine Wildblume, die sich durch einen Riss im Gehweg gekämpft hatte, störrisch wie der Frühling selbst. Sie bestand darauf, zurückzukehren. Stürmisch, unbesiegbar, unaufhaltsam, Lily *jan*.

Als sie in den Innenhof einbogen und der Kies unter den Rädern knirschte, erwartete sie ein hell erleuchtetes Haus. Doch es herrschte geisterhafte Stille. Karim stieg ab und warf einen vorsichtigen Blick durchs Küchenfenster. Solis Kopf zuckte hoch, er starrte ihn durch die Scheibe an. Hatte Karim wirklich geglaubt, sie seien unbemerkt entkommen?

Soli polterte durch die Tür, packte Karim am Kragen, hob ihn hoch und schleuderte ihn gegen die Wand. Naneh Goli folgte ihm und schwenkte einen Schuh. »Wo ist sie? Zeig dein Gesicht, du schamloser Sohn einer Hündin. Wohin hast du das Mädchen gebracht? Wo wart ihr?« Karim blieb ruhig, eine Ruhe, die aus wiederholten Schlägen erwachsen war. Er hatte mit einer Strafe gerechnet, und hier war sie nun, und sie war mild im Vergleich zu dem, was er durchgemacht hatte. Dann hörte er Lilys Stimme: »Stopp!«, gefolgt von einem noch wilderen Schrei, der durch die Nacht gellte und Naneh Goli aufschreckte, die mit erhobenem Arm erstarrte.

Das Mädchen mit dem verätzten Gesicht lehnte wimmernd an Lilys starkem Körper. Karim stand vom Boden auf und eilte zu ihnen. Zu dritt gingen sie den Weg entlang, die Arme um ihre Nacken geschlungen, die Köpfe dem verletzten Mädchen zugewandt, das zwischen ihnen ging, und Lily murmelte: »Alles gut, du bist jetzt in Sicherheit, wir kümmern uns um dich.« Naneh und Soli traten feierlich beiseite und folgten ihnen ins Haus, nachdem sie erkannt hatten, dass zwei Kinder unversehrt waren und ein drittes dringend Hilfe brauchte.

Naneh Goli fürchtete sich wie nie zuvor. Von den kurzen Ehen abgesehen, hatte sich ihr ganzes Leben in diesem Haus abgespielt. Sie war absichtlich in seinen Mauern geblieben, in ihrer eingeschrumpften Welt, und nun waren Lily und Karim nicht nur ausgebrochen, sie hatten auch die Außenwelt hereingelassen. Naneh empfand die verletzte Fremde als Bedrohung. Sie trat still zurück, betrachtete die drei Gestalten und wusste, dass nichts mehr sein würde wie zuvor.

Sie brachten das Mädchen in die Küche. Lily und Karim setzten sie vorsichtig auf einen Stuhl, und das Mädchen legte den Kopf in den Nacken, sodass sie das Grauen im hellen Licht der Deckenlampe sehen konnten. Soli rief Dr. Mehran an.

Niemand hatte Zod erzählt, dass Noor und die Kinder verschwunden waren, und wäre nicht Naneh Golis Geschrei und Solis Anruf gewesen, hätte er die ganze Sache wohl verschlafen. Als er nach ihnen rief, schickten sie Soli zu ihm, damit er ihn beruhigte, wohl wissend, dass Zod selbst in diesem Zustand merken würde, dass in seinem Heim etwas nicht stimmte. Naneh wies Karim an, den Stuhl des Mädchens näher ans Spülbecken zu rücken, umfasste ihren Kopf und neigte ihn nach hinten, um Lily zu zeigen, wie sie die Verätzungen unter dem Wasserhahn spülen sollte. Dann löste sie Natron in Wasser auf – ein Hausmittel, das vielleicht zu spät kam, aber Naneh musste irgendetwas tun.

23. Kapitel

Als die übereifrige Polizistin sie auf den Rücksitz eines Streifenwagens verfrachtete und zur Wache brachte, war Noor seltsam erleichtert, dass sie nicht mehr selbst durch den höllischen Verkehr fahren musste. Sie lehnte sich zurück, schaute wie eine Touristin aus dem Fenster und konstatierte beiläufig, dass sie sich gar nicht weit vom Café Leila entfernt hatte. Auf der Wache wurden zwei weitere Frauen festgehalten, die lautstark protestierten: »Wir haben nichts getan!«

Noor rief hektisch zu Hause an.

»Sind die Kinder wieder da?«, fragte sie sechsmal, bevor Naneh Goli antworten konnte.

»Ja, aber hier ist eine Bescherung, du musst herkommen!«

»Was für eine Bescherung? Wovon redest du? Geht es ihnen gut?«

»Sie waren im Schwimmbad! Aber das ist noch nicht alles – ich kann dir das jetzt nicht sagen.«

»Was? Wie kann das sein?«, schrie Noor, als wäre das Wie jetzt von Bedeutung. »Hör zu, ich bin bei der Polizei. Aber keine Sorge, es geht mir gut.«

Das brachte bei Naneh das Fass zum Überlaufen. »Was machst du bei der Gendarmerie? Hast du den Wagen kaputt gefahren?«

»Nein! Ich –« Sie zögerte.

»Wissen die, wer du bist?« Naneh konnte ihre Stimme nicht beherrschen.

»Was spielt das denn für eine Rolle? Sag meinem Vater bloß nichts davon. Ich versuche, die Sache aufzuklären, und bin so bald wie möglich bei euch.«

»Soll Soli dich abholen?«

»Nein! Ihr bleibt bei den Kindern. Lasst Lily nicht aus den Augen. Ich kümmere mich um die beiden, wenn ich wieder da bin.«

Der diensthabende Beamte, der ein kurzärmliges Hemd mit offenem Kragen trug, verschränkte seine gewaltigen behaarten Arme und lehnte sich nach hinten, um sich Noors Geschichte anzuhören: dass sie angesichts der Krankheit ihres Vaters ohne gültigen Führerschein gefahren war, dass sie die Apotheke nicht hatte finden können und so weiter. Dann plötzlich, als wäre das Klingeln in Noors Ohren endlich verstummt, besann sie sich auf eine lang vergessene Fähigkeit.

»Die Beamtin war so freundlich, mir zu Hilfe zu kommen. Sonst würde ich noch immer verzweifelt am Straßenrand sitzen«, sagte Noor einschmeichelnd. »Ich entschuldige mich aufrichtig für mein Verhalten. Ihre Kollegin hatte völlig recht, mich zu verwarnen, aber ich bin einfach aus dem Haus gelaufen, ohne an meinen Führerschein zu denken. Ich habe mir solche Sorgen um meinen Vater gemacht und konnte noch keinen Führerschein beantragen, aber ich verspreche, mich darum zu kümmern. Ich gehe gleich morgen früh als Erstes hin.«

»Sagen Sie mal, *khanoom*, würden Sie einer amerikanischen Polizeibeamtin auch Geld anbieten?«, fragte er, trat um den Schreibtisch herum und musterte Noor mit hochgezogener Augenbraue. Sie hielt die Luft an.

»Es war dumm von mir, und es tut mir sehr leid«, erwiderte sie treuherzig. Die Bestechung hatte nicht funktioniert, aber vielleicht käme sie mit Schmeichelei und Reue durch.

»Ich würde mich sehr gern persönlich bei ihr entschuldigen. Aber erzählen Sie es bitte nicht meinem Vater. Er würde sich so schämen, wenn er wüsste, was ich getan ...«

Der Sergeant warf einen müden Blick auf die Adresse, die im Bericht stand.

»Sie sind die *Tochter* von Herrn Yadegar?«, fragte er überrascht. »Ich weiß, dass es ihm nicht gut geht ... und ja, ein anständiger Mann wie er würde das nicht gutheißen.« Er wirkte betroffen, vielleicht wegen Zod, ging zur Tür und rief einen Kollegen.

Fünfzehn Minuten später, als schon die Straßenlampen angingen, saß Noor mit einem Saftpäckchen erneut auf dem Rücksitz eines Streifenwagens, brav wie ein Kind, das von zu Hause ausgebüxt und nicht weit gekommen ist. *Die Kinder sind also aus Spaß ins Schwimmbad gegangen*, dachte sie – *es hätte schlimmer sein können.* Nachdem sie dem Arm des Gesetzes so knapp entronnen war, fühlte sie sich großmütig. Also beugte sie sich zwischen ihren uniformierten Begleitern vor und lud beide zum Abendessen ins Café Leila ein.

* * *

Noor ging durchs Tor über den gepflasterten Weg, die Polizeibeamten folgten in höflicher Entfernung. Durchs Küchenfenster erblickte sie ein seltsames Tableau, das an ein holländisches Gemälde erinnerte, das sie in einem Buch gesehen hatte – dunkle Gestalten, die sich um einen leblosen Körper drängen, dessen Arme schlaff hinunterhängen und der von oben beleuchtet wird.

Sie stand unbemerkt da, registrierte Lilys kurz geschnittene Haare und ihre Hände, die einem Mädchen die Haare zu shampoonieren schienen. War es das, was Naneh mit Bescherung gemeint hatte – dass Lily sich die Haare abgeschnitten hatte und mit Karim ins Schwimmbad gegangen war? Wenn das alles war und ihre Tochter zudem eine Freundin gefunden hatte, mit der sie Friseur spielen konnte, hatte sich die ganze Sorge gelohnt. Als sie lächelnd in die Küche trat, blickten alle auf.

»Lily, wer hat dir die Haare geschnitten?«

»Die Haare? Wen kümmern denn meine Haare! Herrgott, Mom, wo bist du gewesen? Schau dir nur das arme Mädchen an!«

Noor hob fragend die Augenbrauen, trat näher und schlug die Hände vors Gesicht. Wie betäubt öffnete und schloss sie den Mund und wollte etwas sagen, doch es kam nichts heraus.

»*MOM! HILF MIR!*«, schrie Lily.

Noor erwachte wieder zum Leben, rief Anweisungen, manche sinnvoll, andere nicht. Sie stieß alle beiseite, hob den Kopf des Mädchens aus dem Becken, in dem sich Wasser und schwarzes Gewebe gesammelt hatten.

»Wer hat sie hergeschickt?«

»Wir haben sie am Straßenrand gefunden. Wir haben sie hergebracht«, erwiderte Lily ruhig.

»Das ist doch kein Krankenhaus! Siehst du nicht, sie muss ins Krankenhaus!«

»Du bist doch Krankenschwester!«

»Was soll ich denn hier machen?« Noor war wie versteinert.

Lily wischte sich die Hände an den Oberschenkeln ab und ergriff die Hand ihrer Mutter.

»Es ist gut, Mom. Scht, alles gut. Der Arzt ist unterwegs.«

Von nebenan rief eine schwache Stimme: »Ich schlafe nicht … ich kann euch hören.«

Die Polizisten vor der Tür versuchten, aus der Situation schlau zu werden, und der ältere Beamte schaute seinen Kollegen wissend an. Er räusperte sich und betrat die Küche.

Karim spürte eine Hand auf der Schulter, und eine tiefe Stimme fragte von hinten: »Wo habt ihr das Mädchen gefunden, mein Sohn?« Er schrak zusammen und drehte sich um. Dabei holte er zischend Luft und stieß mit dem Ausatmen die schreckliche Angst aus, die seine Lungen stundenlang zusammengepresst hatte. Er war einfach zu müde, um nach einer Ausrede zu suchen.

Die Polizisten waren höflich, wie man es von Gästen erwartet, doch gewisse Formen polizeilicher Höflichkeit wirken abschreckend. Noor wurde rot und schob die beiden Beamten stotternd in den Speisesaal, wo sie steif stehen blieben, statt sich hinzusetzen.

»Ist das Ihre Tochter?« Noor wusste nicht, wen sie meinten, und dachte, Ja sei die einfachere Antwort.

»Sie müssen verstehen, Frau Yadegar«, sagte der jüngere Beamte achselzuckend, »dass es unsere Pflicht ist, diesen Zwischenfall zu melden. Und wir müssen die beiden Jugendlichen befragen.« Sie schauten zur Tür, hinter der das fremde Mädchen wimmerte.

»Wir rufen auf der Wache an und bestellen einen Krankenwagen«, sagte sein Kollege. »Und Verstärkung.«

»*NEIN!* Bitte nicht! Der Arzt ist unterwegs. Wir können alles erklären.« Noors Stimme klang schrill. Ihr wurde schlecht beim Gedanken, dass Lily von diesen Männern befragt werden sollte. Soli kam mit einem Tablett herein, auf dem Orangenlimonade, Brot und zwei Schalen mit kalter Gurkensuppe standen, und nickte den Polizisten wohlwollend zu.

»Bitte setzen Sie sich ins Café, ich habe gerade das Kohlefeuer entzündet.«

Seit Pari verschwunden war, empfand Naneh Goli eine geradezu irrationale Angst vor der Polizei, und als sie die Männer in ihrer Küche gesehen hatte, war sie instinktiv zu Zod gelaufen, um ihn zu beschützen. Er hatte sich im Bett aufgesetzt und sah sich suchend um. Sie konnte die schreckliche Bescherung nicht vor ihm verbergen. Zod hatte genug gehört – dass man Noor verhaftet hatte und zwei Gendarmen in seinem Haus waren. Er stand auf, schob Naneh beiseite und griff nach dem Gehstock, der an einer Stuhllehne hing. Er unternahm den heroischen Versuch, sich anzuziehen, streifte eine Strickjacke über, die er schief zuknöpfte, schob die Füße in die Flanellpantoffeln und schlurfte nach draußen, um den ungebetenen Gästen gegenüberzutreten.

Noch bevor er das Café erreichte, drang Rauch in seine sauberen Räume, und er stieß einen Laut aus, der weniger ein Husten als ein Grollen war. Der jüngere Polizist stand auf, als Zod durch die Tür trat, dicht gefolgt von Naneh. Der andere hatte die Uniformjacke ausgezogen, saß in gelbgefleckten Hemdsärmeln da und rauchte die dritte Zigarette.

»Kommt ihr mich endlich holen?«, fragte Zod.

»Wie bitte?«, erwiderte der jüngere Beamte.

»Hallo, Herr Yadegar! Ich heiße Sadeghi, dies ist mein Kollege …« Der Ältere stand abrupt auf und wollte Zod die Hand schütteln.

Zod drückte die zitternden Arme an seinen Körper. »Was macht ihr hier? Das Café ist geschlossen. Bitte geht. Jetzt.«

Sie starrten ihn an – den alten, abgemagerten Mann, dessen Haare vom Liegen in alle Richtungen standen, der Pantoffeln an den Füßen trug und seinen Gehstock schwang. Sadeghi setzte sich wieder, trank von seiner Limonade, zündete sich die nächste Zigarette an und blies den Rauch zur Decke.

»Wir machen unsere Arbeit, Herr Yadegar. Ihre Tochter hat angeboten …«

»Eure *Arbeit*? Ihr meint Mord und Entführung? Nur zu! Aber ihr werdet nicht reinkommen und mein Essen essen und mein Haus verstinken.«

Noor eilte zu ihm und legte ihm den Arm um die zitternden Schultern, doch er schüttelte sie ab. Zorniger Schaum sammelte sich in seinen Mundwinkeln, und er spie die nächsten Worte aus: *»RAUS! HURENSÖHNE!«* Keiner hatte je ein obszönes Wort von ihm gehört. Niemals.

Der junge Polizist zuckte zusammen und schaute sich um, als wollte er einer langweiligen Party entfliehen. Sitzen bleiben? Oder lieber aufstehen? Sadeghi blinzelte. In der Ferne ertönte eine Sirene.

»WAS. HABE. ICH. GETAN?«, donnerte Zod. »Was habe ich getan, um eine solche Respektlosigkeit zu verdienen? Habe ich nicht für eure Väter und Großväter und eure Aja-

tollahs gekocht? Habe ich nicht für die Bürger dieser Stadt gekocht?« Er ragte förmlich über ihnen empor, den Stock hoch in die Luft gereckt.

»Da. Da. Und *da*«, er deutete mit dem Stock auf die Tische im Speisesaal. »Dein Vater hat *da drüben* gesessen und Bœuf Stroganoff gegessen. *Hier* aß er Granatapfeleintopf. Und *hier* meine Baklava! Alle wissen, dass ihr die Teufel seid, die mir die Frau genommen haben … *ALLE!* Ihr habt meine Kinder mutterlos gemacht! Und *DENNOCH* bin ich geblieben und habe für euch gekocht und im Schweiße meines Angesichts dieses Café weitergeführt. Und jetzt, *jetzt* wagt ihr es, auch noch meine Tochter zu holen? Nehmt mich! Ich bin fast tot – weniger Arbeit für euch.«

Er zog ein Taschentuch hervor und wischte sich über den Mund. Sein Zorn flackerte noch, dann wich der Kampfgeist aus ihm.

Alle standen ganz still da. Endlich hatte Zod die Wahrheit gesagt und den schrecklichen Schrei, der so lange in den dunklen Tiefen seiner Kehle gesteckt hatte, freigelassen. Noor war sprachlos. Alles, was ihr Vater nie zu erzählen gewagt hatte, brach an diesem Abend aus ihm heraus. Die Luft im Speisesaal war schal und abgestanden vom Rauch. Sadeghi saß nicht länger auf dem Stuhl.

»Beruhigen Sie sich doch, Herr Yadegar. Gehen Sie bitte. Wir regeln das schon. Es ist sehr spät. Sie tragen einen Schlafanzug, Sie müssen sich hinlegen … der Hauptmann hat gesagt, Sie seien krank.«

Dann überfiel das große Zittern seinen Körper, und Zod kippte nach vorn, stützte sich an einem Stuhl ab.

»Hör zu, du Schwein«, zischte er, »willst du etwa sagen, ich sei in meinem eigenen Café nicht *vorzeigbar*?« Funken und Flamme kehrten in seine Augen zurück. *»RAUS HIER, TEUFEL NOCH MAL. SOFORT!«*

Dr. Mehran trat in den Hof. Er wunderte sich, dass das Haus so hell erleuchtet war, obwohl sich sein Patient ausruhen sollte. An der Tür kamen ihm zwei Polizisten entgegen, die es sichtlich eilig hatten. Die Familie sah ihnen vom Treppenabsatz aus nach, bis sie den Hof verlassen und den Motor gestartet hatten. Er nickte zum Tor, durch das die Männer verschwunden waren.

»Nicht der Rede wert, Doktor«, sagte Zod. »Die kommen nie wieder.«

Sein Gesicht war rot vor Anstrengung, und er stützte sich auf Solis Arm. »Mach uns bitte einen Tee. Und gib zwei Stück Zucker und ein bisschen Whisky in meinen.« Dann ging er in Richtung Toilette. »Ich brauche ein bisschen – Noor, sag Bescheid, wenn der Tee fertig ist.« Endlich war seine Brust ganz leicht, weil das Gewicht von Jahren, Tagen, der Stunde endlich von ihm genommen worden war.

24. Kapitel

Das Mädchen hieß Fereshteh. Dr. Mehran hatte sie ins Krankenhaus gebracht, wo ihre Verbrennungen behandelt wurden. Sie benötigte plastische Operationen, die sich ihre Familie nicht leisten konnte, hatte das Sehvermögen auf dem rechten Auge verloren und sah auf dem linken nur noch verschwommen. Obwohl Dr. Mehran dazu drängte, weigerte sich ihre Familie, den jungen Mann anzuzeigen, dessen Heiratsantrag Fereshteh abgelehnt hatte. Er war der Sohn eines Bauunternehmers und Neffe eines bekannten Richters. Die verarmte Familie mit den kleinen Kindern fürchtete weitere Vergeltung.

Fereshtehs Vater war ein Tagelöhner, der gelegentlich für den Bauunternehmer arbeitete. Noor suchte die Mutter des Mädchens auf, um sie zu juristischen Schritten zu bewegen, und fand sie in einer schäbigen Einzimmerwohnung vor, die bis auf einen verschlissenen Teppich völlig leer war. Nachdem die Frau unablässig »Ich vertraue auf Gott« wiederholt hatte, wandte sich Noor entnervt an Dr. Mehran.

»Sie will, dass ich bete, als würden Gebete diese Brutalität beenden! Sie haben viel zu große Angst, um für ihre Rechte einzutreten. Sie sind bereit, ihre eigene Tochter zu opfern! Können Sie sich das vorstellen?«

Dr. Mehran hörte geduldig zu.

»Sie erwarten zu viel, *khanoom*«, sagte er. »Ihre Vorstellungen von dem, was legal ist, kommen aus dem Westen und gelten hier nicht. Das sind ganz normale Leute, angreifbare Leute, die sich vor der allgegenwärtigen Gewalt fürchten. Sie haben sich in Korruption und Gleichgültigkeit gefügt, weil die Alternative noch schlimmer sein könnte.«

»Ja, aber wie soll ich das meiner Tochter erklären?«

Lily fragte sie jeden Tag, ob sie »den Arsch gefunden hätten, der Ferry das angetan hat«.

Er lächelte mitleidig.

»Gehen Sie nach Hause.« Er hielt inne. »Packen Sie Ihre Sachen. Das hier ist ein schlechter Ort für Touristen.«

* * *

Naneh Goli jammerte weiter über die unwürdige Störung ihres Privatlebens und fingerte an ihrer Kette herum, die aus lauter Perlen mit dem bösen Blick bestand. Doch es gab auch etwas Gutes: Noor und Lily hatten in einem spontanen posttraumatischen Waffenstillstand zueinander gefunden.

Jeden Morgen setzte Soli Noor, Lily und Karim am Krankenhaus ab, wo sie den Tag mit Fereshteh verbrachten, während ihre Mutter sich zu Hause um die jüngeren Kinder kümmerte. Sie brachten ihr kalte Wassermelone und Rosinenkuchen mit, fütterten sie mit Trauben und füllten das Zimmer mit frischen Blumen aus Herrn Azizis Laden. Zweimal schmuggelten sie sogar Sheer in einer großen Stofftasche herein.

Noor fragte sich, weshalb Frau Taslimi ihre Tochter allein besuchte. Nachmittags kam sie atemlos angehetzt. Ihr Kopftuch roch durchdringend nach Bockshornklee, wenn sie sich vorbeugte, um sie zu küssen, und bei Sonnenuntergang ging sie nach Hause. Am frühen Morgen, bevor ihr Mann zur Arbeit ging, kehrte sie zurück. Ihre unverhohlene Zuneigung zu Karim und Lily war beiden peinlich, und sie schwiegen verlegen, wenn sie Lily lobte und *Fereshteh* nannte, was »Engel« bedeutet. »Möge Gott über euch wachen und euch segnen. Ihr seid solche guten Kinder«, sagte sie und umklammerte ihre Hände.

»Sogar mein Ehemann und die Kinder fürchten sich, Ferry anzusehen«, flüsterte sie Noor zu. »Aber Ihre Tochter ist wie ein Engel herbeigeflogen. Sie hatte keine Angst.«

Kurz nachdem Ferry aus dem Krankenhaus entlassen worden war, kam Frau Taslimi völlig verzweifelt und mutlos zu Noor und fragte, ob ihre Tochter bei ihnen bleiben könne, weil sich die Zwillinge vor ihr fürchteten und ihr Ehemann den Anblick seiner Tochter nicht ertragen könne, ohne in Wut zu geraten. Ferry hatte Angst, allein zu schlafen, und maunzte die ganze Nacht vor sich hin. Aufdringliche Nachbarn taten, als kämen sie zu Besuch, wollten sie aber nur anstarren.

»Was für eine Zukunft hat Ferry denn?«, klagte sie. »Die Kinder aus der Nachbarschaft nennen sie Monster.«

»Aber Sie können doch nicht Ihr eigenes Kind verbannen! Das ist gewissenlos! Es ist schlimm genug, dass Sie den Mann nicht anzeigen wollen, aber das ... das ist unverzeihlich. Ist Ihnen bewusst, dass Ferry sich jetzt schon die Schuld an allem gibt?«, rief Noor aufgebracht. »Fleischwunden sind oberflächlich, aber haben Sie mal über ihre seelischen Wunden nachgedacht? Sie wissen genau, dass es falsch ist – wie können Sie Ihre Tochter so im Stich lassen?«

Frau Taslimi schaute Noor gelassen an und widersprach.

»Sie haben gut reden, Sie leben nicht in diesem Land. Wir wissen morgens nicht, ob es Arbeit gibt, ob wir zu essen haben. Was kann es uns schon Gutes bringen, wenn wir zur Polizei gehen oder auf der Straße protestieren? Dann kommen wir ins Gefängnis. Wer kümmert sich um meine Kleinen, wenn ich im Gefängnis bin? Meine Tochter hat eine Chance bekommen. Die hat sie nicht ergriffen, schön. Aber musste sie den Mann denn gleich beleidigen?«

»Sie lassen Ihre Tochter also nicht nur im Stich, Sie beschuldigen sie auch noch, Unglück über die Familie gebracht zu haben?« Noors Gesicht war dunkel angelaufen.

Sie erkundigte sich, ob Frau Taslimi den Leiter der Schule gefragt habe, ob Ferry später im Herbst wieder zum Unterricht kommen könne.

»Schule? Welche Schule? Fereshteh kann nicht zurück in die Schule.«

Noor hatte schon damit gerechnet, die Hoffnung aber nicht aufgegeben. »Was soll das heißen? Die Ärzte sagen, ihr linkes Auge würde allmählich heilen.«

»Ich weiß, Sie meinen es gut, aber es ist ausgeschlossen, dass sie wieder zur Schule geht.« Frau Taslimi sank auf ihrem Stuhl zurück. »Vielleicht irgendwann … nach der Operation.«

Noor schaute sie mit hochgezogenen Augenbrauen an.

»Bitte, *khanoom*. Sehen Sie mich nicht so an. Es ist zu ihrem eigenen Besten; sie hat schon so viele Schmerzen gelitten, ich kann sie nicht auch noch der Öffentlichkeit aussetzen.« Sie wandte sich ab.

»Sie meinen wohl, Sie können *sie* der Öffentlichkeit nicht zumuten?«

Mein Gott! Was ist nur mit diesen Leuten los?, dachte Noor. *Mit diesen Leuten.* Ihren Leuten. Machtlosen Leuten. Wie konnten sie die Ungerechtigkeit so nüchtern akzeptieren, sich so katastrophal unterwerfen, und wo sollte das enden? Aber ihre Meinung tat nichts zur Sache, und indem sie Frau Taslimi widersprach, riskierte sie Ferrys ohnehin geringe Chance, wieder ein normales Leben zu führen.

Noor begriff, was sie zu tun hatte.

»Es tut mir leid, wenn ich Sie gekränkt habe, Frau Taslimi. Ich habe auch eine Tochter, und es war gedankenlos, von Ihnen zu verlangen, dass Sie Ferry wieder in die Welt hinausschicken. Lily hat sie so gern, also bringen Sie Ferry heute Abend zu uns. Wir wären sehr glücklich, sie bei uns zu haben, und ich verspreche, mich gut um sie zu kümmern. Ich richte ihr ein gemütliches Zimmer ein.«

Frau Taslimi zupfte an ihrem Schleier, bedankte sich und ging rasch hinaus.

* * *

In Sozialkunde hatte Lily von den Unberührbaren gehört, es aber wie üblich schnell vergessen. Dass Ferry ausgestoßen sein sollte, klang mittelalterlich, und obwohl Noors Erklärung sie verblüffte, freute sich Lily doch sehr, dass sie nun bei ihnen wohnen würde. Obwohl es im Haus viele freie Zimmer gab und das Vieux Hotel praktisch leer stand, schleppten Soli und Hedi ein zusätzliches Bett in Lilys Zimmer. Sie bezog die Matratze mit Laken, die vom vielen Waschen weich geworden waren, und stellte einen kleinen elektrischen Ventilator neben das Bett. Lily räumte ihre Stifte und Notizbücher vom Nachttisch und stellte eine Vase mit rosa Freesien aus dem Garten darauf.

Auch Karim freute sich und war gar nicht überrascht, dass Ferry sich in einem fremden Haus erholen sollte. »Hier kann ihr niemand wehtun«, sagte er zu Noor. »Außerdem kommt jeden Tag der Arzt, und Sie sind Krankenschwester.«

Noor hatte Zod eher aus Höflichkeit um Erlaubnis gebeten, da er niemandem die Gastfreundschaft versagen würde, aber Naneh Goli, die an Geister und Weihrauch glaubte, wollte es ihnen ausreden und warnte beide, keine Fremde hereinzulassen.

»Wir lassen jeden Tag Fremde herein«, sagte Noor.

»Aber die gehen wieder nach Hause. Ich sage dir, das Mädchen ist ein böses Omen«, rief Naneh.

Obwohl Zod zu müde war, um zu streiten, erinnerte er sie an die Geschichte, die sie ihm selbst erzählt hatte: von dem König, der seinen Eulenjungen ins Verlies warf, damit er nicht gesehen wurde, und von den Brüdern, die ihn befreiten, damit er im Wald leben konnte, wo niemand ihn verurteilte. Nicht zum ersten Mal bot er den Entrechteten eine Zuflucht an.

Von nun an half Lily Ferry morgens beim Anziehen und legte ihr Jeans und eine der langärmligen Baumwollblusen mit kindlichen Tier- und Blumenmustern heraus, die Frau Taslimi eingepackt hatte, damit Ferry nichts über den Kopf ziehen musste.

Noor brachte ein Tablett mit Verbandmaterial, Salben und steriler Gaze, mit denen sie die Verätzungen reinigte und den Schmerz betäubte. Lily schaute zu, wie Ferry die sorgfältige Behandlung schweigend ertrug. Das Infektionsrisiko war hoch. Noor wechselte die Verbände mit unendlicher Sorgfalt und säuberte die verletzten Bereiche des Gesichts von der gelben Wundflüssigkeit, die aus Ferrys Augen quoll.

Lily hatte ihre Mutter noch nie bei der Arbeit gesehen – Noor hatte sie nur bei einer gelegentlichen Erkältung versorgt und sprach selten von ihren Patienten, außer sie und Nelson hatten einen gemeinsamen Fall. Wenn ihre Mutter Ferry mit sicherer Hand versorgte und sanft berichtete, wie gut die Wunden heilten, kam es Lily vor, als sähe sie Noor zum ersten Mal. Irgendwann wurde ihr klar, dass das seltsame Gefühl, das sie verspürte, Stolz auf ihre Mutter war. Wie konnte ihre Mutter gleichzeitig so geschickt und so hilflos sein? Sie erlebte Noor, die in ihrem alten Kinderzimmer mit dem schmalen Bett und dem gelben Vogelhaus und den Puppen im Regal eine Chirurgenschere in der Hand hielt und sich über ein verstümmeltes Mädchen beugte.

Zuerst sprach Ferry nur wenig. Lily fragte auf Englisch: »Woran denkst du?«, und streichelte ihr über die Haare, bis sie etwas sagte. Sie bewegte sich beherrscht und feierlich ins Badezimmer, so wie sich ein Tier im Wald vorantastet, und das machte Lily bisweilen Angst. Die grelle Wunde im Gesicht des Mädchens erschreckte sie hingegen nie.

Bald entstand eine ganz besondere Verbindung zwischen den drei Kindern, die viele Stunden in der klimatisierten Hotellobby verbrachten. Die Vorhänge blieben geschlossen, weil die Nachmittagssonne nicht gut für Ferrys empfindliche Haut war. Karim riss sich nur widerwillig los, um seine Arbeit zu verrichten, und dachte selbst dabei ständig an die Mädchen. Danach lief er sofort wieder zu ihnen, als spielten sie ein Theaterstück, das er vorübergehend unterbrochen hatte. Sie waren so vertraut miteinander, dass sie sich Dinge erzählten und Geheimnisse anvertrauten, die sie sonst für sich behalten hätten, und das alles in einer neuen Sprache, die sie selbst zusammengeschustert hatten.

»Was würdest du zu dem Mann sagen, der dich verletzt hat?«

»Ich würde sagen: ›Ich hoffe, du stirbst in einem Feuer.‹«

»Warum hast du's nicht der Polizei erzählt?«

»Weil sie meiner Familie wehtun würden.«

»Tut es dir leid, dass du den Verbrecher nicht geheiratet hast?«

»Gott, nein!«

»Wie sah er aus?«

»Wie ein Monster.«

Oft schmiedeten sie Rachepläne, fielen einander ins Wort und brachten Ferry mit ihren ausgefallenen Ideen, die sich meist um Brandstiftung drehten, zum Lachen. Sie wussten nicht, dass die iranischen Gesetze ein »Auge um Auge« gestatteten. Doch den Täter zu blenden erschien ihnen nicht als Strafe – nein, das wäre zu gnädig, sie wollten noch viel hässlichere Dinge mit ihm tun. Karim war immer auf der Hut, weil sein Onkel nach ihrem verrückten Ausflug noch wachsamer geworden war. Wann immer eine Tür aufging oder Schritte erklangen, drehte er sich sofort um. Wenn er sich einen Fehltritt erlaubte oder eine Aufgabe vergaß, würde Soli ihn ausschelten und von seinen Freundinnen fernhalten. Und doch war Karim seinem Onkel nicht böse – er tat, was er tun musste, sonst nichts.

Lily erzählte von ihrem Leben in Amerika. Sie sprach von ihrem Vater, der auch Frauen nachgestellt und ihre Mutter damit verletzt hatte. Andererseits verspürte sie den Drang, ihn zu verteidigen, zu betonen, dass er kein schlechter Mensch war und dass sie ihn sehr vermisste. Sie sagte, sie wolle nicht in die Mädchenschule gehen, aber auch nicht mehr in ihre alte Schule, wo jede Stunde und jede Bewegung vorgeschrieben war – lauter Glocken, die ihr sagten, wohin sie als Nächstes gehen musste.

»Ich fühle mich jetzt anders. Es gefällt mir, keine Hausaufgaben zu machen, mich nicht um Noten kümmern zu müssen.« Nicht dass Lily die Schule sonderlich schwergefallen wäre. »Ich war in allen Fächern ziemlich gut. Ich war mir so sicher, was ich wollte, doch in letzter Zeit – ich weiß nicht –« Inzwischen war sie nicht mehr so wild darauf, nach Hause zu fahren.

Als die Schule wieder anfing, konnte Karim nur am späten Nachmittag bei ihnen sein. Dann brachte er Bonbons oder Kaugummi mit. Er erledigte viele Aufgaben gleichzeitig, sauste mit einem Mopp durch den leeren Raum und blieb stehen, um eine Geschichte mittendrin wieder aufzunehmen. Seine Stimme veränderte sich, und er verstand nicht, weshalb er manchmal wie ein Mädchen kreischte, also sagte er lieber gar nichts und blieb als Zuhörer in ihrem Kreis.

Er wusste fast nichts über das Leben, das Lily geführt hatte, bevor sie in den Iran gekommen war, doch je mehr sie erzählte, desto verwirrender fand er es – sie neckte sein armes liebeskrankes Herz. *Wie kann beides wahr sein?*, dachte er. Wollte sie zurück zu ihrem Vater oder lieber hierbleiben? Eine kleine Flamme der Hoffnung flackerte in ihm, und er schürte sie nach Kräften. Die Augenblicke der Verheißung strahlten so hell, dass sie seine Brust wärmten und ihn geradezu schwindlig vor Glück machten, selbst wenn er im Klassenzimmer saß oder Soli ihn am Arm packte und mit sich zog. Ohne diese Hoffnung wäre sein Herz zu einem harten festen Klumpen gefroren.

* * *

Nelson hatte angenommen, Lily würde zum Schulbeginn zurückkehren und Noor bei ihrem Vater bleiben, bis er gestorben war. Er machte Lily in seinen Mails Mut, wusste jedoch, dass sie ihn durchschaute. Wenn sie bei seinen abgerissenen Worten, die er durch die rauschende Telefonleitung wiederholte, ergeben seufzte, klang es zwar nie vorwurfsvoll, beunruhigte ihn aber dennoch, denn wenn er eines an seiner Tochter kannte und liebte, war es ihre Unfähigkeit zur Förmlichkeit. Er bewunderte ihre kühne, brutale Ehrlichkeit.

Noor redete umständlich und wich ihm aus, sodass Nelson sich fragte, ob das Telefon abgehört wurde oder ob sie eine spezielle persische Bestrafungsstrategie anwandte, nach der ein Groll ewig währen müsste. Noor war nicht arglistig, doch umso tugendhafter, und es verwirrte ihn, dass sie ständig zwischen Stolz, Zorn und Verletzlichkeit wechselte wie ein verwundeter Soldat.

Das Problem war, dass er nie aufgehört hatte, sie zu lieben und um Vergebung gefleht und anderen Frauen für immer abgeschworen hätte, wäre er nur willens gewesen, ein Leben mit einer Frau zu verbringen, die er zwar zärtlicher liebte denn je, die ihm aber nicht verzeihen konnte. Als sie ihn geradeheraus gefragt hatte: »War ich dir denn keine gute Frau?«, hatte er scharf die Luft eingesogen, als sähe er ihre nackte, leuchtende Haut zum ersten Mal. Bei all seinen Seitensprüngen war er nie jemandem wie Noor begegnet. Sie hatte ihn mit schlichten Alltagsfreuden getröstet, mit ihrem gemeinsamen Leben, das er so liebte, der ersten gemeinsamen Tasse Kaffee im Bett, seiner perfekt gefalteten Unterwäsche in der obersten Kommodenschublade. Dennoch war er ihrer gemeinsamen Zukunft mit vorsätzlicher Gleichgültigkeit begegnet, als führe er auf Autopilot, ohne sich zu fragen: *Was mache ich hier? Wenn Noor es nun herausfindet?* Oder schlimmer noch: *Wenn Lily es herausfindet?* Nelson genoss Frauen, wie ein Gärtner Rosen genießt: ihren einzigartigen Duft, das sanfte Piken ihrer rasierten Achselhöhlen, ihre fleischigen Erdbeerhüften und sichelförmigen Nägel, die sich in seinen Rücken bohrten, und er musste an jeder einzelnen riechen – alles andere wäre fahrlässig gewesen.

Dennoch war der Kummer darüber, dass er seine Familie verloren hatte, stärker als seine Reue. Nelson wollte nicht von seiner Frau und seiner Tochter getrennt sein, von dem Immergrün, das zu verlieren ihm undenkbar schien. Und doch hatte er sie verloren. Und wann immer er an Lily auf der anderen Seite des Globus dachte, musste Nelson seine Krawatte lockern, um Platz für den Kloß in seiner Kehle zu machen.

* * *

Etwa eine Woche nachdem Ferry eingezogen war, rief Nelson seine Tochter an. Lily war froh, seine Stimme zu hören. Noch nie war er so lange ohne Nachricht von ihr gewesen. Wo sollte sie überhaupt anfangen? Er klang müde, als hätte er die halbe Nacht im OP verbracht und brauchte eine heiße Dusche. Lily erinnerte sich, wie sie früher die Haustür gehört hatte und schwere Schritte in Clogs, die nach oben kamen, und dann hatte er noch in ihr Zimmer geschaut und mit ihr geplaudert, wenn sie wach war, hatte ihr einen Gutenachtkuss gegeben, noch im OP-Kittel, umweht von Krankenhausgerüchen – Alkohol, Blut und Schweiß, alles vermischt, als käme er von einem Schlachtfeld. Dieser Geruch war völlig anders als sein Morgenduft nach Kiefernzapfen und Pfefferminz.

Er lachte, als sie ihm erzählte, wie sie als Junge verkleidet im Schwimmbad gewesen war. Dann berichtete sie von Ferry. Sie erwähnte nicht, dass sie zum Flughafen gewollt hatte, denn dann hätte er sich Sorgen gemacht und es ihrer Mutter erzählt. Lily wollte weder Verdacht erregen noch ihren Komplizen Karim in Schwierigkeiten bringen. Sie bezweifelte, dass sie es noch einmal versuchen würde, denn sie fürchtete sich, nach draußen zu gehen oder Ferry allein zu lassen. Sie fühlte sich für ihre neue Freundin verantwortlich. Wenn Ferrys eigene Familie sie nicht wollte, gehörte sie ab jetzt eben zu Lilys Familie.

Als Lily fertig gesprochen hatte, reichte sie das Telefon an ihre Mutter weiter, blieb aber in der Tür stehen und hörte zu, wie sich ihre Eltern unterhielten. Ihre Mutter wollte erklären, was geschehen war, und sprach mit der eisigen Stimme, die Lily hasste – dem *Danke-es-geht-uns-gut*-Ton, den sie bei Nelson häufig verwendete.

Irgendwann wurde sie weicher, atmete hörbar aus und sagte: »Ich bin einfach erschöpft, Nelson. Ich weiß nicht, was ich Lily erzählen soll, und frage mich, wie ich sie dieser Grausamkeit aussetzen konnte. Sie hat erlebt, wie ein Mädchen entstellt und von der eigenen Familie verstoßen wurde. Zu allem Übel geht es meinem Vater immer schlechter, und er will mich nicht einmal hier haben.«

Lily hörte nichts, bis ihre Mutter sagte: »Nein, Nelson. Ich will nicht, dass du kommst. Wozu sollte das gut sein?«

25. Kapitel

Mitte September überredete Lily ihre Mutter, eine Geburtstagsparty für Ferry zu geben und ihre ganze Familie einzuladen. Sie dekorierten das Café Leila mit Girlanden aus rotem und grünem Krepppapier und schoben einige Tische zu einer langen Tafel zusammen. Dass Lily und Karim sich so gar nicht um Verschwiegenheit bemühten, zeigte, dass sie eigentlich noch Kinder waren; sie waren so eifrig darauf bedacht, ihrer Freundin eine Freude zu machen, dass sie sich überhaupt nicht zurückhielten.

Verglichen mit Lilys Geburtstagen, die extravagant mit Ponyreiten oder Besuchen im Schönheitssalon gefeiert wurden, verlief die Party ruhig. Ferry badete und lieh sich ein Kleid aus Noors Schrank, dann lackierte Lily ihr die Nägel blau. Die drei Freunde, ein Waisenjunge, ein Gast aus Amerika und ein verletztes Mädchen, wussten kaum etwas über die Vergangenheit der anderen und hatten doch schon eine gemeinsame Geschichte. Und so feierten sie nicht nur Ferrys Geburtstag, sondern auch, dass sie einander gefunden hatten.

Lily kümmerte sich nicht um die kühlen Blicke, mit denen Soli und Naneh Goli sie bedachten, als sie mit Ferry in die Küche kam, um mit ihr einen Kuchen zu backen. In glücklicheren Zeiten hätte Naneh Goli über ihre Jugend und den entsprechenden Hunger gelacht, doch sie war so besorgt, dass sie es nicht genießen konnte, den Mädchen beim Backen zuzusehen. Soli marschierte steif zwischen Küche und Vorratskammer hin und her und versorgte sie mit knapp bemessenen Portionen Mehl und Zucker – mehr als sechs Eier wollte er nicht hergeben.

Die Mädchen merkten gar nicht, wie knauserig er war. Das Café lebte seit Jahrzehnten davon, seine vielen Gäste vernünftig zu bekochen, warum also sollte man ihnen plötzlich eine Geburtstagsparty verwehren? Weil eine kulturelle Kluft bestand, die nüchternen Ernst vorschrieb, wenn ein Mensch im Sterben lag und ein verstümmeltes Mädchen eine Tragödie ins Haus brachte. Jeden Tag brach sich das Leid aufs Neue Bahn, doch von Kindern kann man nicht erwarten, dass sie so lang die Luft anhalten.

Seit Zod erkrankt war, wollte die Spannung in Solis Bauch einfach nicht nachlassen. Falls er in seiner Jugend Freude erfahren hatte, wagte er nicht, sich an sie zu erinnern. Er war ein Kind unter sechs Jahren gewesen, nicht der geliebte Sohn vernarrter Eltern, und war meist sich selbst überlassen geblieben, bis er in den Obstgärten seines Vaters mitarbeiten konnte. Er hätte ein stilles, ereignisarmes Leben am Meer geführt, hätte man ihn nicht mit siebzehn Jahren in den Kampf gegen Saddam geschickt, bei dem man von Glück sagen konnte, wenn man mit gesunden Gliedmaßen heimkehrte. Der Krieg hatte Soli hart gemacht – er verstand nicht, weshalb man sie in die Minenfelder geschickt hatte und weshalb er verschont geblieben war, und das unaussprechliche Grauen, das er erlebt hatte, suchte ihn nachts in seinen Träumen heim. Selbst die Kameradschaft, die er erlebt hatte, war verblasst, und er war allein.

Zod war der einzige Mensch, der ihm echte Aufmerksamkeit geschenkt und ihn gelehrt hatte, einen guten Lammeintopf zu kochen. Er hatte ihm gezeigt, wie befriedigend es sein konnte, Essen zu servieren, bei dem die Menschen plaudern und sich einander anvertrauen konnten. Doch die Menschen, die jeden Tag für eine Schüssel warmen Eintopf kamen, schmeckten den Kummer in Solis Essen und vermissten den Duft und die bunten Aromen, die sie so lange genossen hatten. Aber sie beklagten sich nicht und griffen nicht nach dem Salzstreuer, als wollten sie damit für Zods Ableben Buße tun.

Auch Naneh Goli war vom Land zu den Yadegars gekommen, in ein Haus, in dem ihr Herz mit jedem Tag weiter wurde und sie sich in jeden einzelnen Menschen verliebte. Sie war der Ochse, der die Familie oft durch die Verzweiflung gezogen hatte, doch nun, da Zods Feuer erlosch, verzweifelte selbst sie, sosehr sie auch in die Asche pustete. Sie besaß nicht mehr die Kraft, ihre kleine Familie zu beschützen, und diese Verletzlichkeit nahm sie gegen Ferry ein, die den Kummer der Welt in ihr Heim getragen hatte. Die Gastfreundschaft, die fest in Solis Alltag verankert war, wurde zur stumpfen Notwendigkeit. Die Liebesmahle, die Jahres- und Geburtstage, die Aufregung und Anregung des Appetits waren Vergangenheit, und sie hätte am liebsten mit einem Schwert in die Ballons gestochen, die Girlanden heruntergerissen und das Licht ausgeschaltet.

Kuchenbacken ist bittersüß. Es gibt so viele Gründe, mit einem Sieb und einem Becher Mehl in der Küche zu stehen, und was der eine Bäcker macht, kann der andere nicht, weil es ihn an etwas oder jemanden erinnert. Man backt immer mit den besten Absichten, und ein guter Kuchen ist immer etwas Besonderes, eine Überraschung, ob die Eier nun aus dem eigenen Stall oder aus dem Supermarktregal kommen oder ein bisschen zu wenig Zucker dazugegeben wurde. Es gibt keine beste Art, einen Geburtstagskuchen zu backen, aber Beharrlichkeit hilft dabei ebenso wie Optimismus. Wie sonst ließ sich die Düsternis aus diesem Haus vertreiben?

Nina hätte sicher gern gesehen, wie ihre Urenkelin mit ihrem alten Holzlöffel Butter und Zucker schaumig rührte und Vanillekuchenteig in jene geriffelte Messingform goss, die man früher für *Charlotte russe* verwendet hatte.

Noor wurde von der jugendlichen Begeisterung mitgerissen und rannte hinunter ins Wohnzimmer, wo Zod so still dalag, dass sie spontan dachte: *Oh, Baba, stirb mir nicht gerade jetzt.* Sie beugte sich über ihn, wie sie es getan hatte, als Lily noch ein Baby war und tief und fest in ihrem Bettchen schlief; sie hielt ihm einen Finger unter die Nase, um den warmen Atem zu spüren, und genau da blähte Zod die Nasenlöcher, blinzelte und schlug die Augen auf. Funken sprühten ihr entgegen, die Krankheit und Alter Lügen straften, und wenn man seine Augen anschaute und nur sie, nicht die gelbliche Haut oder den eingesunkenen Körper, dann konnte man glauben, dass man belogen worden war, dass dieser magere Mann, der so wach und munter blickte, hundert Jahre oder älter würde.

Bevor er widersprechen konnte, hob Noor ihn hoch, schob seine Arme in die Ärmel des Schmetterlingskimonos, streifte ihm Pantoffeln über die Füße, zog ihn an den Ellbogen vom Krankenbett und tanzte mit ihm rückwärts im Walzerschritt.

»Haben wir das nicht schon mal getan?«, fragte er.

»Was getan?«

»So getanzt. Nur habe ich dich damals geführt, und du warst ein Kleinkind, das gerade laufen lernte. Wenn ich dich losgelassen habe, bist du nach vorn gekippt.«

»Ich lasse dich nicht los, Baba *jan*.«

»Ich weiß.«

Sie machte es Zod in dem großen Sessel mit den Kissen bequem, der an der Küchenwand stand, goss ihm ein Glas Tee mit zwei Stück Zucker ein und verlangte eine genaue Anweisung, wie man Hefeteig für Piroggen zubereitete.

Während der Teig auf dem Kühlschrank unter einem großen Leintuch aufging, wies Zod sie an, eine schwarze Bratpfanne vom Haken über dem Herd zu nehmen und Öl zu erhitzen, um das Fleisch in kleinen Portionen anzubraten. Sie solle die dunklen Stücke vom Boden der Pfanne kratzen, Zwiebeln würfeln und langsam mit Kurkuma und Zimt in Butter golden braten, dann Aprikosen und Orangenschale fein schneiden und mit ein oder zwei Teelöffeln Essig und Honig köcheln, abkühlen lassen und mit dem Salz aus der kleinen Silberschale würzen, die über dem Herd aufbewahrt wurde. Dann müsse sie die Masse mit dem Fleisch und den Zwiebeln verkneten. Das Mischungsverhältnis wollte er ihr nicht verraten. Stattdessen hob er den Tee an die Lippen, trank langsam und wartete darauf, dass Noor sich wieder an die vertrauten Düfte und Farben erinnerte.

Da Noor zwei Füllungen wollte, wies Zod sie an, Spinat zu waschen und noch einmal zu waschen und noch einmal, um wirklich die ganze Erde zu entfernen, bevor er gedämpft wurde. Sie füllte einen großen Topf mit Wasser und stellte ihn weiter hinten auf den Herd, drückte Frischkäse durch ein Leintuch und zerkrümelte ihn zwischen den Fingern, bevor sie Piment im Mörser zerstampfte, Frühlingszwiebeln ungleichmäßig hackte und das überschüssige Wasser aus dem gekochten Spinat drückte.

»Hast du früher nicht Sahne in die Spinatfüllung getan?«

»Mm. Und manchmal hart gekochte Eier«, erwiderte er. »Meine Mutter sagte immer ›Backe jede Pirogge, als wäre sie deine erste‹.«

»Vielleicht bist du es in all den Jahren deshalb niemals leid geworden.«

Er beobachtete sie über den Tisch hinweg aus lebhaften Augen. Noor ging hinüber und beugte sich zu ihm. Warum konnte es nicht immer so bleiben?

Naneh Goli schlurfte herein, hob eine Augenbraue, und Zod blinzelte ihr zu. Er saß ganz still da und sah zu, wie Noor sich unsicher und nervös bewegte. Ihre Hände waren glatt, nicht vernarbt wie seine mitgenommenen Klauen mit den hervortretenden blauen Adern. Er untersuchte oft seine Hände, als gehörten sie nicht zu ihm, als wären sie Gegenstände aus einem Werkzeugkasten. Der Drang, Noor beiseitezuschieben und alles selbst und schneller zu machen, war vergangen. Er hatte Spaß am Zusehen, aber warum gerade jetzt? Warum nicht vor vierzig Jahren, als seine Schultern die Hemden noch ausfüllten und er Noor auf die Arbeitsplatte gehoben hatte, damit sie ihm beim Ausbeinen eines Vogels zusah?

Sie war ein stures, zielstrebiges Mädchen gewesen, darum. Sie hatte sich beklagt, weil es im ganzen Haus nach Zwiebeln roch, und war vor dem Anblick von rohem Fleisch, das rosig und fettig war, zurückgeschreckt. Es würgte sie bei einem Hauch von hart gekochtem Ei, sie hielt sich die Nase zu und atmete durch den Mund, wenn er Forellen mit nach Hause brachte, ihnen den Bauch aufschlitzte und die schleimigen Innereien mit den Fingern herausnahm. Seine kleine Noor hatte geschworen, nie zu kochen, und aß doch alles, was er zubereitete. Sie bat sogar um Nachschlag. Wie ermutigend, dass der Trotz durch die angelehnte Hintertür hereinschlich.

»Es wäre gut, hiernach zu sterben«, sagte er leise, doch sie hatte ihn gehört.

»Man kann sich nicht aussuchen, wann man stirbt, Baba.«

»Manchmal schon.«

Lily half Noor beim heiklen Falten der Piroggen, die traditionell in großer Menge hergestellt wurden, damit sich die Mühe lohnte: das Kneten des Teigs, die Herstellung der Füllung und das Falten der Taschen, die nur wenige Stunden frisch blieben. Gemeinsam füllten und falteten und verschlossen sie die Halbmonde bis spät in den Abend. Noch nie hatten sie so gut gelaunt miteinander gearbeitet, und auch nach sechs Dutzend Piroggen beschwerte sich Lily mit keinem Ton.

* * *

Bei Ferrys Party gab es eine kleine, aber fröhliche Runde: Frau Taslimi mit den sechsjährigen Zwillingen, die sich an ihre Beine klammerten, Lily und Karim, Noor und Zod und Dr. Mehran. Naneh Goli versuchte, sich anderswo im Haus zu schaffen zu machen, doch Zod durchkreuzte ihren Plan. »Du willst doch kein verbittertes altes Kindermädchen werden, oder?« Also feierte sie gekränkt mit.

Lily unterhielt die Zwillinge, faltete Papierhüte und blies Ballons auf, während Karim Kebabspieße mit Tomaten und Hähnchen grillte und Becher mit Orangenlimo herumreichte. Dr. Mehran saß bei Zod und nahm die Unterhaltung vom Vortag wieder auf – die Hausbesuche des Arztes waren nur noch ein Vorwand, um Zod Gesellschaft zu leisten, ihm Brühe einzuflößen und das Kinn abzuwischen, während der Arzt selber in dem Essen stocherte, das Soli ihm neben Zods Bett servierte. Beide genossen die Erinnerungen an eine Zeit, in der sie jung und unbeschwert und Schmerzen nicht von Dauer gewesen waren.

»Wissen Sie noch, wie es mit fünfzehn war, Doktor?«

»Natürlich! Mein Vater war sehr streng mit meinen Schwestern, aber ich war der Goldjunge und völlig verwöhnt«, erwiderte Dr. Mehran leicht verlegen. »Meine Mutter servierte mir immer das Knochenmark aus der Suppe, den Hahnenkamm, die Hühnerherzen und die größte Scheibe *Tadig.*«

»Haha, ein Prinz! Das erklärt auch Ihre Vitalität. Man hat Sie mit den besten Stücken gefüttert!«, sagte Zod.

Es tut gut, so zu lachen, dachte er, *sich nicht so zu verhalten, wie man es von einem Sterbenden erwartet.* Seit das gesegnete Mädchen bei ihnen wohnte, war Noor zu beschäftigt, um sich verlegen in seinem Zimmer herumzudrücken. Lily besuchte ihn regelmäßig und vorbehaltlos, legte ihren iPod auf den Nachttisch und teilte sogar die Kopfhörer mit ihm.

»Hör dir das an, Opa«, sagte sie und spielte ihm die Filmmusik von *The Sound of Music* vor, ein Film, den sie im Kindergarten und in der ersten Klasse wie besessen angeschaut hatte. Noor wackelte bei den vertrauten Melodien mit dem Fuß.

Pari hatte den Film auch geliebt und die Schallplatte gekauft und mitgesungen. Sie war noch da, irgendwo begraben im Schallplattenstapel im Speiseaufzug. *Wenn wir sie jetzt spielen könnten*, dachte er, *würden die Kinder im Pavillon dazu tanzen, abwechselnd in der Mitte umherwirbeln, wie sie selbst es vor vielen Jahren getan hatten, bevor Musik zu einem Tabu und Tanzen vulgär geworden war.*

Perser feiern gern, und es ist seit Langem Brauch, zum Himmel zu schauen und grundlos ein Lied anzustimmen, und kein Zwang und keine Ausgangssperre können die angeborene Lust am Feiern bremsen. Perser können nicht, müssen nicht und *werden nicht* ohne Lieder leben. Die Menschen taten alles, was sie immer getan hatten: Trinken, Tanzen, Quatschen, Scherzen – nur eben im Untergrund.

Ferry saß versteckt zwischen ihrer Mutter und Noor, sodass die frühen Essensgäste sie nicht sehen konnten. Als Lily sie holte, um den Kuchen anzuschneiden, und die Mütter allein blieben, fragte Noor nicht, weshalb Ferrys Vater fehlte. Die beiden Frauen saßen in feierlichem Schweigen nebeneinander und sahen zu, wie die Zwillinge Sheer um den Tisch jagten.

»Wussten Sie, dass sie ihre Schwester ›Feigengesicht‹ nennen?«, platzte Frau Taslimi heraus.

Noor sah sie fragend an. »Wie bitte?«

»Sie haben in der Schule gehört, dass andere Kinder gesagt haben, Ferrys Gesicht sähe aus wie das Innere einer reifen Feige.«

»Und was sagen Sie dazu?« Noor konnte ihren Zorn nur mühsam unterdrücken.

»Was *kann* ich schon sagen?«, meinte sie achselzuckend.

Ferry blies die Kerzen auf dem Kuchen aus, und dann sangen sie auf Persisch »Happy Birthday«, wobei Lily über den fremd klingenden Text kicherte. Selbst Soli entrunzelte die Stirn, nagelte sich ein Lächeln ins Gesicht und servierte den Tee. Lily legte die Hand wie ein Bräutigam über Ferrys, um das Messer zu führen, und die Zwillinge bekamen als Erste ein Stück, bevor Lily Noor und Frau Taslimi ihre Teller brachte.

Wo hat Lily backen und servieren gelernt?, wunderte sich Noor. Hier flossen die Gedanken der Mütter ineinander, denn Frau Taslimi war ähnlich verblüfft, dass die Mädchen so zwanglos und fröhlich miteinander umgingen. Es schien, als hätten sie die Wände des Goldfischglases überwunden und würden durchs Zimmer tollen, während ihre Mütter noch im Kreis schwammen.

Später, als die Grillen in der dunstigen Sommerdämmerung ihr Liebeswerben anstimmten und die Gäste müde wurden, schob Noor Zod aus dem Zimmer, streifte ihm die abgetragenen Ledermokassins von den Füßen und brachte ihn ins Bett. Ferry begleitete ihre Familie ans Tor, um den Abschied hinauszuzögern, und umarmte ihre Mutter. Sie unterdrückte die Tränen, als die Zwillinge sich hinter den Bäumen versteckten, weil sie sich nicht herantrauten. Als klar wurde, dass jede Hoffnung auf Heimkehr vergeblich war, begleiteten Lily und Karim ihre Freundin in die Küche, wo sie ihr ein Geschirrtuch in die Hand drückten und selbst den Boden kehrten und wischten.

Noor zog die blauen Gummihandschuhe aus und räumte die Teller in den Schrank, während Naneh Goli im großen Sessel vor sich hin döste. Später packte Karim, der müde und ausgehungert war, die Hühnerreste auf einen Teller, und sie aßen in der Küche, wobei der Vollmond durch die Hintertür schien.

Noor erinnerte sich an das Nachglühen der abendlichen Gartenfeste. Dann hatten ihre Eltern in ebendieser Küche gesessen, Pari mit den Füßen auf Zods Schoß, hatten sich einen spätabendlichen Snack geteilt und darüber gesprochen, wer da gewesen war, wer getanzt hatte, wer fröhlich und wer trübsinnig gewesen war, und oh, was für ein Abend!

Noor hatte sich für ihre Tochter eine Kindheit wie ihre eigene gewünscht, glücklich und festlich. Als sie etwa elf gewesen war, hatte sie mit ihrer besten Freundin Roya in der letzten Reihe gesessen und über Kleinigkeiten gekichert, die sich in hemmungsloses Gelächter steigerten. Wenn sie sich an überhaupt etwas erinnerte, dann an dieses Seitenstechen erzeugende Gelächter. So hatte sie auch gelacht, wenn Mehrdad sie zu Boden drückte und durchkitzelte, bis sie schrie, ihn anflehte, er solle aufhören, aber wild und zügellos weiterlachte, bis ihr Vater den Gartenschlauch auf sie richtete.

Da war auch etwas zwischen Lily und ihrem Vater – das aufreizende Lächeln, die augenzwinkernden Scherze, ein Überschwang, der verging, sobald Noor einschritt. Sie erinnerte sich nur zu gut, wie düster die beiden immer geschaut hatten, wenn Noor zur Vorsicht mahnte oder sich über etwas beklagte. Es hatte ihr nicht gefallen, dass sie einander nah sein und lange Gespräche führen konnten, dass Nelson ihre Tochter besser kannte als sie. Und doch hatte sie sich immer nur gewünscht, dass auch Lily jene unbezähmbaren Wellen des Lachens spüren konnte.

26. Kapitel

Im Oktober begann Zod zu sterben. Die Zeit war kurz, und jede Stunde schien nur noch eine Stunde vor seinem Tod zu sein. Eine gedämpfte Stille senkte sich über das Haus, den Garten, Noor und Lily und Naneh Goli, über Karim und Soli, über Hedi, Ala und ihre Gäste.

Noor wollte ihrem Vater die Sicherheit vermitteln, dass sie und Lily zurechtkämen, doch Zod durchschaute alle Tricks, mit denen sie ihn erfreuen oder beschwichtigen wollte. Sie hatte lange gebraucht, um zu begreifen, dass Zod ihre Aufmerksamkeit zwar schätzte, aber nicht daran gewöhnt war, sich pflegen zu lassen, und dass man seine Bedürfnisse am besten vorausahnte und ihn nicht fragte, ob er durstig sei oder eine zusätzliche Decke brauche. Dies war seine Gabe gewesen: die Wünsche anderer zu kennen, bevor sie auch nur ein Wort gesprochen hatten.

Noor bestand darauf, die Nachtschicht zu übernehmen (sie musste dazu einen Ringkampf mit Naneh Goli um das Sofa ausfechten). Dann lag sie hilflos da und registrierte jeden einzelnen der mühsamen Atemzüge ihres Vaters. Zod döste meist, regte sich aber, wenn das erste Licht hereindrang. Dann eilte sie zu ihm und wusch sein Gesicht mit einem kühlen Lappen.

Er war immer sehr ordentlich gewesen und hatte nichts

dagegen, dass sie ihn rasierte. Sie füllte eine Schale mit warmem Wasser, neigte seinen Kopf nach hinten und legte ihm ein heißes Handtuch aufs Gesicht. Zod schloss die Augen und seufzte vor Behagen. Nicht ein einziges Mal hatte er in Nezams Friseurstuhl in der Lobby des Hotel Leila gesessen, doch nun, in seinem siebten Lebensjahrzehnt, stand die Zeit lange genug still für eine richtige Rasur. Seine Tochter verteilte die Rasiercreme bis zu den Schläfen und kratzte mit der Klinge über sein Kinn; sie zog die schlaffe Haut straff und atmete den sauberen Geruch ein, der sich im Raum ausbreitete.

Es war eine so intime Tätigkeit, mit den Fingern langsam über jede Falte zu streichen, über jede Furche, die sich in die hängenden Wangen gegraben hatte, und sie hielt nur inne, um die Klinge im Becken zu reinigen, bevor sie die filigrane Arbeit wiederaufnahm.

Wie lange war es her, dass jemand sein Gesicht liebkost hatte? In seinen eingesunkenen Augenhöhlen lagen noch immer die Spuren eines gut aussehenden Mannes. Er beobachtete Noor, ohne ein Wort zu sagen, und man konnte unmöglich wissen, was er dachte. Plötzlich stieß er hervor: »Oft weiß ich gar nicht, ob ich etwas laut ausgesprochen oder nur gedacht habe.«

»Nun, du warst sehr still, woran hast du denn gedacht?«

»Ist es nicht seltsam, dass unsere Haare und Nägel weiterwachsen, wenn wir gestorben sind? Welchen praktischen Nutzen soll das haben?«

Wenn sich alle im Zimmer drängten, stellte Zod sich schlafend, weil es ihn erschöpfte. Schließlich schlug Dr. Mehran vor, Schichten einzuteilen, und übernahm selbst die längste. Es war ein großer Trost für alle, ihn im Haus zu wissen, selbst wenn er nur vogelartig und wachsam an Zods Bett saß, mit seiner schnabelförmigen Nase zuckte, um die anderen zu verscheuchen, und kaum aufblickte, wenn sie eine Minute zu früh hereinkamen. »*Hanooz na, hanooz na!* (Noch nicht, noch nicht!)«

Manchmal fand Noor Naneh Goli mit dem Kopf auf Zods Kissen, einen Arm über das Skelett unter der Decke gebreitet, um ihn gekrümmt wie eine Flamme. Wenn er sprach, flackerte ein Licht in ihrem Gesicht auf und erlosch, sobald er die Augen schloss.

Eines Nachmittags ging Naneh Goli einen Stapel Fotos durch, die auf Zods Nachttisch lagen, und hielt sie ihm nacheinander hin. Noor blickte ihr über die Schulter und sah ein Bild ihrer Großmutter, einer jungen Mutter mit drei Söhnen: einer schlank, einer bullig, einer kantig. Ihr Onkel Morad wurde selten erwähnt, und als sie Zod anschaute, holte er tief und rasselnd Luft.

Als sie gehen wollte, sagte er: »Bleibst du nicht?« *Er wollte sie bei sich haben!*

»Doch. Ich bleibe genau hier.« Sie zog einen Stuhl heran und setzte sich auf die andere Seite des Bettes.

Naneh Goli nahm ein weiteres Schwarz-Weiß-Foto von dem Stapel, den sie im Schoß hielt. Noor, vielleicht drei Jahre alt, wie sie in einem rüschenbesetzten Badeanzug Hand in Hand mit Mehrdad am Strand des Kaspischen Meeres stand. Mehrdad schaute zum Himmel, den Arm erhoben, und deutete mit dem Finger, und seine kleine Schwester folgte seinem Blick. Was hatte er ihr wohl gezeigt? Eine Möwe? Manchmal hatte er diesen Trick angewendet, wenn sie ihn einfach nicht in Ruhe lassen wollte, wenn er genervt und beinahe schon zornig gewesen war. Dann hatte er sie abgelenkt, indem er auf irgendetwas am Himmel zeigte – *Schau nur, ein Vogel! Schau nur, ein Drachen!* Und wenn sie ihn dann immer noch geärgert und seine Grenzen ausgetestet hatte, kniff er sie heimlich, fest und gnadenlos in den Po. Sie kreischte angesichts der unerwarteten Strafe, eher überrascht als aus Schmerz, und weinte ohne Ende. Geschah ihr recht. Er war der ältere Bruder und gezwungen, auf sie aufzupassen. Meist duldete er es auch, wenn sie ihm ein Spielzeug kaputt machte oder ständig an ihm klebte, aber er brauchte sie nicht; sie brauchte ihn.

Oh, Mehrdad. Plötzlich sehnte sie sich geradezu verzweifelt nach ihrem Bruder. Wie spät war es in Kalifornien? Egal. Sie stand auf.

»Ich muss telefonieren.«

»Wen rufst du an?«, fragte Zod.

»Meinen Bruder.«

»Ist er hier?«

»Nein, noch nicht.« Sie rannte hinaus und wählte seine Nummer.

»Bitte komm«, sagte sie. »Geht das?«

* * *

Durchs offene Fenster sah Noor, wie Lily und Ferry im Garten schaukelten. Karim schubste sie abwechselnd an, ein hypnotisches Hin und Her, das vom Knarren der Metallketten begleitet wurde. Ihre hohen Stimmen drangen bis ins Schlafzimmer. Worüber redeten sie nur den ganzen Tag? Wie kamen sie so mühelos zurecht? Die Brücke, die sie verband, hatte sogar Noor und Lily einander näher gebracht.

Verschwunden war das Gefühl, dass sie nur geduldet

wurde. Noor hatte viel zu lange für die Rolle der Mutter vorgesprochen, als wäre sie eine Schauspielerin, hatte die Spaß-Mom gegeben und dann wieder die autoritäre Mutter, war abrupt von liebevoll zu kühl gewechselt, von nachlässig zu kritisch, von entspannt zu wütend, und die Tatsache, dass Nelson als Schiedsrichter auftrat, als lässiger Vater, der den Frieden wahrte und für festliche Mahlzeiten sorgte, hatte Noor nur noch stärker hin und her pendeln lassen. Es war erschöpfend, sie selbst zu sein, aber sie meinte es gut. Sie hatte es immer gut gemeint.

So hatte sie Anfang der Woche auch mit den besten Absichten den Richter aufgesucht. Ja, den Richter mit dem geisteskranken Neffen, der Ferry verätzt hatte.

Vielleicht hatte der Zorn ihres Vaters ihren eigenen angefacht. Sie hatte sich zu lange gefürchtet.

Sie hatte sich Naneh Golis schwarzen Tschador geliehen und drei Stunden auf einem harten Stuhl vor dem Büro des Mannes gewartet, bis er sie endlich vorließ. Da Noor sich geweigert hatte, einen Grund für ihren Besuch zu nennen, hatten die Angestellten sie wie Luft behandelt. Noor hatte ihre Geschichte geprobt und gebetet, dass ihre Stimme in seiner Gegenwart fest bliebe.

Als man ihr endlich fünf Minuten gestattete, sah sie sich einem fülligen Mann von Mitte sechzig gegenüber, der sich über seinen überfüllten Schreibtisch beugte und auf den Stuhl gegenüber deutete.

Noor stellte sich vor, und es erwies sich, dass der Richter seinen gewaltigen Bauch mehr als einmal am Tisch ihres Vaters gefüllt hatte. Doch sie war nicht wegen seiner »besten Wünsche« gekommen und sagte ihm das auch. Er nahm wohl an, Noor wolle ihn um einen Gefallen bitten, und fügte ein »Falls ich irgendetwas für Sie tun kann« hinzu, und da schaute sie ihm genau in die Augen, während ihr der Schweiß aus den Achselhöhlen tropfte, und sagte, ja, es gebe etwas, und dann brachte sie ihr Anliegen vor und ließ keinerlei Zweifel für den Fall, dass er sich der Verantwortung entziehen wollte.

»Ich hatte keine Ahnung«, sagte er ausweichend, aber das tut man natürlich, wenn ein Familienmitglied den Verstand verloren hat.

Noor konnte ihm schlecht drohen und wollte Ferrys Familie nicht in Gefahr bringen, daher appellierte sie an sein Gewissen. Sie ließ die Adoptionspapiere und die grausamen Fotos des Kindes auf seinem Schreibtisch liegen und ging rasch hinaus, bevor sie weiche Knie bekam. Ferrys Mutter hatte zugestimmt, also musste Noor es nur noch offiziell machen: Fereshteh würde ein Mitglied der Familie Yadegar.

Noor konnte die Kinder durch die Äste hindurch beobachten. Sie sah, wie Lily etwas fallen ließ. Ein Eis am Stiel. Sofort bot Karim ihr sein eigenes an. Selbst durch den grünen Baldachin des Laubs und obwohl er sein Gesicht halb abgewendet hatte, bemerkte Noor etwas an seiner Haltung. Karim stand vor Lily, festgepflanzt in der Erde wie der hundertjährige Maulbeerbaum, der Schutz und Schatten bot, und er stand ganz still, als wollte er einen Eid ablegen. Noor wandte den Kopf zum Himmel – die Luft war jetzt kühler, sie konnte den Regen riechen. All die kleinen Eigenheiten, die verstohlenen Blicke, die Farbe und das Licht in seinem Gesicht, wenn Lily ins Zimmer trat. *Wie dumm du warst*, dachte sie. *Karim ist in deine Tochter verliebt!*

Sie ging nach unten in die Küche, füllte einen Topf mit Wasser und stellte ihn auf den Herd, um den Reis fürs

Abendessen zu kochen. Sie stand mit verschränkten Armen da und wartete, dass das Wasser kochte, stellte sich vor, wie ihr Vater sie drängte, sich zu bewegen. Also holte sie Teller und Besteck und deckte den Tisch, warf die Teeblätter weg und spülte die Kanne aus, füllte einen Krug mit Wasser und stellte ihn mit fünf Gläsern auf den Tisch, wusch den Salat, suchte eine passende Schüssel, schälte Gurken und schnitt Tomaten, bis der Deckel auf dem Topf klapperte und sie den Reis hineingeben konnte. Sie wusste, sie konnte nichts tun, konnte Zod nicht helfen und auch Karim nicht. Sie konnte die Bedingungen nicht ändern, konnte nicht verleugnen, was sie wahrnahm, konnte sich dem Tod und der Liebe nicht in den Weg stellen. Das Einzige, was sie tun konnte, war, sich zu bewegen, *irgendetwas* zu tun, mutig zu sein, alles zu geben, was sie geben konnte.

Sie drehte die Flamme herunter, wickelte ein Geschirrtuch um den Deckel, damit der Dampf im Topf blieb, und ging zu den Kindern in den Garten.

»Das Essen ist gleich fertig.«

»Gut, ich verhungere nämlich«, sagte Lily.

»Kann ich helfen?«, fragte Ferry.

»Ihr drei könnt später aufräumen.« Dann hockte sie sich hin und hob einen weggeworfenen Eisstiel vom Boden auf.

27. Kapitel

Sie wählten einen bedeckten Tag, grau und mild, um mit Ferry ins Schwimmbad zu gehen. Grelles Sonnenlicht reizte noch immer ihre Haut, und die Ärzte hatten ihr geraten, sich lieber drinnen aufzuhalten. Es war ihr erster Ausflug seit dem Angriff, und Noor verdrängte ihre Sorge und stimmte zu, die Mädchen zu begleiten. Wenn nur Karim dabei sein könnte, jammerten sie, und Lily witzelte: »Diesmal könnte Cream sich meinen Badeanzug ausleihen!«

Sie hatten fertig gefrühstückt. Lily knabberte noch an ihrem Brot und wischte die Reste ihres Spiegeleis damit auf. Karim trieb sich in ihrer Nähe herum und schaute Noor mit funkelnden Augen erwartungsvoll an. Sie trank einen Schluck Tee und betrachtete Lily, erkannte Nelsons Grinsen in ihr und Paris Lachfältchen – das Blut von Vater und Großmutter, das durch ihre Adern rann. Lily schaute zu Noor, als könnte ihre Mutter Dinge heraufbeschwören, als hielte sie die Schlüssel in der Hand, die Türen öffnen könnten, von denen Noor nicht einmal wusste, dass sie verschlossen waren. *Keine Spur von Angst in diesen Kindern*, dachte sie. *Sie haben nichts gesehen und doch so viel, aber wenn sie mehr wüssten, würden sie die Welt nicht mehr so tatkräftig in Angriff nehmen.*

Um halb zehn gingen sie durch die stille Nachbarschaft,

sie hatten Ferry in die Mitte genommen. Der Wind zupfte an ihren Kopftüchern. Als sie das Schwimmbad erreichten, drangen die Geräusche der badenden Frauen bis auf die Straße, und sie gingen untergehakt hinein.

Die beiden Bademeisterinnen hatten sich gerade zum Frühstück hingesetzt. Eine von ihnen stand auf, um ihnen Eintrittskarten zu verkaufen, während die andere eine kleine Teekanne zu dem runden Tischchen trug, das eingequetscht in einer Ecke des Büros stand und schon mit einer geblümten Tischdecke, einem schönen Stück Fetakäse und einem Laib Brot gedeckt war. Als die Frau, die kassieren wollte, Ferrys entstelltes Gesicht sah, blieb ihr der Mund offen stehen. Ferry war bisher nur wenigen Menschen begegnet und wusste noch nicht, wie sie mit den Blicken umgehen sollte, mit dem Abscheu, dem Mitleid, sogar dem Mitgefühl.

Noor entschuldigte sich, weil sie die Mahlzeit gestört hatte. Die Frau am Schalter tat ihr leid. Sie fingerte nervös mit den Eintrittskarten und dem Wechselgeld herum. Noor erkannte, dass die Frauen gute Menschen waren, die wohl nur von Ferrys Anblick überrascht worden waren. Nun war es an ihr, die Frau zu beruhigen und Ferry bei diesen ersten unbehaglichen Begegnungen zu beschützen. Sie nutzte ihre Erfahrung als Krankenschwester und vertrieb die unerfreuliche Stimmung, indem sie Ferrys Schicksal klar und deutlich schilderte.

»Sie wissen doch, dass es nicht ihre Schuld ist«, fügte sie hinzu. »Komm her, Ferry *joon.*« Sie nahm Ferrys Hand und zog sie näher an die Theke.

»Dies ist Fereshteh. Wir nennen sie kurz Ferry. Ich heiße Noor, und das ist meine Tochter Lily. Wie heißen Sie?«

»Soudabeh, aber nennen Sie mich bitte Soodi.« Die Frau riskierte noch einen Blick, strich einen zerknitterten Geldschein glatt und reichte ihn Noor. »Möchten Sie drei Spinde oder nur einen?«

Sie bekamen Schlüssel zu nebeneinanderliegenden Spinden, und Noor händigte Soodi ihr Handy aus, worauf diese schüchtern lächelte und wartete, bis sie um die Ecke gegangen waren. Dann setzte sie sich an den Tisch und vergrub den Kopf in den Händen.

Sie zogen sich in der Umkleide aus. Lily dachte an ihren letzten Besuch im Schwimmbad und wie besorgt Karim hin und her geschaut hatte. Es tat ihr leid, das sie ihn in eine solche Gefahr gebracht hatte. Noor hängte sich die Handtücher über einen Arm und legte Ferry die andere Hand sanft auf die Schulter.

»Bist du bereit?«

»Mhm.« Sie zuckte mit den Schultern.

»Am Anfang ist es schwer, aber es wird immer besser.«

»Nie. Es wird nie besser«, schrie Ferry. »Nur drei Menschen können es ertragen, mich anzusehen: du, Lily und Karim.« Hinter der dunklen Brille stiegen Tränen auf, rannen ihr über die Wangen und durchtränkten den Mull über ihrem rechten Auge.

Alle drei holten tief Luft und öffneten die Tür zum Schwimmbad. Fünf oder sechs Frauen saßen an einem Tisch im Café, tranken Tee und starrten sie mit offenem Mund an, bis Noor einem Impuls folgte und ihnen zunickte. Sie grüßten zurück und senkten den Blick. Noor legte die Handtücher beiseite und rieb den beiden Mädchen den Rücken mit Sonnencreme ein. Wann immer sich jemand zu ihnen umdrehte, lächelte Noor freundlich, worauf sich die

Leute verlegen abwandten. *Anders geht es nicht*, dachte sie. *Exil ist keine Lösung.*

»Da sind Sie ja, Frau Yadegar!«, rief eine Stimme hinter ihnen. »Wo haben Sie denn gesteckt?« Bahar und ihre Schwester Sahar kamen auf sie zu, die sonnengebräunten Arme ausgestreckt.

»Wir haben uns schon gefragt, wann wir Sie wiedersehen«, sagte Sahar.

»Hallo! Es ist wirklich lange her«, sagte Noor und wartete, dass sie näher kamen. Lily ergriff Ferrys Hand.

»Das ist Ferry, *khahar koochooloo man* (meine kleine Schwester)«, sagte Lily in gebrochenem Persisch.

Flüchtige Bestürzung, dann: »Es ist so schön, dass ihr hier seid. Bahar könnte noch ein bisschen Unterricht gebrauchen.«

* * *

Zwei Tage zuvor hatte Mehrdad abends um halb zehn angerufen. Noor befürchtete schon, dass er nicht kommen könnte, weil sein Pass abgelaufen war oder er zu viel Arbeit hatte. Sie hatte nicht erwähnt, dass Zod im Sterben lag, und Mehrdad in ihren blumigen E-Mails falsche Hoffnungen gemacht. Dennoch hatte ihr Anruf ihn nicht überrascht. Mehrdad war nur zu vertraut mit der persischen Sitte, sterbenden Patienten und deren Angehörigen die Diagnose vorzuenthalten, um ihnen unnötige Sorge zu ersparen. Warum ein Leben mit schlechten Nachrichten verderben? Doch Noor verstand sich nicht aufs Lügen, und so war Mehrdad vorbereitet.

»Hey, Noor, ich bin's.«

»Hi. Stimmt was nicht?« Sie umklammerte den Hörer.

»Ich wollte dir die Flugnummer durchgeben.«

»Oh!«, rief sie, und schon fielen ihr Tränen wie dicke Regentropfen in den Schoß.

»Alles in Ordnung mit dir?«, fragte Mehrdad.

»Ja … ja, natürlich. Ich weine immer. Ich notiere mir die Nummer.«

Nachdem sie eingehängt hatte, machte sie sich auf die Suche nach Naneh Goli. Sie stand hinter dem gelben Vorhang, der den Wäscheschrank von ihrem Schlafzimmer abteilte, und beugte sich über das Bügelbrett. Nachdem sie sechzig Jahre hier gebügelt hatte, war der Geruch von Stärke und Rosenwasser in Wände und Teppich gedrungen, und sie trug den Duft überall mit sich, sodass es nie schwer war, sie zu finden. Wie oft hatte Noor sich von hinten an ihr rundliches Kindermädchen angeschlichen und sie erschreckt, worauf Naneh Goli drohte, ihr mit einem Schuh den Hintern zu versohlen. Selbst jetzt wirkte sie kühn und unerschrocken, obwohl sie unter dem dünnen Kittel fast nur noch aus Schulterblättern und Rippen bestand.

Noor beugte sich vor und umarmte die kleine, krumme Frau, die auch Papierhandtücher gebügelt hätte, wenn man sie gelassen hätte.

»Naneh *joon*, du wirst nie erraten, wer kommt.«

»Der Doktor?«

»Nein. Mein Bruder.«

»Morgen?«

»Am Samstag. Samstagabend.«

»Wir müssen ein Zimmer herrichten.«

»Ja, natürlich.«

»Hast du es deinem Vater gesagt?«

»Nein, aber das mache ich jetzt.« Bevor sie ging, atmete sie noch einmal Naneh Golis Duft ein.

Plötzlich erwachte das Haus zum Leben, als wäre das Licht vorher nur durchs Schlüsselloch gedrungen. Noor sah und hörte alles – von Staubpartikeln bis zum milden Herbstwetter und dem Lärm, der aus dem Café drang – mit Mehrdads Augen und Ohren. Sie schlenderte von einem Zimmer ins nächste, rückte Gegenstände zurecht, polierte Möbel, prüfte, ob in den Badezimmern Seife war, öffnete und schloss die Kühlschranktür. Was würde Mehrdad gerne essen? Wie viel Scotch war noch im Speiseaufzug? Naneh Goli kreiste mit Handfeger und Kehrblech durch die Zimmer. Selbst Soli brütete nicht mehr dumpf vor sich hin – die Aussicht, einen anderen Mann im Haus zu haben, hatte ihn besänftigt, er wirkte weniger distanziert. Er rieb sich die Hände und machte sich mit neuem Eifer ans Schälen und Hacken.

Die nordiranische Küche wird gerne unterschätzt und ist ganz anders als das übrige persische Essen, schnörkellos und unkompliziert wie die Menschen aus der Region. Die fruchtbaren, am Meer gelegenen Dörfer Mazandaran und Rascht, in denen Soli aufgewachsen war, waren von üppigen Obstgärten und Reisfeldern umgeben. Sein Vater hatte Zitrusbäume angebaut, und die Familie lebte von dem, was sie erntete.

Nun, da er allein in der Küche war und nicht mehr von Zod beaufsichtigt wurde, widmete sich Soli dem nahrhaften Essen seiner Kindheit, und zwar nicht nur, weil die einfachen Zusammensetzungen Trost boten, sondern weil er die Gerichte kannte und bei der Heimkehr von Zods einzigem Sohn ein besonderes Festmahl servieren wollte. Er holte zwei Kilo Favabohnen aus der Gefriertruhe, die er letzten Mai gepflückt und an einem ruhigen Nachmittag enthülst hatte, und ließ sie in einem Sieb auftauen. Er würde sie für eine geschichtete Frittata verwenden, ein Rezept seiner Mutter, das mit viel Dill und Meersalz bestreut wurde. Er hatte eine Kiste grüne Feigen und einen Scheffel frische Walnüsse auf seinem Motorrad transportiert, dazu zwei Kisten Granatäpfel, von denen er eine Hälfte morgens für Saft auspressen und die andere entkernen und für eine Suppe mit Reis und Fleischklößchen verwenden wollte.

Im Garten pickten drei fette Hühner, die noch nichts von ihrem Schicksal ahnten, als Soli schon das Fleischerbeil schärfte. Morgen würden sie in einem üppigen, würzigen Eintopf mit sauren roten Pflaumen schmoren, ihre Herzen und Lebern würden auf Spießen gegrillt und mit Sträußchen von Estragon und Minze in Lavasch-Brot gewickelt. Basmatireis quoll in Salzwasser und würde später mit grünem Knoblauch, Bergen fein gehackter Petersilie und Koriander gedämpft und mit einer acht Kilo schweren, im Ganzen gegrillten Großen Maräne serviert, die mit Berberitzen, Pistazien und Limette gefüllt war. Ganz hinten auf dem Herd tanzten ganze Bitterorangen in Blütensirup, die zu Reispudding serviert würden, und gleich daneben kochten mit Kardamomkapseln gespickte Feigen ein.

* * *

Am Samstag zog Regen auf, der den Hausputz vollendete und die Autos und Straßen glänzen ließ. Die Vorfreude brach sich Bahn, riss alle vom Abgrund der Verzweiflung zurück, lenkte sie von ihrem Kummer ab, erfüllte sie mit schon vergessen geglaubter Zuversicht und wärmeren Gefühlen. Perser wissen eine anständige Willkommensfeier zu schätzen, und hier kehrte ein verlorener Sohn heim. Noor plante ein spätes Essen im internationalen Terminal, weil Zod so oft mit ihnen dort ein Clubsandwich gegessen und den Flugzeugen beim Landen zugesehen hatte, während sie auf Pari warteten.

Naneh Goli wollte sich die Fahrt zum Flughafen nicht entgehen lassen – sie nahm es Zod noch immer übel, dass er sie nicht mitgenommen hatte, als Noor und Lily angekommen waren. Ihr Hochzeitsgold wurde hervorgeholt, Rouge sorgfältig auf eingeschrumpfte Wangen aufgetragen. Soli trug einen zypressengrünen Pullunder, den Zod ihm überlassen hatte, und darunter ein frisch gebügeltes weißes Hemd, als er sie zum Flughafen chauffierte.

Lily hatte zusammen mit Ferry ein Willkommensschild gebastelt und Mehrdads Namen auf Persisch mit bunten Filzstiften darauf geschrieben. Sie hatte auch gelernt, ihren eigenen Namen zu schreiben, und das schwungvolle Auf und Ab der Buchstaben war für sie weniger Alphabet als visuelle Poesie.

Sie hatte ihren Onkel ziemlich gern. Er war zweimal mit ihr in Disneyland gewesen und hatte sie bei seinen Besuchen in San Francisco in die Höhe gehoben und herumgewirbelt und ihr winzige Geschenke aus seinen Taschen zugesteckt, ohne sich um die Erwachsenen zu kümmern.

Karim flehte Soli an, ihn mitzunehmen, stieß aber auf taube Ohren. Die kalte Ablehnung seines Onkels verletzte ihn, und er zog sich in ihr gemeinsames Zimmer zurück und schaute durchs Fenster auf den schmalen Durchgang zwischen Café und altem Hotel. Er wich abrupt zurück, als

Noor nach draußen trat und die Kapuze ihres Parkas überzog. Sie gingen zum Auto, die Köpfe vor dem Regen eingezogen, und er meinte zu sehen, wie Lily zögerte, den Hals nach ihm reckte. Nein, sie lief nur zurück und holte noch den Blumenstrauß, den Herr Azizi gebunden hatte.

Weiß sie überhaupt, dass ich hier bin?, dachte er. *Ich bin hier, schau hoch!* Doch dann war sie verschwunden, und er schlug mit der Stirn gegen die kalte Fensterscheibe. Wie lange noch? Er hatte nicht an Lilys Abreise gedacht, doch nun, da er sich daran erinnerte, hörte er unwillkürlich, wie sich der Riegel vor die besten Tage seines Lebens schob. Der Herbst war da und mit ihm eine längere Nacht. Wie viele solche leeren Stunden lagen vor ihm?

* * *

Der Nieselregen schlug stetig gegen die Fenster des beinahe leeren Restaurants, von dem sie einen perfekten Blick auf die Landebahn genossen. Lily drückte die Stirn ans Glas, schaute zu, wie die Maschinen zu den Flugsteigen rollten, und wünschte sich, Karim und Ferry wären mitgekommen. Es war noch gar nicht so lange her, dass sie sich verzweifelt einen Fensterplatz in einem dieser Flugzeuge gewünscht hatte. Als diese konzentrierte, untröstliche, Überall-außer-hier-sein-Hysterie sie geradezu wahnsinnig gemacht, als sie sich so sehr nach ihrem Vater gesehnt hatte.

Sie vermisste ihn noch immer und wünschte sich, sie könnte ihm erzählen, was geschehen war. Wenn sie jetzt zurückblickte, konnte sie kaum glauben, was ihr die letzten Augusttage gebracht hatten, wie sich an einem einzigen Nachmittag eine Welt voll unbekannter Grausamkeit und unerwarteter Freundschaft aufgetan hatte und sie plötzlich Teil dieser Welt geworden war. Es waren nur wenige Monate vergangen, doch erschien ihr die Zeitspanne ungeheuer lang.

Nachdem sie gegessen und bezahlt hatten, gingen sie in den Wartebereich und betrachteten durch eine Glasscheibe den Strom der Passagiere, die mit Gepäckwagen durch einen langen Flur kamen und nach vertrauten Gesichtern suchten. Lily entrollte ihr Banner, wollte einfach nur ihren Onkel sehen.

»Sieht aus, als wäre er gelandet«, sagte Noor und suchte in ihrer Handtasche nach einem Pfefferminzbonbon. »Schön.« Lily nickte und wurde von einer Gruppe Leute abgelenkt, die einem Fluggast wild zuwinkten. Als sie wieder zurückschaute, stieß sie einen Schrei aus.

Nelson schaute suchend in die Menge und bemerkte sie im selben Augenblick. »Lily!«, sagte sein Mund durch die Scheibe.

»Daddy!«

Seine Augen glänzten. Alle anderen bewegten sich weiter, doch er schwebte wie eine Erscheinung auf sie zu, ließ die Tasche auf den Boden fallen und drückte die großen Handflächen ans Glas. Stirn an Stirn. Fingerspitze an Fingerspitze. Stimmen und Gelächter um sie herum verklangen. Nelsons Gesicht verzog sich zu einem gewaltigen Grinsen. Er schielte und streckte ihr die Zunge heraus. Lily klebte auf Zehenspitzen an der Scheibe, wagte nicht, sich zu rühren, als könnte er wieder verschwinden.

Noor erstarrte, doch es war geradezu unmöglich, nicht von diesem Wunder gerührt zu sein. Die anderen standen ratlos da. Jemand, vielleicht Soli, hob das Banner auf, das

Lily fallen gelassen hatte, und hielt es hoch. Mehrdad, der sich nie in ihr Leben eingemischt hatte, musste ihre Gedanken erahnt und Nelson angerufen haben. Sie spürte, dass ihr Mann gekommen war, um sie nach Hause zu holen.

Naneh Goli arbeitete sich langsam vor und grub ihre knochigen Ellenbogen in dicke Bäuche. Um ein Haar hätte sie die beiden Passagiere, die neben Nelson standen, nicht erkannt: Mehrdad, schlank und gebräunt, in Jeans und einem dunkelblauen Blazer. Er bückte sich und sprach mit einer kleinen Frau mit grauem Seidenkopftuch, die zwischen ihm und Nelson stand. Sie schauten hoch und lächelten dem Empfangskomitee herzlich zu, das hinter der Glasscheibe wild winkte und es gar nicht erwarten konnte, sich um sie zu scharen.

»Farah *joon* … oh, Farah *joon*, ich kann es nicht glauben!«, rief Noor und drehte sich zu ihrer Tochter um. Der verblüffte Ausdruck in Lilys Gesicht bestätigte, dass die drei geliebten Menschen tatsächlich da waren. Dann öffneten sich die Schleusen, und sie heulten hemmungslos und ohne Scham. Sie hatten es nicht geplant, aber so ist es eben, wenn der Himmel aufklart. Wie sonst soll man alles herauslassen, was in einem steckt?

28. Kapitel

Lily wollte ihren Vater gar nicht aus den Augen lassen. Wenn Nelson morgens aufwachte, brachte sie ihm frischgepressten Granatapfelsaft ans Bett und sah zu, wie er den kalten rubinroten Saft trank und übertrieben laut schmatzte. In den ersten Tagen waren sie unzertrennlich, und Nelson konnte sich kaum die Zähne putzen, ohne dass sie zuschaute. Er hob Lily staunend hoch, verzog angestrengt das Gesicht, um zu betonen, wie sehr sie gewachsen war, und wirbelte sie wild herum. Ihre Freude an dem Spiel schlug solche Wellen, dass alle ein bisschen zu schweben schienen.

Hahaha! Ihr Gelächter hallte durchs Haus. Nicht dass Nelson Mehrdad die Schau gestohlen hätte, ganz und gar nicht. Binnen eines Tages vertrieben beide die düsteren Mienen und erinnerten die anderen daran, wie man lachte. *Hahaha!* Das Haus selbst schien aufzublühen und ließ die Muskeln spielen, Fensterläden sprangen auf und ließen geflecktes Sonnenlicht herein, Leitungen gluckerten, alle Fenster waren hell erleuchtet. Nur Sheer, die nicht an den dunklen Klang von Männerstimmen gewöhnt war, verkroch sich unter Zods Bett und blieb dort, bis der Geruch des Abendessens sie in die Küche lockte.

Tante Farah war genau rechtzeitig gekommen, um zärtlich über die Familie zu wachen. Sie tat alles, was in ihrer

Macht stand, um die schweren Herzen ein bisschen leichter zu machen. Obwohl sie so zierlich war, füllte sie jedes Zimmer, war immer aufmerksam und umschlang alle mit ihren kurzen Armen. Sie brachte Koffer randvoll mit Geschenken, und dank ihrer Intuition und der kleinen, wohldurchdachten Gesten wurde sie rasch beliebt. Sie schenkte Naneh Goli eine glitzernde Kosmetiktasche voll mit glänzenden Haarklammern und Satinschleifen, während Noor ein schickes neues Bügeleisen über den Ozean geschleppt hatte, das Naneh nicht gebrauchen konnte und irgendwohin geräumt hatte.

Farah erkannte an einem einzigen Nachmittag, wofür Noor drei Monate gebraucht hatte, nahm Karim stillschweigend unter ihre Fittiche und tröstete den liebeskranken Jungen mit Zuneigung.

»Ein Dreizehnjähriger braucht ein eigenes Zimmer«, verkündete sie. »Es ist ja nicht so, als hätten wir keine.« Mehrdad und Noor, die das Augenzwinkern ihrer Tante nur zu gut kannten, waren einverstanden.

Am nächsten Tag zog Karim in Mehrdads altes Zimmer, obwohl Soli heftig protestierte. Karim packte seine wenigen Habseligkeiten in eine Plastiktüte und wartete auf der untersten Treppenstufe, bis Farah mit ihm nach oben ging und ihm half, sich einzurichten, die Möbel umstellte, das Poster eines Fußballstars übers Bett hängte, die verblichene Bettdecke und die fadenscheinigen Handtücher austauschte. Dann ging sie mit ihm neue Kleider kaufen, da er fünf Zentimeter gewachsen war und seine Hosen nur noch bis zum Knöchel reichten. Als Lily die neue Jeans bewunderte, lief er dunkelrot an.

Binnen einer Woche wurde Farah die Vertraute der Kinder, beschenkte sie ohne Anlass, und wärmte sie mit ihrer strahlenden Gegenwart, als wäre sie die Sonne. Noor staunte, dass Onkel Morad nie geschmolzen war.

Mehrdad schleppte seine Matratze in den Salon und schlief neben Zod auf dem Boden. Bruder und Schwester kampierten nun bei ihrem Vater und verließen das Zimmer nur noch, um auf die Toilette zu gehen.

Nachts murmelte er vor sich hin und keuchte den Namen ihrer Mutter: »Parvaneh, Pariroo, Parinaz.« Möglicherweise fragten sie sich, wer all die Frauen gewesen sein mochten, aber so hatten ihre Eltern eben miteinander gesprochen – hatten alle Namen miteinander verknüpft, als wären sie eine Kette aus kostbaren Edelsteinen.

Mehrdad und Noor saßen still auf dem Sofa und schauten sich auf dem iPad Fotos von Cameron und Chloe an, die Urlaub in Costa Rica gemacht hatten. Ihr furchtloser Neffe Cameron war auf den enormen Wellen gesurft. Beide waren eine Mischung ihrer Eltern, doch der zehnjährige Cam erinnerte Noor vor allem an Mehrdad als kleinen Jungen – das gleiche Grübchen im Kinn und das hinreißende Lächeln. Auch Chloe hatte sein spielerisches Grinsen geerbt, schaute sie aber aus den klaren blauen Augen ihrer Mutter an, die Chrissys offene Art widerspiegelten.

Noor hatte noch nie einen Menschen wie ihre Schwägerin kennengelernt und fürchtete sich ein wenig vor ihr, weil Chrissy vollkommen unfähig zu *tarof* war (einer Form der Zurückhaltung, die Iranern eigen ist). Sie redete offen und ohne Umschweife. Wenn sie dein Huhn nicht mochte, ging sie in die Küche und machte sich einen Salat. Nieste sie von den Blumen, die man ihr mitgebracht hatte, bat sie einen, sie vor die Tür zu stellen. Einmal hatte sie zu einer Dinner-party einen halben Schokoladenkuchen mitgebracht und der Gastgeberin gestanden, es sei ihr Lieblingskuchen, und sie habe die andere Hälfte für sich behalten. Mehrdad schämte sich so sehr, dass er monatelang keine Einladung mehr annahm. Und doch war es gerade diese Arglosigkeit, die Noor an ihr liebte – bei Chrissy fragte man sich nie, ob *ja* vielleicht *nein* bedeutete. So sah das Leben ihres Bruders aus: solide, mit einer reizenden Familie und einem Job, den er liebte, und darauf war er stolz.

Nelson bestand darauf, dass Noor im Zimmer blieb, als er sich bei Zod entschuldigte. *Herr Yadegar, es tut mir so leid, dass ich Ihre Tochter verletzt habe. Ich bin gekommen, um meine Familie nach Hause zu holen. Ich verspreche, mich sehr gut um sie zu kümmern, et cetera.* Zods Augen strahlten vor Dankbarkeit, als könnte dieser Mann allein ihn verstehen.

Später am Abend erhaschten sie einen seltenen Augenblick zu zweit, als Noor mit frischen Handtüchern in sein Zimmer kam. Nelson schloss die Tür, nahm sie langsam in die Arme und flehte sie an, ihm zu verzeihen. Es war wie in einem Film, den sie zusammen gesehen hatten, und Noor musste unwillkürlich kichern, weil es so ein Klischee war: Die verschmähte Ehefrau konfrontiert den reuigen Ehemann. Er küsste sie zärtlich und murmelte tausend Entschuldigungen, zog sie zu Boden, liebkoste mit seinen großen Händen ihre weichen Stellen, griff ihr fast unter den Rock, während er die ganze Zeit über reumütig flüsterte »*Bitte, bitte, komm nach Hause*«.

Ja, seine Fingerspitzen brannten noch immer Löcher in ihre Ärmel. Ja, ihr Herz hämmerte in der Brust, und sie spreizte kaum merklich die Beine. Noor seufzte, holte tief

Luft und wartete, dass das Gefühl verging. Sein Duft nach Kiefern und Aftershave, der sich in der weichen Mulde zwischen seinen Schlüsselbeinen sammelte, machte sie ganz schwindlig. Tugendhaft zu sein war furchtbar schwer. Hatte sie sich nicht einen wilden, freien Moment verdient? Sie zitterte beim Gedanken, dass sie sich nicht zum letzten Mal lieben würden, und war froh, so froh, das wiederzufinden, was sie verloren hatte. Ja, er war gekommen, um sie nach Hause zu bringen. Das Glitzern dieser Augen hätte sogar Eis geschmolzen.

Sie legte ihm die Hand auf die Brust, spürte seinen Herzschlag. Er bettete Noor auf den Boden und küsste ihren Hals, ihre Ohren, ihren Mund, umfing ihre Brüste, und sie behielt die Augen offen, damit sie diesen wunderbaren Mann sehen konnte. Er zog ihr den Rock aus und legte den Kopf auf ihren Bauch, und sie schaute ihn durch einen Tränenschleier an. *Oh, Nelson*, sie klammerte sich an ihn, umschlang ihn mit ihren Gliedmaßen. *Mein mein mein mein mein.* Nichts stand mehr zwischen ihnen als eine Wunde, die nicht vergessen, nicht einmal vergeben, aber akzeptiert war.

Danach lagen sie dicht beieinander und schwiegen.

»Ich brauche niemanden außer dir und Lily«, sagte er schließlich. »Ich brauche nichts anderes.«

»Aber was machen wir hier?«

»Nun … ich glaube, wir finden wieder zueinander.«

»Ja, aber jetzt muss ich gehen.« Dr. Mehran konnte jeden Augenblick kommen.

Sie stand auf, zog den Rock an und strich die Haare zurück. In diesem Augenblick hörten sie Lily von unten rufen. »Dad? Dad!«

Sie erreichte den Treppenabsatz, als Noor mit brennenden Wangen die Tür hinter sich schloss. Sie wandte sich ab, doch ihre Tochter hatte schon bemerkt, dass Noors Bluse aus dem Rockbund hing, und lächelte wissend.

»Ist Daddy in seinem Zimmer, Mommy?« Mommy. Wann hatte Lily sie zuletzt so genannt?

»Tut mir leid. Ja.« Sie wusste nicht, wofür sie sich entschuldigte, eilte durch den dämmrigen Flur, vorbei an den Schlafzimmern zum Bad, wo sie die Tür schloss und sich ans Waschbecken lehnte. Was hatte sie getan? Es war ganz allein ihre Schuld.

Unten bemerkte Noor, dass die Küchenuhr um 18.25 Uhr stehen geblieben war. Sie trank ein Glas Wasser aus dem Hahn und machte sich auf die Suche nach ihrem Bruder.

Mehrdad, der immer noch ein bisschen unter dem Jetlag litt, war aus einem Nickerchen erwacht, weil Zod seinen Namen rief – oder hatte er es nur geträumt? Er stand auf und lehnte die Wange an den Hals seines Vaters, wo ein leichter Pulsschlag spürbar war. Nun, da Mehrdad graue Haare bekam, sah er seinem Vater ähnlicher. Beide hatten die gleiche lange, schmale Nase und die gleichen Schultern, auch wenn Zods beträchtlich gekrümmt waren.

Zods faltige Lider zuckten, und er öffnete die Augen, um den Anblick seines Sohnes in sich aufzusaugen. »*Pesaram* (mein Sohn).« Dann schloss er sie wieder.

»Baba?«, fragte Mehrdad. »Baba *joon*?«

»*Pesaram, pesaram*«, murmelte Zod, um Mehrdad zu versichern, dass er noch da war, dass er immer sein Vater sein und in ihm leben würde.

Wieder und wieder flüsterten sie *Baba, pesaram, Baba, pesaram*, als wäre es eine Hymne. Noch mit seinen letzten

Atemzügen beschwor Zod die Zuneigung zu seinem Sohn, damit niemand jemals daran zweifelte, dass er seine Kinder liebte.

Dr. Mehran hatte gesagt, es sei bald so weit. Wann? Höchstens noch ein Tag. Sheer hatte sich auf Zods Bett zusammengerollt, gähnte und schlief wieder ein, wobei ein krummer Finger sie hinter dem Ohr kraulte.

Als Zod einschlief, träumte er, er fliege in einem Papierflugzeug. Er saß hinten und sein Bruder auf dem Pilotensitz. Zod konnte nur den Hinterkopf seines Bruders sehen und die Stimme hören, die wie in einem alten Film Anweisungen durchs offene Cockpit rief. Allerdings verstand er nicht, was Morad sagte. Sein Bruder war ein Idiot. Zod hatte immer gewusst, dass man sich am besten von ihm fernhielt, was also machte er hier? Würde er so sterben, warf ihn sein eigener Bruder aus einem Papierflugzeug? Dann drehte sich der Pilot um, und Zod sah, dass es gar nicht Morad war, sondern sein großer Bruder Davoud, und er brüllte: »Hast du Hunger, Zod?«

»Ich bin am Verhungern.«

Und sie flogen wie Gebete durch die Wolken.

29. Kapitel

Zod war gegangen, als Noor mit Lily und Nelson an sein Bett zurückkehrte, und bald kamen auch Naneh Goli, Ferry und Tante Farah, Soli und Karim dazu, dicht gefolgt von Hedi und Ala. Mehrdad kämpfte mit den Tränen und hielt Lily im Arm, während Noor geräuschvoll an Nelsons Brust schluchzte, und bald weinten alle und lehnten die Köpfe aneinander. Als sich das Weinen gelegt hatte, gab es einen friedlichen Augenblick, eine Stille, die nur unterbrochen wurde, als der Stuhl, den Soli für Naneh gebracht hatte, leise über den Boden kratzte. Sie hatten schon jeder für sich allein bei Zod gesessen und ihm alles gesagt, was sie ihm sagen wollten, und er hatte jedem zum Andenken sein letztes Wort mitgegeben. Als Noor Dr. Mehran anrufen wollte, sah sie ihn durchs Fenster mit offenem Mund schlafend im Auto sitzen. Er war nach dem letzten Hausbesuch nicht heimgefahren.

Arme Naneh Goli. Sie fragte sich, ob es ihr einziger Daseinszweck sein sollte, Totenwache zu halten. Werden alle vor mir sterben? Die verschwommene Vision ihrer selbst, wie sie in den kommenden Jahren mit zu vielen Geistern dasaß, trieb ihr die Tränen in die Augen, doch Wehklagen war nicht ihre Art. Das hatte Naneh oft genug getan, ihre Kopfhaut schimmerte durch die verbliebenen Haare. Sie sehnte sich nur danach, mit Zod allein zu sein, bevor seine Seele den Körper verließ, und weil sich alle auf sie verließen, bat Noor sie, Zod vorzubereiten. Im Iran ist es üblich, dass ein Familienmitglied den Körper des Verstorbenen wäscht; es gibt keine Bestatter und keine Leichenschau, die Menschen werden schnell begraben, und bei den Yadegars kämen auch keine Geistlichen zum Begräbnis.

Naneh Goli begab sich mit Seife, Waschlappen und einem Becken mit warmem Wasser in den Salon, ein Ritual, das ihr ebenso vertraut war wie die nackten Schultern, Gliedmaßen und die blasse Brust des eingeschrumpften Mannes, der einst ihr Junge gewesen war. Sie hob den starren Stängel seines rechten Arms, um ihn einzuseifen, dann den linken, sie flüsterte ihm zu, er solle den anderen ausrichten, dass sie nicht lange auf sie warten müssten, dass auch ihre Tage gezählt seien.

Im Lampenlicht reinigte sie präzise und überaus zärtlich jeden Zentimeter seines Körpers, küsste und betupfte seine Augen, Ohren und Nase mit Wattebäuschen, die sie in Rosenwasser getaucht hatte. Sie zupfte ihm die widerspenstigen Haare von den Ohrläppchen, schnitt ihm Finger- und Zehennägel und polierte alle, bis sie glänzten. Dann trocknete sie sich die Hände ab und entfaltete das Leichentuch, das sie schon vor Tagen vorbereitet hatte. Es war das einfache weiße, mit Rosenwasser getränkte Baumwolllaken, das Nina einst für Zod und Pari bestickt hatte. Sie wickelte Zod darin ein und blieb neben ihm stehen, nur kurz, wie es ihr schien, doch in Wahrheit drang schon das Licht der aufgehenden Sonne ins Zimmer und ließ ihn in seinem Kokon erglühen.

Der Duft von geröstetem Mehl wurde stärker, als Noor

nach unten kam, und sie öffnete die Fenster, um den Geruch von Halva über Straßen und Dächer wehen zu lassen und damit das Begräbnis anzukündigen. Die üppige Masse aus Mehl, Butter, Zucker und Rosenwasser war wie eine Salbe für ihren Kummer. Soli war allein in der Küche und rührte in einem gewaltigen Topf mit Sirup, die schmalen Schultern trauervoll gebeugt. Es schien nicht angemessen, ihn zu berühren, doch Noor stellte sich solidarisch neben ihn an den Herd.

»Schläft Naneh noch?«, fragte sie.

Naneh Goli hatte sich wie ausgedörrt gefühlt, nachdem sie Zod gewaschen hatte. Sie hatte ein Glas Wasser getrunken und sich in der Morgendämmerung ins Bett gelegt.

»Ja«, sagte Soli, die Gefühle fest hinter Schloss und Riegel.

»Brauchst du Hilfe mit der Halva?«

»Nein, *khanoom.*«

»Darf ich wenigstens die Datteln vorbereiten?« Sie wollte diesen einsamen Mann irgendwie trösten.

Soli deutete auf die Teller, auf denen mit Walnüssen gefüllte und mit Folie abgedeckte Datteln lagen, die sie auf dem Friedhof servieren würden. Er hatte nur wenige Stunden geschlafen und war lange vor der Dämmerung schon wieder aufgestanden. Er legte den Schöpflöffel beiseite und schaute sie fragend an, die Augen glänzend und rund wie Münzen.

»Was wird aus uns, *khanoom?*«

»Lass uns erst heute und morgen überstehen, Soli.« Das Begräbnis war für den nächsten Tag angesetzt, und sie hatten noch viel zu tun.

»Aber wie? Wie sollen wir ohne ihn zurechtkommen?«

Es war, als bräche ein Damm, und Soli zuckte und ächzte unter einem Schluchzen, das seinen ganzen Körper erbeben ließ. In ihm ging mehr vor, als er sich anmerken ließ.

»Ein Schritt nach dem anderen, so machen wir es. Ein Schritt nach dem anderen«, sagte Noor.

* * *

Mehrdad, Nelson, Hedi und Soli trugen Zod zu Dr. Mehrans Auto. Manche Familien zogen es vor, Tote in einer Limousine zu befördern, doch Dr. Mehran duldete nicht, dass ein Fremder seinen alten Freund zum Grab fuhr, und Karim hatte das Auto gewaschen und poliert, bis es in der hellen Nachmittagssonne glänzte.

Noor und Tante Farah folgten mit Naneh Goli und den Kindern, alle in Schwarz gekleidet, die Haare unter den Kopftüchern ordentlich gekämmt, in einem von Aladdin gesteuerten Minivan. Herr Azizis dicht an dicht mit Kränzen gefüllter Pick-up führte den Konvoi an, der sich langsam durch die Stadt wand.

Die Nachricht, dass Zod gestorben war, hatte die eng verwobenen Nachbarschaften elektrisiert, und nacheinander öffneten sich die Türen, Menschen in dunkler Kleidung verschlossen ihre Häuser, zogen die Metallgitter vor ihren Geschäften herunter und reihten sich ein in den Trauerzug, der Autos und Minibussen, Motorrädern und Fahrrädern folgte. Sie ergossen sich mit gesenkten Köpfen auf die Straße, drückten sich an die Rücken ihrer Vorgänger, eine Prozession, die immer länger wurde wie eine Reihe Dominosteine. So etwas hatten Mehrdad und Noor noch nie gesehen – Auto um Auto, geschlossene Geschäfte, Männer und

Frauen, die unverhohlen weinten und sich mit weißen Taschentüchern die Gesichter wischten.

Noor drehte sich um, sah die Motorhauben der Taxis und die untröstlichen Gesichter hinter den Busfenstern, hörte die rhythmischen Schritte der Trauernden, gebeugt vom Kummer, getrieben von dem Wunsch, sich von einem *yaar* zu verabschieden, einem treuen und hingebungsvollen Gefährten. Auf den Gehwegen standen Polizisten, die nicht sofort begriffen, was hier vorging, dann innehielten und die Schirme ihrer Mützen berührten. Ausnahmsweise duldeten sie die Menge und die klagenden Stimmen, gebremst von dem, was sie in den Augen der Menschen lasen: absolute Gleichgültigkeit gegenüber der Polizei.

»Na los, bewegt euch«, befahlen sie beim halbherzigen Versuch, ihre Autorität wiederherzustellen. Doch in Wahrheit wussten sie, dass ein einziger kleinlicher Impuls ausreichen würde, und schon ginge ihnen einer der vom Kummer zerrissenen Männer an die Kehle. Also standen sie unter den spärlichen Bäumen, klickten mit ihren Feuerzeugen und beobachteten ungeniert einen Trauerzug, wie man ihn nur von Märtyrern und Mullahs kannte.

Noor drehte sich noch einmal um und schaute auf die Reihen, die zehn, vielleicht zwanzig Häuserblocks lang waren und immer noch länger und dichter wurden und sich in einem langsamen Pulsschlag voranbewegten.

* * *

Auf dem Friedhof trugen Väter, Brüder und Söhne Zod auf den Schultern zum frisch ausgehobenen Grab. Dann lösten sich die Reihen auf. Ein gewaltiger Schrei stieg auf wie von einem Chor, als sie ihn in die Erde senkten, und alle drängten sich um sein Grab und stützten sich aufeinander, um den Verlust des Besten unter ihnen zu ertragen. Verschwunden waren die starren Alltagsmienen, alle Wangen waren nass. Manche fanden freundliche Worte füreinander, die geflüstert wurden wie unfreiwillige Gebete, während andere den Ernst mit Anekdoten über Zod vertrieben, und sie waren dank ihm alle miteinander verbunden.

Nacheinander knieten sie sich hin, um Lebewohl zu sagen, schauten noch einmal auf ihren Freund hinunter, und dann nicht mehr, denn bald war die Grabstätte mit Blumen bedeckt, als wären alle Zwiebeln gleichzeitig erblüht, und sie erhoben sich mit Grasflecken auf der Hose und dem Geruch von feuchter Erde an den Händen.

Naneh Goli, die bis dahin Ferrys Hand gehalten hatte, kniete sich so nah wie möglich an die Grube, die Wirbelsäule gebogen unter dem dunklen Schleier, ohne auf die Menge zu achten, die ihr höflich auswich. Lily klammerte sich an Noor, weil das Geheul der Frauen sie ängstigte, und Noor, die selbst von den Trauerbekundungen überwältigt war, versuchte Lily zu erklären, dass das hier so Sitte sei und sie sich nicht fürchten müsse. Es war ebenso bewegend wie erschreckend, und die Familie drängte sich zusammen und empfing die Trauernden, die mit frischen Tränen vor sie traten und *»Möge es euer letzter Kummer sein, möge seine Seele sich erfreuen«* murmelten, während Karim und Soli unter dem rosigen Nachmittagshimmel Tabletts mit Datteln und Halva-Ecken herumreichten, die Sonne noch warm im Rücken.

Zod wurde an einer schattigen Stelle neben Yanik und Nina begraben. Paris Grab war leer, da die Regierung ihre

Leiche nie freigegeben hatte, und der schlichte Stein verkündete *PARVANEH YADEGAR, 1943–1982, SIE WURDE UNS ZU FRÜH GENOMMEN.* Als Noor das las, traf es sie wie ein Schlag in den Magen, und ihr Körper zog sich reflexartig zusammen. Dort lagen die Yadegars Seite an Seite, tiefer in der Erde als die Wurzeln der Bäume, die sie gepflanzt hatten. Vielleicht hatte Zod richtig gehandelt, als er ihnen die Wahrheit über den Tod ihrer Mutter vorenthalten hatte. Noor fragte sich, wie er am Leben geblieben war. Es für sich zu behalten musste noch schmerzlicher gewesen sein als Kummer und Verlust. Der Gedanke erfüllte sie mit Bedauern und tiefer Dankbarkeit.

Ferry fasste sie leicht am Ellbogen, um sie zu stützen, und nun stand sie zwischen ihren Mädchen, um jede tröstend einen Arm gelegt, und fragte sich, wie man eines Tages die Geschichte ihres Lebens in das Fleckchen zwischen zwei Daten meißeln würde.

* * *

Dann endlich war Abend, und sie kehrten ins Café Leila zurück, erschöpft und betäubt von dem Lärm, die Körper noch voller Adrenalin. In diesem Haus war nie ein Tag ohne Arbeit vergangen, und Noor folgte Karim und Soli in die Küche und zog eine Schürze an, um das Abendessen vorzubereiten. Traditionell besuchte man die trauernde Familie drei Tage nach dem Todesfall, um sein Beileid auszudrücken, sodass an diesem Abend nur die Familie und wenige enge Freunde zusammenkamen. Hedi und Ala schoben die Tische auf dem Marmorboden eng zusammen und stellten zusätzliche Stühle und Bänke entlang der holzgetäfelten

Wände auf. Naneh Goli bügelte ein weißes Tischtuch und Servietten mit rotem Muschelrand. Tante Farah polierte Ninas Silber und Kristall und arrangierte weiße Lilien und Hortensien mit langen, spitz zulaufenden Kerzen als Tafelaufsatz.

Es sah so hübsch aus. Seit Jahrzehnten hatten sie in dem holzgetäfelten Raum mit den großen Fenstern gegessen, durch die man in den Garten mit den Obstbäumen sah. An diesem Abend schimmerte er, obgleich alle schwarz gekleidet waren, im Licht der Kerzen, die Farah bei Einbruch der Dämmerung entzündet hatte. Was sollten sie tun außer essen und trinken? Brot, Wodka, Gerstensuppe, Roastbeef, eingelegter Blumenkohl und Rote Bete, Joghurt, Dillgurken, Oliven, Schalen mit Würzigem, Warmem, Kaltem, Rotem, Grünem und Rosafarbenem – ein *buffet russe*, wie Yanik es zubereitet hätte.

Am Kopf der Tafel deckte Mehrdad den Platz für Zod mit einer Scheibe Schwarzbrot auf einem Wodkaglas, so wie sie es auch bei den Totenwachen für Yanik, Nina und Davoud gehalten hatten – eine Umkehrung der russischen Sitte, bei der man Schwarzbrot brach, wenn man einem Menschen zum ersten Mal begegnete.

Dr. Mehran trank im Salon mit Nelson Tee, während Lily und Ferry mit Sheer auf dem Boden spielten. Herr Yazdan, einer von Zods ältesten Freunden, setzte sich auf den Klavierhocker und hob den Deckel, um die Tasten zu prüfen. Das Instrument war nicht gestimmt, aber das machte gar nichts, als er die ersten Akkorde von »Mara Beboos«, einer klassischen persischen Ballade, anschlug. Die vier Noten lockten die Ärzte vom Sofa, die Mädchen vom Spiel mit der Katze, die drei Köche aus der Küche, die beiden älteren Kellner, die freundliche Tante, den Bruder und sein uraltes Kindermädchen an. Shoja Yazdan war nicht naiv, aber es gab Lieder, die alle kannten, die die tiefsten, ursprünglichsten Gefühle ansprachen, die einen von innen nach außen kehren konnten.

Nacheinander lösten sie sich von ihren Aufgaben und glitten hinüber zum Klavier, überließen sich einer überwältigenden Flut der Gefühle. Und Herr Yazdan wusste, er musste weiterspielen. Sie ersetzten Gebete durch Musik und umkreisten das Klavier, während sie sangen – einander vielleicht zum ersten Mal überhaupt singen hörten. Selbst Nelson und Lily, die den Text nicht kannten, wiegten sich zur Melodie.

Küss mich. Küss mich. Ein letztes Mal.
Möge Gott dich bewahren. Möge Gott mit dir sein.
Unser Frühling ist dahin. Vorbei ist vorbei.
Ich werde auferstehen und meinem Schicksal entgegengehen.

Noor schaute Nelson nicht an. Stattdessen achtete sie auf ihre Umgebung, wollte den Moment bewahren. Geschah das alles wirklich? Ganz sicher? Konnten sie Schulter an Schulter mit halb geschlossenen Augen singen? Hatte Zod so empfunden, wenn Pari sang? War das Café Leila eine Wolkendecke, die sich über ihr einsames Leben breitete?

Noor fühlte sich den Menschen, die neben ihr standen, verbunden, wollte sie beschützen. Dr. Mehran hatte Karim die Hand auf den Rücken gelegt, Sheer verbarg sich in den Stofffalten auf Nanehs Schoß, Mehrdad hatte Soli den Arm um die Schultern gelegt, Ferry lehnte sich an Lily, Lily betrachtete ihre Eltern, und Noor konnte das glühende Vertrauen in ihren Augen kaum ertragen. Menschen brauchten immer Sicherheit und Zuneigung, das änderte sich nie. Gedanken mochten sich verändern, Körper auch, Leidenschaften mochten wachsen. Nelson kannte sie aus freudigen und bitteren Momenten wie niemand sonst, und sie würde diesen Teil ihrer Vergangenheit, Rendezvous und Streitereien, in einem versiegelten Umschlag aufbewahren.

Sie dachte an einen anderen Umschlag, den sie in der Handtasche trug. Er stammte von der Adoptionsbehörde und war mit der Abendpost gekommen. Einen Brief, der einmal abgeschickt wurde, kann man nicht ungeschehen machen.

Vielleicht werden wir erst erwachsen, wenn unsere Eltern sterben, dachte sie. Vielleicht schaute ihr kindliches Selbst noch immer hoffnungsvoll zu Zod und Pari, damit sie alles wiedergutmachten, so wie sie es immer getan hatten. Wenn unsere Eltern uns nicht vergöttern, werfen wir es ihnen als Erwachsene vor – dass sie dieses und jenes nicht getan und uns nicht unterstützt haben, dass sie nicht bei unserer ersten Schulaufführung waren, dass sie überängstlich oder distanziert waren, dass sie unser Selbstwertgefühl beeinträchtigt haben. Doch wer sieht alles, unsere Höhen und Tiefen? Wer kennt uns am besten? Wer wartet darauf, was aus uns wird? Eines Tages sind sie weg, und man ist allein und kann sie nicht mehr umarmen, kann niemandem die Schuld geben, wenn man bestürzt den eigenen Lebensweg betrachtet.

Sind die Tränen erst versiegt, bleiben nur das Hier und Jetzt und der Wunsch, es besser zu machen, sich dem Menschen anzunähern, der man sein möchte. Noor wollte sich nicht wünschen müssen, sie wäre ein besserer Mensch gewesen. Lilys Vertrauen ließ sie erkennen, dass ihre eigenen Eltern ganz und gar heroisch gehandelt hatten und sie ihnen nicht das Wasser reichen konnte. Aber sie würde es versuchen.

30. Kapitel

Eigentlich hatten sie das Café in den Tagen nach Zods Begräbnis schließen wollen, doch es kamen ständig Leute, die bei der Familie sitzen mochten und deren Bedürfnis nach der tröstlichen Vertrautheit des Café Leila größer war als das Bedürfnis der Familie, für sich zu sein. Es erschien undenkbar, ihnen die Tür zu weisen. Sie standen auf den gebleichten Stufen und boten Blumensträuße dar, füllten das Haus mit Blumen und Kränzen, bis es wie in Herrn Azizis Laden roch. Karim wurde angewiesen, das Wasser in Dutzenden Vasen zu erneuern und die abgefallenen Blütenblätter auf den Hof zu fegen.

Noor weckte die Lebensgeister von Naneh Goli und Soli, indem sie die beiden an den Wunsch ihres Vaters erinnerte, unerwartete Gäste wie frisch geschlüpfte Küken zu füttern. Sie erkannte, dass die beiden ihr vertrauten und sich sicher fühlten, solange sie beschäftigt waren und den Haushalt so wie immer führen sollten.

»Denkt daran, was mein Vater gesagt hat. ›Der Koch kann nie genug tun.‹«

Und so sauste Soli jeden Morgen zum Markt, kehrte atemlos zurück, rief Karim Befehle zu, bearbeitete den Kummer mit seinem Fleischklopfer und ließ wieder das vertraute Scheppern der Töpfe und Pfannen erklingen. Die

Trauer konnte sie nicht überwältigen, solange sie in Bewegung blieben.

Doch gegen Ende der Woche stieß Noor im Salon auf Mehrdad und Nelson, die sich über ihre Laptops beugten und Reisevorbereitungen trafen. Auf dem Couchtisch lagen Krümel und Orangenschalen, und als sie sie wegwischen wollte, umfasste Nelson ihr Handgelenk und zwinkerte ihr zu. Eine Sekunde lang wollte sie sich vorbeugen und ihn auf den Mund küssen, seine raue Wange unter den Fingerspitzen spüren, doch Mehrdad klappte den Computer zu und sagte: »Gut, das wär's.«

»Was soll das heißen?«, fragte Noor.

»Wir haben unsere Flüge für Freitag gebucht«, sagte Mehrdad.

»Moment … jetzt schon?«, keuchte sie.

»Ja, dein Flug in die Freiheit, Schwesterchen.«

»Wir müssen wieder arbeiten, *mi vida*«, sagte Nelson. »Ich meine, was hält uns noch hier?«

Noor sträubte sich innerlich, sagte aber nichts. Anfangs war Nelson gütig und freundlich zu allen gewesen, doch in der Woche nach Zods Tod hatten Gespräche über die baldige Abreise die Liebenswürdigkeit gedämpft. Die beiden Männer wurden gereizt und wollten weg. Sie spielten Karten, um sich die Zeit zu vertreiben, konnten sich aber kaum konzentrieren. Es war vorbei, sagten sie, da war nichts zu machen. Sie wollten nicht noch eine Woche warten.

Noor und Mehrdad, die zum ersten Mal seit ihrer Teenagerzeit zusammen im Haus waren, drohten, in die alten Rollen zu verfallen. Sie waren nicht erwachsen wie in Amerika, sondern die hilfsbedürftige Schwester und der genervte große Bruder. Sie kannten einander besser als irgendjemand sonst, doch es war, als würde Mehrdad seine kleine Schwester gar nicht richtig kennen. Wann immer er ihrem Blick begegnete, kamen ihr die Tränen, und sie wandte sich ab. Mehrdad aber spürte, was in ihr vorging.

»Du musst dich von alldem lösen, Noor. Das hier ist nicht dein Leben – das weißt du genau. Ich habe mit einem Anwalt darüber gesprochen, das Café zu verkaufen, und er meint, dass du nicht dabei sein musst. Sobald er einen Käufer gefunden hat, komme ich her und unterschreibe alles. Die Immobilie ist wertvoll.«

Noor fühlte sich, als würde man sie auf einen wackligen Laufsteg stoßen, eine Kraft zerrte heftig an ihren Fußsohlen.

»*Mich von alldem lösen?* Sollen wir Naneh und Soli im Stich lassen? Wie kannst du einfach einen Anwalt beauftragen, ohne mit mir zu reden?«, kreischte sie, denn er wusste genau, womit er sie auf die Palme bringen konnte. Ihre Hand zuckte hoch, als wären sie Kinder, die gerade noch gespielt haben und nun die Fäuste fliegen lassen. Er umfasste ganz ruhig ihre Hand.

»Es gibt Grenzen bei dem, was wir für diese Menschen tun können.«

Nelson lehnte sich zurück und verschränkte die Arme. »Lily muss wieder in die Schule, sonst verpasst sie zu viel. Wir müssen ans College denken. Es war ein tolles Abenteuer für euch beide, *pero* (aber) …« Er stand auf und umarmte Noor, drückte sie an sich und legte das Kinn auf ihren Kopf.

Da sind wir nun, wieder ineinander verschlungen, dachte Noor. Und wie gut es sich anfühlt. Im Spiegel über dem Klavier konnte sie sich sehen, das Porträt einer Ehe, das zum

Leben erwacht war, und sie vergab alles, indem sie ihm die Hand auf den Arm legte. Nicht alles war verloren – hier war die Chance, es zurückzuholen.

Natürlich hatte er recht, wie konnte sie da widersprechen, diese Dinge waren wichtig – die Familie musste intakt bleiben. Lily musste zur Schule. Nelson musste arbeiten. Sie hatte eine Tochter. Sie hatte einen Ehemann. Sie hatte ihren Vater gepflegt und begraben. Früher oder später würde sie auch den Verlust des Café Leila verschmerzen. Bald würden sie wieder in ihrem großen, ordentlichen Haus leben. Im Winter würden sie am Lake Tahoe Ski laufen und den Sommer in Spanien verbringen. Bald würde sie wieder die simple Freude genießen, neben Nelson zu schlafen und Lily in der Dusche singen zu hören. Konnte sie sich auf Nelsons Wärme verlassen, dass jeder Tag denselben Geruch und dasselbe Auflodern brachte? Sie hatte sich verzweifelt wieder zusammenfügen wollen, und da war es nun: ein Flugticket und der sichere Ort, den sie verlassen hatte.

Vielleicht hätte Noor nie in den Iran zurückkehren und sich so an diese Menschen binden sollen. Was hatte Mehrdad gesagt? *Es gibt Grenzen bei dem, was wir tun können.* Für wen hielt sie sich? Hätte sie damals ihre Grenzen gekannt, wäre Lily die Reise erspart geblieben, die Tränenflut im Juni und Juli, das Grauen des August und nun der Schmerz, dass sie ihre neuen Freunde zurücklassen musste. Ihre Tochter war zu jung, um so enttäuscht zu werden. Noor hatte geglaubt, sie könnte sich ändern, ihren Vater trösten oder Naneh Goli oder Ferry oder Soli und Karim; sie hatte gedacht, sie könnte ihnen sagen, was als Nächstes zu tun sei. Doch sie war nur ein armseliger Ersatz für ihren Vater.

Niemand musste von dem Umschlag in ihrer Handtasche erfahren, den sie im Übrigen noch immer nicht geöffnet hatte.

»Wir müssen einen Platz für Ferry suchen«, sagte sie leise.

»Das hat doch keinen Sinn … sie kann bei Naneh Goli bleiben und helfen«, sagte Mehrdad, der plötzlich das Kommando übernommen hatte. »Sie ist nirgendwo sicherer. Und wenn es so weit ist, kümmere ich mich darum. Mir wird schon etwas einfallen, und ich suche auch ein Zuhause für Naneh Goli. Ich bin mir sicher, die Männer finden Arbeit.«

Er hat sich schon alles zurechtgelegt, dachte Noor verbittert.

»Ich rede mit ihnen, okay? Lass mich es ihnen sagen.«

»Na schön«, sagte er achselzuckend. »Aber wir müssen auch packen.«

Aus dem Café drangen gedämpfte Unterhaltungen – das übliche donnernde Gelächter, der wohlwollende Lärm, Hände, die auf Tischplatten schlugen, die klirrenden Gläser und das klappernde Besteck waren beinahe verstummt. Die Stammgäste konnten nur noch murmeln.

* * *

Später am Abend hörte Noor, dass Farah und die Kinder in der Küche beschäftigt waren. Farah hatte den frischen Duft ihres Hauses in Beverly Hills mitgebracht und sogar daran gedacht, Kitkat und Goldfischli und Cerealien in den Koffer zu packen, weil Lily vielleicht ihre Süßigkeiten und das zuckrige Frühstück vermisste. Noor hatte gelacht, als sie sah, wie die Kinder Karten spielten und sich aus einer Schale Lucky Charms bedienten, als wären es Erdnüsse.

Noor fragte, ob Ferry ihr bei etwas helfen könne. Ein kurzer Regenschauer hatte den Weg blank geputzt, und sie ging in der kühlen Dämmerung – die Tage wurden kürzer – mit Ferry zu der Steinbank. Noor wischte den Sitz mit ihrem Taschentuch ab und ergriff Ferrys Hand. Ihre Haut war warm, und sie saßen in angenehmem Schweigen da.

»Was kann ich für Sie tun, *khanoom*?«, fragte Ferry liebenswürdig. Sie verwendete immer noch die förmliche Anrede.

Was sie *für mich tun kann?*, dachte Noor und konnte es nicht ertragen. Alle Güte der Welt neben ihr auf dieser Bank. Ferry wollte es ihr unbedingt recht machen.

»Ferry *joon*«, sagte sie, und ihr brach die Stimme. »Dein Gesicht heilt wirklich gut.«

»*Khanoom*, glauben Sie, ich werde immer so aussehen?«

Noor drehte sich um und streichelte den Krater, der einmal Ferrys glatte rechte Wange gewesen war, untersuchte sanft die Wunde, die Noor das Herz gebrochen hatte.

»Ferry, Ferry, schau mich an, *azizam* (Liebes). Noch ein paar Monate, dann bekommst du deine Operation. Ich werde sie bezahlen. Du glaubst nicht, was heutzutage alles möglich ist.«

»Ja, das haben Sie mir gesagt. Oft. Aber was ist mit meinem alten Gesicht, dem Gesicht, über das ich nicht nachdenken und das ich nicht fühlen musste, das … wie Atem war?«

Noor nickte. »An das du gewöhnt warst.«

»Ja, das meine ich wohl. Nicht darüber nachdenken zu müssen fehlt mir sogar noch mehr, als es zu sehen.«

Noor nahm Ferry in die Arme. Sie konnte es nicht länger hinauszögern.

»Ferry, ich muss zurück nach Amerika, aber du sollst wissen, dass wir dich nicht allein lassen. Du bleibst hier bei

Naneh Goli und Karim. Er ist wie ein Bruder für dich, nicht wahr? Bald wird dein linkes Auge ganz verheilt sein, und dann hast du auch neue Augenbrauen. Und ich werde dich nachkommen lassen. Es wird ein bisschen dauern, aber ich verspreche dir, ich lasse dich nachkommen, und dann kannst du auch wieder in die Schule gehen.«

Als Noor sie umklammerte, spürte sie die Stärke des jungen Mädchens. Der schmale, feste Rücken flößte ihr Zuversicht ein und verlieh ihr Kraft, um ihre eigenen Zweifel zu zerstreuen. *Du kannst so viel für mich tun*, dachte sie.

* * *

Am letzten Abend entzündete Noor einige Laternen und breitete Picknickdecken auf ihrem Lieblingsplatz unter dem Maulbeerbaum aus, in dessen Rinde sie ihre Namen geschnitzt hatten. Soli bereitete ein Festmahl vor, doch die Kinder hatten keinen Appetit. Naneh Goli und Soli waren eher enttäuscht als überrascht. Sie wussten, dass sie nun auf sich gestellt waren, doch die überhastete Abreise erschien ihnen respektlos. Sie wussten aber auch, dass es nicht auf ihre Meinung ankam.

Ferry und Karim fiel es nicht leicht, sich mit Lilys Abreise abzufinden. Jeder einzelne Augenblick mit ihr wurde dadurch so gewaltig groß, dass sie sich hineindrängen, die Vorhänge schließen und die Knoten festziehen konnten. Lily *joon* ging weg. Lily-merci (das war ihr Spitzname geworden) packte ihre Koffer. Lily, die vor vier Monaten schmollend in ihrem Hoodie angekommen war. Lily, die jetzt ein bisschen Farsi sprach und ihren Namen schreiben konnte. Sie dachten nur an »das letzte dies« und »das letzte das« und buken für die letzte Mahlzeit einen Kuchen, den sie in drei unordentliche Teile schnitten. Sheer durfte ihnen die Krümel aus der Hand fressen.

Lily hatte die Idee, die Kleider zu tauschen.

»Wie heißt noch mal *Shirt*?«, fragte sie Karim.

»Pi-ra-han.«

»Gib mir mal dein *pi-ra-han* mit der Nummer sechs, und ich gebe dir mein Cal-Hoodie … Ferry, du kannst meine hohen Turnschuhe haben.« Sie waren ihr natürlich zu groß, aber Ferry würde schon hineinwachsen. Das jüngere Mädchen nahm einen goldenen Armreifen ab und schob ihn über Lilys Handgelenk.

Karim würde alles verlieren, was ihm wichtig war, ein Ozean würde sich zwischen ihn und seine erste Liebe drängen, und ihm blieb nichts außer einem dunkelblauen Sweatshirt. Doch für Karim besaß es ungeheure Bedeutung. Lily zog es über den Kopf, wobei man ihren blassen Bauch sah, und er musste sich abwenden, weil er bei Lily *joon* noch immer schüchtern war.

An diesem Abend schlug er eine leere Seite in seinem ramponierten Notizbuch auf und fing an, Lily einen Brief zu schreiben, weil sein Stottern zurückgekehrt war, und wenn er versuchte, *»Nein, geh nicht, bleib hier, geh nicht«* zu sagen, zerbrachen ihm die Worte im Mund. Er schrieb auf, was sie ihm bedeutete. Er schrieb auf, was er an jenem ersten Morgen in der Küche empfunden hatte und immer noch empfand, nur tiefer. Er schrieb über ihr Lachen, das wie ein winziger Wasserfall klang, und das ihn dieses Geräusch allein schon in die Knie zwang. Er schrieb, wie sehr er es liebte, wenn sie ihn »Cream« nannte, so wie das Wort auf der blauen Nivea-Dose. Er schrieb, er wisse nicht, an was sie sich später einmal erinnern werde, doch das sei egal, weil er sie immer lieben und sich immer an sie erinnern würde. Lily Mond. Lily Sonne. Lily, das Licht, das er tief in seinem Herzen bewahrte. Dann schaltete er die Lampe aus und ließ sich auf sein neues Bett fallen, und das dunkelblaue Sweatshirt war sein Kopfkissen, während er auf den Herbstwind horchte, der die hohen Bäume rüttelte.

* * *

Zwei glänzende schwarze Taxis parkten am Tor. *Wir brauchen kein Gefolge*, hatte Mehrdad nachdrücklich gesagt und Taxis bestellt, statt sich von Soli zum Flughafen bringen zu lassen – eine weitere Kränkung, die er stoisch hinnahm. Hedi half den Taxifahrern schnaufend, das Gepäck nach draußen zu tragen. Noor und Farah hatten Souvenirs gekauft und kiloweise Pistazien, *Lavaschak* (dünne Platten aus getrocknetem Fruchtmus), getrocknete Feigen und Berberitzen, Gewürze und Granatapfelpaste in ihre Koffer gestopft.

Die Kinder drängten sich unter ihrem Baum, die Köpfe gesenkt, die Arme umeinandergeschlungen wie vor einem Wettkampf. Sie schworen letzte Eide und versprachen, einander zu schreiben. Naneh Goli weinte in eine Serviette, weil die Liebe und das endlose Zerren an ihrem Herzen sie erschöpften. Würde dieses Kommen und Gehen niemals enden? *Ich bin zu alt dafür*, dachte sie. Hatte sie diese Kinder nicht schon einmal weggeschickt? Warum hatten sie zurückkommen müssen? »Auf Wiedersehen, auf Wiedersehen«, riefen sie, beugten sich vor, küssten ihre Hand und nahmen noch einmal ihren Rosenduft in sich auf.

Karim stieß einen kurzen Pfiff aus, und Sheer sprang Lily für eine letzte Streicheleinheit auf den Arm. Ala wartete mit einem Schlauch, um die Autos abzuspritzen, wenn sie losfuhren, denn sie brauchten keine Worte mehr, sondern Wasser, um ihren Kummer wegzuwaschen und für eine sichere Reise zu sorgen. Noor saß mit Lily und Nelson auf dem Rücksitz und winkte und winkte, bis die sechs einsamen Gestalten nicht mehr zu sehen waren. Sie schienen weiter weg denn je.

Lily saß zwischen ihnen und umklammerte den Stängel einer roten Nelke, die Karim ihr gegeben hatte. Nelson zog sie auf. »Du solltest das Trikot lieber nicht tragen, wenn wir Messi schauen.«

»Dad, der Iran hat bis zur letzten Minute gegen Argentinien durchgehalten!«

»Hahaha! Also bitte. Vermutlich hatten die Kebab zum Mittagessen und waren zu schläfrig, um *fútbol* zu spielen.« Lily boxte ihn spielerisch, und bald lachten sie miteinander, und ihre Lippe zitterte nicht mehr, und ihr Gesicht begann zu strahlen, als sie Teheran hinter sich ließen.

Beide lächelten Noor zu. Sie lächelte zurück, schwieg aber. Ihre Heimatstadt – trostlos, wild, wunderschön – blieb mit einem langen Seufzen hinter ihr zurück. *Nun, dann geh, geh nur.* Angst und Schmerz und Zorn durchfluteten sie, erinnerten sie daran, dass sie ebenso vorsichtig oder unvorsichtig, reif oder unreif war wie die Siebzehnjährige, die ihr Vater zum Flughafen gefahren hatte. Er hatte sich so bemüht, ihr die Welt zu eröffnen, und musste miterleben, wie Noor entmutigt zurückgekehrt war. Und gerade als sie zu ahnen begann, was sie tun könnte, würdigte man ihre intensive Zeit im Iran zu einem bloßen »Abenteuer« herab. War die neu erwachte Entschlossenheit so vergänglich? Sie kam nicht gegen diese Gedanken an.

Sie betraten das Terminalgebäude, prüften noch einmal ihr Gepäck, und als Mehrdad vorschlug, am Kiosk etwas zu essen zu kaufen, sagte Noor, sie müsse auf die Toilette. Noch eine Stunde bis zum Boarding. Als sie zu ihrer Familie zurückkehrte, skypte Mehrdad gerade mit einem Kollegen. Lily zeigte ihrer Tante ein Spiel auf dem Handy, und Nelson reichte ihr eine Tasse Tee.

Mit weichen Knien nahm sie die Tasse entgegen, setzte sich neben ihn und nahm seine große Hand in ihre beiden. Nelson bemerkte die Tränen in ihren Augen und auch, dass sie zitterte.

»Was ist los? Warum schaust du mich so an?«

»Nelson, ich habe Ferry adoptiert.« Sie atmete endlich aus.

»*Qué?*« Er sah sie bestürzt an.

»Ehrlich, Mom? Das ist ja super!«, schrie Lily über Farahs Schulter hinweg.

Nelson blinzelte, als schaute er in ein helles Licht. »Noor, das ist unglaublich optimistisch gedacht. Ich bin mir nicht sicher, dass wir sie in die *Estados Unidos* bringen können.«

»Das habe ich auch nicht gesagt.« Sie begegnete seinem Blick, den mitternachtsschwarzen Augen. Vor wenigen Minuten hatte sie sich auf der Toilette eingeschlossen und den Brief gelesen, in dem Ferrys Adoption bestätigt wurde, und je länger sie ihn in der Hand hielt, desto schwerer war er geworden – erst ein Kiesel, dann ein Stein, dann ein Fels. Ein perfekter Fels.

»Ich fliege nicht mit dir und Lily zurück.« Die Angst, die sie so lange gehemmt hatte, wich zurück wie das Meer bei

Ebbe, und sie konnte nicht glauben, dass es ihr einmal bis zu den Ohren gereicht hatte. Mit neu gewonnenem Mut eilte sie voran und offenbarte ihre Gedanken – besser gesagt, die heftig brennende Leidenschaft für die Ihren, das Café Leila und seine Gäste.

»Verstehe«, sagte Nelson, doch ihr geteiltes Herz konnte er nicht verstehen.

»Lily *joon,* hör zu.« Noor griff über Nelsons Schoß und zog Lily an sich. »Es heißt nicht, dass ich dich nicht liebe, und du weißt, dass ich Daddy auch noch liebe – aber ich habe etwas in deinen Augen gesehen, das ich nie zuvor gesehen hatte. Du hast dich mir geöffnet, hast mich voller Freude und ein bisschen ehrfürchtig angesehen. Lily, ich möchte dir unbedingt zeigen, dass unser Leben eine Bedeutung besitzt, die über das Alltägliche hinausgeht. Wir spielen eine Rolle in den Zeiten, in denen wir leben, und mag sie noch so klein sein – wir sind nicht nur für uns selbst hier. Du bist so tapfer, und ich habe dir immer nur gezeigt, wie man sich fürchtet.« Noor musste sich jedes Wort erkämpfen.

»Ja, okay, okay«, unterbrach Nelson sie. »Es ist jetzt anders … du bist anders, Lily ist anders, aber das nehmen wir eben mit uns, oder? Noor, *mi vida … no dejes que nos separemos* (Liebe meines Lebens … lass uns nicht getrennt sein)«, flehte er. »Ich kann nicht verstehen, wieso du hierbleiben willst. *Du* kannst gar nichts verändern.« Noor hörte den Unwillen in seiner Stimme.

»Mag sein, aber ich will es versuchen.« Sie legte die Hand an sein Gesicht und strich den angespannten Kiefer glatt. »Ich kann sie nicht im Stich lassen.«

Da verlor er die Geduld und machte eine weit ausholende Geste. »*Entonces, claro que pueden venir.* (Dann können sie natürlich kommen.)« Nelson glaubte noch immer, er könnte gewinnen, indem er Dinge ins Lächerliche zog. »Wir nehmen sie alle bei uns auf – den ganzen Haufen … das Mädchen, den Jungen, *la vieja* (alte Frau), *el gato* (die Katze). Ich baue notfalls eine Arche, wenn du das möchtest!«

Mit Sarkasmus hatte sie gerechnet, aber dass er sie nicht beim Namen nannte, war viel schlimmer.

»Nein, Nelson! Was redest du da?« Sie zog die Hand weg. »Man kann das Café Leila nicht transportieren! Man kann Menschen nicht transportieren. Das ist ihr Zuhause, und ich werde alles tun, um es zu erhalten. Alles, was ich tue, hat nur dieses eine Ziel.«

»Und was ist mit uns?«, fragte er kopfschüttelnd. »Du verlässt uns also, Noor?«

Mehrdad und Farah hatten sprachlos zugesehen, ihr Bruder schaute sie missbilligend an. Lily schluckte schwer und neigte den Kopf, schaute ihre Mutter mit offenem Mund an, und ein angedeutetes Lächeln stahl sich in ihr Gesicht. Noor sah, dass sie es verstehen wollte. Sie dachte daran, wie ihr Vater sie vor dreißig Jahren weggeschickt hatte und wie ganz und gar verzweifelt sie gewesen war, wie Zod sie der Stewardess in die Arme geschoben und ihr versichert hatte, sie sei jetzt ein großes Mädchen, und dass sie ohne Ende geweint hatte und er auch. Oh nein! Ihr zerrissenes Herz! Wie konnte das sein? Es waren die schlimmsten Augenblicke ihres Lebens gewesen. Noor stand auf und kniete sich vor Lily, der Schmerz in ihrer Brust wollte sich nicht lösen.

»Also, Mom … kann ich dann nächsten Sommer wiederkommen?«

Was konnte sie ihrer Tochter mitgeben, damit sie sich

nicht zu weit voneinander entfernten? Noor holte einen kleinen antiken Handspiegel aus ihrer Handtasche, der Pari gehört hatte, und steckte ihn in Lilys Rucksack: einen Spiegel, durch den man nach hinten sehen und nach vorn blicken konnte.

Als sie Lily Radfahren beigebracht hatte, war sie ihr hinterhergelaufen, war dabei gestürzt und hatte sich den Arm gebrochen. Lily hatte neben ihr gekauert und ihr sanft über den Kopf gestrichen, bis eine Nachbarin Hilfe holte. Sie war wochenlang hilflos gewesen, konnte mit ihrem rechten Arm nichts heben oder tragen, und Lily hatte es genossen, den Haushalt zu übernehmen, die Mutter zu spielen, hatte darauf bestanden, Noor jeden Abend in einer Badewanne voller Seifenschaum zu waschen. Sie wusste noch, wie sie es genossen hatte, als ihre Tochter und Nelson sie um die Wette versorgten. *Ich weiß nicht, was ich ohne dich tun würde*, hatte sie damals gesagt, und Lily hatte vor Glück geseufzt.

Nun klammerte sie sich an Lily, als hinge ihr Leben davon ab, und griff mit der anderen Hand nach Nelson, um die Stunde auszudehnen, ihnen noch ein bisschen länger nah zu sein. Sie hatten stundenlang an Lilys Wiege gesessen und über ihr kleines Mädchen gesprochen – *sie sieht aus wie meine Mutter*, no, mi vida, *sie sieht aus wie du* –, und hier war sie nun, eine junge Frau, ihr wunderbares Mädchen, das Kinn fragend erhoben. Die Bewegung erinnerte an Nelson, die Augen jedoch an Pari.

Mehrdad schob den Stuhl zurück und ging wütend weg. Farah schaute von Nelsons ausdrucksloser Miene zu Noors schmerzverzerrtem Gesicht, stand auf und umarmte Noor.

Kurz darauf wurde der Flug aufgerufen. Nelson reichte Noor den Arm, Lily umklammerte ihre Hand, und sie ging zwischen ihnen zum Gate. Alle weinten, wie es die Leute auf diesem Flughafen zu tun pflegten, wenn die Interkontinentalflüge Väter und Söhne und Töchter davontrugen. Manchmal war es ein Abschied für Jahre.

Epilog

Während ich hier sitze und dies beim Licht des Herdes schreibe, ist es beinahe drei Monate hier, seit meine Tochter abgereist ist. Es wird schon um fünf Uhr dunkel, und das einzige Licht brennt in der Küche. Naneh Goli schläft auf dem Stuhl gegenüber, sie ist zu stur, um sich hinzulegen. Sie würde nie zugeben, dass ihr Zimmer zugig ist. Sheer macht unter dem Tisch einen Buckel und reibt sich an meinem Unterschenkel. Ich bin unfreiwillig ein Katzenmensch geworden. Ich höre, wie Ferry oben ein Bad einlässt, weil dabei alle Leitungen in den Grundfesten erbeben.

Heute haben wir einen Brief von Lily bekommen, dabei lag ein Foto, das Nelson am Stinson Beach gemacht haben muss – ein wunderschönes sonnengebräuntes Mädchen mit Stachelhaar und dem Golden Retriever, den sie sich immer gewünscht hatte. Ich kann immer noch nicht glauben, dass sie Karim dazu gebracht hat, ihr mit der Linkshänderschere meiner Großmutter die Haare abzuschneiden. In den gefalteten Brief hatte sie Fußballbilder für Karim und Duftsticker für Ferry gelegt – erstaunlich, dass sie mit sechzehn Jahren noch Spaß an solchen Dingen hat. Sie hatte mit ihrem Namen auf Persisch unterschrieben.

Als mein Bruder mich zum Abschied küsste, sagte er: »Versprich mir nur, dass du nicht sauer wirst.« Wir Perser sind so besessen von Eingemachtem und Eingelegtem, dass wir es auch als Metapher benutzen. Man nimmt an, dass die Unzufriedenheit einer Frau in salziger Brühe lagert, verborgen unter einem dichten Schleier aus Treue und Selbstlosigkeit. Vielleicht war Mehrdads Sorge berechtigt – wenn ich mich zufällig im Spiegel sah, wirkten meine Augen eine Zeit lang verletzt, schienen um Mitgefühl zu flehen. Es war ein gedankenverlorener, schmerzlicher Blick, als hätte ich mir selbst auf die Wange gebissen.

Inzwischen schaue ich nur noch in den Spiegel, um mich zu kämmen und mir die Haare hochzustecken. Mir bleibt wenig Zeit zum Nachdenken, denn ich muss das Café leiten, Soli (der stur bleibt und vor Wut kocht, wenn ein Gast es wagt, um Salz zu bitten) bei Laune halten, mit Ferry zum Arzt fahren und sie fürs Erste zu Hause unterrichten.

»Keine Sorge«, hatte ich zu Mehrdad gesagt, »gerade du müsstest wissen, dass ich mehr Maus als Märtyrerin bin.«

Es ist seltsam, im Zimmer meiner Eltern zu schlafen und Spuren von ihnen – eine Strähne von Babas silbernen Haaren oder einen abgeschnittenen Nagel – zu finden, obwohl wir alles geschrubbt und gewienert und eine neue Matratze gekauft haben.

Zuerst hatte Naneh Goli in der Tür gestanden, die Hände auf die Hüften gestemmt.

»Du kannst hier nicht schlafen!«

»Wieso nicht?« Ich spürte ihren Zorn, wehrte mich aber dagegen.

»Es ist nicht richtig!«

Dann hatte sie sich umgedreht und war gegangen. Ich wollte sie nicht verärgern. Wenige Stunden später war sie zurückgekommen.

»Vielleicht sollten wir die Matratze rauswerfen.«

Ich strich das Zimmer, räumte die Möbel um und stellte einen Stuhl ans Fenster, auf dem ich gern im frühen Morgenlicht sitze, wenn es im Haus noch still ist. Ich lege die Füße auf die Fensterbank und schreibe einen Brief an meinen Vater, in dem ich ihm vom Café und seinen Gästen erzähle.

In einer Kommodenschublade habe ich ein Bündel meiner alten Briefe aus Amerika gefunden, chronologisch geordnet und mit Küchengarn verschnürt. Es war peinlich zu lesen, was ich vor so langer Zeit geschrieben hatte – haltlos, in meinem fernen Leben verfangen, nicht richtig reif geworden. Ich bin froh, dass niemand außer mir sie jemals lesen wird.

Anfangs kam ich mir wie ein Eindringling vor in diesem Raum, der ihnen so vertraut gewesen war, tröstete mich nach einigen schlaflosen Nächten aber mit dem Gedanken, dass drei Generationen in diesem knarrenden alten Haus gelebt haben und dass es stehen bleiben wird, die Türen weit geöffnet.

Nur wenig ist gewiss, aber eins weiß ich: dass die Bäume in jedem Frühling blühen und die Zimmer, in denen wir aufgewachsen sind, nach sauberen Laken und Möbelpolitur riechen, dass die Leitungen rumpeln werden, egal, wer gerade wäscht, und dass immer noch jemand Lebensmittel kaufen, den Herd anzünden, unsere Mahlzeiten kochen und dass es uns niemals an Gesellschaft mangeln wird.

Danksagung

Meine Dankbarkeit beginnt zu Hause bei meinem Ehemann Mitchell Johnson und meinem Sohn Luca. Ihr seid meine größte Liebe und das Licht meiner Augen. Danke, dass ihr mich so oft und so dringlich in Gruppenumarmungen gezogen, mir die nötige Zeit zum Schreiben und eure immerwährende Unterstützung geschenkt habt. Ohne euch gäbe es das hier nicht.

Ohne meinen brillanten Agenten Adam Chromy wäre dies ein unbedeutenderes Buch geworden und auch nicht in die guten Hände meiner klugen und außerordentlichen Lektorin Andra Miller gelangt. Ich danke dir für deine Begeisterung und bin stolz, von dir vertreten zu werden. Auch möchte ich mich bei Elisabeth Scharlatt, Brunson Hoole, Sasha Tropp, Anne Winslow, Lauren Moseley, Craig Popelars, Brooke Csuka, Debra Linn und allen anderen bei Algonquin bedanken, die diesem Buch so viel Zeit und Aufmerksamkeit geschenkt haben.

Ich danke meinen liebsten Freunden, darunter Taraneh Razavi und Stuart Schlisserman für ihr medizinisches Fachwissen, Faezeh Ghaffari und Noushie Ammari für die lustigen Krankenhausgeschichten und Belen Byers für ihre raschen Übersetzungen. Ein besonderer Dank gilt Peter Ovanessoff, der mich mit den Rezepten seiner Mutter inspirierte, und Nadi Ovanessoff, Jackie Espinosa und Sia Sobhani, Freundinnen aus der Kindheit und die besten, die ich jemals hatte.

Wer glaubt, eine meiner Figuren wiederzuerkennen, irrt. Alle sind meiner Fantasie entsprungen bis auf Dr. Mehran. Er ist mein Vater Dr. Bijan, der geliebte Held seiner Patienten, der starb, bevor er erleben konnte, wie sehr ich aus seiner Großzügigkeit geschöpft habe. *Ti jan-e-man …*

Ein ganz herzliches Dankeschön an meine Schwestern Shabnam Anderson und Sherry Bijan, die mich ein Leben lang geliebt und ermutigt haben.

Mein allertiefster Dank gilt aber meiner Mutter Atefeh Bijan, die mich gelehrt hat, was Gastfreundschaft und Heimat bedeuten.